Robin Sloan

DIE SONDERBARE
BUCHHANDLUNG
DES MR. PENUMBRA

Robin Sloan

DIE SONDERBARE BUCHHANDLUNG DES MR. PENUMBRA

Roman

Aus dem Amerikanischen
von Ruth Keen

Karl Blessing Verlag

Originaltitel: *Mr. Penumbra's 24-Hour-Bookstore*
Originalverlag: Farrar, Straus and Giroux

Die Übersetzerin dankt dem Deutschen Übersetzerfonds
für die freundliche Unterstützung dieser Arbeit.

Verlagsgruppe Random House FSC® N001967
Das für dieses Buch verwendete
FSC®-zertifizierte Papier *Munken Premium Cream*
liefert Arctic Paper Munkedals AB, Schweden.

4. Auflage
Copyright © der Originalausgabe 2013 by Robin Sloan,
in der Verlagsgruppe Random House GmbH
Umschlaggestaltung: Geviert, München
Satz: Leingärtner, Nabburg
Druck und Einband: GGP Media GmbH, Pößneck
Printed in Germany
ISBN: 978-3-89667-480-7

www.blessing-verlag.de

Für Betty Ann und Jim

INHALT

Die Buchhandlung 9

Die Bibliothek 155

Der Turm 283

Epilog 343

DIE BUCHHANDLUNG

AUSHILFE GESUCHT

Verloren im Schatten der Regale, falle ich fast von der Leiter. Ich bin jetzt genau auf halber Höhe angelangt. Der Boden der Buchhandlung liegt tief unter mir, die Oberfläche eines Planeten, von dem ich mich weit entfernt habe. Die Regale türmen sich über mir auf, und dort, wo sie enden, ist es dunkel – die Bücher stehen dicht an dicht und lassen kein Licht hindurch. Gut möglich, dass dort auch die Luft dünner ist. Ich glaube, ich habe eine Fledermaus gesehen.

Verzweifelt klammere ich mich fest, eine Hand an der Leiter, die andere am Rand des Regalbretts, sodass meine Knöchel weiß hervortreten. Meine Augen schweifen über eine Reihe von Buchrücken – und da steht es. Das Buch, das ich suche.

Aber fangen wir lieber von vorn an.

Ich heiße Clay Jannon, und mit Papier kam ich damals selten in Berührung.

Die meiste Zeit saß ich am Küchentisch und ging auf meinem Laptop die »Aushilfe gesucht«-Anzeigen durch, nur blinkte irgendwann immer ein Browser-Tab auf, lenkte mich ab und verleitete mich dazu, einem Link zu einem langen Zeitschriftenartikel, etwa über genmanipulierte Weintrauben, zu folgen. Einem zu langen, wie ich fand, weshalb ich ihn meiner Leseliste hinzufügte. Dann klickte ich einen anderen

Link an, der zu einer Buchrezension führte. Diese Rezension übertrug ich ebenfalls in meine Leseliste und lud mir das erste Kapitel des Buchs herunter – des dritten aus einer Serie über Vampir-Cops. Anschließend verzog ich mich – die »Aushilfe gesucht«-Anzeigen waren vergessen – ins Wohnzimmer, wo ich mit dem Laptop auf dem Bauch den ganzen Tag las. Ich hatte eine Menge Zeit.

Ich war arbeitslos, eine Folge der großen Lebensmittelketten-Rezession, die Anfang des einundzwanzigsten Jahrhunderts über Amerika hereingebrochen war und bankrotte Fastfood-Ketten und verrammelte Sushi-Imperien hinterlassen hatte.

Ich hatte meinen Job im Firmensitz von NewBagel verloren, das sich weder in New York noch an sonst einem für seine Tradition der Bagelherstellung bekannten Ort befand, sondern hier in San Francisco. Das Unternehmen war sehr klein und sehr neu, gegründet von zwei Ex-Googlern, die eine Software zur Entwicklung und Herstellung des idealen Bagels geschrieben hatten: außen glatt und knusprig, innen weich und nicht ganz durchgebacken, so rund wie ein perfekter Kreis. Es war mein erster Job nach der Kunstakademie, und ich fing als Designer an, entwickelte das Marketingmaterial, mit dem der leckere Kringel angepriesen und unter die Leute gebracht wurde: Speisekarten, Coupons, Diagramme, Werbeposter und einmal ein ganzes Photo-Booth-Video für eine Backwarenmesse.

Es gab eine Menge zu tun. Als Erstes bat mich einer der beiden Ex-Googler, mich an einem Neuentwurf des Firmenlogos zu versuchen. Das alte bestand aus einem blassbraunen Kreis, der große fröhliche Buchstaben in allen Regenbogenfarben umschloss und nach MS Paint aussah. Für die Umgestaltung nahm ich eine relativ neue Schrift mit kräftigen schwarzen

Serifen, die, wie ich hoffte, ein bisschen an die Kästchen und Dolche des hebräischen Alphabets erinnerte. Es verlieh New-Bagel etwas Seriosität und brachte mir einen Preis der Zweigstelle San Francisco vom American Institute of Graphic Arts ein. Als ich dann der anderen Ex-Googlerin gegenüber erwähnte, dass ich programmieren konnte (so lala), übertrug sie mir die Verantwortung für die Website. Also entwarf ich auch dafür ein neues Design und bekam dann einen kleinen Werbeetat, der mir erlaubte, Begriffe wie »Bagel«, »Frühstück« und »Topologie« zu verschlagworten. Ich war außerdem die Stimme von @NewBagel auf Twitter und konnte mit einer Mischung aus Informationshäppchen rund ums Frühstück und digitalen Coupons ein paar Hundert Interessenten anlocken.

Nichts davon könnte man als ruhmreiche neue Errungenschaft der menschlichen Evolution bezeichnen, aber ich habe etwas dabei gelernt. Es ging aufwärts mit mir. Doch dann ging es mit der Wirtschaft bergab, und wie sich herausstellte, bevorzugen die Leute in einer Rezession die guten alten blasigen und länglichen Bagels und interessieren sich nicht für die glatten, Ufo-mäßigen Bagels, nicht einmal für solche mit präzisionsgerebelten Salzkörnern.

Die erfolgsverwöhnten Ex-Googler hatten nicht vor, kampflos unterzugehen. Sie verpassten sich schnell ein neues Image, benannten sich um in Old Jerusalem Bagel Company und verzichteten komplett auf den Algorithmus, sodass die Bagels schwarz angekokelt und ungleichmäßig aussahen. Sie wiesen mich an, die Website altmodisch zu gestalten; eine Aufgabe, die mich seelisch belastete und mir null Preise vom American Institute of Graphic Arts einbrachte. Mein Marketingbudget schrumpfte und verschwand dann ganz. Es gab immer weniger zu tun. Ich lernte nichts und es ging weder aufwärts noch irgendwie weiter mit mir.

Schließlich warfen die Ex-Googler das Handtuch und zogen nach Costa Rica. Die Backöfen erkalteten und die Website erlosch. Für eine Abfindung war kein Geld da, aber ich durfte mein Firmen-MacBook und den Twitter-Account behalten.

So war ich also, nach nicht einmal einem Jahr, wieder ohne Job. Bald wurde klar, dass nicht nur die Lebensmittelketten gelitten hatten. Die Menschen mussten in Motels und Zeltstädte ziehen. Die ganze Wirtschaft glich plötzlich einem einzigen »Reise nach Jerusalem«-Spiel, und ich wusste, dass ich mir einen Stuhl schnappen musste, irgendeinen, und zwar so schnell wie möglich.

Angesichts der Konkurrenz waren meine Aussichten ziemlich düster. Ich hatte Freunde, die wie ich Designer waren, aber sie hatten schon weltberühmte Websites oder raffinierte Touchscreen-Interfaces entworfen, nicht nur das Logo für eine neu gegründete Bagelbude. Ich hatte Freunde, die bei Apple arbeiteten. Mein bester Kumpel, Neel, besaß bereits sein eigenes Unternehmen. Noch ein Jahr bei NewBagel, und ich hätte gut dagestanden, aber so war zu wenig Zeit gewesen, um mir ein Portfolio zusammenzustellen oder auch nur auf irgendeinem Gebiet besonders gute Kenntnisse zu erwerben. Was ich vorzuweisen hatte, war eine Abschlussarbeit über schweizerische Typografie (1957–1983) und eine Website von drei Seiten.

Aber ich blieb mit den »Aushilfe gesucht«-Anzeigen am Ball. Meine Ansprüche sanken rasch. Zuerst war ich fest entschlossen, nur bei einer Firma zu arbeiten, deren Zielsetzung mich überzeugte. Dann fand ich, eine Stelle, bei der ich wenigstens etwas Nützliches lernen könnte, wäre auch in Ordnung. Danach legte ich nur noch Wert darauf, dass das betreffende Unternehmen keinem bösen Zweck diente.

Jetzt war ich gerade dabei, meine ganz persönliche Definition von »böse« zu überdenken.

Was mich schließlich rettete, war Papier. Denn es zeigte sich, dass ich mich auf die Jobsuche konzentrieren konnte, solange ich mich vom Internet fernhielt; daher druckte ich mir jedes Mal einen dicken Stapel »Aushilfe gesucht«-Anzeigen aus, verstaute mein Handy in einer Schublade und ging spazieren. Die Anzeigen, die zu viel Berufserfahrung verlangten, zerknüllte ich und warf sie unterwegs in eine der verbeulten grünen Mülltonnen, und wenn ich irgendwann erschöpft in einen Bus stieg, der mich nach Hause bringen würde, steckten zwei oder drei Prospekte, denen ich nachgehen konnte, zusammengefaltet in meiner Gesäßtasche.

Diese Methode brachte mir tatsächlich einen Job ein, aber nicht so, wie ich erwartet hatte.

San Francisco ist ein guter Ort für Spaziergänge, wenn man kräftige Beine hat. Die Stadt ist ein winziges Quadrat, das von steilen Hügeln durchsetzt und auf drei Seiten von Wasser begrenzt ist; infolgedessen öffnen sich einem überall überraschende Ausblicke. Während man noch gedankenverloren mit einer Handvoll Prospekte vor sich hin schlendert, fällt plötzlich der Boden steil ab und man schaut direkt in die Bay hinunter, auf all die bunten, rosa und orange beleuchteten Gebäude entlang der Straße dorthin. Der Baustil von San Francisco hat sich eigentlich nirgendwo sonst im Land durchsetzen können, und selbst wenn man hier lebt und daran gewöhnt ist, ist der Anblick immer wieder befremdlich: die hohen schmalen Häuschen, die Fenster wie Augen und Zähne, die kitschigen Verzierungen. Und hinter allem erhebt sich drohend, sofern man in die richtige Richtung schaut, das rostige Gespenst der Golden Gate Bridge.

Ich war einem dieser merkwürdigen Anblicke über eine Reihe von steilen, stufigen Gehsteigen abwärts gefolgt und dann am Wasser entlang über einen sehr langen Umweg nach Hause gelaufen. Ich ging vorbei an den alten Landungsbrücken – mied aber die lärmende Fischsuppen-Szene am Fisherman's Pier – und beobachtete, wie Fischrestaurants allmählich in Läden für Bootszubehör und dann in Social-Media-Start-ups übergingen. Als mir schließlich der Magen knurrte und seine Bereitschaft zum Mittagessen signalisierte, wandte ich mich stadteinwärts.

Wenn ich die Straßen von San Francisco entlanglief, hielt ich immer Ausschau nach AUSHILFE-GESUCHT-Schildern in den Läden – was man eigentlich nicht tut, stimmt's? Wahrscheinlich sollten sie einem eher suspekt sein. Seriöse Arbeitgeber inserieren auf Craigslist.

Und tatsächlich machte »Buchhandlung Penumbra – durchgehend geöffnet« ganz und gar nicht den Eindruck eines seriösen Arbeitgebers:

AUSHILFE GESUCHT
Spätschicht
Spezielle Anforderungen
Gute Zusatzleistungen

Eins vorweg: Ich war mir ziemlich sicher, dass »Buchhandlung Penumbra – durchgehend geöffnet« ein Euphemismus für irgendetwas sein musste. Wir waren hier am Broadway, in einem euphemistischen Stadtviertel. Mein »Aushilfe gesucht«-Spaziergang hatte mich weit von zu Hause fort geführt; der Laden nebenan hieß Booty's und auf dem Reklameschild wurden Neonbeine abwechselnd übereinandergeschlagen und gespreizt.

Ich stieß die Glastür der Buchhandlung auf. Über mir erklang fröhlich eine Glocke, und ich trat zögernd ein. Mir war damals noch nicht klar, was für eine wichtige Schwelle ich gerade überschritten hatte.

Drinnen: Stellen Sie sich Form und Inhalt einer normalen Buchhandlung vor, bloß hochkant. Der Laden war geradezu absurd eng und schwindelerregend hoch, und die Regale reichten bis zur Decke – drei Stockwerke hoch Bücher, vielleicht sogar mehr. Ich reckte den Hals (warum wird man in Buchläden immer gezwungen, sich den Hals zu verrenken?), und die Regale verschwammen so übergangslos in den schummrigen Höhen, dass ich das Gefühl bekam, sie könnten endlos weitergehen.

Sie drückten sich eng aneinander, und ich meinte, am Rand eines Waldes zu stehen – keines freundlichen kalifornischen Waldes, sondern eines alten transsylvanischen Waldes, eines Waldes voller Wölfe und Hexen und bis an die Zähne bewaffneter Räuber, die dort in der Finsternis lauerten, wohin das Mondlicht nicht gelangte. An den Regalen waren Leitern befestigt, die sich von einer Seite zur anderen schieben ließen. Normalerweise haben solche Leitern einen gewissen Charme, aber so, wie sie hier in die düsteren Höhen ragten, wirkten sie unheilvoll. Sie raunten von Unfällen in der Dunkelheit.

Darum hielt ich mich lieber an die vordere Hälfte des Ladens, wo helles Mittagslicht hereinflutete und die Wölfe vermutlich in Schach hielt. Die Wände neben und über der Tür waren ebenfalls aus Glas, dicke quadratische Fensterscheiben, eingefasst von einem schwarzen eisernen Gitterwerk, und darüber spannte sich (rückwärts gelesen) ein Bogen aus großen goldenen Lettern:

– ARBMUNEP GNULDNAHHCUB –
TENFFÖEG DNEHEGHCRUD

Unterhalb, im Hohlraum des Bogens, saß ein Symbol – zwei Handflächen, die offen auf einem aufgeschlagenen Buch lagen.

Und wer war jetzt Penumbra?

»Hallihallo«, rief eine sanfte Stimme hinter den Stapeln. Eine Gestalt kam zum Vorschein – ein Mann, groß und dürr wie eine der Leitern, in einem hellgrauen Hemd mit Button-down-Kragen und einer blauen Strickjacke. Er wankte etwas und ließ eine lange Hand an den Regalbrettern entlanggleiten, um sich abzustützen. Als er aus dem Schatten trat, sah ich, dass sein Pullover zu seinen Augen passte, die blau waren und in einem Nest aus Falten versanken. Er war sehr alt.

Er nickte mir zu und winkte schwach. »Was hoffst du in diesen Regalen zu finden?«

Es war ein guter Spruch, und aus irgendeinem Grund wirkte er beruhigend auf mich. Ich fragte: »Spreche ich mit Mr. Penumbra?«

»Ich bin Penumbra« – er nickte –, »und ich bin der Hüter dieses Ortes.«

Bevor ich wusste, was ich sagte, war es schon raus: »Ich suche einen Job.«

Penumbra blinzelte einmal, nickte dann und taperte hinüber zu einem Schreibtisch neben der Tür. Es war ein wuchtiger Block aus dunklem, wirteligem Holz, eine solide Festung am Waldesrand. Wahrscheinlich könnte man sie im Fall eines Angriffs aus den Regalen tagelang verteidigen.

»Eine Anstellung.« Penumbra nickte wieder. Er glitt auf den Stuhl hinter dem Schreibtisch und schaute mich über das massige Ding hinweg an. »Hast du je in einer Buchhandlung gearbeitet?«

»Naja«, sagte ich, »während meines Studiums habe ich in einem Fischrestaurant gekellnert, und der Besitzer verkaufte da sein Kochbuch.« Es hieß *The Secret Cod* und schilderte in aller Ausführlichkeit einunddreißig verschiedene Arten, wie man einen Kabeljau – na, Sie verstehen schon. »Das zählt wahrscheinlich nicht.«

»Nein, tut es nicht, aber einerlei«, sagte Penumbra. »Vorkenntnisse im Buchhandel werden dir hier kaum von Nutzen sein.«

Moment mal – vielleicht war ich ja doch in einem Erotik-Shop gelandet. Ich blickte mich nach allen Seiten um, konnte aber weder Mieder noch ähnliche Reizwäsche entdecken. Stattdessen lag auf einem niedrigen Tisch gleich neben mir ein Stapel mit angestaubten Dashiell Hammetts. Ein gutes Zeichen.

»Erzähl mir«, sagte Penumbra, »von einem Buch, das du liebst.«

Die Antwort darauf war einfach. Konkurrenzlos. Ich sagte zu ihm: »Mr. Penumbra, es handelt sich nicht um ein einziges Buch, sondern um eine ganze Serie. Stilistisch ist sie nicht überragend und wahrscheinlich ist sie auch zu lang und das Ende ist grauenhaft, aber ich habe sie dreimal gelesen, und ich habe darüber meinen besten Freund kennengelernt, weil wir beide davon besessen waren, damals, als wir in die sechste Klasse gingen.« Ich holte Luft. »Ich liebe die *Drachenlied-Chroniken.*«

Penumbra hob eine Augenbraue und lächelte dann. »Das ist gut, sehr gut«, sagte er, und sein Lächeln wurde immer breiter und offenbarte dicht gedrängte weiße Zähne. Dann musterte er mich aus zusammengekniffenen Augen von oben bis unten. »Aber kannst du auch auf eine Leiter klettern?«

Und so kommt es, dass ich jetzt auf dieser Leiter hänge, oben im bodenlosen dritten Stock der Buchhandlung Penumbra. Das Buch, das er mir zu holen aufgetragen hat, heißt

AL-ASMARI und steht etwa anderthalbmal so weit, wie mein Arm lang ist, zu meiner Linken. Ich muss eindeutig noch einmal nach unten und die Leiter ein Stück weiterschieben. Aber da steht Penumbra und ruft: »Streck dich, mein Junge! Streck dich!«

Und Mann, bin ich scharf auf diesen Job.

MANTELKNÖPFE

Das war alles vor einem Monat. Inzwischen bin ich Penumbras Verkäufer für die Nachtschicht und klettere die Leitern wie ein Äffchen rauf und runter. Dafür gibt es regelrecht eine Technik. Man schiebt die Leiter an die gewünschte Stelle und lässt die Rollen einrasten, dann geht man in die Hocke und springt gleich auf die dritte oder vierte Sprosse. Man zieht sich mit den Armen hoch, um den Schwung mitzunehmen, und schon hängt man anderthalb Meter in der Luft. Beim Klettern schaut man direkt geradeaus, nicht nach oben, nicht nach unten; man konzentriert sich auf einen Punkt etwa dreißig Zentimeter vor dem Gesicht und lässt die Wälzer in einem Wirbel aus bunten Buchrücken an sich vorbeirauschen. Dann zählt man stumm die Sprossen, und hat man endlich die richtige Ebene erreicht und greift nach dem gesuchten Buch ... na, dann streckt man sich natürlich.

Beruflich betrachtet, ist das möglicherweise keine ganz so marktfähige Qualifikation wie Webdesign, aber es macht wahrscheinlich mehr Spaß, und im Moment nehme ich alles, was ich kriegen kann.

Ich wünschte nur, meine neuen Fähigkeiten kämen öfter zum Einsatz. Mr. Penumbras Laden operiert nicht aufgrund eines überwältigend großen Andrangs von Kunden rund um die Uhr. Tatsächlich gibt es kaum welche, und manchmal komme ich mir eher wie ein Nachtwächter vor als wie ein Verkäufer.

Penumbra verkauft gebrauchte Bücher, die aber durch die Bank in einem so ausgezeichneten Zustand sind, dass sie ebenso gut neu sein könnten. Er macht seine Neuerwebungen tagsüber – man kann sie nur dem Mann verkaufen, dessen Name auf dem Schaufenster steht –, und offenbar ist er kein einfacher Kunde. Die Bestsellerlisten scheinen ihn nicht groß zu kümmern. Sein Lagerbestand ist eklektisch; es gibt keinerlei Hinweise auf irgendwelche Standards oder Kriterien außer seinen eigenen Vorlieben, schätze ich mal. Jugendliche Zauberer oder Vampir-Cops wird man also hier vergeblich suchen. Was schade ist, denn es ist genau so ein Laden, in dem man sofort ein Buch über einen jugendlichen Zauberer kaufen will. Es ist ein Laden, in dem man ein jugendlicher Zauberer *sein* will.

Ich habe meinen Freunden von Penumbras Laden erzählt, und ein paar sind auch vorbeigekommen und haben die Regale in Augenschein genommen und mir beim Erklimmen der staubigen Höhen zugesehen. Normalerweise beschwatze ich sie, irgendwas zu kaufen: einen Roman von Steinbeck, Erzählungen von Borges, einen dicken Tolkien-Wälzer – für all diese Autoren hat Penumbra eindeutig ein Faible, weil er von jedem das Gesamtwerk führt. Wenn gar nichts geht, schicke ich meine Freunde wenigstens mit einer Postkarte nach Hause. Auf dem Schreibtisch vorn liegt ein ganzer Stapel. Darauf ist eine Außenansicht des Ladens abgebildet – eine zarte Federzeichnung, die so alt und uncool ist, dass sie schon wieder cool aussieht –, und Penumbra verkauft sie für einen Dollar das Stück.

Aber von einem Dollar alle paar Stunden kann man nicht mein Gehalt bezahlen. Es ist mir ein Rätsel, wovon mein Gehalt bezahlt wird. Ohnehin ist mir ein Rätsel, wie diese Buchhandlung überleben kann.

Eine Kundin habe ich jetzt schon zweimal gesehen, eine Frau, von der ich mir ziemlich sicher bin, dass sie nebenan bei Booty's arbeitet. Ich bin mir darum ziemlich sicher, weil sie beide Male waschbärmäßige Schatten aus Mascara um die Augen hatte und nach Rauch roch. Sie hat ein strahlendes Lächeln und matt-dunkelblondes Haar. Ihr Alter lässt sich schwer schätzen – sie könnte eine verlebte Dreiundzwanzigjähre oder eine umwerfende Einunddreißigjährige sein –, und ich weiß auch nicht, wie sie heißt, aber ich weiß, dass sie Biografien mag.

Bei ihrem ersten Besuch hat sie sich in den Regalen im vorderen Bereich umgesehen, hat sie schleppend umrundet, hat sich ab und an geistesabwesend gerekelt und ist dann zu mir an den Schreibtisch neben der Tür gekommen. »Haben Sie die über Steve Jobs?«, fragte sie. Sie trug eine bauschige North-Face-Jacke über einem rosa Tanktop und Jeans, und ihr Tonfall war ein wenig dialektgefärbt.

Ich runzelte die Stirn und sagte: »Wahrscheinlich nicht. Aber schauen wir mal nach.« Penumbra hat eine Datenbank, die auf einem altersschwachen beigefarbenem MacPlus läuft. Ich hämmerte den Namen des Verfassers in die Tastatur und der Mac plingte leise – Treffer. Sie hatte Glück.

Wie bückten uns und durchsuchten die BIOGRAFIE-Abteilung, und da war es: ein einziges Exemplar, das glänzte wie neu. Vielleicht war es einmal als Weihnachtsgeschenk für einen Vater gedacht, der Hightech-Manager war und eigentlich keine Bücher las. Oder Tech-Dad hatte es lieber auf seinem Kindle lesen wollen. Auf jeden Fall hatte es jemand hier verkauft, und es hatte Penumbras Ansprüchen genügt. Ein Wunder.

»Er sah wahnsinnig gut aus«, sagte North Face und betrachtete das Buch, das sie auf Armeslänge vor sich hielt.

Steve Jobs schaute uns aus dem weißen Cover entgegen, die Hand am Kinn, auf der Nase eine runde Brille, die ein bisschen der von Penumbra ähnelte.

Eine Woche später kam sie zur Tür hereingehüpft, grinsend und lautlos in die Hände klatschend – was sie eher wie eine Dreiundzwanzigjähre als wie eine Einunddreißigjährige aussehen ließ –, und sagte:»Oh, es war einfach großartig! Aber wissen Sie was« – hier wurde sie ernst –,»er hat noch eins geschrieben, über Einstein.« Sie zeigte mir ihr Handy, das eine Amazon-Produktseite mit Walter Isaacsons Biografie über Albert Einstein zeigte.»Ich hab's im Internet gefunden, aber ich dachte, ich kauf's lieber hier?«

So viel ist klar: Es war unglaublich. Der Traum eines jeden Buchhändlers. Eine Stripperin, die sich dem Lauf der Geschichte entgegenstellte und *Stopp!* schrie – aber als wir unsere Köpfe hoffnungsvoll über den Computer neigten, mussten wir feststellen, dass Penumbras BIOGRAFIE-Abteilung über kein Exemplar von *Einstein: His Life and Universe* verfügte. Es gab fünf verschiedene Bücher über Richard Feynman, aber rein gar nichts über Einstein. Also sprach Penumbra.

»Echt?«, sagte North Face und machte einen Schmollmund.»Mist. Naja, dann kauf ich's im Internet, schätze ich. Danke.« Sie ging wieder in die Nacht hinaus und ist seither nicht zurückgekehrt.

Ich will mal ganz ehrlich sein. Wenn ich eine an meinen Erfahrungen beim Bücherkauf gemessene Rangliste nach den Kriterien Bequemlichkeit, Zugänglichkeit und Zufriedenheit aufstellen müsste, würde sie folgendermaßen aussehen:

1. Die perfekte unabhängige Buchhandlung, wie z. B. das Pygmalion in Berkeley.
2. Ein großer, heller Barnes & Noble. Ich weiß, es ist eine Kette, aber seien wir ehrlich – in diesen Läden fühlt man sich wohl. Besonders in denen mit den großen Sofas.
3. Der Gang mit den Büchern bei Walmart (gleich neben der Blumenerde).
4. Die Bordbibliothek der U.S.S. *West Virginia*, eines Atom-U-Boots tief unter der Wasseroberfläche des Pazifiks.
5. Buchhandlung Penumbra – durchgehend geöffnet.

Also nahm ich mir vor, das Schiff wieder auf Kurs zu bringen. Nein, ich verstehe nichts vom Management einer Buchhandlung. Nein, ich habe nicht mein Ohr am Puls der Stripklub-Klientel nach Feierabend. Nein, ich habe noch nie irgendwelche Schiffe auf Kurs gebracht, außer einmal, damals, als ich den Fechtklub der Rhode Island School of Design vor dem Bankrott bewahrte, indem ich einen vierundzwanzig Stunden langen Errol-Flynn-Filmmarathon organisierte, falls das zählt. Aber ich weiß genau, welche Dinge Penumbra offensichtlich falsch macht – nämlich Dinge, die er gar nicht macht.

Zum Beispiel Marketing.

Ich habe einen Plan. Zuerst werde ich mich mit ein paar kleinen Erfolgen bewähren, dann um ein Budget bitten, mit dem ich Anzeigen drucken kann, ein paar Poster ins Schaufenster hängen, vielleicht sogar mit einem Werbebanner in der Bushaltestelle draußen, nur ein paar Schritte weiter, groß herauskommen: WARTEN SIE AUF DEN BUS? KOMMEN SIE REIN UND WARTEN SIE BEI UNS! Auf meinem Laptop lasse ich die Seite mit dem Busfahrplan geöffnet, damit ich den Kunden Bescheid sagen kann, dass der nächste in fünf Minuten kommt. Das wird genial.

Aber ich muss klein anfangen, und weil keine Kunden kommen, um mich abzulenken, stürze ich mich in die Arbeit. Als Erstes wähle ich mich über den nicht gesicherten Wi-Fi-Anschluss nebenan, der *bootynet* heißt, ins Netz ein. Dann nehme ich mir nacheinander die Seiten mit Empfehlungen in der Nachbarschaft vor und schreibe glühende Besprechungen über dieses verborgene Kleinod. Ich schicke freundliche E-Mails mit zwinkernden Emoticons an Blogs aus dem Viertel. Ich gründe eine Facebook-Gruppe mit nur einem Mitglied. Ich melde mich bei Googles mega-umstrittenem Kleinanzeigen-Programm an – dasselbe, das wir bei NewBagel verwendet haben –, mit dem man seine Zielgruppe geradezu abartig präzise einkreisen kann. Ich verwende Merkmale aus dem umfangreichen Formular von Google:

- lebt in San Francisco
- mag Bücher
- Nachtschwärmer
- zahlt bar
- hat keine Stauballergie
- mag Wes-Anderson-Filme
- GPS-Treffer jüngeren Datums im Umkreis von fünf Blocks

Ich kann nur zehn Dollar dafür ausgeben, also muss ich spezifisch sein.

Das betrifft alles die Nachfrage. Aber ich muss mich auch ums Angebot kümmern, und Penumbras Angebot ist, gelinde gesagt, willkürlich – was aber nur ein Teil der Wahrheit ist. Buchhandlung Penumbra vereint, wie ich jetzt weiß, eigentlich zwei Läden in einem.

Es gibt die mehr oder weniger normale Buchhandlung im vorderen Bereich, eingepfercht in den engen Raum links und rechts neben dem Schreibtisch. Dort stehen niedrige Regale, die als Abteilungen für GESCHICHTE und BIOGRAFIE und LYRIK ausgegeben werden. Darin findet man Aristoteles' *Nikomachische Ethik* und Trevanians *Shibumi*. Diese mehr oder weniger normale Buchhandlung ist unsortiert und frustrierend, aber wenigstens mit Büchern bestückt, die man in einer Bibliothek oder im Internet finden könnte.

Die andere Buchhandlung versteckt sich im rückwärtigen Teil des Ladens, die Ware stapelt sich auf hohen, mit Leitern bestückten Regalen, und sie beherbergt Werke, die, soweit Google weiß, nicht existieren. Glauben Sie mir, ich habe gesucht. Viele von ihnen machen einen altertümlichen Eindruck – rissiges Leder, Titel in Goldprägung –, andere wiederum sind neu gebunden, mit bunten, makellosen Umschlägen. Also sind nicht alle steinalt. Sie sind nur alle … einzigartig. Diese Abteilung nenne ich die »Ladenhüter«.

Als ich anfing, hier zu arbeiten, hielt ich sie alle bloß für Produkte aus Kleinverlagen. Titel obskurer Amish-Verlage, die sich für die Digitalisierung nicht erwärmen können. Oder ich dachte, es seien sämtlich Publikationen im Selbstverlag – eine ganze Sammlung aus handgebundenen Unikaten, die es nie in die Library of Congress oder sonst wohin geschafft haben. Vielleicht war Penumbras Laden ja so eine Art Waisenhaus.

Aber nach einem Monat meiner Tätigkeit als Buchhändler habe ich allmählich den Eindruck, dass es ein bisschen komplizierter ist. Zu dem zweiten Laden gehört nämlich auch ein zweiter Kundenstamm – eine kleine Gemeinschaft von Leuten, die den Laden umkreisen wie unbekannte Monde. Sie sind kein bisschen wie North Face. Sie sind älter. Sie tauchen mit algorithmischer Regelmäßigkeit auf. Sie stöbern nie. Sie kommen in hellwachem, vollkommen nüchternem Zustand herein und beben vor Ungeduld. Zum Beispiel:

Das Glöckchen über der Tür bimmelt, und noch bevor es wieder verstummt, ruft ein atemloser Mr. Tyndall:»Kingslake! Ich brauche Kingslake!« Dann nimmt er die Hände vom Kopf (ist er wirklich die Straße heruntergerannt und hat dabei die ganze Zeit die Hände an den Kopf gehalten?) und krallt sie in meine Schreibtischkante. Dann wiederholt er in einem Ton, als habe er mir schon einmal mitgeteilt, dass mein Hemd brennt, und unter maßlosem Erstaunen, dass ich nicht umgehend etwas unternehme:

»Kingslake! Schnell!«

Die Datenbank auf dem MacPlus umfasst die regulären Bücher und die Ladenhüter gleichermaßen. Letztere sind nicht nach Titel oder Thema sortiert (haben sie überhaupt ein Thema?), darum ist die Unterstützung des Computers entscheidend. Jetzt gebe ich K-i-n-g-s-l-a-k-e ein und der Mac kurbelt langsam – Tyndall tritt von einem Bein aufs andere –, plingt und zeigt seine kryptische Antwort an. Nicht BIOGRAFIE oder GESCHICHTE oder SCIENCE-FICTION UND FANTASY, sondern: 3–13. Das sind die Ladenhüter, Gang 3, Regal 13, das sich in nur etwa dreieinhalb Metern Höhe befindet.

»Oh, Gott sei Dank, danke, ja, Gott sei Dank«, sagt Tyndall dann ekstatisch.»Hier ist mein Buch« – er zieht irgendwo ein großes Buch hervor, möglicherweise aus seiner Hose; es ist das Exemplar, das er zurückgibt und gegen KINGSLAKE eintauscht –,»und hier ist meine Karte.« Er schiebt eine steife laminierte Karte über den Tresen, die dasselbe Symbol trägt, das auch die Schaufenster ziert. Sie trägt einen kryptischen Code, der kräftig in das dicke Papier gestanzt ist und den ich eingebe. Tyndall ist, wie immer, der mit der Glückszahl 6WNJHY. Ich vertippe mich zweimal.

Nachdem ich auf der Leiter wieder meine Affennummer abgezogen habe, wickle ich KINGSLAKE in braunes Papier.

Dann versuche ich mich in Small Talk: »Wie läuft's denn so diese Nacht, Mr. Tyndall?«

»Oh, sehr gut, jetzt viel besser«, sagt er, erleichtert ausatmend, und nimmt mit zittrigen Händen das Päckchen entgegen. »Es geht voran, langsam, aber sicher! *Festina lente*, vielen Dank, vielen Dank!« Dann klingelt das Glöckchen ein weiteres Mal, als er eilig auf die Straße hinausläuft. Es ist ungefähr drei Uhr morgens.

Ist es ein Buchklub? Wie wird man Mitglied? Zahlt hier jemand irgendwann auch mal Beitrag?

So etwas frage ich mich, wenn ich allein hier sitze, nachdem Tyndall oder Lapin oder Fedorov gegangen sind. Tyndall ist wahrscheinlich der Schrägste, aber sie sind alle ziemlich schräg: alle ergrauend, besessen, anscheinend aus einer anderen Zeit oder einer anderen Welt importiert. Sie haben keine iPhones. Weder politisches Zeitgeschehen noch Popkultur kommen zur Sprache, noch sonst irgendwas, wenn man's recht bedenkt, mit Ausnahme der Bücher. Ich halte sie definitiv für einen Klub, obgleich ich keinerlei Anhaltspunkte dafür habe, dass sie sich kennen. Jeder kommt allein und verliert kein Wort über irgendein Thema außer über das Objekt seiner momentanen verzweifelten Leidenschaft.

Ich weiß nicht, was in diesen Büchern steht – und es gehört zu meinem Job, es nicht zu wissen. Nach dem Leitertest damals an dem Tag, als ich eingestellt wurde, stand Penumbra hinter dem großen Schreibtisch, betrachtete mich aus klaren blauen Augen und sagte:

»An diese Arbeit sind drei, jeweils streng zu befolgende, Anforderungen geknüpft. Überleg es dir gut, bevor du sie akzeptierst. Die Angestellten dieser Buchhandlung haben sich seit fast einem Jahrhundert an diese Regeln gehalten, und ich werde nicht zulassen, dass sie jetzt gebrochen werden. Erstens: Du musst immer von Punkt 22 Uhr bis Punkt sechs Uhr hier sein. Du darfst dich nicht verspäten. Du darfst nicht früher gehen. Zweitens: Du darfst die Bücher in den Regalen nicht durchblättern, lesen oder in sonst einer Weise inspizieren. Du darfst sie den Mitgliedern holen. Mehr nicht.«

Ich weiß, was Sie jetzt denken: Dutzende Nächte allein dort, und nie in einen der Bände gelinst? Richtig. Wer weiß, ob nicht Penumbra irgendwo eine Kamera hat. Wenn ich einen Blick riskiere und er es erfährt, bin ich gefeuert. Meine Freunde da draußen gehen massenhaft vor die Hunde; ganze Industriezweige, ganze Teile unseres Landes machen dicht. Ich habe keine Lust, in einem Zelt zu wohnen. Ich brauche diesen Job.

Und außerdem versöhnt die dritte Regel mit der zweiten: »Du musst alle Transaktionen präzise protokollieren. Die Uhrzeit. Die äußere Erscheinung des Kunden. Seinen Gemütszustand. Wie er nach einem Buch fragt. Wie er es entgegennimmt. Ob er verletzt aussieht. Ob er einen Rosmarinzweig am Hut trägt. Und so weiter.«

Ich schätze, unter normalen Umständen würde einem diese Jobbeschreibung ziemlich gruselig vorkommen. Unter den gegebenen Umständen – mitten in der Nacht Bücher an schrullige Gelehrte verleihen – kommt sie einem vollkommen normal vor. Anstatt also auf die verbotenen Regale zu stieren, verbringe ich meine Zeit damit, über die Kunden zu schreiben.

In meiner ersten Nacht hat mir Penumbra unten im Schreibtisch ein kleines Regal gezeigt, in dem aneinandergereiht ein Satz übergroßer ledergebundener Folianten steht, die bis auf ihre leuchtenden römischen Ziffern auf den Buchrücken alle identisch sind. »Unsere Logbücher«, hat er gesagt und seine Finger über die Reihe gleiten lassen, »die fast ein ganzes Jahrhundert zurückgehen.« Er hat sich den äußersten rechten Band herausgegriffen und ihn mit einem dumpfen *Rums* auf den Schreibtisch gewuchtet. »Von nun an wirst du mithelfen, sie weiterzuführen.« Der Einband des Logbuchs trug das tief eingeprägte Wort NARRATIO und ein Symbol – das Symbol aus dem Schaufenster. Zwei Hände, geöffnet wie ein Buch.

»Schlag es auf«, hat Penumbra gesagt.

Die Seiten im Inneren waren breit und grau und von Hand mit dunklen Buchstaben vollgeschrieben. Es gab auch Skizzen: Miniaturporträts von Männern mit Bärten, dichte geometrische Kritzeleien. Penumbra hat die Seiten hochgestemmt und die von einem Lesezeichen markierte Stelle etwa in der Mitte gefunden, wo die Schrift endete. »Du notierst die Namen, die Uhrzeit und die Titel«, hat er gesagt und auf die Seite getippt, »aber auch, wie gesagt, das Verhalten und die äußere Erscheinung. Wir führen über jedes Mitglied Buch und über jeden Kunden, der vielleicht einmal Mitglied wird, damit wir ihre Arbeit verfolgen können.« Dann hielt er inne und fügte hinzu: »Manche von ihnen arbeiten wirklich sehr schwer.«

»Was tun sie?«

»Mein Junge!«, sagte er und sah mich erstaunt an, als könne nichts offensichtlicher sein: »Sie lesen.«

Darum tue ich mein Bestes, um auf den Seiten des Buchs mit dem Titel NARRATIO, Nummer IX, ein klares, akkurates Protokoll dessen zu erstellen, was sich während meiner Schicht ereignet, und nur gelegentlich bringe ich einen kleinen literarischen Schnörkel an. Ich schätze, man könnte sagen, dass Regel Nummer zwei nicht ganz unumstößlich ist. Denn eins von den merkwürdigen Büchern bei Penumbra darf ich anfassen. Es ist das, das ich schreibe.

Wenn ich Penumbra morgens sehe und wir Besuch von einem Kunden hatten, will er wissen, wie es war. Ich lese ihm dann etwas aus dem Logbuch vor, und er schenkt meinen Betrachtungen ein freundliches Nicken. Aber dann hakt er nach: »Eine beachtliche Charakterisierung Mr. Tyndalls«, sagt er. »Aber entsinnst du dich auch, ob seine Mantelknöpfe aus Perlmutt waren? Oder aus Horn? Vielleicht aus irgendeinem Metall? Kupfer?«

Ja, okay: Es wirkt tatsächlich seltsam, dass Penumbra dieses Dossier führt. Ich kann mir einfach nicht vorstellen, welchem Zweck das Ganze dienen soll, weder einen guten noch einen bösen. Aber wenn Menschen ein gewisses Alter erreicht haben, hört man irgendwie auf, sie zu fragen, warum sie bestimmte Dinge tun. Es könnte gefährlich sein. Was wäre, wenn man sagt, *Mr. Penumbra, warum wollen Sie wissen, wie die Mantelknöpfe von Mr. Tyndall beschaffen sind?* Und er dann vielleicht verstummt und sich am Kinn kratzt und eine peinliche Pause folgt – und uns beiden klar wird, dass er sich nicht erinnern kann?

Oder was, wenn er mich auf der Stelle rausschmeißt?

Penumbra behält seine Meinung für sich, und die Botschaft lautet eindeutig: Mach deinen Job, stell keine Fragen. Mein Freund Aaron ist letzte Woche entlassen worden und zieht jetzt wieder bei seinen Eltern in Sacramento ein. Bei dieser wirtschaftlichen Großwetterlage ziehe ich es vor, Penumbras Grenzen nicht auszuloten. Ich brauche diesen Stuhl.

Mr. Tyndalls Mantelknöpfe waren aus Jade.

MATROPOLIS

Um die Buchhandlung Penumbra durchgehend geöffnet zu halten, wird der Lauf der Sonne von einem Besitzer und zwei Verkäufern dreigeteilt, und ich kriege das dunkelste Segment ab. Penumbra selbst übernimmt die Vormittage – wahrscheinlich könnte man sagen, die beste Geschäftszeit, nur dass es so etwas in diesem Laden nicht wirklich gibt. Ich meine, ein einziger Kunde gilt schon als besonderes Ereignis, und der kann ebenso gut um Mitternacht wie nachmittags um halb eins aufkreuzen.

Darum reiche ich das Staffelholz an Penumbra weiter, erhalte es aber von Oliver Grone zurück, jener sanften Seele, die den Laden durch den Abend trägt.

Oliver ist groß und stämmig, mit kräftigen Knochen und riesigen Füßen. Er hat welliges, kupferfarbenes Haar und Ohren, die lotrecht zu seinem Kopf abstehen. In einem anderen Leben wäre er Footballspieler oder Mitglied einer Rudermannschaft gewesen, oder er hätte beim Klub nebenan zwielichtigen Gentlemen die Tür gewiesen. In diesem Leben ist Oliver Doktorand der Archäologie in Berkeley. Oliver macht eine Ausbildung zum Museumskurator.

Er ist still – zu still für seine Körpergröße. Er spricht in knappen, einfachen Sätzen und scheint ständig über andere Dinge nachzudenken, Dinge, die in zeitlich und/oder räumlich weit entfernten Sphären liegen. Olivers Tagträume handeln von ionischen Säulen.

Er hat ein immenses Wissen. Eines Nachts habe ich es mal getestet, mit einem Buch namens *The Stuff of Legend,* das ich unten aus Penumbras kleiner Abteilung für GESCHICHTE hervorgezogen hatte. Ich habe die Bildunterschriften mit der Hand verdeckt und ihm nur die Fotos gezeigt:

»Minoisches Stier-Totem, 1700 vor Christus«, rief er mir zu. Korrekt.

»Basse-Yutz-Krug, 450 vor Christus. Vielleicht 500.« Stimmt.

»Dachziegel, 600 nach Christus. Müsste koreanisch sein.« Stimmt wieder.

Am Ende des Tests hatte Oliver von zehn Fragen zehn richtig beantwortet. Ich bin überzeugt, dass sein Gehirn schlicht auf einer anderen Zeitskala läuft. Ich kann mich kaum entsinnen, was ich gestern zu Mittag gegessen habe; Oliver dagegen kann einem mühelos sagen, was sich 1000 vor Christus ereignete und wie alles damals aussah.

Darum beneide ich ihn. Im Moment noch sind Oliver und ich gleichberechtigte Kollegen: Wir haben genau den gleichen Job und sitzen auf genau demselben Stuhl. Aber bald, sehr bald, wird er sich signifikant weiterentwickeln und einen deutlichen Sprung nach vorn machen und mich weit hinter sich lassen. Er wird einen Platz in der richtigen Welt finden, weil er etwas gut kann – und zwar etwas anderes, als in einer einsamen Buchhandlung Leitern hochzuklettern.

Jeden Abend um 22 Uhr kreuze ich im Laden auf und finde Oliver hinter dem Schreibtisch vor, immer in ein Buch vertieft, immer mit einem Titel wie *Terrakotta – Behandlung und Pflege* oder *Atlas der Pfeilspitzen des präkolumbianischen Amerika.* Jeden Abend klopfe ich auf das dunkle Holz. Er schaut auf und sagt: »Hey, Clay.« Jeden Abend nehme ich

seinen Platz ein und wir nicken uns zum Abschied zu wie
Soldaten – Männer, die die Situation des anderen ohne Worte
verstehen.

Wenn meine Schicht endet, ist es sechs Uhr früh, eine unge-
mütliche Zeit, um in die Welt hinausgeschickt zu werden. In
der Regel gehe ich nach Hause und lese oder mache Videospiele. Ich würde sagen, um zu entspannen, nur ist die Nachtschicht bei Penumbra nicht wirklich eine Arbeit, von der man
sich erholen müsste. Darum schlage ich meistens nur die Zeit
tot, bis meine Mitbewohner aufstehen.

Mathew Mittelbrand ist unser residierender Künstler. Er
ist spindeldürr, hat einen blassen Teint und führt ein unregel-
mäßiges Leben – noch unregelmäßiger als meins, weil es un-
vorhersehbarer ist. Oft muss ich morgens gar nicht auf Mat
warten; stattdessen komme ich heim und stelle fest, dass er
die ganze Nacht auf war und an seinem jüngsten Projekt ge-
werkelt hat.

Tagsüber (mehr oder weniger) arbeitet Mat an Spezialef-
fekten für Industrial Light and Magic im Presidio Park und
stellt Filmrequisiten und -kulissen her. Er wird dafür bezahlt,
Lasergewehre und verwunschene Schlösser zu entwerfen
und zu bauen. Aber – und das finde ich sehr beeindruckend –
er macht das ohne Computer. Mat ist Teil des aussterbenden
Völkchens von Special-Effects-Künstlern, die immer noch
mit Messer und Klebstoff arbeiten.

Wann immer er nicht bei ILM ist, arbeitet Mat an irgendeinem eigenen Projekt. Er geht dabei mit einer irrsinnigen
Intensität ans Werk, wirft die Zeit ins Feuer, als wäre sie tro-
ckener Zunder, verzehrt sie total, verheizt sie. Er hat einen
leichten, kurzen Schlaf, den er oft auf einem Stuhl hält oder
in einer pharaonenhaften Ruhestellung auf dem Sofa. Er ist

wie der Geist aus einem Märchenbuch, ein kleiner Dschinn oder so was, nur dass sein Element statt Luft oder Wasser die Fantasie ist.

Mats jüngstes Projekt ist sein bisher größtes, und bald wird für mich und das Sofa kein Platz mehr sein. Mats jüngstes Projekt erobert peu à peu das Wohnzimmer. Er nennt es Matropolis, und es besteht aus Kisten und Büchsen, Papier und Schaumstoff. Es ist eine Modelleisenbahn ohne Eisenbahn. Die Topografie darunter besteht aus lauter steilen Bergen aus Styroporchips, zusammengehalten mit Maschendraht. Das Ganze nahm seinen Anfang auf einem Spieltisch, aber Mat hat zwei weitere dazugestellt, die unterschiedlich hoch sind, wie tektonische Platten. Über das Tischplattenterrain breitet sich jetzt eine Stadt.

Es ist eine Traumlandschaft im Kleinformat, eine helle, glitzernde Hyper-City, erbaut aus Abfällen vertrauter Gegenstände, mit gehryesken Kurven aus glatter Alufolie, gotischen Zacken und Zinnen aus trockenen Makkaroni, einem Empire State Building aus grünen Glasscherben.

An der Wand hinter den Spieltischen kleben Mats Fotovorlagen: Ausdrucke von Bildern, die Museen, Kathedralen, Bürotürme und Reihenhäuser zeigen. Auf manchen ist eine ganze Skyline zu sehen, aber mehrheitlich sind es Nahaufnahmen: herangezoomte Fotos von Oberflächen und Strukturen, die Mat selbst aufgenommen hat. Er steht oft davor und starrt sie an, reibt sich das Kinn, verarbeitet die Körnung und das Glitzern in seinem Kopf, nimmt alles auseinander und baut es mit seinem eigenen maßgefertigten Lego-Bausatz wieder auf. Mat verwendet alltägliche Materialien so genial, dass ihre ursprüngliche Herkunft in Vergessenheit gerät und man sie nur noch als die kleinen Gebäude wahrnimmt, zu denen sie geworden sind.

Auf dem Sofa liegt eine schwarze Funkfernsteuerung aus Plastik; ich nehme sie in die Hand und drücke einen der Knöpfe. Ein Luftschiff im Spielzeugformat, das neben dem Türeingang schlummert, erwacht summend zum Leben und rast auf Matropolis zu. Sein Meister kann es so lenken, dass es auf dem Dach des Empire State Building andockt, ich hingegen schaffe es immer nur, damit gegen das Fenster zu knallen.

Den Flur entlang, gleich hinter Matropolis, liegt mein Zimmer. Es gibt hier drei Räume für drei Mitbewohner. Meiner ist der kleinste, kaum mehr als ein winziges weißes Quadrat mit einer filigranen Deckenverzierung vom Anfang des letzten Jahrhunderts. Mats Zimmer ist bei Weitem das größte, aber es ist zugig – es liegt oben auf dem Dachboden, am Ende einer schmalen Stiege. Und ein drittes Zimmer, in dem sich Geräumigkeit und Behaglichkeit perfekt die Waage halten, gehört unserer dritten Mitbewohnerin, Ashley Adams. Sie schläft im Moment noch, aber nicht mehr lange. Ashley steht jeden Morgen um Punkt drei viertel sieben auf.

Ashley ist schön. Wahrscheinlich zu schön – zu schillernd und ebenmäßig, wie ein 3-D-Modell. Sie hat blondes, glattes Haar, das exakt auf Schulterlänge abgeschnitten ist, und muskulöse Arme – vom Felsenklettern zweimal wöchentlich. Ihre Haut ist durchgehend sonnengebräunt. Ashley ist Kundenberaterin bei einer PR-Agentur, und in dieser Eigenschaft hat sie auch die PR für NewBagel gemacht, so haben wir uns kennengelernt. Ihr gefiel mein Logo. Zuerst dachte ich, ich hätte mich in sie verliebt, aber dann wurde mir klar, dass sie ein Android ist.

Das meine ich nicht böse! Ich meine, wenn wir's irgendwann richtig raushaben, werden Androiden total cool sein, stimmt's? Klug und stark und effizient und rücksichtsvoll.

Ashley ist all das. Und sie ist unsere Schutzherrin, sie ist Hauptmieterin der Wohnung. Sie lebt seit Jahren hier, und unsere niedrige Miete ist Resultat ihres langen Mietverhältnisses. Ich jedenfalls bin Feuer und Flamme für unsere zukünftigen androiden Gebieter.

Nachdem ich etwa neun Monate hier gewohnt hatte, zog unsere damalige Mitbewohnerin Vanessa nach Kanada, um einen MBA in Wirtschaft zu machen, und ich war derjenige, der Mat als Ersatz für sie fand. Er war der Freund eines Freundes von der Kunstakademie; ich hatte mir seine Ausstellung in einer kleinen, weiß getünchten Galerie angesehen, lauter Mini-Wohnsiedlungen, die in Weinflaschen und Glühbirnen eingebaut waren. Als es sich dann ergab, dass wir einen neuen Mitbewohner brauchten und er eine Wohnung suchte, begeisterte mich die Vorstellung, dicht an dicht mit einem Künstler zu wohnen, aber ich war mir nicht sicher, ob Ashley mitziehen würde.

Mat kam und stellte sich vor, in einer schnuckeligen blauen Sportjacke und akkurat gebügelten Hosen. Wir saßen im Wohnzimmer (das damals noch von einem Flachbildfernseher beherrscht wurde; an Städte auf Tischplatten dachten wir nicht mal im Traum), und er erzählte uns von seiner damaligen Aufgabe bei ILM: ein blutrünstiges Monster mit einer Haut aus blauem Jeansstoff zu entwerfen und zu konstruieren. Es sollte Teil eines Horrorfilms werden, der in einer Filiale von Abercrombie & Fitch spielte.

»Ich lerne gerade Nähen«, erklärte er uns. Dann zeigte er auf einen von Ashleys Ärmelaufschlägen:»Das sind richtig gute Säume.«

Später, nachdem er gegangen war, sagte mir Ashley, dass ihr an Mat gefiel, wie ordentlich er war.»Wenn du also meinst, dass er gut zu uns passt, bin ich mit ihm einverstanden«, sagte sie.

Das ist der Schlüssel für unser harmonisches Zusammenleben: Obwohl sie unterschiedliche Ziele haben, verbindet Mat und Ashley ein ungeheurer Respekt vor Details. Für Mat ist das ein Mini-Graffito in einer Mini-U-Bahn-Station. Für Ashley ist es Unterwäsche, die zu ihrem Twinset passt. Aber die Nagelprobe kam schon am Anfang, mit Mats erstem Projekt. Das Ganze spielte sich in der Küche ab.

Die Küche: Ashleys Allerheiligstes. Ich halte mich in der Küche zurück; ich koche Gerichte, die nicht viel Chaos oder Schmutz verursachen, Nudeln oder Pop-Tarts. Ich lasse die Finger von ihrer edlen Microplane-Raspel und ihrer komplizierten Knoblauchpresse. Ich weiß, wie man am Herd die Flammen an- und wieder abdreht, aber nicht, wie man den Umluftofen bedient, für dessen Gebrauch wahrscheinlich zwei Eingabecodes erforderlich sind wie für den Startmechanismus einer Atomrakete.

Ashley liebt die Küche. Sie ist ein Gourmet und Genussmensch und sie ist nie hübscher, beziehungsweise dem androidischen Ideal näher als am Wochenende, wenn sie in einer farblich abgestimmten Schürze, das Haar zu einem perfekten blonden Knoten aufgesteckt, ein herrlich duftendes Risotto kocht.

Mat hätte sein erstes Projekt oben auf dem Dachboden oder in dem kleinen, mit Gestrüpp überwucherten Hof in Angriff nehmen können. Aber nein. Er wählte die Küche.

Das war während meiner Arbeitslosigkeit nach NewBagel, darum war ich dabei, als es geschah. Ich hatte mich sogar gerade tief über Mats Meisterwerk gebeugt, um es zu begutachten, als Ashley auftauchte. Sie kam von der Arbeit und trug noch ihr anthrazit- und beigefarbenes Outfit von J. Crew. Sie schnappte nach Luft.

Mat hatte einen riesigen Pyrex-Topf auf dem Herd aufgebaut, in dem eine Mischung aus Öl und Färbemittel langsam brodelte. Sie war schwer und extrem zähflüssig, und über der sparsam dosierten Hitze blubberte und schwitzte sie in Zeitlupe vor sich hin. Alles Licht in der Küche war ausgeschaltet, dafür hatte Mat zwei helle Bogenlampen hinter dem Kessel aufgestellt; der gläserne Deckel reflektierte das Licht, und rote und lila Schatten drehten sich über Arbeitsflächen aus Granit und Travertinfliesen.

Ich richtete mich auf und blieb stumm stehen. Als ich zum letzten Mal auf ähnliche Weise ertappt wurde, war ich neun und hatte nach der Schule auf dem Küchentisch Vulkane aus Essig und Backpulver hergestellt. Meine Mutter trug damals genau die gleichen Hosen wie Ashley.

Mats Augen richteten sich langsam nach oben. Er hatte die Ärmel über die Ellenbogen geschoben. Seine dunklen Lederschuhe glänzten im Dämmerlicht wie auch seine Fingerspitzen, die mit Öl bedeckt waren.

»Es ist eine Simulation des Pferdekopfnebels«, sagte er. Offensichtlich.

Ashley starrte wortlos. Ihr Mund war leicht geöffnet. Ein Schlüsselbund baumelte an ihrem Finger, auf halbem Weg zu seinem Stammplatz, gleich über der Liste mit dem Hausarbeitsplan, erstarrt.

Mat wohnte seit drei Tagen bei uns.

Ashley trat zwei Schritte näher und beugte sich über den Topf, genau wie ich zuvor, spähte hinein in die kosmischen Tiefen. Ein safrangelbes Klümpchen war dabei, sich durch eine wabernde Schicht aus Grün und Gold an die Oberfläche zu zwängen.

»Heilige Scheiße, Mat«, hauchte sie. »Das ist ja wunderschön.«

Also köchelte Mats astrophysische Suppe weiter, und nach und nach kamen andere Projekte hinzu, die größer und unübersichtlicher wurden und immer mehr Platz beanspruchten. Ashley interessierte sich für seine Fortschritte; sie schlenderte ins Zimmer, stemmte eine Hand in die Hüfte, rümpfte die Nase und gab einen schlauen, konstruktiven Kommentar ab. Sie räumte den Fernseher eigenhändig weg.

Das ist Mats Geheimwaffe, sein Passierschein, seine Du-kommst-aus-dem-Gefängnis-frei-Karte: Mat macht Dinge, die wunderschön sind.

Natürlich habe ich zu Mat gesagt, dass er mich mal in der Buchhandlung besuchen soll, und heute kommt er, um halb drei Uhr nachts. Die Glocke über der Tür läutet und kündigt seine Ankunft an, und bevor er auch nur ein Wort sagt, legt er den Kopf in den Nacken und folgt den Regalen hinauf in die schummrigen Höhen. Er dreht sich zu mir um, richtet seinen Arm, der in einer karierten Jacke steckt, direkt an die Decke und sagt: »Ich möchte da rauf.«

Ich arbeite erst seit einem Monat hier und mir fehlt noch ein bisschen das Selbstvertrauen, um schon Dummheiten anzustellen, aber Mats Neugier ist ansteckend. Entschlossenen Schritts geht er direkt zu den Ladenhütern und bleibt zwischen den Regalen stehen, geht nah heran, untersucht die Holzmaserung, das Material der Buchrücken.

Ich gebe nach: »Okay, aber du musst dich gut festhalten. Und fass bloß keine Bücher an.«

»Ich darf sie nicht anfassen?«, sagt er und probiert die Leiter aus. »Und wenn ich eins kaufen will?«

»Sie sind nicht zu verkaufen – man kann sie nur ausleihen. Du musst Klubmitglied sein.«

»Seltene Bücher? Erstausgaben?« Er ist schon auf halber Höhe. Er bewegt sich schnell.

»Eher einmalige Ausgaben«, sage ich. ISBN wird man hier nicht finden.

»Wovon handeln sie?«

»Ich weiß es nicht«, sage ich leise.

»Was?«

Als ich es lauter wiederhole, wird mir klar, wie lahm es klingt:»Ich weiß es nicht.«

»Du hast dir noch nie eins angesehen?« Er ist auf der Leiter stehen geblieben und schaut nach unten. Fassungslos.

Jetzt werde ich nervös. Ich weiß genau, wohin das führt.

»Im Ernst, nie?« Er streckt die Hand nach einem Regal aus.

Ich erwäge, an der Leiter zu rütteln, um ihn meinen Unmut spüren zu lassen, aber das Einzige, was problematischer wäre als Mat, der einen Blick in ein Buch wirft, ist ein Mat, der abstürzt und sich das Genick bricht. Wahrscheinlich. Er hält jetzt eins in der Hand, ein dickes Werk mit schwarzem Einband, das droht, ihn aus dem Gleichgewicht zu bringen. Er schwankt auf der Leiter hin und her, und ich beiße die Zähne zusammen.

»Hey, Mat«, sage ich, und meine Stimme klingt plötzlich schrill und quengelig, »warum lässt du es nicht einfach —«

»Das ist ja der Wahnsinn.«

»Du solltest jetzt besser —«

»Echt der Wahnsinn, Jannon. Du hast dir das nie angesehen?« Er drückt sich das Buch an die Brust und macht einen Schritt nach unten.

»Warte!« Vielleicht ist es irgendwie kein ganz so schlimmer Regelbruch, wenn man das Buch nicht so weit von seinem Stammplatz entfernt. »Ich komme hoch.« Ich bringe

42

eine zweite Leiter in Position, sodass sie der seinen gegenübersteht, und hüpfe die Sprossen hinauf. Kurz darauf sind Mat und ich auf einer Ebene und konferieren mit gedämpfter Stimme in sechs Metern Höhe. Natürlich bin ich selbst wahnsinnig neugierig. Ich ärgere mich über Mat, bin ihm aber zugleich dankbar, dass er mich in Versuchung führt. Er balanciert den dicken Band auf seiner Brust und dreht ihn in meine Richtung. Es ist dunkel da oben, darum lehne ich mich über die Lücke zwischen den Regalen, damit ich die Seiten erkennen kann.

Wegen so was kommen Tyndall und die anderen mitten in der Nacht hier angerannt?

»Ich hatte auf eine Enzyklopädie über schwarze Magie gehofft«, sagt Mat.

Die aufgeschlagenen zwei Seiten zeigen eine feste Matrix aus Buchstaben, eine dichte Decke aus Glyphen, aus der kaum irgendwo weiße Stellen hervorschauen. Die Buchstaben sind groß und kräftig, in einer scharfen Serife ins Papier gestanzt. Das Alphabet erkenne ich – es ist römisch, das heißt also, normal –, aber nicht die Worte. Genauer gesagt stehen da gar keine richtigen Worte. Auf den Seiten sind nur lange Buchstabenreihen – ein undifferenziertes Wirrwarr.

»Und wiederum«, sagt Mat, »wissen wir gar nicht, ob es *nicht doch* eine Enzyklopädie über schwarze Magie ist …«

Ich ziehe ein weiteres Buch aus dem Regal, diesmal ein großes, flaches mit hellgrünem Einband und einem braunen Buchrücken, auf dem KRESIMIR steht. Innen sieht es genauso aus.

»Vielleicht sind das irgendwelche Denksportaufgaben«, sagt Mat. »Sowas wie Sudoku für Super-Fortgeschrittene.«

Penumbras Kunden sind tatsächlich genau die Sorte Menschen, die man in Cafés sitzen und Schach gegen sich selbst spielen sieht oder dabei, wie sie beim Lösen des Samstags-Kreuzworträtsels ihre blauen Kugelschreiber mit gefährlicher Entschlossenheit ins Zeitungspapier drücken.

Unten bimmelt das Glöckchen. Klirrend kalte Angst schießt von meinem Gehirn bis in meine Fingerspitzen und wieder zurück. Vorn im Laden ruft jemand mit tiefer Stimme:»Ist jemand da?«

Ich zische Mat zu:»Stell es wieder zurück.« Dann sause ich die Leiter hinunter.

Als ich keuchend aus dem Magazin hervortrete, steht Fedorov an der Tür. Von allen Kunden, die ich kennengelernt habe, ist er der älteste – sein Bart ist schneeweiß und die Haut an seinen Händen dünn wie Papier –, aber wahrscheinlich ist er auch der mit den klarsten Augen. Im Grunde ähnelt er Penumbra in vielem. Jetzt schiebt er mir ein Buch über den Tisch – er gibt CLOVTIER zurück –, dann tippt er mit zwei Fingern hart auf die Tischplatte und sagt:»Als Nächstes brauche ich Murao.«

Na schön. Ich finde MVRAO in der Datenbank und schicke Mat die Leiter hinauf. Fedorov beäugt ihn neugierig.»Ein zweiter Verkäufer?«

»Ein Freund«, sage ich.»Er hilft nur aus.«

Fedorov nickt. Mir kommt der Gedanke, dass Mat als sehr junges Mitglied dieses Klubs durchgehen könnte. Er und Fedorov tragen beide braune Cordhosen heute Nacht.

»Wie lange sind Sie hier, siebenunddreißig Tage?«

Ich hätte es nicht mit Gewissheit sagen können, aber ja, bestimmt sind es genau siebenunddreißig Tage. Diese Typen sind gewöhnlich sehr exakt.»Stimmt, Mr. Fedorov«, sage ich vergnügt.

»Und wie finden Sie es?«

»Es gefällt mir«, sage ich.»Besser, als in einem Büro zu arbeiten.«

Fedorov nickt zustimmend und reicht mir seine Karte. Er ist 6KZVCY, na klar. »Ich habe dreißig Jahre für HP gearbeitet« – er sagt *Cha-Peh* –, »also das war ein Büro.« Dann erlaubt er sich die Frage: »Haben Sie früher schon einmal einen Taschenrechner von HP benutzt?«

Mat kommt mit dem MVRAO zurück. Es ist ein großes Buch, dick und breit, mit marmoriertem Ledereinband. »Oh ja, definitiv«, sage ich und verpacke das Buch in braunes Papier. »Während meiner Highschool-Zeit hatte ich einen dieser grafikfähigen Taschenrechner. Es war ein HP-38.«

Fedorov strahlt wie ein stolzer Großvater. »Ich habe am Achtundzwanziger mitgearbeitet, das war der Vorläufer!«

Ich schmunzle. »Wahrscheinlich habe ich ihn noch irgendwo«, sage ich und schiebe ihm den MVRAO über den Tresen.

Fedorov greift mit beiden Händen nach ihm. »Danke«, sagt er. »Wissen Sie, der Achtunddreißiger hatte keine Umgekehrte Polnische Notation« – er klopft bedeutungsvoll auf sein Buch (schwarzer Magie?) –, »und ich muss Ihnen sagen, für diese Art von Arbeit ist UPN nützlich.«

Ich glaube, dass Mat recht hat: Sudoku. »Ich werd's mir merken«, sage ich.

»Okay, danke noch mal.« Das Glöckchen klingelt und wir sehen zu, wie Fedorov langsam auf dem Bürgersteig Richtung Bushaltestelle geht.

»Ich hab mir sein Buch angesehen«, sagt Mat. »Genau wie die anderen.«

Was vorher seltsam erschien, erscheint jetzt noch seltsamer.

»Jannon«, sagt Mat und schaut mir direkt ins Gesicht. »Ich muss dich was fragen.«

»Lass mich raten«, sage ich. »Warum ich mir die Bücher nie ange-«

»Bist du scharf auf Ashley?«

Also, das hatte ich jetzt nicht erwartet. »Was? Nein.«

»Okay, gut. Weil, ich nämlich schon.«

Ich blinzle und starre Mat Mittelbrand an, wie er dort in seiner winzigen, perfekt maßgeschneiderten Anzugjacke steht. Es ist, als würde Jimmy Olsen gestehen, dass er scharf auf Wonder Woman ist. Der Gegensatz haut einen einfach um. Und trotzdem –

»Ich werde mich an sie heranmachen«, sagt er ernst. »Es könnte ein bisschen bizarr werden.« Es klingt wie ein Überfallkommando, das um Mitternacht losschlagen wird. Ungefähr so: *Garantiert wird es eine extrem gefährliche Operation, aber keine Sorge. Ich hab so was schon mal gemacht.*

Meine Vision verpufft und macht einer anderen Platz. Vielleicht ist Mat ja gar nicht Jimmy Olsen, sondern Clark Kent, und dahinter versteckt sich ein Superman. Er wäre zwar ein Superman von eins zweiundsechzig, aber immerhin.

»Ich meine, genau genommen haben wir's schon einmal gemacht.«

Moment mal, was –

»Vor zwei Wochen. Du warst nicht zu Hause. Du warst hier. Wir hatten ziemlich viel Wein getrunken.«

Mir wird ein bisschen schwindelig, nicht, weil Mat und Ashley ein so ungleiches Paar abgeben würden, sondern wegen der Erkenntnis, dass dieses zarte Band vor meiner Nase geknüpft wurde und ich keine Ahnung hatte. Ich hasse es, wenn das passiert.

Mat nickt, als wäre jetzt alles geregelt. »Okay, Jannon. Dieser Laden ist der Hammer. Aber ich muss los.«

»Zurück zur Wohnung?«

»Nein, ins Büro. Muss die Nacht durchmachen. Dschungelmonster.«

»Dschungelmonster.«

»Aus echten Pflanzen. Wir müssen im Studio die ganze Zeit die Heizung voll aufdrehen. Vielleicht komme ich noch mal auf eine zweite Pause vorbei. Hier ist es kühl und trocken.« Mat geht. Später schreibe ich ins Logbuch:

Eine kühle, wolkenlose Nacht. Die Buchhandlung wird (nach Ansicht dieses Verkäufers) vom jüngsten Kunden seit vielen Jahren aufgesucht. Er trägt Cordhosen, ein maßgeschneidertes Jackett und darunter einen mit kleinen Tigern bestickten Pullunder. Der Kunde ersteht eine Postkarte (unter Zwang) und verlässt danach den Laden, um seine Arbeit an einem Dschungelmonster wieder aufzunehmen.

Es ist sehr still. Ich lege mein Kinn in die Hand, gehe im Kopf meine Freunde durch und frage mich, was sich sonst noch alles direkt vor meinen Augen zuträgt, ohne dass ich es sehe.

DIE DRACHENLIED-CHRONIKEN, TEIL I

In meiner nächsten Nacht besucht mich wieder ein Freund in Mr. Penumbras Buchhandlung und nicht nur irgendeiner: mein ältester. Neel Shah und ich sind seit der sechsten Klasse beste Freunde. In der unberechenbaren, frei fließenden Dynamik der Mittelschule trieb ich irgendwie in der Nähe der Oberfläche, ein harmloser Jedermann, der gerade gut genug Basketball spielen konnte und in Gegenwart von Mädchen nicht gleich von lähmender Angst gepackt wurde. Neel dagegen ging auf Grund wie ein Senkblei und wurde von Jocks und Nerds gleichermaßen gemieden. Meine Tischkumpel in der Schulcafeteria schnaubten verächtlich, er würde komisch aussehen, komisch reden, komisch riechen.

Aber in diesem Frühjahr damals verband uns eine Leidenschaft für Bücher über singende Drachen und machte uns zu besten Freunden. Ich hielt zu ihm, verteidigte ihn, setzte präpubertäres Sozialkapital für ihn ein. Ich verschaffte ihm Einladungen zu Pizza-Partys und lockte Mitglieder der Basketballmannschaft in unsere Rockets-&-Warlocks-Rollenspielgruppe (das ging nicht lange gut: Neel war immer der Kerkermeister, und er hetzte ständig zielstrebige Droiden und untote Orks auf sie). In der siebten Klasse machte ich gegenüber Amy Torgensen, einem hübschen Mädchen mit strohblondem Haar und einer Leidenschaft für Pferde, eine

Andeutung, dass Neels Vater ein im Exil lebender, unsäglich reicher Prinz sei und Neel deshalb einen ausgezeichneten Begleiter für den nächsten Highschool-Ball abgeben würde. Es war sein erstes Date.

So könnte man vermutlich sagen, dass Neel mir ein paar Gefallen schuldet, wären da inzwischen nicht so viele Gefallen zwischen uns ausgetauscht worden, dass man nicht mehr von einzelnen Taten sprechen kann, sondern von einem hellen Flimmern aus Loyalität. Unsere Freundschaft ist ein kosmischer Nebel.

Jetzt taucht Neel im Türrahmen auf, groß und stämmig, in einer eng anliegenden schwarzen Sportjacke. Er würdigt die hoch aufragenden staubigen Ladenhüter keines Blicks. Stattdessen geht er schnurstracks auf das kleine Regal zu, das die SCIENCE-FICTION UND FANTASY-Bücher enthält.

»Alter, ihr habt ja Moffat!«, sagt er und hält ein dickes Paperback hoch. Es sind die *Drachenlied-Chroniken, Teil I* – ebenjenes Werk, das uns in der sechsten Klasse zusammenbrachte und immer noch unser gemeinsames Lieblingsbuch ist. Ich habe es dreimal gelesen; Neel wahrscheinlich sechsmal.

»Und es ist sogar noch ein altes Exemplar«, sagt er und lässt die Seiten durch die Finger flutschen. Er hat recht. Die neueste Ausgabe der Trilogie, die nach Clark Moffats Tod erschien, besticht durch markante, geometrisch gestaltete Einbände, die ein durchgehendes Muster ergeben, wenn man alle drei Bände nebeneinander ins Regal stellt. Dieser zeigt einen weichgezeichneten dicken blauen Drachen, der sich durch schäumende Gischt windet.

Ich ermuntere Neel, das Buch zu kaufen, weil es ein Sammlerstück und wahrscheinlich mehr wert ist als das, was auch immer Penumbra dafür verlangt. Und weil ich seit sechs Tagen lediglich eine einzige Postkarte verkauft habe. Normalerweise

hätte ich ein schlechtes Gewissen, wenn ich einen meiner
Freunde zum Kauf eines Buches drängen würde, aber Neel
Shah ist inzwischen, wenn auch nicht sagenhaft reich, dann
doch definitiv in einer Liga mit ein paar Prinzen niederen
Adels. Etwa um die Zeit, als ich mich für einen Hungerlohn
bei Oh My Cod! in Providence, Rhode Island, abstrampelte,
hatte Neel schon seine eigene Firma gegründet. Man spule
fünf Jahre vor und bestaune, was unermüdlicher Einsatz und
zähes Durchhalten alles erreichen können: Neel hat, grob
geschätzt, ein paar Hunderttausend Dollar auf dem Konto,
und sein Unternehmen ist weitere etliche Millionen wert. Im
Gegensatz dazu liegen auf meinem Konto genau 2357 Dollar, und das Unternehmen, für das ich arbeite – falls man es
so nennen kann –, existiert in jener wirtschaftlichen Grau-
zone, die von Geldwäschern und religiösen Sekten ausgefüllt wird.

Jedenfalls bin ich der Meinung, dass Neel ruhig ein bisschen was für ein altes Taschenbuch springen lassen kann,
selbst wenn er heutzutage eigentlich nicht mehr zum Lesen
kommt. Während ich in den dunklen Schubladen des Schreibtischs nach Wechselgeld krame, wendet er seine Aufmerksamkeit endlich den Regalen im Halbdunkeln der hinteren
Hälfte der Buchhandlung zu.

»Was ist denn das da?«, sagt er. Er weiß nicht, ob er wirklich interessiert ist. In der Regel zieht Neel das Neue und Glitzernde dem Alten und Angestaubten vor.

»Das«, sage ich, »ist der eigentliche Laden.«

Mats Intervention hat mich etwas mutiger werden lassen,
was die Ladenhüter betrifft.

»Und wenn ich dir nun erzählen würde«, sage ich und führe
Neel zu den hohen Regalen, »dass diese Buchhandlung von
einer Gruppe seltsamer Gelehrter frequentiert wird?«

»Hammer«, sagt Neel und nickt. Er wittert Warlocks.

»Und wenn ich dir außerdem erzählen würde« – ich greife mir aus einem unteren Regalbrett ein Buch mit schwarzem Einband heraus –»dass jedes dieser Bücher in einem Code geschrieben ist?« Ich schlage es auf und zeige ihm ein Spielfeld aus durcheinandergewürfelten Buchstaben.

»Der Wahnsinn«, sagt Neel. Er fährt mit dem Finger die Seite hinunter, über ein Labyrinth aus Serifen.»Ich hab da einen Knaben aus Weißrussland, der Codes knackt. Kopierschutz, solche Sachen.«

Dieser Satz bringt auf den Punkt, was Neels Leben seit der Mittelschule von meinem unterscheidet: Neel hat Knaben – Knaben, die Dinge für ihn erledigen. Ich habe keine Knaben. Ich habe gerade mal einen Laptop.

»Ich könnte ihn bitten, einen Blick draufzuwerfen«, fährt Neel fort.

»Naja, ich bin mir nicht wirklich sicher, ob es ein Code ist«, gestehe ich. Ich klappe das Buch zu und schiebe es zurück ins Regal.»Und selbst wenn, bin ich mir nicht sicher, ob er es überhaupt wert ist, dass man ihn knackt. Die Typen, die diese Bücher ausleihen, sind ziemlich schräg.«

»So fängt's doch immer an!«, sagt Neel und haut mir auf die Schulter.»Denk an die *Drachenlied-Chroniken*. Begegnet man Telemach dem Halbblut gleich auf der ersten Seite? Nee, Alter. Man begegnet Fernwen.«

Die Hauptfigur in den *Drachenlied-Chroniken* ist Fernwen, der gelehrte Zwerg, der selbst für zwergische Maßstäbe klein ist. Er wurde in jungen Jahren aus seinem Krieger-Clan verstoßen und – jedenfalls, naja, vielleicht hat Neel recht.

»Wir müssen dahinterkommen«, sagt er.»Wie viel?«

Ich erkläre ihm, wie das Ganze funktioniert, dass die Mitglieder alle Ausweise haben – aber jetzt ist es mehr als nur Geplänkel. Wie viel auch eine Mitgliedschaft in Penumbras Leihbücherei kosten mag, Neel kann sie bezahlen. »Krieg raus, was es kostet«, sagt Neel. »Du hockst hier auf einem Rockets-&-Warlocks-Szenario, da wett ich.« Er grinst. Er wechselt in seine tiefe Kerkermeisterstimme: »Du darfst jetzt nicht kneifen, Claymore Redhands.« Oje. Er hat meinen Rockets-&-Warlocks-Namen gegen mich eingesetzt. Es ist ein Bannspruch mit vorzeitlichen Kräften. Ich gebe mich geschlagen. Ich werde Penumbra fragen.

Wir begeben uns wieder zu den kleinen Regalen mit den glänzenden Einbänden. Neel blättert ein anderes altes Lieblingsbuch von uns durch, eine Geschichte über ein riesiges zylindrisches Raumschiff, das langsam auf die Erde zusteuert. Ich erzähle ihm von Mats Absicht, Ashley den Hof zu machen. Dann frage ich ihn, wie seine Firma läuft. Er öffnet den Reißverschluss seines Track-Jackets und zeigt stolz auf das metallicgraue T-Shirt darunter.

»Die haben wir gemacht«, sagt er, »haben einen 3-D-Bodyscanner gemietet und jedes Shirt maßgefertigt. Sie passen perfekt. Ich meine, *echt* perfekt.«

Neel ist unglaublich fit. Jedes Mal, wenn ich ihn sehe, muss ich seine Erscheinung unwillkürlich mit meiner Erinnerung an den pummeligen Sechstklässler überblenden, weil er inzwischen irgendwie die groteske V-förmige Figur eines Comic-Superhelden angenommen hat.

»Ist 'ne gute Markenpräsenz, weißt du?«, sagt er.

Auf dem schnuckeligen T-Shirt prangt quer über der Brust das Logo von Neels Firma. In großen blauen Leuchtbuchstaben steht da: ANATOMIX.

Als Penumbra am Morgen eintrifft, spreche ich ihn darauf an, dass ein Freund von mir gern einen Zugang zu den Ladenhütern erwerben würde. Er streift seine Marinejacke ab – einen superschicken Peacoat, fein verarbeitet, aus der Wolle der schwärzesten Schafe – und richtet sich auf dem Stuhl hinter dem Schreibtisch häuslich ein.

»Oh, es geht hier nicht um Erwerb«, sagt er und formt mit den Fingern einen Kirchturm, »sondern um Absicht.«

»Naja, mein Freund ist eben neugierig«, sage ich. »Er ist ein totaler Büchernarr.« Das entspricht nicht ganz der Wahrheit. Neel bevorzugt die Kinoversion. Er regt sich ständig darüber auf, dass die *Drachenlied-Chroniken* immer noch nicht verfilmt wurden.

»Nun«, sagt Penumbra, abwägend, »er wird den Inhalt dieser Bücher … herausfordernd finden. Und um sich Zugang zu ihnen zu verschaffen, muss er einen Vertrag unterschreiben.«

»Moment – es kostet also doch Geld?«

»Nein, nein. Dein Freund muss einfach versprechen, intensiv in die Lektüre einzutauchen. Es sind besondere Bücher« – er wedelt mit seiner langen Hand Richtung Ladenhüter – »mit besonderen Inhalten, die konzentrierte Aufmerksamkeit erfordern. Dein Freund wird feststellen, dass sie ihn zu etwas Bemerkenswertem führen, aber nur, wenn er bereit ist, ausgesprochen hart dafür zu arbeiten.«

»Ist es so was wie Philosophie?«, sage ich. »Oder Mathematik?«

»Nicht ganz so abstrakt«, sagt Penumbra und schüttelt den Kopf. »Die Bücher ergeben ein Puzzle« – er neigt den Kopf und schaut mich an –, »aber das weißt du schon, mein Junge, nicht wahr?«

Ich verziehe das Gesicht und gestehe: »Ja. Ich habe reingeschaut.«

»Gut.« Penumbra nickt heftig. »Es gibt nichts Schlimmeres als einen Verkäufer, der nicht neugierig ist«, sagt er mit einem Augenzwinkern. »Das Rätsel lässt sich nur mit Zeit und Sorgfalt lösen. Über das, was einen erwartet, wenn es gelöst ist, darf ich nichts sagen, nur so viel, dass es sich viele zur Lebensaufgabe gemacht haben. Ob das nun etwas ist, was dein ... Freund als lohnende Erfahrung empfindet, kann ich nicht beurteilen. Aber ich könnte es mir vorstellen.«

Er lächelt ironisch. Jetzt wird mir klar, dass Penumbra glaubt, wir würden hier den hypothetischen Freund verwenden; mit einem Wort, er glaubt, wir sprechen von mir. Naja, vielleicht tun wir es auch, wenigstens ein kleines bisschen.

»Die Beziehung zwischen Buch und Leser ist natürlich etwas Privates«, sagt er, »darum bauen wir auf Vertrauen. Wenn du mir sagst, dass dein Freund diese Bücher verantwortungsvoll lesen wird, in einer Weise, die ihren Autoren Respekt zollt, dann will ich dir das glauben.«

Ich weiß eindeutig, dass Neel sie nicht in dieser Weise lesen wird, und bin auch nicht sicher, ob ich mich dazu verpflichten wollte. Nicht jetzt schon. Die Sache fasziniert und gruselt mich gleichzeitig. Darum sage ich nur: »Okay. Ich sag ihm Bescheid.«

Penumbra nickt. »Es ist keine Schande, wenn dein Freund für die Aufgabe noch nicht bereit ist. Vielleicht wird sie ihm ja mit der Zeit interessanter erscheinen.«

FREMDER IN EINEM FREMDEN LAND

Eine Nacht nach der anderen vergeht, und in der Buchhandlung wird es immer ruhiger. Seit einer Woche hat sich kein einziger Kunde blicken lassen. Auf meinem Laptop rufe ich das Dashboard meiner hyperzielgerichteten Anzeigenkampagne auf und stelle fest, dass sie bisher exakt null Treffer gelandet hat. In der Ecke des Bildschirms steht eine knallgelbe Nachricht von Google, die mir nahelegt, dass meine Kriterien zu eng gefasst sein könnten und ich möglicherweise einen Kundenstamm definiert habe, der nicht existiert.

Ich frage mich, wie es hier tagsüber ist, während Penumbras sonnendurchfluteter Tagesschicht. Ich frage mich, ob wohl Oliver am Abend einen Ansturm von Kunden erlebt, wenn alle Leute von der Arbeit kommen. Ich frage mich, ob diese Stille und Einsamkeit vielleicht meinem Hirn nachhaltig schaden könnten. Nicht, dass wir uns falsch verstehen: Ich bin dankbar, einen Job zu haben, hier auf diesem Stuhl zu sitzen, friedlich Dollars zu scheffeln (nicht besonders viele), mit denen ich meine Miete zahlen und Pizza und iPhone-Apps kaufen kann. Aber früher habe ich einmal in einem Büro gearbeitet, in einem Team. Hier gibt's nur mich und die Fledermäuse. (Oh ja, ich weiß genau, dass da oben welche sind.)

In letzter Zeit bleiben sogar die Leute aus, die sich Ladenhütertitel ausleihen. Hat irgendein Buchklub am anderen

Ende der Stadt sie abgeworben? Haben sie sich alle Kindles gekauft?

Ich besitze einen, und in den meisten Nächten benutze ich ihn auch. Ich stelle mir immer vor, dass die Bücher mich anstarren und *Verräter!* flüstern – aber was soll ich machen, es gibt da einen ganzen Haufen erster Kapitel umsonst, die ich alle lesen muss. Es ist der alte Kindle von meinem Dad, eins von den allerersten Modellen, eine abgeschrägte, asymmetrische Tafel mit einem winzigen grauen Monitor, an dem unten eine kleine Tastatur mit schiefwinkligen Tasten sitzt. Er sieht aus wie eine Requisite aus *2001: Odyssee im Weltraum*. Es gibt neuere Kindles mit größeren Bildschirmen und intelligenteren Designs, aber meiner ist wie Penumbras Postkarten: so uncool, dass er schon wieder cool ist.

Ich habe mich gerade im ersten Kapitel der *Straße der Ölsardinen* festgelesen, als der Bildschirm einmal schwarz aufflackert, erstarrt, dann verblasst. Das passiert mir in den meisten Nächten. Der Akku des Kindle soll angeblich um die zwei Monate durchhalten, aber ich habe meinen einmal zu lange am Strand benutzt, und jetzt läuft er ohne Kabel nur noch etwa eine Stunde.

Also wechsle ich zu meinem MacBook und mache die Runde: Nachrichtenseiten, Debatten, die tagsüber ohne mich stattgefunden haben. Wenn man Medien nicht in Echtzeit konsumiert, hinkt man dann selbst der Zeit hinterher? Schließlich klicke ich mich zu meiner neuen Lieblingsseite: zu Grumble.

Grumble ist eine Person, wahrscheinlich eine männliche, ein geheimnisvoller Programmierer, der an der Schnittstelle von Literatur und Code operiert – halb *Hacker News*, halb *Paris Revue*. Mat hat mir einen Link gemailt, nachdem er mich im Laden besucht hatte, in der Annahme, Grumbles Arbeit würde hier auf fruchtbaren Boden fallen. Er hatte recht.

Grumble managt eine florierende Datenklau-Bibliothek. Er schreibt komplizierte Codes, um die Systeme zur digitalen Rechtsverwaltung von E-Books zu knacken; er baut komplizierte Geräte, mit denen er die Wörter aus echten Büchern kopiert. Würde er für Amazon arbeiten, wäre er wahrscheinlich reich. Stattdessen hat er den angeblich wasserdichten Code der Harry-Potter-Serie geknackt und alle sieben E-Books auf seiner Seite gepostet, zum kostenlosen Download – mit ein paar Änderungen. Wer jetzt Potter lesen will, ohne zu bezahlen, muss flüchtige Verweise auf einen jungen Zauberer namens Grumblegrits hinnehmen, einen Mitschüler von Harry in Hogwarts. Halb so wild; Grumblegrits hat ein paar gute Sprüche auf Lager.

Was mich echt fasziniert, ist Grumbles neuestes Projekt: eine Karte mit den Handlungsorten aller im zwanzigsten Jahrhundert veröffentlichten Science-Fiction-Geschichten. Er hat sie codiert und 3-D-mäßig eingestellt, sodass man Jahr für Jahr sehen kann, wie die kollektive Fantasie der Menschheit sich immer mehr Raum erobert: zum Mond, zum Mars, zum Jupiter, zum Pluto, zum Alpha Centauri und darüber hinaus. Man kann das ganze Universum zoomen und rotieren lassen, und sogar ins Cockpit eines kleinen polygonalen Raumschiffs springen und damit herumcruisen. Man kann sich mit 31/439 treffen oder die Welten von Asimovs *Foundation*-Zyklus besuchen. Also, daraus folgt zweierlei:

1. Neel wird begeistert sein.
2. Ich möchte wie Grumble sein. Ich meine, wie wäre es, wenn ich etwas dermaßen Cooles zustande brächte? Es wäre eine echte Qualifikation. Ich könnte mich einem Start-up anschließen. Ich könnte für Apple arbeiten. Ich könnte im wärmenden Licht des Tagesgestirns andere menschliche Wesen treffen und mit ihnen Umgang haben.

Zu meinem Glück hat Grumble in üblicher Hacker-Helden-manier den Code freigegeben, über den die Karte läuft. Es handelt sich dabei um eine komplette 3-D-Grafik-Engine, verfasst in einer Programmiersprache namens Ruby – dieselbe, die wir für die Website von NewBagel verwendeten –, und sie kostet keinen Cent. Also werde ich jetzt Grumbles Programm benutzen, um selbst etwas zu basteln. Wenn ich mich umschaue, wird mir klar, dass ich mein zukünftiges Projekt direkt vor der Nase habe: Ich werde lernen, mit 3-D-Computergrafik zu arbeiten, indem ich ein Modell der Buchhandlung Penumbra entwerfe. Ich meine, es ist eine hohe, schmale Schachtel, vollgepackt mit lauter kleineren Schachteln – wie schwer kann das sein?

Erst einmal musste ich die Datenbank aus Penumbras altem MacPlus auf meinen Laptop kopieren, was übrigens keine leichte Aufgabe war, weil der MacPlus noch die alten Plastikdisketten verwendet, und so ein Teil kriegt man unmöglich in ein MacBook. Ich musste mir ein altes externes USB-Diskettenlaufwerk auf eBay kaufen. Es kostete drei Dollar plus fünf Dollar Porto, und es fühlte sich komisch an, so ein Ding in meinen Laptop zu stöpseln.

Aber jetzt stehen mir die Daten zur Verfügung, und ich bin schon dabei, mein Modell der Buchhandlung zu konstruieren. Es befindet sich noch im Rohbau – bis jetzt nur ein paar graue Blöcke, die wie virtuelle Legosteine ineinandergesteckt sind –, aber man kann allmählich etwas erkennen. Der Rahmen hat passenderweise die Form eines Schuhkartons, und alle Regale stehen schon. Ich habe sie mit einem Koordinatensystem ausgestattet, darum ist mein Code in der Lage, Reihe 3, Regal 13 ganz von selbst zu finden. Simuliertes Licht, das aus simulierten Fenstern hereinfällt, lässt in dem simulierten Laden markante Schatten entstehen. Wen das jetzt beeindruckt, der ist über dreißig.

Ich musste drei Nächte herumprobieren, aber inzwischen reihe ich lange Codes aneinander und lerne beim Arbeiten dazu. Es ist ein schönes Gefühl, etwas zu kreieren: eine einigermaßen überzeugende polygonale Nachbildung von Penumbras Laden dreht sich langsam auf meinem Bildschirm, und zum ersten Mal seit dem Zusammenbruch von NewBagel bin ich richtig glücklich. Das neue Album einer coolen Band aus San Francisco namens Moon Suicide dringt durch die Lautsprecher meines Laptops, und gerade will ich die Datenbank kopieren –

Das Glöckchen klingelt, und ich drücke hastig die »Mute«-Taste meines Laptops. Moon Suicide verstummt, und als ich wieder aufschaue, blicke ich in ein unbekanntes Gesicht. Normalerweise kann ich immer gleich sagen, ob ich es mit einem Mitglied des schrägsten Buchklubs der Welt oder mit einem normalen Menschen zu tun habe, der sich zu später Stunde hierher verirrt hat und sich nur mal umsehen will. Aber bei diesem ist mein Spinnensinn blockiert.

Der Kunde ist klein, aber kräftig, gefangen in der gnadenlosen Unendlichkeit der mittleren Jahre. Er trägt einen schiefergrauen Anzug und ein weißes Button-down-Hemd mit offenem Kragen. All das würde Normalität signalisieren, wäre da nicht das Gesicht: Es ist gespenstisch bleich, und es sitzen ein schwarzer Stoppelbart und Augen wie dunkle Bleistiftspitzen darin. Außerdem trägt der Mann ein Paket unter dem Arm, das ordentlich in braunes Packpapier eingeschlagen ist.

Er geht schnurstracks auf die vorderen Regale zu, nicht zu den Ladenhütern, also ist er vielleicht doch ein normaler Kunde. Vielleicht kommt er ja von Booty's nebenan. Ich frage: »Kann ich Ihnen helfen?«

»Was soll das denn hier? Was hat das zu bedeuten?«, keift er und funkelt böse die kleinen Regale an.

»Ja, ich weiß, sieht nicht nach besonders viel aus«, sage ich. Ich würde ihm gern ein paar von den versteckten Perlen in Penumbras winzigem Sortiment zeigen, aber er schneidet mir das Wort ab:

»Machen Sie Witze? Nicht viel?« Er knallt sein Paket auf den Tresen – *zack* – und stapft zum SCIENCE-FICTION UND FANTASY-Regal. »Was hat das hier zu suchen?« Er hält Penumbras einziges Exemplar von *Per Anhalter durch die Galaxis* hoch. »Und das? Wollen Sie mich verscheißern?« Er zeigt mir *Fremde in einem fremden Land*.

Ich weiß nicht, was ich sagen soll, weil ich nicht weiß, was los ist.

Er stolziert zurück zum Schreibtisch, immer noch mit den beiden Büchern in der Hand. Er klatscht sie auf das Holz. »Wer sind Sie überhaupt?« Seine dunklen Augen blitzen mich herausfordernd an.

»Ich bin der Typ, der den Laden schmeißt«, sage ich so ungerührt, wie ich kann. »Möchten Sie die kaufen, oder was?«

Seine Nasenflügel beben. »Sie schmeißen nicht den Laden. Sie sind ja nicht einmal Novize.«

Aua. Stimmt, ich arbeite erst seit knapp über einem Monat hier, aber trotzdem, so viel gehört nun auch nicht dazu –

»Und wahrscheinlich haben Sie auch keine Ahnung, wer den Laden hier wirklich schmeißt, oder?«, fährt er fort. »Hat Penumbra Ihnen das gesagt?«

Ich schweige. Er ist definitiv kein normaler Kunde.

»Nein.« Er schnaubt verächtlich. »Tja, hat er wohl nicht. Also, vor über einem Jahr haben wir Ihrem Boss aufgetragen, dass er diesen Mist hier rauswerfen soll.« Zur Betonung tippt er bei jedem Wort auf den *Anhalter*. Die untersten

Manschettenknöpfe an seiner Anzugjacke sind geöffnet.
»Und nicht zum ersten Mal.«

»Hören Sie, ich weiß wirklich nicht, wovon Sie reden.« Ich
werde ruhig bleiben. Ich werde höflich bleiben. »Also, was ist
nun, wollen Sie die kaufen?«

Zu meiner Überraschung kramt er eine zerknitterte
Zwanzigdollarnote aus seiner Hosentasche hervor. »Oh, un-
bedingt«, sagt er und wirft den Schein auf den Schreibtisch.
Ich hasse es, wenn Leute das tun. »Ich möchte gern den
Beweis von Penumbras Ungehorsam in der Hand halten.«
Pause. Seine dunklen Augen funkeln. »Ihr Boss wird Ärger
kriegen.«

Weswegen, weil er Science-Fiction vercheckt? Warum kann
der Kerl Douglas Adams nicht ausstehen?

»Und was ist das da?«, sagt er abrupt und zeigt auf das Mac-
Book. Das Modell des Ladens breitet sich auf dem Bildschirm
aus, langsam rotierend.

»Geht Sie nichts an«, sage ich und drehe es weg.

»Geht mich nichts an?«, poltert er. »Wissen Sie überhaupt – nein, natürlich nicht.« Er verdreht die Augen, als
würde er gerade den miesesten Kundenservice in der Geschichte des Universums über sich ergehen lassen müssen.
Dann schüttelt er den Kopf und fängt sich wieder. »Hören
Sie gut zu. Es ist wichtig.« Mit zwei Fingern schiebt er sein
Paket über den Schreibtisch zu mir herüber. Es ist breit
und flach und kommt mir bekannt vor. Seine Augen heften
sich fest an mich, und er sagt: »Dieser Laden ist ein einziges Chaos, aber ich muss mich darauf verlassen können, dass
Sie Penumbra das hier geben. Dass Sie es ihm persönlich
überreichen. Es nicht ins Regal stellen. Geben Sie es ihm
persönlich.«

»Okay«, sage ich. »Geht klar. Kein Problem.«

Er nickt.»Gut. Danke.« Er sammelt seine Einkäufe ein und drückt die Ladentür auf. Dann dreht er sich noch einmal um.»Und bestellen Sie Ihrem Boss Grüße von Corvina.«

Am Morgen ist Penumbra noch nicht einmal halb durch die Tür, da berichte ich schon, was geschah, erzähle viel zu schnell und durcheinander, ich meine, was hat der Typ für ein Problem, und wer ist Corvina, und was ist in dem Paket, und jetzt mal ernsthaft, was hatte der für ein *Problem* –

»Beruhige dich, mein Junge«, sagt Penumbra, hebt die Stimme und beschwichtigt mich mit einer Geste seiner schmalen Hände.»Beruhige dich. Ganz langsam.«

»Da«, sage ich. Ich zeige auf das Paket, als wäre es ein totes Tier. Und wer weiß, vielleicht ist es ja ein totes Tier oder dessen Knochen, die zu einem hübschen Fünfeck zusammengelegt sind.

»Ahhh«, haucht Penumbra. Er greift mit seinen langen Fingern nach dem Paket und hebt es leicht an.»Wie wunderbar.«

Aber es enthält natürlich keine Schachtel mit Knochen. Ich weiß genau, was es ist, wusste es in dem Moment, als der blasse Besucher den Laden betrat, doch irgendwie jagt mir diese Erkenntnis sogar noch mehr Angst ein, denn jetzt ist klar, was auch immer hier läuft, es geht um mehr als um die Verschrobenheit eines alten Mannes.

Penumbra entfernt die braune Verpackung. Es ist ein Buch.

»Ein Neuzugang«, sagt er.»*Festina lente.*«

Das Buch ist sehr schmal, aber auch sehr schön. Es hat einen leuchtend grauen Einband aus irgendeinem marmorierten Material, das im Licht silbern schimmert. Der Buchrücken ist schwarz, und darauf steht ERDOS in perlmuttfarbenen Buchstaben. Offensichtlich haben die Ladenhüter Zuwachs bekommen.

»Es ist schon ziemlich lange her, dass so eins hier ankam«, sagt Penumbra. »Das muss gefeiert werden. Warte hier, mein Junge, warte hier.«

Er verschwindet durch die Regale ins Hinterzimmer. Ich höre seine Schritte auf den Stufen, die zu seinem Büro hinaufführen, hinter der Tür, auf der PRIVAT steht und durch die ich noch nie gegangen bin. Als er wiederkommt, bringt er zwei ineinandergesteckte Plastikbecher und eine halb volle Flasche Scotch mit. Auf dem Etikett steht FITZGERALD'S, und sie sieht ungefähr so alt aus wie Penumbra. Er gießt einen Zentimeter der goldenen Flüssigkeit in jeden Becher und reicht mir einen.

»Und jetzt«, sagt er, »beschreib ihn. Den Besucher. Lies aus deinem Logbuch vor.«

»Ich habe nichts aufgeschrieben«, gestehe ich. Tatsächlich habe ich überhaupt nichts getan. Ich bin nur die ganze Nacht auf und ab gegangen und habe einen großen Bogen um den Ladentisch gemacht, aus Furcht, das Paket zu berühren oder es anzusehen oder auch nur zu viel darüber nachzudenken.

»Ah, aber es muss ins Logbuch eingetragen werden, mein Junge. Hier, schreib es auf, während du es erzählst. Erzähl es mir.«

Ich erzähle und schreibe dabei. Langsam geht es mir besser, als würden sämtliche Seltsamkeiten über die dunkle Füllerspitze aus meinem Körper hinaus auf das Papier fließen:

»Heute kam ein anmaßender Idiot in den Laden …«

»Äh – vielleicht wäre es klüger, das nicht zu schreiben«, sagt Penumbra leichthin. »Sag vielleicht lieber, dass er den Anschein eines … Eilboten hatte.«

Na schön: »Heute kam ein Eilbote namens Corvina in den Laden, der –«

»Nein, nein«, unterbricht mich Penumbra. Er schließt die Augen und massiert seinen Nasenrücken. »Halt. Lass mich erst erklären, bevor du irgendetwas aufschreibst. Extrem blass, Wieselaugen, einundvierzig Jahre alt, stämmig gebaut und mit einem Bart, der ihm nicht steht, einem Einreiher aus weicher Wolle mit funktionsfähigen Knöpfen an den Ärmelenden und schwarze, spitze Lederschuhe – richtig?«

Exakt. Die Schuhe waren mir entgangen, aber Penumbras Beschreibung passt wie die Faust aufs Auge.

»Ja, natürlich. Er heißt Eric, und sein Geschenk ist ein echter Schatz.« Er schwenkt seinen Scotch. »Selbst wenn er seine Rolle ein wenig übertreibt. Das hat er von Corvina.«

»Und wer ist dann Corvina?« Es klingt komisch, es zu sagen, aber: »Er lässt Sie grüßen.«

»Natürlich«, sagt Penumbra und verdreht die Augen. »Eric bewundert ihn. Viele der Jüngeren tun das.« Er weicht meiner Frage aus. Einen Moment ist er still, dann hebt er den Blick und schaut mir in die Augen. »Wir sind hier mehr als eine Buchhandlung, wie du zweifellos geahnt hast. Wir sind zusätzlich so etwas wie eine Bibliothek, eine von vielen dieser Art auf der ganzen Welt. Es gibt eine in London, eine andere in Paris – insgesamt sind es ein Dutzend. Keine ist wie die andere, aber ihre Funktion ist überall dieselbe, und Corvina leitet sie alle.«

»Also ist er Ihr Boss.«

Penumbras Miene verdüstert sich. »Ich ziehe es vor, ihn mir als *unseren Mäzen* vorzustellen«, sagt er und zögert ein wenig bei jedem Wort. Das *unser* ist mir nicht entgangen, und ich muss lächeln. »Aber ich vermute, Corvina wäre mit deiner Bezeichnung vollkommen einverstanden.«

Ich erkläre ihm, was Eric über die Bücher in den kleinen Regalen gesagt hat – über Penumbras Ungehorsam.

»Ja, ja«, sagt er und seufzt. »Das hatten wir alles schon. So ein Unsinn. Das Geniale an den Bibliotheken ist ja, dass sie alle unterschiedlich sind. Koster in Berlin mit seinen Noten, Griboyedov in Sankt Petersburg mit seinem großartigen Samowar. Und hier in San Francisco, der erstaunlichste Unterschied von allen.«

»Nämlich?«

»Na, wir führen Bücher, die die Leute sogar lesen wollen!« Penumbra wiehert fröhlich und zeigt ein breites Grinsen. Ich lache mit.

»Also ist es keine große Sache?«

Penumbra zuckt mit den Achseln. »Es kommt darauf an«, sagt er. »Es kommt darauf an, wie ernst man einen verknöcherten alten Zuchtmeister nehmen soll, der der Ansicht ist, dass überall und immer alles vollkommen gleich sein soll.« Er hält inne. »Was mich betrifft, nehme ich ihn nicht sonderlich ernst.«

»Kommt er manchmal vorbei?«

»Nie«, sagt Penumbra heftig und schüttelt den Kopf. »Er war schon seit vielen Jahren nicht mehr in San Francisco … über ein Jahrzehnt. Nein, er ist mit anderen Aufgaben beschäftigt. Zum Glück.«

Penumbra hebt die Hand und winkt, scheucht mich vom Schreibtisch fort. »Und jetzt geh nach Hause. Du hast etwas Seltenes miterlebt, etwas, was bedeutsamer ist, als du ahnst. Dafür sei dankbar. Und trink deinen Scotch aus, mein Junge! Trink!«

Ich werfe meine Tasche über die Schulter und trinke meinen Becher in zwei tiefen Zügen aus.

»Wir heben das Glas«, sagt Penumbra, »auf Evelyn Erdos.« Er hält das leuchtende graue Buch hoch, als würde er sie ansprechen: »Willkommen, meine Freundin, und gut gemacht. Gut gemacht!«

DER PROTOTYP

In der nächsten Nacht betrete ich wie üblich den Laden und winke Oliver Grone zur Begrüßung zu. Ich möchte ihn über Eric ausfragen, aber ich weiß nicht genau, wie ich das anstellen soll. Oliver und ich haben uns nie direkt über die Merkwürdigkeiten des Ladens unterhalten. Also probiere ich es erst einmal so:

»Oliver, ich habe eine Frage. Du weißt doch, es gibt normale Kunden?«

»Nicht viele.«

»Genau. Und dann gibt es Mitglieder, die Bücher ausleihen.«

»Wie Maurice Tyndall.«

»Genau.« Ich wusste nicht, dass er Maurice heißt. »Hast du jemals erlebt, dass jemand ein *neues* Buch liefert?«

Er stutzt und überlegt. Dann sagt er nur: »Nee.«

Sobald er geht, überschlagen sich alle möglichen neuen Theorien in meinem Kopf. Vielleicht steckt Oliver da auch mit drin. Vielleicht spioniert er für Corvina. Der stille Beobachter. Perfekt. Oder er ist Teil irgendeiner dunkleren Verschwörung. Vielleicht habe ich nur an der Oberfläche gekratzt. Ich weiß jetzt, es gibt weitere Buchhandlungen – Bibliotheken? – dieser Art, aber ich weiß immer noch nicht, was »dieser Art« bedeutet. Ich weiß nicht, welchen *Zweck* die Ladenhüter erfüllen.

Ich blättere das Logbuch von Anfang bis Ende durch, auf der Suche nach irgendeinem Hinweis, egal welchem. Eine Botschaft aus der Vergangenheit vielleicht: *Hüte dich, braver Verkäufer, vor Corvinas Zorn.* Aber nein, nichts. Meine Vorgänger waren genauso geradeheraus wie ich. Ihre Prosa ist schlicht und sachlich, ihre Eintragungen beschreiben lediglich das Kommen und Gehen von Mitgliedern. Manche erkenne ich wieder: Tyndall, Lapin und die anderen. Manche sagen mir gar nichts – Mitglieder, die nur am Tag kommen, oder solche, die schon vor Ewigkeiten ihre Besuche einstellten.

Den über die Seiten verteilten Datumsangaben ist zu entnehmen, dass das Buch einen Zeitraum von etwas mehr als fünf Jahren umfasst. Es ist erst zur Hälfte beschrieben. Werde ich die nächsten fünf Jahre füllen? Werde ich das Logbuch pflichtbewusst über die Jahre führen, ohne den Hauch einer Ahnung, *worüber* ich schreibe?

Mein Gehirn wird noch zu einer Pfütze zusammenschmelzen, wenn ich es mir die ganze Nacht weiter so zermartere. Ich brauche Ablenkung – eine große, herausfordernde Ablenkung. Darum klappe ich meinen Laptop auf und nehme die Arbeit an der 3-D-Buchhandlung wieder auf.

Alle paar Minuten werfe ich einen Blick auf die Schaufenster und hinaus auf die Straße. Ich halte Ausschau nach Schatten, nach dem Aufblitzen eines grauen Anzugs oder dem Funkeln eines dunklen Auges. Aber nichts passiert. Die Arbeit lindert mein Unbehagen, bis ich schließlich konzentriert bei der Sache bin.

Wenn ein 3-D-Modell von diesem Laden tatsächlich von Nutzen sein soll, muss es einem wahrscheinlich nicht nur zeigen, wo die Bücher stehen, sondern auch, welche gerade ausgeliehen sind und an wen. Darum habe ich meine Logbucheintragungen der letzten paar Wochen etwas skizzenhaft transkribiert und meinem Modell beigebracht, die Uhr zu lesen.

Jetzt glühen die Bücher wie Lampen auf den bauklötzchenartigen 3-D-Regalen, und sie sind farbcodiert; das bedeutet, die von Tyndall ausgeliehenen Bücher leuchten blau auf, die von Lapin grün, Fedorovs gelb und so weiter. Das ist ziemlich cool. Aber diese neue Funktion hat auch einen Bug eingebaut, und die Regale verabschieden sich blinkend, wenn ich das Modell auf dem Bildschirm zu weit drehe.

Ich sitze über den Code gebeugt da und versuche vergeblich herauszukriegen, woran es liegt, als das Glöckchen fröhlich bimmelt.

Ich stoße einen überraschten Japser aus. Ist Eric zurückgekehrt, um mich noch mal zur Schnecke zu machen? Oder ist es Corvina, der Geschäftsführer persönlich, dessen Zorn mich endgültig heimsuchen –

Es ist ein Mädchen. Sie lehnt in der Tür, schon halb im Laden, sieht mich an und sagt: »Habt ihr geöffnet?«

Aber *ja,* Mädchen mit dem bis zum Kinn reichenden kastanienbraunen Haar und dem roten T-Shirt, auf dem in Senfgelb das Wort BAM! aufgedruckt ist – ja, wir haben geöffnet.

»Absolut«, sage ich. »Du kannst reinkommen. Wir sind immer offen.«

»Ich habe gerade auf den Bus gewartet, als mein Handy gesummt hat – ich glaube, ich habe einen Coupon geschickt bekommen?«

Sie kommt direkt auf den Schreibtisch zu, schiebt mir ihr Handy hin, und da, auf dem kleinen Bildschirm, ist meine Google-Annonce. Die hyperzielgerichtete Anzeigenkampagne in der Nachbarschaft – ich hatte sie ganz vergessen, aber sie läuft noch, und sie hat jemanden erreicht. Der digitale Coupon, den ich entworfen habe, schaut mir aus ihrem zerkratzten Smartphone direkt entgegen. Ihre Fingernägel glänzen.

»Ja!«, sage ich. »Das ist ein großartiger Coupon. Der beste!« Ich rede zu laut. Gleich wird sie sich wieder umdrehen und gehen. Googles erstaunliche Anzeigenalgorithmen haben mir ein supersüßes Mädchen geliefert, und ich habe keine Ahnung, was ich mit ihr anstellen soll. Sie verdreht den Kopf und lässt den Laden auf sich einwirken. Sie sieht skeptisch aus.

Der Lauf der Geschichte hängt von so läppischen Dingen ab. Ein um dreißig Grad kleinerer Winkel, und das Ganze würde hier enden. So aber ist mein Laptop ganz aufgeklappt, und auf meinem Bildschirm dreht sich die 3-D-Buchhandlung wild auf zwei Achsen, wie ein Raumschiff, das durch einen leeren Kosmos trudelt, und das Mädchen schaut nach unten und –

»Was ist das?«, fragt sie und hebt eine Augenbraue. Eine wunderschöne dunkle Augenbraue.

Okay, ich darf das jetzt nicht vermasseln. Bloß nicht zu nerdy klingen:

»Naja, es ist ein Modell von diesem Laden, nur dass man auf einen Blick sehen kann, welche Bücher zur Verfügung stehen …«

Die Augen des Mädchens leuchten auf: »Datenvisualisierung!« Sie ist nicht mehr skeptisch. Mit einem Mal ist sie entzückt.

»Genau«, sage ich. »Genau das ist es. Hier, guck mal.«

Wir treffen uns auf halber Strecke, am Ende des Ladentischs, und ich zeige ihr die 3-D-Buchhandlung, die immer noch jedes Mal verschwindet, wenn sie sich zu weit dreht. Sie beugt sich über den Monitor.

»Darf ich mal den Quellcode sehen?«

So wie mich Erics Boshaftigkeit überraschte, erstaunt mich jetzt die Neugier dieses Mädchens. »Klar, natürlich«, sage ich und schalte zwischen dunklen Fenstern hin und her, bis der nackte Ruby den Bildschirm ausfüllt, in schönster Farbcodierung aus Rot, Gold und Grün.

»So was ist mein Job«, sagt sie, geht noch näher heran und betrachtet den Code. »Data viz. Was dagegen?« Sie zeigt auf die Tastatur. Ähm, nein, schöne nächtliche Hackerin, ich habe überhaupt nichts dagegen.

Mein limbisches System hat sich an einen gewissen (sehr niedrigen) Grad menschlichen (weiblichen) Kontakts gewöhnt. Aber so, wie sie da neben mir steht und sich ihr Ellenbogen nur ein klitzekleines Stück in meine Rippen bohrt, fühle ich mich mehr oder weniger wie betrunken. Ich versuche, mir meine nächsten Schritte zurechtzulegen. Ich werde Edward Tufte, *The Visual Display of Quantitative Information* empfehlen. Penumbra hat ein Exemplar – ich habe es im Regal gesehen. Es ist riesig.

Sie scrollt schnell meinen Code herunter, was ein bisschen peinlich ist, denn mein Code ist vollgepackt mit Kommentaren wie *Bingo!* und *Komm schon, Computer, tanz endlich nach meiner Pfeife.*

»Das ist toll«, sagt sie und lächelt. »Und du musst Clay sein?«

Es steht im Code – es gibt eine Funktion, die *clay_ist_fantastisch* heißt. Ich schätze mal, jeder Programmierer kommt auf diese Idee.

»Ich bin Kat«, sagt sie. »Ich glaube, ich habe das Problem gefunden. Möchtest du mal sehen?«

Ich habe mich stundenlang abgeplagt, und dieses Mädchen – Kat – hat den Bug in meinem Modell mal eben in fünf Minuten gefunden. Sie ist ein Genie. Sie erklärt mir Schritt für Schritt den Weg zur Fehlerbeseitigung und erläutert mir ihre Beweisführung, die schnell und souverän ist. Und dann, *klack, klack,* behebt sie den Fehler.

»Tut mir leid, ich mach mich hier breit«, sagt sie und dreht den Laptop wieder zu mir hin. Sie schiebt sich eine Locke hinters Ohr, richtet sich auf und sagt scheinbar gleichgültig: »Und, Clay, warum baust du ein Modell von dieser Buchhandlung?« Dabei wandern ihre Augen an den Regalen entlang bis zur Decke hinauf.

Ich bin mir nicht sicher, ob ich die unglaubliche Merkwürdigkeit dieses Ladens wirklich offen ansprechen möchte. *Hallo, schön, dich kennenzulernen, ich verkaufe unverkäufliche Bücher an verschrobene alte Leute – wollen wir mal essen gehen?* (Und plötzlich packt mich die Gewissheit, dass einer dieser Spinner gleich zur Tür hereinspaziert. Bitte, Tyndall, Fedorov, wie ihr alle heißt: Bleibt heute Nacht zu Hause. Lest weiter.)

Ich probiere es anders: »Es ist ein bisschen was Historisches«, sage ich. »Der Laden besteht schon seit fast einem Jahrhundert. Ich glaube, er ist die älteste Buchhandlung der Stadt – vielleicht an der ganzen Westküste.«

»Das ist ja toll«, sagt sie. »Im Vergleich dazu ist Google ein Baby.« Das erklärt es: Dieses Mädchen arbeitet bei Google. Also ist sie wirklich ein Genie. Außerdem hat sie einen niedlichen Zahn, dem eine kleine Ecke fehlt.

»Ich mag solche Daten«, sagt sie und zeigt mit dem Kinn auf meinen Laptop. »Daten aus der richtigen Welt. Alte Daten.«

Dieses Mädchen hat den Funken des Lebens in sich. Der ist mein wichtigster Filter bei der Auswahl von Freunden (und Freundinnen) und das höchste Kompliment, das ich zu vergeben habe. Ich habe oft versucht, mir darüber klar zu werden, was ihn entfacht – welcher Cocktail aus Eigenschaften sich im kalten, dunklen Kosmos zusammenfügt, um einen Stern hervorzubringen. Ich weiß, dass er hauptsächlich im Gesicht zum Ausdruck kommt – nicht nur in den Augen, sondern in den Brauen, den Wangen, dem Mund und den Minimuskeln, die alles verbinden.

Kats Minimuskeln sind sehr attraktiv.

Sie sagt: »Hast du es schon mal mit der Visualisierung von Zeitreihen probiert?«

»Noch nicht, nicht richtig, nein.« Ich weiß ja nicht mal, was das ist.

»Bei Google verwenden wir sie manchmal für Search Logs«, sagt sie. »Das ist cool – man kann dabei zusehen, wie sich irgendeine neue Idee blitzartig in der Welt verbreitet, wie eine kleine Epidemie. Und dann, nach einer Woche, ist sie wieder erloschen.«

Ich finde, das hört sich interessant an, aber vor allem, weil das Mädchen interessant ist.

Kats Handy gibt ein helles *Ping!* von sich, und sie wirft einen Blick darauf. »Oh«, sagt sie, »mein Bus.« Ich verfluche das städtische Transportsystem wegen seiner gelegentlichen Pünktlichkeit. »Ich kann dir zeigen, was ich mit dem Zeitreihenzeugs meine«, sagt sie vorsichtig. »Hättest du Lust, dass wir uns mal treffen?«

Aber ja, ich hätte eindeutig Lust. Vielleicht schenke ich ihr sogar einfach das Tufte-Buch. Ich bringe es mit, eingewickelt in braunes Packpapier. Moment – wäre das übertrieben? Es ist ein teures Buch. Vielleicht gibt es eine Taschenbuchausgabe, die nicht ganz so aufdringlich wirkt. Ich könnte sie bei Amazon bestellen. Aber das ist bescheuert, ich arbeite doch in einer Buchhandlung. (Ob Amazon es schnell genug verschicken könnte?)

Kat wartet immer noch auf eine Antwort. »Klar«, piepse ich.

Sie kritzelt ihre E-Mail-Adresse auf eine der Penumbra-Postkarten: *katpotente@* – natürlich – *gmail.com.* »Ich hebe mir meinen Coupon für ein andermal auf«, sagt sie und wedelt mit dem Handy. »Bis bald.«

Sobald sie weg ist, logge ich mich ein und überprüfe meine hyperzielgerichtete Anzeigenkampagne. Habe ich zufällig das Kästchen mit »hübsch« angekreuzt? (Oder »Single«?) Kann ich mir diese Markteinführung leisten? Rein umsatzmäßig war sie eine Pleite: Ich habe keine Bücher verkauft, weder teure noch sonst irgendwelche. Tatsächlich bin ich mit einem Dollar in den Miesen, wegen der bekritzelten Karte. Aber es besteht kein Anlass zur Sorge. Von meinem ursprünglichen Etat von elf Dollar hat mir Google nur siebzehn Cent abgezogen. Im Gegenzug habe ich mit meiner Anzeige einen einzigen Treffer gelandet – einen einzigen, perfekten Treffer –, der vor ganz genau dreiundzwanzig Minuten geliefert wurde.

Später, nachdem mich eine Stunde der spätnächtlichen Isolation und die Inhalation von Lignindämpfen wieder ernüchtert haben, mache ich zweierlei.

Erstens: schreibe ich Kat eine E-Mail und frage sie, ob sie morgen mit mir lunchen will, einem Samstag. Ich bin manchmal durchaus der zaghafte Typ, aber auch überzeugt davon, dass man das Eisen schmieden muss, solange es heiß ist.

Dann: google ich »Visualisierung von Zeitreihen« und beginne an einer neuen Version meines Modells zu arbeiten, weil ich glaube, sie vielleicht mit einem Prototyp beeindrucken zu können. Ich stehe total auf Mädchen, die man mit einem Prototyp beeindrucken kann.

Die Idee dabei ist, die zeitliche Abfolge der ausgeliehenen Bücher animiert darzustellen, statt sie alle auf einmal zu zeigen. Als Erstes übertrage ich weitere Autorennamen, Titel und Leihfristen aus dem Logbuch auf meinen Laptop. Dann fange ich an zu hacken.

Programmieren ist nicht immer ein und dasselbe. Normale Schriftsprachen haben auch verschiedene Rhythmen und Redewendungen, oder? Also, mit den Programmiersprachen verhält es sich genauso. Die Sprache namens C besteht aus lauter barschen Befehlen, das ist dann nahezu nackter Computer-Sprech. Die Sprache, die Lisp heißt, ist wie ein gezwirbelter Schachtelsatz, mit lauter Nebensätzen, und tatsächlich so lang, dass man unterwegs meistens vergisst, worum es ursprünglich eigentlich ging. Die Sprache namens Erlang ist genau so, wie sie klingt: exzentrisch und skandinavisch. Ich kann in keiner dieser Sprachen programmieren, weil sie alle zu schwer für mich sind.

Aber Ruby, seit NewBagel die Sprache meiner Wahl, wurde von einem fröhlichen japanischen Programmierer erfunden, und sie liest sich wie freundliche, verständliche Lyrik. Bill Gates, vermittelt von den Teletubbys.

Aber natürlich ist der Knackpunkt bei einer Programmiersprache, dass man sie nicht nur liest; man schreibt sie auch. Man bringt ihr bei, etwas für einen zu tun. Und darin, finde ich, ist Ruby unschlagbar:

Stellen Sie sich vor, Sie kochen. Aber anstatt dem Rezept Schritt für Schritt zu folgen und zu hoffen, dass es irgendwie klappt, kann man jederzeit Gewürze in den Topf werfen oder sie auch wieder entfernen. Man kann zum Beispiel Salz hinzufügen, kosten, den Kopf schütteln und das Salz wieder herausnehmen. Man kann ein Brot backen, die perfekt geratene Kruste abtrennen und dann alles, worauf man gerade Lust hat, neu in den Teig packen. Es handelt sich dabei nicht einfach nur um einen linearen Prozess, der mit einem

Erfolg oder (in meinem Fall meistens) einem frustrierenden Misserfolg endet. Stattdessen dreht man Schleifen, bringt Schnörkel an oder verziert das Ganze mit kleinen Krakeln. Man spielt.

Also füge ich ein bisschen Salz und ein wenig Butter hinzu und bringe gegen zwei Uhr früh den Prototyp mit der neuen Visualisierung zum Laufen. Sofort fällt mir etwas Merkwürdiges auf: Die Lichter laufen hintereinander her. Auf meinem Bildschirm leiht sich zum Beispiel Tyndall ein Buch aus dem obersten Fach in Gang zwei. Dann, einen Monat später, fragt Lapin nach einem Band aus demselben Regalbrett. Fünf Wochen danach folgt Imbert – wieder exakt dasselbe Fach –, aber inzwischen hat Tyndall das Buch schon zurückgegeben und möchte etwas Neues aus dem unteren Regal in Gang eins haben. Er ist einen Schritt voraus.

Das Muster war mir nicht aufgefallen, weil es zeitlich und räumlich solche Lücken aufweist wie ein Musikstück, in dem drei Stunden zwischen den Noten liegen, die alle in verschiedenen Oktaven gespielt werden. Aber hier, auf meinem Bildschirm, komprimiert und beschleunigt, wird es offensichtlich. Sie spielen alle dasselbe Lied oder tanzen denselben Tanz oder – ja – lösen alle dasselbe Rätsel.

Das Glöckchen bimmelt. Es ist Imbert: klein und stämmig, mit seinem schwarzen Stoppelbart und der schief sitzenden Schiebermütze. Er stemmt sein aktuelles Buch hoch und wuchtet es auf den Tresen. Ich wühle mich schnell durch die Visualisierung, um seinen Platz innerhalb des Musters zu finden. Ein orangefarbenes Licht jagt über den Bildschirm, und bevor er ein Wort sagt, weiß ich, dass er mich um einen Band genau in der Mitte von Gang zwei bitten wird. Es ist –

»Prokhorov«, keucht Imbert. »Als Nächstes brauche ich Prokhorov.«

Auf halbem Weg die Leiter hinauf wird mir schwindelig. Was ist los? Diesmal mache ich keine waghalsigen Manöver; ich kann gerade noch das Gleichgewicht halten, während ich den schmalen, schwarz eingebundenen PROKHOROV aus dem Regal ziehe.

Imbert zeigt mir seine Karte – 6MXH2I – und nimmt sein Buch. Das Glöckchen klimpert, und ich bin wieder allein.

Ich vermerke die Transaktion im Logbuch und notiere Imberts Mütze und seinen Knoblauchatem. Und dann schreibe ich für einen zukünftigen Verkäufer und vielleicht auch, um mir zu beweisen, dass es wahr ist:

In der durchgehend geöffneten Buchhandlung Penumbra gehen merkwürdige Dinge vor sich.

MAXIMALE GLÜCKSFANTASIE

»… es heißt Singularity Singles«, sagt Kat Potente. Sie trägt dasselbe (das gleiche?) rot-gelbe BAM!-T-Shirt wie neulich, was bedeutet, dass sie entweder a) darin geschlafen hat, b) mehrere identische T-Shirts besitzt oder c) eine Comicfigur ist – alles verheißungsvolle Möglichkeiten.

Singularity Singles. Mal sehen. Ich weiß (dank Internet), dass Singularität jener hypothetische Punkt in der Zukunft ist, an dem die technische Wachstumskurve in die Vertikale übergeht und die Zivilisation sich einfach irgendwie rebootet. Computer werden schlauer als Menschen, also überlassen wir ihnen das Feld. Oder sie übernehmen es von sich aus …

Kat nickt. »Mehr oder weniger.«

»Aber Singularity Singles …?«

»Speeddating für Nerds«, sagt sie. »Das veranstalten sie bei Google einmal im Monat. Das Mann-Frau-Verhältnis ist richtig gut beziehungsweise richtig schlecht, je nachdem, wer du –«

»Du bist da hingegangen.«

»Genau. Ich hab da einen Typen kennengelernt, der Bots für einen Hedgefonds programmiert hat. Wir waren eine Zeit lang zusammen. Felsenklettern war total sein Ding. Er hatte tolle Schultern.«

Hmm.

»Aber ein grausames Herz.«

Wir sitzen im Gourmet Grotto, das zur glitzernden sechs-stöckigen Shoppingmall von San Francisco gehört. Sie befindet sich in der Innenstadt, gleich neben der Straßenbahn-Endhaltestelle, aber ich glaube, den Touristen ist nicht klar, dass es eine Mall ist; es gibt keinen Parkplatz. Das Gourmet Grotto bildet die Feinkostabteilung, wahrscheinlich die beste der Welt: Salat mit Spinatblättern aus der Region, Schweine-bauch-Tacos, quecksilberfreies Sushi, so was. Auch liegt sie im Untergeschoss und ist direkt von der U-Bahn aus zu erreichen, darum muss man nicht einmal nach draußen. Jedes Mal, wenn ich herkomme, stelle ich mir vor, ich würde in der Zukunft leben und die Luft wäre verstrahlt und wilde Biker-banden auf ihren Biodieselkisten kontrollierten das Leben oben auf den verstaubten Straßen. Hey, genau wie bei der Singularität, stimmt's?

Kat runzelt die Stirn. »Das ist eine Zukunftsvision aus dem zwanzigsten Jahrhundert. Nach der Singularität werden wir in der Lage sein, solche Probleme zu lösen.« Sie bricht eine Falafel auseinander und bietet mir eine Hälfte an. »Und wir werden ewig leben.«

»Hör auf«, sage ich, »das ist doch bloß der alte Traum von der Unsterblichkeit –«

»Es *ist* der Traum von der Unsterblichkeit. Na und?« Sie hält inne, kaut. »Oder lass es mich anders sagen. Es klingt vielleicht komisch, zumal wir uns gerade erst kennengelernt haben. Aber ich weiß, dass ich schlau bin.«

Das stimmt definitiv –

»Und ich glaube, du bist es auch. Also, warum sollte alles zu Ende gehen? Wir könnten so viel erreichen, wenn wir nur mehr Zeit hätten. Verstehst du?«

Ich kaue auf meiner Falafel herum und nicke. Ein interessantes Mädchen. Kats unverblümte Direktheit lässt auf Heimbeschulung schließen, aber sie ist außerdem absolut charmant. Ich schätze, es ist von Vorteil, dass sie wunderschön ist. Ich werfe einen schnellen Blick auf ihr T-Shirt. Wissen Sie, ich glaube, sie hat einen ganzen Haufen davon, und alle sehen genau gleich aus.

»Man muss Optimist sein, wenn man an die Singularität glaubt«, sagt sie, »und das ist schwerer, als es scheint. Hast du schon mal ›Maximale Glücksfantasie‹ gespielt?«

»Klingt nach einer japanischen Gameshow.«

Kat richtet sich leicht auf. »Okay, lass uns spielen. Zuerst musst du dir die Zukunft vorstellen. Die gute Zukunft. Keine Atombomben. Stell dir vor, du bist ein Science-Fiction-Autor.«

Okay: »Weltregierung ... Krebs ist besiegt ... Hoverboards.«

»Geh weiter. Wie sieht die gute Zukunft danach aus?«

»Raumschiffe. Partys auf dem Mars.«

»Noch weiter.«

»*Star Trek.* Teleportation. Jeder geht, wohin er will.«

»Noch weiter.«

Ich überlege einen Moment und erkenne dann: »Kann ich nicht.«

Kat schüttelt den Kopf. »Es ist total schwer. Und das sind, was, tausend Jahre? Was kommt danach? Was könnte danach überhaupt noch kommen? Es übersteigt die Fantasie. Aber es leuchtet auch ein, stimmt's? Wir können uns wahrscheinlich nur Dinge vorstellen, die auf dem basieren, was wir schon wissen, und für das einunddreißigste Jahrhundert haben wir keine Analogien mehr parat.«

Ich versuche mühsam, mir einen normalen Tag im Jahr 3014 vorzustellen. Mir fällt nicht einmal eine halbwegs vernünftige Szene ein. Leben die Menschen in Gebäuden? Tragen sie Kleidung? Meine Fantasie kann dem geradezu physischen Kraftakt nicht standhalten. Gedankenfinger kratzen an den Stellen hinter den Nebelbänken, suchen nach spielerischen Ideen, finden nichts.

»Ich persönlich glaube, dass sich die große Veränderung in unseren Köpfen abspielen wird«, sagt Kat und tippt sich an eine Stelle über ihrem Ohr, das rosa und niedlich ist. »Ich glaube, wir werden andere Formen des Denkens finden, dank Computern. Du erwartest natürlich, dass ich so was sage« – ja –, »aber das hat es alles schon mal gegeben. Es ist ja nicht so, als hätten wir die gleichen Gehirne wie die Menschen vor tausend Jahren.«

Moment mal: »Doch, haben wir.«

»Wir haben die gleiche Hardware, aber nicht die gleiche Software. Wusstest du, dass es unsere Vorstellung von Privatsphäre erst seit Kurzem gibt? Und die von Liebe natürlich auch.«

Stimmt, die Vorstellung von Liebe ist mir sogar erst letzte Nacht gekommen. (Das sage ich aber nicht.)

»Jede große Idee dieser Art bedeutet ein Upgrade des Betriebssystems«, sagt sie und lächelt. Sie ist auf heimischem Terrain. »Dafür ist zum Teil die Literatur verantwortlich. Man sagt, Shakespeare hätte den inneren Monolog erfunden.«

Wenn ich mich mit einem echt auskenne, dann ist das der innere Monolog.

»Aber ich finde, die Literatur war lange genug am Ruder«, sagt sie, »und jetzt sind die Programmierer dran, das menschliche Betriebssystem upzugraden.«

Kein Zweifel, ich unterhalte mich hier mit einem Google-Mädchen. »Und, wie sieht das nächste Upgrade aus?«

»Es ist schon im Gange«, sagt sie. »Es gibt so viel, was wir machen können; wir können schon an mehreren Orten gleichzeitig sein, und das ist total normal. Ich meine, guck dich doch mal um.«

Ich verdrehe den Kopf und verstehe, was sie meint: Dutzende Leute, die an kleinen Tischen sitzen, alle über Handys gebeugt, die ihnen Orte anzeigen, die nicht existieren und trotzdem irgendwie interessanter sind als das Gourmet Grotto.

»Und es ist nicht verrückt, es ist kein bisschen Science-Fiction, es ist ...« Sie spricht etwas langsamer und ihr Blick trübt sich. Ich glaube, sie denkt, dass sie sich zu sehr hineinsteigert. (Woher weiß ich das? Hat mein Hirn eine App dafür?) Ihre Wangen sind gerötet und sie sieht toll aus, wie ihr Blut an die Hautoberfläche steigt.

»Naja«, sagt sie schließlich, »ich finde nur, es ist vollkommen vernünftig, sich die Singularität vorzustellen.«

Ich muss über ihre Ernsthaftigkeit lächeln und schätze mich glücklich, dass dieses schlaue und optimistische Mädchen hier mit mir zusammen in der verstrahlten Zukunft herumsitzt, tief unter der Erdoberfläche.

Ich finde, der Moment ist gekommen, ihr die aufgemotzte 3-D-Buchhandlung zu zeigen, jetzt auch mit unglaublicher Zeitreihenfunktion. Sie wissen schon: nur ein Prototyp.

»Das hast du letzte Nacht gemacht?«, sagt sie sichtlich erstaunt. »Sehr beeindruckend.«

Ich erwähne nicht, dass ich die ganze Nacht und den halben Vormittag dafür gebraucht habe. Kat hätte so was wahrscheinlich in einer Viertelstunde zusammengebastelt.

Wir sehen zu, wie die bunten Lichter einander umkreisen. Ich spule die Animation zurück, und wir schauen sie uns noch mal an. Ich erkläre ihr die Sache mit Imbert – die prophetische Macht des Prototyps.

»Könnte Zufall sein«, sagt Kat und schüttelt den Kopf. »Wir brauchen mehr Datenmaterial, um feststellen zu können, ob es wirklich ein Muster gibt. Ich meine, vielleicht projizierst du nur. Wie das Gesicht auf dem Mars.«

Oder wenn man sich total sicher ist, dass ein Mädchen einen mag und sich dann herausstellt, dass das nicht der Fall ist. (Auch das sage ich nicht laut.)

»Hast du noch mehr Daten, die wir in die Visualisierung einspeisen können? Das hier umfasst nur einen Zeitraum von ein paar Monaten, oder?«

»Naja, es gibt auch noch andere Logbücher«, sage ich. »Aber die enthalten eigentlich keine Daten – nur Beschreibungen. Und es würde Ewigkeiten dauern, sie in den Computer zu tippen. Es ist alles handschriftlich, und ich kann ja kaum meine eigene ...«

Kats Augen leuchten: »Ein natürliches Sprachkorpus! Ich suche schon lange nach einem Grund, den Bücherscanner zu benutzen.« Sie grinst und klatscht mit der Hand auf die Tischplatte. »Wir haben eine Maschine für so was. Du *musst* das alles zu Google bringen.«

Sie hüpft ein bisschen auf ihrem Sitz, und als sie das Wort *Korpus* sagt, formen sich ihre Lippen zu einem süßen Schnütchen.

DER GERUCH VON BÜCHERN

Meine Mission: ein Buch aus einer Buchhandlung heraus-zuschaffen. Wenn es gelingt, könnte ich vielleicht etwas Interessantes über diesen Laden und seinen Zweck erfahren. Wichtiger noch: Ich könnte Kat beeindrucken.

Ich kann das Logbuch nicht einfach mitnehmen, weil Penumbra und Oliver es auch benutzen. Das Logbuch gehört zur Buchhandlung. Wenn ich darum bitte, es mit nach Hause nehmen zu dürfen, brauche ich einen guten Grund, und mir fällt irgendwie kein guter Grund ein. *Hey, Mr. Penumbra, ich würde meine Skizze von Tyndall gern mit Wasserfarben übermalen?* Super Idee.

Es gibt noch eine weitere Möglichkeit. Ich könnte ein anderes Logbuch nehmen, ein älteres – nicht IX, sondern VIII oder sogar II oder I. Aber das könnte riskant sein. Einige dieser Logbücher sind sogar noch älter als Penumbra, und ich habe Angst, dass sie bei der bloßen Berührung auseinanderfallen. Darum ist wahrscheinlich das letzte ausgediente Logbuch, VIII, das sicherste und widerstandsfähigste Exemplar … aber es ist auch das in greifbarster Nähe. Man sieht VIII jedes Mal, wenn man das aktuelle Logbuch wieder ins Regal schiebt, und ich bin mir sicher, dass Penumbra dessen Fehlen bemerken würde. Gut, dann vielleicht VII oder VI …

Ich hocke hinter dem Schreibtisch, steche mit dem Finger in Buchrücken, um deren strukturelle Integrität zu testen, als

das Glöckchen über der Tür klingelt. Hastig springe ich auf –
es ist Penumbra.

Er wickelt sich den dünnen grauen Schal vom Hals und
dreht eine ungewöhnliche Runde durch den vorderen Teil
des Ladens, klopft mit den Fingerknöcheln auf den Schreibtisch, lässt den Blick über die kleinen Regale und dann hinauf zu den Ladenhütern schweifen. Er seufzt leise. Irgendwas ist im Busch.

»An diesem Tag, mein Junge«, sagt er schließlich, »habe
ich die Buchhandlung übernommen, heute vor einunddreißig Jahren.«

Vor einunddreißig Jahren. Penumbra sitzt schon länger an
diesem Schreibtisch, als ich auf der Welt bin. Mir wird bewusst, wie fremd ich hier noch bin – was für ein flüchtiger
Neuzugang.

»Aber es sind noch einmal elf Jahre vergangen«, fügt er
hinzu, »bis ich den Namen auf dem Schaufenster ersetzt habe.«

»Wessen Name stand denn da vorher?«

»Al-Asmari. Er war mein Mentor und über viele Jahre
mein Arbeitgeber. Mohammad Al-Asmari. Ich fand immer, dass
sich sein Name auf den Scheiben besser macht. Das finde ich
heute noch.«

»Penumbra sieht gut aus«, sage ich. »Geheimnisvoll.«

Darüber muss er schmunzeln. »Als ich den Namen änderte,
glaubte ich, dass ich auch den Laden ändern würde. Aber groß
verändert hat er sich gar nicht.«

»Warum nicht?«

»Ach, aus mehreren Gründen, positiven wie negativen. Es
hat ein wenig mit unserer Finanzierung zu tun … und ich war
faul. In der ersten Zeit habe ich mehr gelesen. Ich habe nach
neuen Büchern Ausschau gehalten. Aber offenbar habe ich
mich inzwischen auf meine Lieblingsbücher beschränkt.«

84

Da wir gerade davon reden … »Vielleicht sollten Sie überlegen, etwas mehr gängige Sachen dazuzunehmen«, schlage ich vorsichtig vor. »Unabhängige Buchläden sind gefragt, und viele Leute wissen nicht einmal, dass es uns gibt, aber wenn sie uns entdecken, finden sie keine große Auswahl vor. Ich meine, ein paar von meinen Freunden waren da, um sich mal umzugucken, und … wir haben einfach nichts da, was sie kaufen würden.«

»Ich wusste nicht, dass Leute in deinem Alter noch Bücher kaufen«, sagt Penumbra. Er hebt eine Augenbraue. »Mein Eindruck war, dass sie alles auf ihren Handys lesen.«

»Nicht alle. Es gibt genügend Leute, die, wissen Sie – Leute, die immer noch den Geruch von Büchern mögen.«

»Den Geruch!«, wiederholt Penumbra. »Sobald die Leute anfangen, über den Geruch zu reden, weiß man, dass man passé ist.« Darüber muss er lachen – dann fällt ihm etwas ein und er schaut mich aus zusammengekniffenen Augen an. »Ich nehme einmal an, du besitzt keinen … Kindle?«

Auweia. Ich komme mir vor, als hätte mich der Schuldirektor gefragt, ob ich Marihuana im Rucksack habe. Aber auf nette Art, als würde er gern was davon abhaben. Wie der Zufall es will, habe ich meinen Kindle dabei. Ich hole ihn aus meiner Kuriertasche hervor. Er ist ein bisschen lädiert, mit langen Kratzern auf der Rückseite und vereinzelten Kulistrichen am unteren Bildschirmrand.

Penumbra nimmt ihn in die Hand, hält ihn hoch und runzelt die Stirn. Nichts passiert. Ich fasse hin und drücke auf die Ecke, und er erwacht zum Leben. Penumbra atmet tief ein, und das blasse graue Rechteck spiegelt sich in seinen strahlend blauen Augen.

»Erstaunlich«, sagt er. »Wenn man bedenkt, dass mich bereits diese Sorte Zauberspiegel« – er schaut zum MacPlus hinüber – »beeindruckt hat.«

Ich gehe auf die Einstellungsoptionen des Kindle und vergrößere die Schrift ein bisschen.

»Eine sehr schöne Typografie«, sagt Penumbra und betrachtet sie näher, hält die Brille dicht vor den Kindle-Bildschirm. »Ich kenne diese Schriftart.«

»Ja«, sage ich. »Das ist die voreingestellte.« Ich mag sie auch.

»Sie ist ein Klassiker. Sie heißt Gerritszoon.« Er hält einen Moment inne. »Es ist dieselbe wie auf unserem Schaufenster. Geht diesem Gerät nicht irgendwann der Strom aus?« Er schüttelt den Kindle leicht.

»Die Batterie soll angeblich zwei Monate halten. Meine nicht.«

»Na, wenigstens etwas.« Penumbra seufzt und gibt ihn mir zurück. »Wenigstens benötigen unsere Bücher keine Batterien. Aber ich bin kein Narr. Das ist nur ein hauchdünner Vorsprung. Darum schätze ich, es ist eine gute Sache, dass wir« – hier zwinkert er mir zu – »einen so großzügigen Mäzen haben.«

Ich stopfe den Kindle wieder in meine Tasche. Ich will mich nicht geschlagen geben. »Ehrlich, Mr. Penumbra, wenn wir nur ein paar mehr von den populären Büchern anbieten könnten, wären die Leute von diesem Laden begeistert. Er würde …« Ich verstumme, beschließe aber dann, die Wahrheit zu sagen: »Er würde mehr Spaß machen.«

Er kratzt sich am Kinn, und sein Blick schweift in weite Fernen. »Vielleicht«, sagt er endlich, »ist es an der Zeit, wieder etwas von der Energie zu generieren, die ich vor einunddreißig Jahren hatte. Ich werde darüber nachdenken, mein Junge.«

Ich habe mein Vorhaben, eins der alten Logbücher zu Google zu bringen, nicht aufgegeben. Zu Hause in der Wohnung liege ich im Schatten von Matropolis auf der Couch und trinke ein Bier, obwohl es sieben Uhr morgens ist, und ich erzähle Mat meine Geschichte, der gerade winzige Einschusslöcher in die Oberfläche eines festungsähnlichen Gebäudes mit blasser marmorierter Fassade bohrt. Sofort heckt er einen Plan aus. Darauf habe ich gebaut.

»Ich kann eine perfekte Kopie davon machen«, sagt er. »Gar kein Problem, Jannon. Bring mir nur die Referenzbilder.«

»Aber die einzelnen Seiten kannst du nicht kopieren, oder?«

»Nur das Drumherum. Den Einband, den Buchrücken.«

»Und was ist, wenn Penumbra die perfekte Kopie aufschlägt?«

»Wird er nicht. Du hast doch gesagt, dass das Buch in irgendeinem Archiv steht, stimmt's?«

»Stimmt –«

»Also ist das Drumherum wichtig. Die Leute wollen, dass die Dinge echt sind. Wenn du ihnen einen Grund zu der Annahme gibst, glauben sie dir.« Aus dem Mund eines Special-Effects-Genies klingt dieser Satz nicht einmal unüberzeugend.

»Okay, also brauchst du nur Bilder?«

»Gute Bilder.« Mat nickt. »Viele. Aus jedem Winkel. Helles, gleichmäßiges Licht. Du weißt doch, was ich meine, wenn ich helles, gleichmäßiges Licht sage?«

»Keine Schatten?«

»Keine Schatten«, bestätigt er, »was dort natürlich unmöglich ist. Es ist mehr oder weniger rund um die Uhr ein Schattenladen.«

»Absolut. Zwielicht und Büchergeruch, wir führen alles.«

»Ich könnte ein paar Lampen hinbringen.«

»Ich glaube, damit würde ich auffliegen.«

»Okay. Vielleicht wird's auch mit ein paar Schatten gehen.«
Der Plan ist also beschlossen. »Apropos zwielichtig«, sage
ich, »wie läuft's mit Ashley?«

Mat schnieft. »Ich mache ihr auf traditionelle Weise den
Hof«, sagt er. »Und außerdem darf ich in der Wohnung nicht
darüber sprechen. Aber am Freitag geht sie mit mir essen.«

»Interessantes Schubladendenken.«

»Unsere Mitbewohnerin besteht ausschließlich aus Schubladendenken.«

»Hat sie … ich meine … worüber redet ihr beiden?«

»Wir reden über alles, Jannon. Und, ist dir klar –« er zeigt
auf die Marmorfestung – »dass sie diese Schachtel gefunden
hat? Sie hat sie in ihrem Büro aus dem Papierkorb geangelt.«

Erstaunlich. Felsenkletternde, Risotto kochende PR-Kar-
rierefrau Ashley Adams trägt zum Bau von Matropolis bei.
Vielleicht ist sie ja doch nicht so ein Android.

»Ein echter Fortschritt«, sage ich und proste ihm mit der
Bierflasche zu.

Mat nickt. »Echter Fortschritt.«

DIE PFAUENFEDER

Auch ich mache Fortschritte: Kat lädt mich zu einer Party bei sich zu Hause ein. Dummerweise kann ich nicht. Ich kann überhaupt nie auf Partys, weil meine Schicht im Laden genau zur selben Zeit anfängt wie die meisten Partys. Das tut weh; Kat spielt mir den Ball zu, aber mir sind die Hände gebunden.

schade, tippt sie. Wir chatten auf Gmail.

Ja, echt schade. Obwohl, warte mal: Kat, du bist doch der Meinung, dass wir alle eines Tages unsere Körper abstreifen und in einer Art dimensionslosem digitalem Verzückungszustand leben, richtig?

richtig!!

ich wette, das würdest du nicht ausprobieren wollen.

was meinst du damit?

Das meine ich damit: Ich komme, aber per Laptop – per Videochat. Du musst meine Begleiterin sein: mich herumtragen, mich den Leuten vorstellen. Macht sie nie.

omg genial! ja, so wird's gemacht! du musst dich aber schick machen. und was trinken.

Sie macht es. Aber: Warte mal, ich bin dann in der Arbeit, ich darf nichts trinken –

musst du aber. sonst wär's ja keine party, oder?

Ich spüre da einen Widerspruch zwischen Kats Idee von einer körperlosen Zukunft und ihrem Beharren auf Alkoholgenuss, aber ich will ein Auge zudrücken, denn ich gehe auf eine Party.

Es ist 22 Uhr und ich sitze bei Penumbra hinter dem Schreibtisch am Eingang. Ich trage einen dünnen grauen Pulli über einem blau gestreiften Hemd und als Gag, den ich hoffentlich später am Abend zur allgemeinen Belustigung anbringen kann, Hosen in einem verrückten lila Paisleymuster. Kapiert? Weil mich ja von der Taille abwärts niemand sehen kann – okay, Sie haben's kapiert.

Kat geht um 10.13 Uhr online, und ich drücke auf das grüne Kamerasymbol. Kat erscheint auf meinem Bildschirm, wie immer in ihrem roten BAM!-T-Shirt. »Du siehst süß aus«, sagt sie.

»Du hast dich nicht schick gemacht«, sage ich. Niemand hat sich schick gemacht.

»Ja, aber du bist auch nur ein frei schwebender Kopf«, sagt sie. »Du musst extra-cool aussehen.«

Die Buchhandlung um mich herum verschwindet langsam, und ich falle mit dem Kopf voran in Kats Wohnung – einen Ort, möchte ich betonen, den ich in der Realität noch nie besucht habe. Es ist ein geräumiges, offenes Loft, und Kat schwenkt ihren Laptop wie eine Kamera, um mir alles zu zeigen. »Das ist die Küche«, sagt sie. Gleißende Geschirrschränke mit Glastüren; ein großer Industrieherd, ein *xkcd*-Strichmännchen-Webcomic auf dem Kühlschrank. »Das Wohnzimmer«, sagt sie und dreht mich in die andere Richtung. Mein Bild zersetzt sich in dunkle verpixelte Streifen und fügt sich dann wieder zusammen zu einem weiten Raum mit einem großen Fernseher und langen, niedrigen Sofas. Ich erkenne Filmposter in hübschen schmalen Rahmen: *Blade Runner, Planet der Affen. WALL.E.* Leute sitzen im Kreis – eine Hälfte auf den Sofas, die andere auf dem Teppich – und spielen ein Spiel.

»Wer ist das?«, zwitschert eine Stimme. Meine Blickrichtung wechselt, und ich schaue in das runde Gesicht eines Mädchens mit dunklen Locken und einer klobigen dunklen Brille.

»Das ist das Experiment einer simulierten Intelligenz«,
sagt Kat, »entwickelt für unterhaltsame Partygespräche. Hier,
probier's mal aus.« Sie setzt den Laptop auf die Arbeitsplatte
aus Granit.

Dunkellöckchen beugt sich vor – igitt, weit vor – und
kneift die Augen zusammen. »Warte mal, echt? Bist du echt?«

Kat lässt mich nicht im Stich. Es wäre einfach gewesen: den
Laptop abstellen, irgendwo hingerufen werden, nicht zurück-
kommen. Aber nein: Eine ganze Stunde lang führt sie mich auf
der Party herum, stellt mich ihren Mitbewohnern (darunter
Dunkellöckchen) und ihren Freunden von Google vor.

Sie trägt mich ins Wohnzimmer, und wir setzen uns zu den
anderen in den Kreis. Das Spiel heißt »Verräter«, und ein
dünner Typ mit einem Fitzelbärtchen über der Oberlippe
beugt sich vor, um mir zu erklären, dass es ursprünglich vom
KGB erfunden und in den Sechzigerjahren von allen Geheim-
agenten gespielt wurde. Es geht darum, möglichst gut zu lügen. Man bekommt eine bestimmte Rolle zugewiesen, muss
aber die Gruppe überzeugen, dass man eine komplett andere
Person ist. Die Rollen stehen auf Spielkarten, und Kat hält
mir meine in die Kamara.

»Das ist unfair«, sagt ein Mädchen auf der anderen Seite
des Kreises. Ihr Haar ist so hell, dass es fast weiß aussieht. »Er
ist uns gegenüber im Vorteil. Wir sehen ja seine Mimik gar
nicht richtig.«

»Du hast total recht«, sagt Kat stirnrunzelnd. »Und zufällig weiß ich, dass er Paisleyhosen trägt, wenn er blufft.«

Wie auf Stichwort kippe ich meinen Laptop so, dass sie
meine Hosen sehen können, und das Gelächter ist so laut,
dass die Lautsprecher knistern und rückkoppeln. Ich lache
auch und gieße mir noch ein Bier ein. Ich trinke hier im Laden aus einem roten Partybecher. Alle paar Minuten werfe

ich einen Blick zur Tür, und ein Dolch aus Angst fährt mir ins Herz, doch wird der Stich von einem Puffer aus Adrenalin und Alkohol gedämpft. Es werden keine Kunden kommen. Es kommen nie welche.

Es folgt eine Unterhaltung mit Kats Freund Trevor, der auch bei Google arbeitet, und nun durchbohrt eine andere Art Dolch meinen Schutzpanzer. Trevor erzählt eine ellenlange Geschichte über eine Reise in die Antarktis (was für ein Mensch fährt in die Antarktis?), und Kat beugt sich interessiert zu ihm. Es wirkt beinahe magnetisch, aber vielleicht steht ja nur ihr Laptop in einem ungünstigen Winkel. Nach und nach driften die anderen weg, und Trevor hat Kats ungeteilte Aufmerksamkeit. Ihre Augen leuchten, und sie nickt, während sie seiner Erzählung folgt.

Krieg dich ein. Es hat nichts zu bedeuten. Es ist einfach eine gute Story. Sie ist ein bisschen betrunken. Ich bin ein bisschen betrunken. Allerdings weiß ich nicht, ob Trevor betrunken ist oder ob er –

Das Glöckchen klingelt. Mein Blick schnellt nach oben. Scheiße. Kein einsamer, spätnächtlicher Besucher, der nur mal ein bisschen in den Büchern stöbern will, oder irgendjemand, den ich getrost ignorieren kann. Sondern ein Klubmitglied: Ms. Lapin. Sie ist die einzige (mir bekannte) Frau, die Titel aus der Ladenhüterabteilung ausleiht, und jetzt betritt sie zögerlich den Laden und umklammert ihre riesige Handtasche wie einen Schild. An ihrem Hut steckt eine Pfauenfeder. Das ist neu.

Ich versuche, meine Augen unabhängig voneinander einzusetzen, sodass eines auf den Laptop und das andere auf Lapin schaut. Es funktioniert nicht.

»Hallo, guten Abend«, sagt sie. Lapin hat eine Stimme, die sich anhört wie ein altes ausgeleiertes Tonband, das vor sich hin wabert und ständig die Tonlage verändert. Sie hebt die Hand, die in einem schwarzen Handschuh steckt, um die Pfauenfeder zurechtzuzupfen, oder vielleicht will sie sich nur vergewissern, dass sie noch da ist. Dann zieht sie ein Buch aus der Tasche. Sie bringt BVRNES zurück.

»Hallo, Ms. Lapin!«, sage ich, zu laut und zu hastig. »Was darf ich Ihnen holen?« Ich erwäge, mithilfe meines gespenstischen Prototyps den Titel ihres nächsten Buchs vorherzusagen, ohne ihre Antwort abzuwarten, aber mein Bildschirm ist gerade belegt mit –

»Was hast du gesagt?«, quakt Kats Stimme. Ich stelle den Laptop auf stumm.

Lapin bemerkt es nicht. »Ja, also«, sagt sie und schwebt zu mir zum Schreibtisch, »ich weiß nicht genau, wie man es ausspricht, aber ich glaube, es könnte Par-dschi-ki heißen oder vielleicht, vielleicht Pra-dschins-ki –«

Nicht im Ernst, oder? Ich gebe mir alle Mühe, den Namen zu transkribieren, aber die Datenbank zeigt mir keinen Treffer an. Ich versuche es erneut mit weiteren phonetischen Mutmaßungen. Nix, gar nix. »Ms. Lapin«, sage ich, »wie buchstabiert man das?«

»Oh, also zuerst ein P, B, ja, das ist ein B, Z, B, nein, entschuldigung, dann Y ...«

Nicht – im – Ernst.

»Dann wieder B., also nur ein B, Y, nein, ich meine, doch, Y ...«

In der Datenbank erscheint: Przybylowicz. Das ist einfach lächerlich.

Ich rase die Leiter hoch, ziehe PRZYBYLOWICZ mit solcher Wucht aus dem Regal, dass ich seinen Nachbarn PRYOR mit herausreiße und er fast zu Boden fällt, und kehre zu Lapin zurück, mein Gesicht zu einer stählernen Maske der Verärgerung gefroren. Kat bewegt sich stumm auf dem Bildschirm, winkt jemandem zu.

Ich habe das Buch eingepackt, und Lapin hat ihre Karte gezückt – 6YTP5T –, aber dann schwebt sie zu einem der kleinen Regale im vorderen Bereich hinüber, zu denen mit den normalen Büchern. Bitte nicht.

Lange Sekunden vergehen. Sie arbeitet sich durch das Brett mit der Aufschrift ROMANE, und die Pfauenfeder macht einen Hüpfer, wenn sie den Kopf zur Seite neigt, um die Buchrücken zu lesen.

»Oh, ich glaube, ich nehme das hier noch mit«, sagt sie schließlich und kommt mit einem leuchtend roten Danielle-Steel-Hardcover zurück. Dann braucht sie ungefähr drei Tage, um ihr Scheckheft zu finden.

»So«, sagt sie in ihrem leiernden Tonfall, »also das wären dreizehn Dollar und wie viele Cent?«

»Siebenunddreißig.«

»Dreizehn … Dollar …« Sie schreibt enervierend langsam, aber eins muss man ihr lassen, sie hat eine wunderschöne Handschrift. Geheimnisvoll und geschwungen, fast kalligrafisch. Lapin streicht den Scheck glatt und unterschreibt langsam: Rosemary Lapin. Sie reicht mir den ausgefüllten Scheck, und ganz am unteren Rand informiert mich eine winzige, getippte Zeile darüber, dass sie Mitglied der Telegraph Hill Credit Union ist, und zwar seit – oh, wow – seit 1951.

Mann. Wie komme ich dazu, diese alte Frau für meine eigene Verschrobenheit zu bestrafen? Etwas in mir wird weich. Meine Maske schmilzt, und ich lächle sie an – diesmal richtig.

»Ich wünsche Ihnen eine gute Nacht, Ms. Lapin«, sage ich. »Kommen Sie bald wieder.«

»Oh, ich arbeite so schnell ich kann«, sagt sie und schenkt mir ihrerseits ein süßes Lächeln, das ihre Wangen zu zwei blassen Pflaumen anschwellen lässt. *Festina lente.* Sie schiebt ihren Schatz aus dem Ladenhüterregal zusammen mit dem sündigen Vergnügen in ihre Handtasche. Beide schauen oben heraus: mattbraun und knallrot. Die Tür bimmelt, und sie und und ihre Pfauenfeder sind verschwunden.

Die Kunden sagen das manchmal. Sie sagen: *Festina lente.*

Ich stürze zurück an den Bildschirm. Als ich wieder auf laut schalte, unterhalten sich Kat und Trevor immer noch angeregt. Er erzählt eine neue Geschichte, diesmal über eine Expedition zur Aufheiterung depressiver Pinguine, und anscheinend ist sie saukomisch. Kat lacht. Reichlich viel Gelächter sprudelt aus meinen Laptop-Lautsprechern. Trevor ist anscheinend der klügste, interessanteste Mann in ganz San Francisco. Keiner von beiden wird von der Kamera erfasst, darum vermute ich, dass sie seinen Arm berührt.

»Hey, Leute«, sage ich. »Hey, Leute.«

Ich stelle fest, dass auch ich auf stumm gestellt wurde.

Plötzlich komme ich mir sehr blöd vor und finde, dass das Ganze eine absolut bescheuerte Idee war. Eine Party in Kats Wohnung hat doch nur den einen Sinn, dass ich es bin, der eine komische Geschichte erzählt, und Kat meinen Arm berührt. Stattdessen hat diese Übung in Telepräsenz überhaupt keinen Sinn, und wahrscheinlich lachen mich gerade alle aus und schneiden dem Laptop Grimassen, gleich neben der Kamera. Mein Gesicht brennt. Ob sie das erkennen können? Nehme ich auf dem Monitor eine seltsame rote Färbung an?

Ich stehe auf und entferne mich vom Auge der Kamera. Erschöpfung schwappt in mein Hirn. Ich habe in den vergangenen zwei Stunden eine wenig überzeugende Vorführung hingelegt, wie mir jetzt bewusst wird – als grinsende Marionette in einem Proszenium aus Aluminium. Was für ein Fehler.

Ich drücke meine Handflächen auf die großen Schaufenster der Buchhandlung und schaue durch den Käfig aus großen goldenen Lettern hinaus. Es ist tatsächlich die Gerritszoon-Schrift, und sie ist ein Stückchen vertrauter Eleganz an diesem einsamen Ort. Die Kurve des P ist wunderschön. Mein Atem beschlägt das Glas. Verhalte dich ganz normal, sage ich mir. Geh einfach zurück und verhalte dich ganz normal.

»Hallo?«, flötet eine Stimme aus meinem Laptop. Kat.

Ich schlüpfe wieder an meinen Platz hinter dem Schreibtisch. »Hi.«

Trevor ist fort. Kat ist allein. Sie ist jetzt sogar ganz woanders.

»Das ist mein Zimmer«, sagt sie sanft. »Gefällt's dir?«

Es ist spartanisch eingerichtet, kaum mehr als ein Bett und ein Schreibtisch und ein schwerer schwarzer Koffer. Es sieht aus wie eine Kabine auf einem Ozeandampfer. Nein: wie die Kapsel in einem Raumschiff. In der Ecke steht ein weißer Wäschekorb aus Plastik, um den sich ringsum – Beinahetreffer – ein Dutzend identischer roter T-Shirts verteilen.

»Das war meine Theorie«, sage ich.

»Ja«, sagt Kat, »ich habe beschlossen, dass ich keine Hirnwindungen darauf verschwenden will« – sie gähnt –, »mir jeden Morgen zu überlegen, was ich anziehe.«

Der Laptop schaukelt und das Bild verschwimmt, und dann sind wir auf ihrem Bett, und sie stützt den Kopf auf ihre Hand, und ich kann die Wölbung ihrer Brust sehen. Mein Herz schlägt plötzlich sehr schnell, als wäre ich bei ihr, ausgestreckt und erwartungsvoll – nicht, als würde ich hier im trüben Licht dieser Buchhandlung sitzen und immer noch meine Paisleyhosen anhaben.

»Das hat ziemlich Spaß gemacht«, sagt sie leise, »aber ich wünschte, du wärst richtig dabei gewesen.«

Sie rekelt sich und kneift die Augen zu wie eine Katze. Mir fällt nichts ein, was ich jetzt sagen könnte, darum lege ich nur mein Kinn auf meine Handfläche und schaue in die Kamera.

»Es wäre schön, wenn du hier wärst«, murmelt sie. Dann schläft sie ein. Ich bin allein im Laden, schaue über die Stadt hinweg auf ihre schlafende Gestalt, die nur vom grauen Licht ihres Laptops beschienen wird. Bald schläft auch er ein, und der Bildschirm wird schwarz.

Die Party ist aus, ich bin allein im Laden und mache meine Hausaufgaben. Ich habe meine Wahl getroffen: Vorsichtig ziehe ich Logbuch VII (alt, aber nicht zu alt) aus dem Regal und mache die Referenzbilder für Mat: Weitwinkel- und Nahaufnahmen, mit meinem Handy aus Dutzenden von Perspektiven aufgenommen, die alle dasselbe breite, flache Rechteck aus lädiertem Braun zeigen. Ich knipse Detailaufnahmen vom Lesezeichen, vom Einband, von den blassgrauen Seiten und dem über dem Symbol des Ladens tief in den Vorderdeckel eingeprägten NARRATIO, und als Penumbra am Morgen eintrifft, steckt mein Handy wieder in der Hosentasche, und die Fotos sind unterwegs zu Mats Mailbox. Jedes Mal, wenn eins abgeht, macht es leise *wusch*.

Das aktuelle Logbuch habe ich auf dem Schreibtisch liegen lassen. Ich werde es ab jetzt immer so halten. Ich meine, warum es andauernd ins Regal stellen? Das klingt nach Rückenschmerzen, wenn Sie mich fragen. Mit etwas Glück wird das Verfahren Schule machen und einen neuen Hauch von Normalität, in deren Schatten ich mich ducken und verstecken kann, in den Laden bringen. So was machen Spione doch, oder? Sie gehen in die Bäckerei und kaufen jeden Tag einen Laib Brot – vollkommen normal –, bis sie eines Tages plötzlich einen Laib Uran kaufen.

FABRIKAT UND MODELL

In den Tagen, die nun folgen, verbringe ich mehr Zeit mit Kat. Ich lerne ihre Wohnung kennen, von Monitoren ungefiltert. Wir machen Videospiele. Wir machen rum.

Einmal versuchen wir, auf ihrem Großküchenherd ein Abendessen zu kochen, aber mittendrin erklären wir den dampfenden Grünkohlmatsch für missraten. Sie zieht einen hübschen Plastikbehälter aus dem Kühlschrank, der mit würzigem Couscous-Salat gefüllt ist. Kat kann kein Salatbesteck finden, darum serviert sie ihn mit einem Eisportionierer.

»Hast du den Salat gemacht?«, frage ich, weil ich mir das nicht vorstellen kann. Er ist perfekt.

Sie schüttelt den Kopf. »Er ist aus der Arbeit. Ich bringe meistens Essen mit nach Hause. Wir kriegen es umsonst.«

Kat verbringt den Großteil ihrer Zeit bei Google. Ein Großteil ihrer Freunde arbeitet bei Google. Ihre Gespräche drehen sich größtenteils um Google. Nun erfahre ich, dass auch der Großteil der Kalorien, die sie zu sich nimmt, von Google stammt. Ich finde das beeindruckend: Sie ist klug, und sie begeistert sich für ihre Arbeit. Aber es macht mir auch zu schaffen, denn mein Arbeitsplatz ist kein funkelnder Kristallpalast voller gut gelaunter Cracks. (So stelle ich mir Google vor. Und dass sie da alle mit verrückten Mützen herumlaufen.)

Der Beziehung, die ich zu Kat in ihren Nicht-Google-Stunden aufbauen kann, sind Grenzen gesetzt, einfach weil wir nicht besonders viele Stunden miteinander haben, und ich glaube, ich will mehr als das. Ich möchte mir den Zutritt zu Kats Welt verdienen. Ich möchte die Prinzessin in ihrem Schloss sehen.

Meine Eintrittskarte zu Google ist Logbuch VII.

Im Verlauf der nächsten drei Wochen stellen Mat und ich in mühsamer Kleinarbeit ein Double des Logbuchs her. Oberflächen sind Mats Spezialität. Als Erstes nimmt er einen Bogen neues Leder und färbt ihn mit Kaffee ein. Dann schleppt er aus seinem Horst auf dem Dachboden ein Paar klassische Golfschuhe an; ich quetsche meine Füße hinein und laufe zwei Stunden lang auf dem Leder hin und her.

Die Innereien des Logbuchs erfordern mehr Recherche. Spätnachts im Wohnzimmer arbeitet Mat an seiner Miniaturstadt, während ich mit meinem Laptop auf der Couch sitze, wild umhergoogle und lange Abhandlungen zur Bücherherstellung vorlese. Wir erfahren alles über das Einbinden. Wir spüren Großhändler für Velinpapier auf. Wir finden matten, elfenbeinfarbenen Stoff und dicken schwarzen Zwirn. Wir kaufen einen Druckstock auf eBay.

»Das machst du ziemlich gut, Jannon«, sagt Mat zu mir, als wir die leeren Seiten einleimen.

»Was, Bücher binden?« (Wir widmen uns dieser Aufgabe am Küchentisch.)

»Nein, Dinge im Vorbeigehen lernen«, sagt er. »Darum geht's in meiner Branche auch. Nicht wie die Computertypen, weißt du? Die machen einfach dauernd dasselbe. Dabei geht's immer nur um Pixel. Für uns ist jedes Projekt anders. Neues Werkzeug, neue Materialien. Alles ist immer wieder neu.«

»Wie das Dschungelmonster.«

»Genau. Ich hatte achtundvierzig Stunden Zeit, um ein Bonsai-Meister zu werden.«

Mat Mittelbrand hat Kat Potente noch nicht kennengelernt, aber ich glaube, sie würden sich gut verstehen: Kat, die vom Potenzial des menschlichen Gehirns so fest überzeugt ist, und Mat, der alles in einem Tag lernen kann. Beim Gedanken daran kann ich mich plötzlich für Kats Standpunkt erwärmen. Wenn wir es schaffen würden, dass Mat noch tausend Jahre weitermacht, könnte er uns wahrscheinlich eine ganz neue Welt bauen.

Der krönende Abschluss des falschen Logbuchs und zugleich die härteste Herausforderung ist die Prägung auf dem Umschlag. Das Wort NARRATIO ist auf dem Original tief ins Leder gestanzt, und nach einer herangezoomten Prüfung der Referenzbilder entdecke ich, dass auch dieser Text in der guten alten Gerritszoon gesetzt ist. Keine gute Nachricht.

»Warum?«, fragt Mat. »Ich glaube, ich habe die Schrift auf dem Computer.«

»Du hast die Gerritszoon«, sage ich bedauernd, »die sich für E-Mails, Bücherblogs und Lebensläufe eignet. Das hier« – ich zeige auf die Vergrößerung von NARRATIO auf meinem Laptop-Monitor – »ist eine Gerritszoon Display, die für Plakatwände, Zeitschriftendoppelseiten und offenbar auch für okkulte Bucheinbände gedacht ist. Guck mal, die Serifen sind spitzer.«

Mat nickt besorgt. »Die Serifen sind allerdings sehr spitz.«

Als ich damals bei NewBagel Speisekarten und Poster und (falls ich daran erinnern darf) ein preisgekröntes Logo entworfen hatte, habe ich alles über den Marktplatz für digitale Schrifttypen gelernt. Nirgendwo sonst ist das Verhältnis von Kohle zu Bytes dermaßen haarsträubend. Was ich damit sagen will: Ein E-Book kostet ungefähr zehn Dollar, stimmt's?

Und es enthält in der Regel etwa ein Megabyte Text. (Übrigens: Jedes Mal, wenn Sie bei Facebook reinschauen, laden Sie mehr Daten herunter.) Bei einem E-Book sieht man, was man gekauft hat: die Wörter, die Absätze, die vermutlich langweiligen Angebote von digitalen Marktplätzen. Wie sich herausstellt, umfasst eine digitale Schrift auch etwa ein Megabyte, aber eine digitale Schrift kostet nicht zehn Dollar, sondern ein paar Hundert, manchmal ein paar Tausend, und sie ist abstrakt, mehr oder weniger unsichtbar – ein schmaler Umschlag mit einer Formel für winzige Buchstabenformen. Das ganze Arrangement beleidigt die Intelligenz der meisten potenziellen Kunden.

Darum versuchen sie natürlich auch, die Schriften raubzukopieren. Ich bin keiner von denen. Ich habe einen Typografiekurs an der Uni besucht, und als Abschlussprojekt musste jeder eine eigene Schrifttype entwerfen. Ich hatte für meine große Ambitionen – sie hieß Telemach –, aber es waren einfach zu viele Buchstaben zu zeichnen. Ich konnte sie nicht rechtzeitig fertigstellen. Am Ende hatte ich nur die Großbuchstaben geschafft, die sich für schreiende Reklameposter und Steinplatten anboten. Darum glauben Sie mir, ich weiß, wie viel harte Arbeit in diesen Formen steckt. Typografen sind Designer, Designer sind meine Leute; ich fühle mich verpflichtet, sie zu unterstützen. Aber jetzt teilt mir FontShop.com mit, dass Gerritszoon Display, die von der FLC-Schriftgießerei in New York vertrieben wird, 3 989 Dollar kostet.

Also werde ich natürlich versuchen, eine Raubkopie zu machen.

Eine Idee zuckt mir durchs Hirn. Ich schließe den FontShop-Tab und gehe auf Grumbles Bibliothek. Da gibt es nicht nur Raubkopien von E-Books. Da gibt es auch Schrifttypen – illegale Buchstaben in jeder Form und Größe. Ich blättere mich durch die Listen: Metro und Gotham und Soho, die alle nur darauf warten, abgeholt zu werden. Myriad und Minion und Mrs Eaves. Und siehe da: auch Gerritszoon Display.

Ich verspüre einen Hauch schlechtes Gewissen, als ich sie herunterlade, aber es ist wirklich nur ein winzig kleiner Hauch. Die FLC-Schriftgießerei ist wahrscheinlich nur irgend so was wie eine Tochterfirma von Time Warner. Gerritszoon ist eine alte Schrift und ihr gleichnamiger Schöpfer schon seit Ewigkeiten tot. Was kümmert es ihn, wie seine Schrifttype genutzt wird und von wem?

Mat setzt das Wort über einen sorgfältig abgepausten Umriss vom Symbol der Buchhandlung – zwei Hände, geöffnet wie ein Buch –, und fertig ist unser Entwurf. Am nächsten Tag bei ILM fertigt er mit einem Plasmaschneider eine Schablone aus Altmetall – in Mats Welt ist ein Plasmaschneider so normal wie eine Schere –, und schließlich pressen wir sie mit einer dicken Schraubzwinge in das künstlich verwitterte Leder. Sie ruht, stumm vor sich hin prägend, drei Tage und drei Nächte auf dem Küchentisch, und als Mat die Zwinge löst, ist der Einband perfekt.

Endlich ist die Zeit gekommen. Es wird Nacht. Ich übernehme Oliver Grones Platz am Schreibtisch neben dem Eingang und beginne meine Schicht. Heute will ich meinen Anspruch auf die Abenteuer in Kats Welt geltend machen. Heute werde ich den Büchertausch durchziehen.

Aber wie sich zeigt, würde ich einen lausigen Spion abgeben – ich schaffe es einfach nicht, meine Nervosität abzuschütteln. Ich habe schon alles probiert: Ich habe lange Aufsätze über investigativen Journalismus gelesen, die Computerversion von Rockets & Warlocks gespielt und bin vor den Ladenhütern auf und ab gegangen. Ich kann mich nicht länger als drei Minuten auf irgendetwas konzentrieren.

Jetzt sitze ich einfach wieder nur am Schreibtisch, rutsche jedoch ständig auf meinem Stuhl hin und her. Wäre Gezappel eine Wikipedia-Überarbeitungsfunktion, hätte ich den Eintrag über »Schuldgefühle« inzwischen komplett umgeschrieben und in fünf neue Sprachen übersetzt.

Endlich ist es drei viertel sechs. Hauchdünne Ranken der Morgendämmerung schleichen sich von Osten her an. Menschen in New York fangen leise an zu twittern. Ich bin vollkommen fertig, weil ich die ganze Nacht unter Strom gestanden habe.

Ich habe das echte Logbuch VII in meine Kuriertasche gestopft, aber es ist viel zu groß dafür, darum ist die Tasche ausgebeult und sieht in meinen Augen geradezu lächerlich kriminell aus. Wie eine dieser afrikanischen Riesenschlangen, die irgendein Tier im Ganzen verschlungen hat.

Das falsche Logbuch steht bei seinen Stiefgeschwistern. Nachem ich es an seinen Platz geschoben hatte, fiel mir eine verräterische Spur im Staub des Regalbretts auf. Zuerst bekam ich es mit der Angst zu tun. Dann begab ich mich in die Tiefen der Ladenhüterabteilung hinein, fegte etwas Staub von den Brettern in meine Hand und ließ ihn vor das gefälschte Logbuch rieseln, bis Menge und Qualität des Staubs perfekt dem alten entsprachen.

Ich habe ein Dutzend Erklärungen parat (mit ausufernden Nebenhandlungen), falls Penumbra der Unterschied auffällt. Aber ich muss gestehen: Das gefälschte Exemplar sieht toll aus. Mein Staubarrangement könnte von den Special-Effects-Leuten bei ILM stammen. Das sieht echt aus, und ich glaube nicht, dass mir irgendetwas daran auffallen würde, und Mann, jetzt bimmelt das Glöckchen über der Tür –

»Guten Morgen«, sagt Penumbra. »Wie war die Nacht?«

»Gut toll fantastisch«, sage ich. Zu schnell. Mach langsam. Vergiss nicht: Die Schatten der Normalität. Duck dich da rein.

»Weißt du«, sagt Penumbra und zieht seine Marinejacke aus, »ich habe nachgedacht. Wir sollten diesen Burschen hier in den Ruhestand schicken« – mit zwei Fingern tippt er dem MacPlus an den Kopf, ein sanftes *Klackklack* – »und etwas Zeitgemäßeres anschaffen. Nichts zu Teures. Vielleicht könntest du ein Fabrikat und Modell empfehlen?«

Fabrikat und Modell. Ich habe noch nie jemanden in dieser Weise über Computer sprechen hören. Ein MacBook gibt es in jeder Farbe, solange es aus blankem Metall besteht. »Ja das ist super«, sage ich. »Klar ich schau mich mal um Mr. Penumbra vielleicht ein gebrauchter überholter iMac ich glaube die sind genauso gut wie die neuen.« Ich sage das alles in einem Atemzug und bin schon auf dem Weg zur Tür. Mir ist schlecht.

»Und«, sagt er behutsam, »vielleicht könntest du ihn verwenden, um eine Website einzurichten.«

Mein Herz zerspringt gleich.

»Der Laden sollte eine haben. Es ist höchste Zeit.«

Jetzt ist es passiert, mein Herz ist explodiert, und vielleicht sind ein paar andere kleine innere Organe auch noch geplatzt, aber ich muss meinem Vorsatz treu bleiben – ich muss mich an Kat Potentes Spielregeln halten:

»Wow das ist der Hammer das sollten wir auf jeden Fall machen Websites sind total mein Ding aber ich muss jetzt wirklich los Mr. Penumbra also bis dann.«

Er zögert, dann lächelt er amüsiert. »Na gut. Ich wünsche dir einen schönen Tag.«

Zwanzig Minuten später sitze ich im Zug nach Mountain View und drücke die pralle Tasche an meine Brust. Es ist merkwürdig – mein Vergehen ist so harmlos. Wen kümmert es, wo sich ein altes Logbuch aus den Beständen einer obskuren antiquarischen Buchhandlung läppische sechzehn Stunden lang aufhält? Aber so fühlt es sich nicht an. Es fühlt sich an, als wäre ich eine von zwei Personen auf der Welt, auf die sich Penumbra eigentlich verlassen können müsste, und wie sich herausstellt, darf man mir nicht trauen.

Alles nur, um ein Mädchen zu beeindrucken. Die Bahn rumpelt und schaukelt und wiegt mich in den Schlaf.

DIE SPINNE

Die Regenbogenfarben auf dem Schild neben dem Bahnhof, das den Weg zum Google-Campus weist, sind unter der Sonne des Silicon Valley etwas verblasst. Ich folge dem bleichen Pfeil einen gewundenen, von Eukalyptusbäumen und Fahrradständern flankierten Fußweg hinunter. Hinter der Kurve sehe ich breite Rasenflächen und niedrige Gebäude und zwischen den Bäumen ein in den Farben Rot, Grün, Gelb und Blau aufblitzendes Markenzeichen.

Über Google erzählt man sich heute, es sei wie Amerika selbst: immer noch die Nummer eins, aber unverkennbar dem Untergang geweiht. Beides sind Supermächte mit ungeheuren Ressourcen, aber beide werden von rasant wachsenden Rivalen verfolgt, die sie früher oder später überholen werden. Für Amerika ist dieser Rivale China. Für Google ist es Facebook. (So was steht alles in den Tech-Gossip-Blogs, daher sollte man nicht zu viel darauf geben: Die haben auch behauptet, dass der nächste Abräumer ein Start-up namens MonkeyMoney ist.) Aber es gibt einen Unterschied: Im Angesicht des Unvermeidlichen steckt Amerika Geld in die Rüstungskonzerne, damit sie Flugzeugträger bauen. Google steckt Geld in geniale Programmierer, damit sie tun, wozu immer sie lustig sind.

Kat trifft mich an einem blauen Sicherheits-Checkpoint, bestellt und bekommt eine Besucherplakette, auf der in Rot mein Name und meine Zugehörigkeit stehen, und führt mich zu ihrem Bereich. Wir nehmen eine Abkürzung über einen großen Parkplatz, dessen Asphalt in der Sonne dampft. Hier stehen keine Autos, nur lauter weiße Container auf niedrigen Stützen.

»Das sind Teile der Big Box«, sagt Kat und zeigt darauf. Am anderen Ende des Parkplatzes kommt dröhnend und zischend ein Sattelschlepper angefahren. Die Zugmaschine ist in einem leuchtenden Rot-Grün-Blau gestrichen und hat einen der weißen Container im Schlepptau.

»Sie sind wie Legosteine«, fährt sie fort, »nur dass jeder von ihnen Speicherplatz beherbergt, tonnenweise, und Prozessoren und alles andere und Anschlüsse für Wasser und Strom und Internet. Wir bauen sie in Vietnam und verschiffen sie dann überallhin. Sie vernetzen sich alle automatisch, egal, wo sie sind. Alle zusammen bilden sie die Big Box.«

»Und die macht ...?«

»Alles«, sagt sie. »Google spielt sich komplett in der Big Box ab.« Sie zeigt mit ihrem braunen Arm auf einen Container, über dessen Längsseite in großen grünen Lettern der Schriftzug WWW gezeichnet ist. »Der enthält eine Kopie des Internets.« YT: »Jedes Video auf YouTube.« MX: »Alle deine E-Mails. Unser aller E-Mails.«

Mit einem Mal wirken Penumbras Regale nicht mehr ganz so hoch.

Breite Gehwege winden sich durch den Hauptcampus. Es gibt eine Fahrradspur, und Googler auf Fixed-Gear-Bikes mit Karbonfaserrahmen und Akkupacks flitzen vorbei. Ich sehe zwei alte Typen auf Liegerädern und einen großen Kerl mit blauen Dreadlocks auf einem Einrad.

»Ich habe uns für halb eins den Buchscanner reserviert«, sagt Kat. »Wollen wir vorher was essen?«

Vor uns taucht die Google-Kantine auf, ein länglicher, niedriger weißer Pavillon, mit kleinen Pflöcken befestigt, wie bei einer Gartenparty. Nach vorn hin ist er offen; die Zeltplanen über den Eingängen sind hochgerollt, und kurze Schlangen aus Googlern reichen bis auf die Grünfläche hinaus.

Kat bleibt stehen und kneift die Augen zusammen. Sie berechnet etwas. »Diese«, sagt sie schließlich und zieht mich in die äußerste linke Schlange. »Ich bin eine ziemlich gute Schlangenstrategin. Allerdings ist es hier nicht so einfach —«

»Weil jeder bei Google ein Schlangenstratege ist«, mutmaße ich.

»Genau. Darum wird manchmal auch geblufft. Der Typ da ist ein Bluffer«, sagt sie und stupst den Googler, der direkt vor uns in der Schange steht, mit dem Ellbogen an. Er ist groß und hat sandfarbenes Haar und sieht aus wie ein Surfer.

»Hey, ich bin Finn«, sagt er und hält mir eine knochige, langfingrige Hand hin. »Zum ersten Mal bei Google?« Er betont es *Gew-gell*, mit einer kleinen Pause in der Mitte.

In der Tat, mein Freund unklarer europäischer Herkunft. Ich mache Small Talk: »Wie ist das Essen?«

»Oh, fantastisch. Der Koch ist berühmt …« Er hält inne. Bei ihm hat es *klick* gemacht. »Kat, er muss sich doch in die andere Schlange stellen.«

»Stimmt. Das vergess ich jedes Mal«, sagt Kat. Sie erklärt es mir: »Unser Essen ist individuell abgestimmt. Es enthält Vitamine, ein paar natürliche Stimulanzien.«

Finn nickt heftig. »Ich experimentiere gerade mit meinem Kaliumspiegel. Ich bin jetzt bei sieben Bananen am Tag. Body-Hacking!« Er grinst über das ganze Gesicht. Moment mal, enthielt dieser Couscous-Salat Stimulanzien?

»Tut mir leid«, sagt Kat und runzelt die Stirn. »Die Besucherschlange ist da drüben.« Sie zeigt quer über den Rasen, und ich überlasse sie dem Body-Hacker und Euro-Surfer.

Also warte ich neben einem Schild mit der Aufschrift EXTERNE VERTRETUNGEN, mit drei Knaben in Khakis, blauen Button-down-Hemden und Handyholstern aus Leder. Die Googler auf der anderen Seite des Rasens tragen alle enge Jeans und bunte T-Shirts.

Kat redet jetzt mit jemand anders, einem schlanken, dunkelhäutigen Jungen, der sich direkt hinter ihr angestellt hat. Er ist wie ein Skater gekleidet, darum vermute ich, dass er einen Doktortitel in künstlicher Intelligenz hat. Ein Dorn der Eifersucht sticht in meine Augen, aber ich bin darauf gefasst; ich wusste, was auf mich zukommt, hier in dem Kristallpalast, wo Kat jeden kennt und jeder Kat kennt. Also warte ich, bis es vorüber ist, und sage mir, dass sie mich schließlich mitgebracht hat. Das ist in solchen Situationen meine Trumpfkarte: Ja, alle anderen sind schlau, alle anderen sind cool, alle anderen sind fit und sehen gut aus – aber dich hat sie mitgebracht. Das musst du vor dir hertragen wie eine Auszeichnung, wie eine Plakette.

Ich schaue an mir hinunter und stelle fest, dass auf meinem Besucherschild genau das steht –

NAME: Clay Jannon
FIRMA: Buchhandlung Penumbra
GASTGEBER: Kat Potente

– darum ziehe ich es ab und bringe es etwas höher am Hemd an.

Wie versprochen ist das Essen fantastisch. Ich nehme mir zwei große Löffel Linsensalat und eine dicke rosa Scheibe

Fisch, sieben kräftige grüne Spargelstangen und einen auf Knusprigkeit optimierten Keks mit Schokoladensplittern.

Kat winkt mich zu sich an einen Tisch nahe am Außenrand des Pavillons, wo eine jähe Brise die weiße Plane bauscht. Kleine Lichtstreifen tanzen über den Tisch, auf dem eine mit blauem Raster bedruckte Papiertischdecke liegt. Bei Google essen sie ihr Lunch auf Millimeterpapier.

»Das ist Raj«, sagt sie und deutet mit einer Gabel voller Linsensalat (der genau wie meiner aussieht) auf den Doktor-titel-Skater. »Wir waren zusammen an der Uni.« Kat hat Symbolic Systems in Stanford studiert. Sind hier alle in Stanford gewesen? Kriegt man da nach dem Abschluss einfach automatisch einen Job bei Google?

Raj sagt jetzt etwas und wirkt plötzlich zehn Jahre älter. Seine Stimme ist markant und direkt. »Und, was machst du?«

Ich hatte gehofft, dass diese Frage hier tabu wäre und man sie durch ein seltsames Google-Äquivalent ersetzen würde, wie zum Beispiel: *Was ist deine Lieblingsprimzahl?* Ich zeige auf mein Schild und bekenne, dass ich beim Gegenteil von Google arbeite.

»Ah, Bücher.« Raj hält einen Moment inne und kaut. Dann rastet in seinem Gehirn etwas ein: »Weißt du, alte Bücher sind ein großes Problem für uns. Überhaupt altes Wissen – *old knowledge* oder OK, wie wir es nennen. *Old knowledge*, OK. Wusstest du, dass fünfundneunzig Prozent des Internets erst in den letzten fünf Jahren entstanden sind? Nun wissen wir aber, dass das Verhältnis genau umgekehrt ist, wenn es um das gesamte menschliche Wissen geht – dass OK sogar das meiste davon ausmacht, was die meisten Leute wissen und je gewusst haben.«

Raj blinzelt nicht, und möglicherweise atmet er auch nicht.

»Also wo steckt es, stimmt's? Wo ist das OK? Naja, in alten Büchern, so viel ist klar« – er entfernt die Kappe von einem Fineliner (wo kommt der plötzlich her?) und fängt an, auf das Millimeterpapier-Tischtuch zu zeichnen –, »und auch in den Köpfen der Menschen, eine Menge traditionelles Wissen, *traditional knowledge*, TK. OK und TK.« Er zeichnet kleine sich überschneidende Kleckse und beschriftet sie mit Akronymen. »Stell dir vor, wir könnten all dieses OK/TK jederzeit jedem zugänglich machen. Im Netz, auf deinem Handy. Keine Frage würde je unbeantwortet bleiben.«

Was wohl in Rajs Essen ist?

»Vitamin D, Omega-3-Fettsäuren, fermentierte Teeblätter«, sagt er, immer noch kritzelnd. Er setzt einen einzelnen Punkt neben die Kleckse und quetscht den Marker aufs Papier, dass die schwarze Tinte herausblutet. »Das haben wir bisher in der Big Box gespeichert«, sagt er und zeigt auf den Punkt, »und überleg dir mal, wie wertvoll es ist. Wenn wir das alles hier hinzufügen könnten« – er fegt mit der Hand über die OK/TK-Kleckse wie ein General, der eine Eroberung plant – »dann könnten wir wirklich ernsthaft loslegen.«

»Raj ist schon lange bei Google«, sagt Kat. Wir verlassen die Kantine und schlendern nach draußen. Ich habe mir im Vorbeigehen einen zweiten Keks geschnappt und knabbere jetzt daran. »Er hat schon vor dem IPO hier gearbeitet und war ewig PM.«

Die mit ihren Akronymen! IPO ist klar: Börsengang. Das andere meine ich aber auch zu kennen. »Warte mal« – ich bin leicht verwirrt –, »Google hat einen Premierminister?«

»Ha, nein«, sagt sie. »Produktmanagement. Es ist ein Komitee. Ursprünglich bestand es aus zwei Personen, dann waren es vier, heute ist es größer. Vierundsechzig. Die Leute vom PM haben das Sagen im Unternehmen. Sie bewilligen neue Projekte, beauftragen die Techniker, verwalten die Mittel.«

»Dann sind das alles Topmanager.«

»Nein, das ist es ja gerade. Es ist wie bei einer Lotterie. Dein Name wird gezogen, und du bist zwölf Monate beim PM. Jeder kann drankommen. Raj, Finn, ich. Pepper.«

»Pepper?«

»Der Koch.«

Wow – das ist so egalitär, das ist mehr als demokratisch. Mir schwant: »Etwa so, als würdest du aufgefordert, Geschworener zu sein.«

»Du kommst erst infrage, wenn du ein Jahr hier gearbeitet hast«, erläutert Kat. »Und du kannst dich befreien lassen, wenn du an einer mega-wichtigen Sache arbeitest. Aber die Leute nehmen es richtig ernst.«

Ich frage mich laut, ob Kat Potente schon mal aufgerufen wurde.

Sie schüttelt den Kopf. »Noch nicht«, sagt sie. »Aber ich würde das wahnsinnig gern machen. Ich meine, die Chancen sind nicht sehr hoch. Dreißigtausend Leute arbeiten hier, und vierundsechzig sind im PM. Das kannst du dir selbst ausrechnen. Aber es ist ständig am Wachsen. Angeblich wollen sie es noch mal erweitern.«

Jetzt frage ich mich, wie es wäre, wenn das ganze Land in dieser Form regiert würde.

»Genau, das will Raj!«, lacht Kat. »Nachdem er all das OK und TK gefunden hat, natürlich.« Sie schüttelt den Kopf; sie macht sich ein bisschen über ihn lustig. »Er hat schon einen genauen Plan ausgearbeitet, um einen Verfassungszusatz auf den Weg zu bringen. Wenn es irgendjemand schafft …« Sie schürzt nachdenklich die Lippen. »Dann wahrscheinlich

112

nicht Raj.« Sie lacht und ich auch. Ja, Raj ist ein bisschen zu heftig für die Vereinigten Staaten.

Darum frage ich: »Wer könnte das hinkriegen?«

»Vielleicht ja ich«, sagt Kat und drückt die Schultern durch.

Vielleicht ja du.

Wir gehen an Kats Bereich vorbei: Dataviz, Datenvisualisierung. Der hockt auf einem kleinen Hügel; eine Ansammlung vorgefertigter kastenähnlicher Gebäude, die um ein kleines Amphitheater arrangiert sind, wo eine Steintreppe zu einem Wall aus riesigen Monitoren hinunterführt. Wir spähen hinab. Zwei Techniker sitzen mit Laptops auf den Knien auf den Stufen des Amphitheaters und sehen zu, wie mehrere Blasen, die alle durch Wellenlinien verbunden sind, auf einem der Monitore herumhüpfen. Alle paar Sekunden erstarren die Blasen und die Linien schnappen hoch zu geraden Strichen, wie wenn sich einem das Nackenhaar aufstellt. Dann leuchtet der Monitor in einem satten Rot. Eine Technikerin flucht leise und beugt sich über ihren Laptop.

Kat zuckt die Achseln. »Noch nicht ganz ausgereift.«

»Was soll es werden?«

»Weiß nicht genau. Wahrscheinlich etwas Internes. Das meiste, was wir machen, ist intern.« Sie seufzt. »Google ist so groß, dass es sich sein eigenes Publikum schafft. Ich mache überwiegend Visualisierungen, die von anderen Technikern genutzt werden oder für unsere Werbung oder vom PM …« Sie verstummt langsam. »Ehrlich gesagt, ich würde wahnsinnig gern etwas entwerfen, was alle sehen können!« Sie lacht, als sei sie erleichtert, es ausgesprochen zu haben.

113

Am Rande des Campus laufen wir durch eine von hohen Zypressen umgebene Lichtung – das Sonnenlicht fällt durch das Blattwerk und wirft hübsche goldene Tupfer auf den Gehweg – und gelangen zu einem flachen Ziegelbau, der nicht weiter gekennzeichnet ist als mit einem an die dunkle Glastür geklebten handgeschriebenen Zettel:

BÜCHERSCANNER

Im Inneren kommt man sich vor wie in einem Lazarett. Grelles Flutlicht gleißt auf einen Operationstisch, der von langen, vielgliedrigen Metallarmen umringt ist. Ein beißender Geruch wie von Bleiche hängt in der Luft. Rund um den Tisch liegen Bücher: Stapel über Stapel, hoch aufgetürmt auf Metallrollwagen. Es gibt große Bücher und kleine Bücher; es gibt Bestseller und alte Bücher, die aussehen, als würden sie sich in Penumbras Laden wohlfühlen. Ich entdecke einen Dashiell Hammett.

Ein hochgewachsener Googler namens Jad bedient den Bücherscanner. Er hat eine perfekt dreieckige Nase über einem braunen Zottelbart. Er sieht aus wie ein griechischer Philosoph. Vielleicht hat das aber auch mit seinen Sandalen zu tun.

»Hey, willkommen«, sagt er lächelnd und schüttelt erst Kat, dann mir die Hand. »Schön, mal jemanden von Dataviz hier zu sehen. Und du ...?«

»Kein Googler«, gestehe ich. »Ich arbeite in einer alten Buchhandlung.«

»Oh, cool«, sagt Jad. Dann verdüstert sich seine Miene. »Das heißt, ich meine – tut mir leid.«

»Was tut dir leid?«

»Naja. Dass wir euch alle arbeitslos machen.« Es klingt wie eine ganz sachliche Feststellung.

»Moment, wen meinst du mit ›alle‹?«

»Buch … läden?«

Natürlich. Ich habe mich eigentlich nicht als Teil des Buchgewerbes verstanden; Penumbras Laden stellt sich mir irgendwie als etwas völlig anderes dar. Aber … Ich verkaufe tatsächlich Bücher. Ich bin der Manager einer Google-Anzeigenkampagne, die darauf abzielt, potenzielle Buchkäufer anzusprechen. Es hat mich klammheimlich erwischt: Ich bin Buchhändler.

Jad fährt fort: »Ich meine, wenn wir erst mal alles gescannt haben und billige Lesegeräte allgegenwärtig sind … wird niemand mehr Buchläden brauchen, oder?«

»Ist das das Geschäftsmodell dafür?«, frage ich und nicke zum Scanner hin. »E-Books verkaufen?«

»Wir haben eigentlich gar keins«, sagt Jad achselzuckend. »Die Anzeigen bringen so viel Geld, dass sich alles mehr oder weniger selbst trägt.« Er wendet sich Kat zu. »Findest du nicht? Selbst, wenn wir so was wie fünf … Millionen … Dollar verdienen würden?« (Er ist nicht sicher, ob es sich nach einer Menge Geld anhört. Nur fürs Protokoll: tut es.) »Es würde ja nicht mal auffallen. Die da drüben« – er wedelt mit dem langen Arm in die ungefähre Richtung des Campus – »verdienen so eine Summe ungefähr alle zwanzig Minuten.«

Das ist superdeprimierend. Wenn ich mit dem Verkauf von Büchern fünf Millionen Dollar verdienen würde, würde ich verlangen, dass man mich in einer Sänfte aus Erstausgaben der *Drachenlied-Chroniken* in der Gegend herumträgt.

»Ja, das stimmt in etwa« – Kat nickt –, »aber es ist eine gute Sache. Es gibt uns Freiheit. Wir können langfristig denken. Wir können in Dinge wie diese hier investieren.« Sie tritt an den hellen Scannertisch mit den langen Metallarmen heran. Ihre Augen sind jetzt weit aufgerissen und glänzen im Licht. »Guck dir das nur an.«

»Jedenfalls, tut mir leid«, sagt Jad leise zu mir.

»Wir packen das schon«, sage ich. »Die Leute mögen immer noch den Geruch von Büchern.« Und außerdem ist Jads Buchscanner nicht das einzige Projekt mit einer Finanzierung von außen. Penumbras Laden hat einen eigenen Mäzen.

Ich nehme das Logbuch aus meiner Tasche und reiche es ihm. »Hier ist der Patient.«

Jad hält es unter das Flutlicht. »Das ist ein wunderschönes Buch«, sagt er. Er fährt mit dem Finger über die Prägung auf dem Einband. »Was ist es?«

»Nur ein persönliches Tagebuch.« Ich zögere. »Sehr persönlich.«

Vorsichtig öffnet er das Logbuch und klemmt den vorderen und hinteren Buchdeckel zwischen einen rechtwinkligen Metallrahmen. Dann legt er den Rahmen auf den Tisch und fixiert ihn mit vier einschappenden Klammern. Schließlich ruckelt er daran; der Rahmen und sein Inhalt sind fest. Das Logbuch ist angeschnallt wie ein Testpilot oder ein Crashtest-Dummy.

Jad scheucht uns vom Scanner weg. »Stellt euch dahinter«, sagt er uns zeigt auf eine gelbe Linie auf dem Fußboden. »Die Arme sind scharf.«

Hinter einer Wand aus Flachbildschirmen machen seine Finger *tapp-tapp*. Es folgt ein dumpfes Geräusch wie Bauchgrummeln, dann ein hoher Warnton, und der Buchscanner setzt sich plötzlich in Bewegung. Die Lampen schalten von Flutlicht auf Intervallbeleuchtung um, und die Kammer wird zur Kulisse eines Stop-Motion-Films. Einzelbild um Einzelbild strecken sich die Spinnenarme des Sanners nach unten, greifen nach Seitenrändern, blättern sie um. Es ist hypnotisierend. Ich habe noch nie etwas gesehen, was so schnell und gleichzeitig so grazil ist. Die Arme streicheln die Seiten, liebkosen sie, glätten sie sanft. Dieses Ding liebt Bücher.

Bei jedem Blitzlicht drehen sich zwei oben befestigte Riesenkameras und schießen hintereinander Fotos. Ich schleiche mich an Jad heran und stelle mich neben ihn, wo ich beobachten kann, wie sich die Seiten des Logbuchs auf seinen Monitoren stapeln. Die beiden Kameras gleichen zwei Augen, darum erscheinen die Bilder in 3-D, und ich beobachte, wie sein Computer die Wörter direkt aus den blassgrauen Seiten aufpickt. Es sieht aus wie ein Exorzismus.

Ich gehe wieder zu Kat zurück. Ihre Zehen haben den gelben Strich übertreten, und sie beugt sich ganz nah zum Bücherscanner vor. Ich habe Angst, dass er ihr die Augen aussticht.

»Das ist der Wahnsinn«, haucht sie.

Ist es auch. Ich verspüre einen Anflug von Mitleid für das Logbuch, dem seine Geheimnisse binnen Minuten von diesem Wirbelwind aus Licht und Metall entrissen werden. Bücher waren mal ziemlich hightech, seinerzeit. Lang ist's her.

DAS RÄTSEL DES GRÜNDERS

Es ist später, gegen acht, und wir sind in Kats Raumkapsel-schlafzimmer, vor ihrem weißen Raumschiffkonsolen-Schreibtisch. Sie sitzt auf meinem Schoß und starrt gebannt auf ihr MacBook. Sie erklärt mir die optische Zeichenerkennung OCR, den Prozess, mit dem ein Computer Tintenkleckse und Striche in erkennbare Zeichen umwandelt, wie *K*, *A* und *T*.

»Das ist keine kleine Sache«, sagt sie. »Das war ein dickes Buch.« Auch hatten meine Vorgänger eine Handschrift, die fast so schlimm war wie meine. Aber Kat hat einen Plan. »Mein Computer würde die ganze Nacht brauchen, um diese Seiten zu verarbeiten«, sagt sie. »Aber wir sind ungeduldig, stimmt's?« Sie tippt mit Beschleunigungsfaktor zehn, erteilt lange Befehle, die ich nicht verstehe. Ja, wir sind definitiv ungeduldig.

»Also werden wir Hunderte von Maschinen dazu bringen, gleichzeitig alles auf einmal zu erledigen. Wir verwenden Hadoop.«

»Hadoop.«

»Jeder verwendet Hadoop. Google, Facebook, der Geheimdienst. Es ist eine Software – sie zerstückelt eine große Aufgabe in viele kleine Fragmente und verteilt sie auf viele verschiedene Computer.«

Hadoop! Wie herrlich das klingt. Kat Potente, du und ich, wir werden einen Sohn haben und ihn Hadoop nennen, und er wird ein großer Krieger sein, ein König!

Sie streckt sich und stützt sich mit den Handflächen auf der Schreibtischplatte ab. »Ich finde das toll.« Ihre Augen sind fest an den Monitor geheftet, wo ein Diagramm erblüht: ein Blumenschema mit einer blinkenden Mitte und Dutzenden – nein, Hunderten – Blütenblättern. Es wächst schnell, verwandelt sich von einem Gänseblümchen in einen Löwenzahn, in eine riesige Sonnenblume. »Tausend Computer machen in diesem Augenblick genau das, was ich will. Mein Verstand ist nicht nur hier«, sagt sie und tippt sich an den Kopf, »sondern da draußen. Ich liebe dieses Gefühl.«

Sie rutscht näher an mich heran. Plötzlich rieche ich alles ganz deutlich; ihr Haar, das frisch gewaschen ist, wühlt sich in mein Gesicht. Ihre Ohrläppchen, rund und rosig, schauen ein wenig hervor, und ihr Rücken ist kräftig von der Kletterwand bei Google. Ich lasse meine Daumen an ihren Schulterblättern hinunterwandern, über die Ausbuchtungen ihrer BH-Träger. Sie bewegt sich wieder, schaukelnd. Ich schiebe ihr T-Shirt hoch, und die zerknautschten Buchstaben spiegeln sich im Laptop-Monitor: BAM!

Später gibt Kats Laptop ein leises Klingeln von sich. Sie rutscht von mir weg, hopst aus dem Bett und klettert wieder auf ihren blauen Schreibtischstuhl. Sie hockt auf den Zehen, und ihr Rücken krümmt sich zu ihrem Computerbildschirm hin, sodass sie wie ein Wasserspeier aussieht. Ein wunderschöner Nackter-Mädchenkörper-Wasserspeier.

»Es hat geklappt«, sagt sie. Sie dreht sich zu mir um, die Wangen gerötet, das dunkle Haar zersaust. »Es hat geklappt!«

Es ist lange nach Mitternacht, und ich bin wieder in der Buchhandlung. Das echte Logbuch steht wieder heil in seinem Regal. Das falsche steckt in meiner Tasche. Alles verlief genau nach Plan. Ich bin hellwach, ich fühle mich wohl, und ich bin bereit, zu visualisieren. Ich ziehe die eingescannten Daten aus der Big Box; über *bootynet* dauert es nicht einmal eine Minute. All die kleinen Geschichten, die jemals in dieses Logbuch gekritzelt wurden, fließen perfekt verarbeitet in meinen Laptop.

Und jetzt, lieber Computer, ist der Zeitpunkt gekommen, an dem du tust, was ich dir sage.

So was gelingt nie auf Anhieb. Ich gebe den nackten Text in meine Visualisierung ein, und das Ergebnis sieht aus, als hätte Jackson Pollock meinen Prototyp zwischen die Finger bekommen. Überall sind Datenkleckse, rosa, grüne und gelbe Flecken, in den grellen Farben von Spielhallenautomaten.

Als Erstes verändere ich die Farbpalette. Erdtöne, bitte.

Weiter: Das ist mir viel zu viel Information. Ich möchte nur wissen, wer was ausgeliehen hat. Kats Analyse war schlau genug, die Namen und Titel und Zeiten im Text zu verschlagworten, und die Visualisierung weiß, wie sie diese aufspürt, darum verlinke ich Daten mit dem Display und sehe etwas Vertrautes: einen Schwarm bunter Lichter, der durch die Regale hüpft, wobei jedes Licht einen Kunden repräsentiert. Aber hier handelt es sich um Kunden, die diese Buchhandlung schon vor Jahren frequentierten.

Es ist nicht besonders beeindruckend – nichts weiter als ein buntes Durcheinander, das durch die Regale mit den Ladenhütern wandert. Dann, einer Eingebung folgend, verbinde ich die Punkte, sodass es kein Schwarm mehr ist, sondern eine Gruppe von Konstellationen. Jeder Kunde hinterlässt eine Spur, einen torkelnden Zickzackpfad quer durch die Regale. Die kürzeste Konstellation, die in roter Sandfarbe daherkommt, beschreibt ein kleines Z, sie besteht nur aus vier Datenpunkten. Die längste, in dunklem Moosgrün, windet sich in einem ausholenden, gezackten Oval durch den ganzen Laden.

Es ist immer noch nicht besonders beeindruckend. Ich versetze der 3-D-Buchhandlung per Touchpad einen Schubs und lasse sie um ihre Achse kreisen. Ich stehe auf und drücke die Beine durch. Auf der anderen Seite des Schreibtischs greife ich mir einen von den Dashiell Hammetts, die kein Mensch beachtet hat, seitdem sie mir an meinem ersten Tag ins Auge gefallen sind. Das ist traurig. Ich meine, im Ernst: Regale voller hirnlosem Quatsch erhalten die volle Aufmerksamkeit, während *Der Malteser Falke* Staub ansetzt? Das ist mehr als traurig. Das ist dumm. Ich sollte mich nach einem anderen Job umsehen. Dieser Laden macht mich noch verrückt.

Als ich zum Schreibtisch zurückkehre, dreht sich die Buchhandlung immer noch, wirbelt herum wie ein Karussell … und etwas Merkwürdiges passiert. Bei jeder Umdrehung bleibt die Moosgrün-Konstellation stehen und nimmt Gestalt an. Nur für einen Moment formt sie ein Bild und – das kann nicht sein. Ich knalle die Hand aufs Touchpad, bremse das Modell ab, bis es anhält, und lasse es wieder anfahren. Die Konstellation aus Moosgrün setzt sich zu einem klaren Bild zusammen. Auch die anderen Konstellationen passen sich ein. Keine ist so vollständig wie die moosgrüne, aber die eine beschreibt eine Kinnlinie, eine andere den Bogen eines Auges. Wenn das Modell aufrecht steht, als würde es zur Ladentür hereinschauen – ganz in der Nähe der Stelle, an der ich gerade sitze –, erwachen die Konstellationen zum Leben. Sie bilden ein Gesicht.

Es ist Penumbra.

Das Glöckchen bimmelt und er betritt den Laden, gefolgt von einer langen Schleppe aus Nebel. Ich bekomme keinen Ton heraus und weiß nicht, wie ich anfangen soll. Ich habe zwei Penumbras gleichzeitig vor mir: einen, der mir als Gitternetzmodell auf meinem Laptop-Monitor stumm entgegenstarrt, und den anderen, einen alten Mann in der Tür, auf dessen Gesicht sich jetzt ein Lächeln ausbreitet.

»Guten Morgen, mein Junge«, sagt er fröhlich. »Ist in der Nacht irgendetwas Erwähnenswertes vorgefallen?«

Einen Moment lang erwäge ich tatsächlich, den Deckel meines Laptops zuzuklappen und diese Sache für immer auf sich beruhen zu lassen. Aber nein: Ich bin zu neugierig. Ich kann nicht einfach an meinem Schreibtisch sitzen und zulassen, wie sich dieses Netz aus Merkwürdigkeit, das mich umgibt, immer weiter ausbreitet. (Das trifft auf viele Jobs zu, wird mir klar, aber hier geschieht möglicherweise etwas Magisches, mit ziemlich hohem Schrägheitsfaktor.)

»Was hast du da?«, fragt er. »Hast du mit der Arbeit an der Website begonnen?«

Ich drehe meinen Laptop so, dass er ihn sehen kann. »Nicht ganz.«

Halb amüsiert hält er sich seine Brille unter die Augen und späht auf den Bildschirm hinunter. Sein Gesicht sackt zusammen, dann sagt er leise: »Der Gründer.« Er dreht sich zu mir um. »Du hast es gelöst.« Er klatscht sich auf die Stirn, und sein Mund verzieht sich zu einem breiten, fassungslosen Lächeln. »Du hast es schon gelöst! Schau ihn dir an! Da ist er auf dem Bildschirm!«

Schau *ihn* dir an? Ist das nicht – oh. Jetzt, da Penumbra sich weit zu mir vorbeugt, stelle ich fest, dass ich den weitverbreiteten Fehler begangen habe zu unterstellen, dass alle alten Menschen gleich aussehen. Das Gitternetzporträt auf meinem Monitor hat Penumbras Nase, aber der Mund verläuft in einem winzigen Bogen nach unten. Penumbras Mund ist gerade und breit, wie geschaffen zum Lächeln.

»Wie hast du das gemacht?«, fährt er fort. Er ist so stolz, als wäre ich sein Enkel und hätte gerade einen Homerun erzielt oder das Heilmittel gegen Krebs gefunden. »Zeig mir deine Notizen! Hast du Eulers Methode angewendet? Oder die Brito'sche Umkehrung? Es ist keine Schande, damit räumt man so viele Ungereimtheiten aus, die anfangs –«

»Mr. Penumbra«, sage ich triumphierend, »ich habe ein altes Logbuch gescannt«, – dann dämmert mir, dass das weitere Rückschlüsse zulässt, darum gestehe ich stammelnd: »Naja, ich habe ein altes Logbuch mitgenommen. Ausgeliehen. Vorübergehend.«

Kleine Fältchen bilden sich an Penumbras Augenrändern. »Aber das weiß ich doch, mein Junge«, sagt er, nicht unfreundlich. Er hält inne. »Deine Nachbildung hat ziemlich nach Kaffee gerochen.«

Okay, also: »Ich habe mir ein altes Logbuch ausgeliehen, und wir haben es gescannt« – sein Gesichtsausdruck verändert sich wieder; plötzlich sieht er besorgt aus, als hätte ich vielleicht Krebs, anstatt ein Heilmittel dagegen entdeckt zu haben –»weil Google da diese Maschine hat, die superschnell ist, und mit Hadoop geht es einfach – ich meine, tausend Computer, einfach so!« Ich unterstreiche den Satz mit einem Fingerschnipsen. Er hat keine Ahnung, wovon ich rede, glaube ich. »Jedenfalls, was ich sagen will, wir haben einfach die Daten extrahiert. Automatisch.«

In Penumbras Mikromuskeln zittert es. So in nächster Nähe zu ihm wird mir wieder bewusst, dass er tatsächlich sehr, sehr alt ist.

»Google«, haucht er. Es folgt eine lange Pause. »Wie kurios.« Er richtet sich auf. Er hat einen höchst seltsamen Gesichtsausdruck – die emotionale Entsprechung zu ERROR: 404 NOT FOUND. Mehr zu sich selbst sagt er: »Ich werde das melden müssen.«

Moment, wem melden? Der Polizei? Wie einen schweren Diebstahl? »Mr. Penumbra, gibt es ein Problem? Ich verstehe nicht, warum –«

»Oh ja, ich weiß schon«, sagt er scharf, und seine Augen funkeln mich an. »Jetzt verstehe ich. Du hast geschummelt – so darf man es wohl ausdrücken? Und infolgedessen hast du nicht die leiseste Ahnung, was du zustande gebracht hast.«

Ich senke den Blick. So könnte man es ausdrücken.

Als ich wieder zu Penumbra aufschaue, sieht er mich etwas milder an. »Und trotzdem ... du hast es geschafft.« Er dreht sich um und schlendert zu den Ladenhütern hinüber. »Wie kurios.«

»Wer ist es?«, frage ich plötzlich. »Wessen Gesicht?«

»Es ist der Gründer«, sagt Penumbra und fährt mit seiner langen Hand an einem Regalbrett entlang. »Der, der wartet und sich versteckt. Seit Jahren plagt er die Novizen. Seit Jahren! Und du hast ihn in – was? Einem einzigen Monat zum Vorschein gebracht?«

Nicht ganz: »In nur einem Tag.«

Penumbra atmet tief ein. Seine Augen funkeln wieder. Sie sind weit aufgerissen und spiegeln das Licht in den Schaufenstern, versprühen in einer Weise elektrisches Blau, wie ich es noch nie bei ihm gesehen habe. Er keucht: »Unglaublich.« Er holt tief Atem, noch tiefer. Er wirkt aufgewühlt und erregt; ehrlich gesagt, er wirkt ein bisschen verrückt. »Ich habe viel zu erledigen«, sagt er. »Ich muss Pläne machen. Geh nach Hause, mein Junge.«

»Aber –«

»Geh nach Hause. Ob du es verstehst oder nicht, du hast heute etwas Wichtiges getan.«

Er kehrt mir den Rücken zu und geht tiefer in die Dunkelheit zwischen den staubigen Regalen hinein, während er leise vor sich hin murmelt. Ich sammle meinen Laptop und meine Kuriertasche ein und schlüpfe zur Ladentür hinaus. Das Glöckchen bimmelt leise, kaum hörbar. Ich schaue noch einmal durch die hohen Schaufenster zurück, und hinter den geschwungenen goldenen Lettern ist Penumbra verschwunden.

WARUM MAGST DU BÜCHER SO GERN?

Als ich am nächsten Abend wiederkomme, erlebe ich etwas nie Dagewesenes, etwas, was mir den Atem verschlägt und mich vor Schreck erstarren lässt:

Mr. Penumbras Buchhandlung ist dunkel.

Das kann nicht stimmen. Der Laden ist immer geöffnet, immer wach, wie ein kleiner Leuchtturm in diesem sinistren Teil des Broadways. Aber heute ist das Licht aus, und ein kleiner Zettel klebt innen an der Tür. In Penumbras spilleriger Handschrift steht darauf:

GESCHLOSSEN (BIS AUF WEITERES)

Ich habe keinen Schlüssel zum Laden, weil ich nie einen gebraucht habe. Es war ein fliegender Wechsel – Penumbra übergibt an Oliver, Oliver an mich, ich an Penumbra. Einen Moment lang bin ich wütend, voll selbstgerechtem Zorn. Was soll der Scheiß? Wann ist wieder geöffnet? Hätte man mir nicht eine E-Mail schicken oder mich sonst wie informieren können? Ein ziemlich unverantwortliches Verhalten für einen Arbeitgeber, finde ich.

Aber dann mache ich mir Sorgen. Unsere Begegnung heute Morgen war eindeutig zu viel für ihn. Was, wenn sich Penumbra so aufgeregt hat, dass er einen kleinen Herzanfall bekommen hat? Oder einen schweren Herzinfarkt? Was, wenn er tot ist? Oder er irgendwo sitzt und weint, vielleicht in einer einsamen Wohnung, wo ihn seine Verwandten nie besuchen, weil Opa Penumbra ein bisschen komisch ist und nach alten Büchern müffelt? Eine Welle aus Scham steigt in mir auf und vermischt sich mit meiner Wut, und zusammen ergeben sie eine dicke, wabernde Suppe, von der mir ganz schlecht wird.

Ich gehe zum Schnapsladen an der Ecke und hole mir ein paar Chips.

Die nächsten zwanzig Minuten stehe ich auf dem Bürgersteig, kaue stumm meine Fritos, wische mir die Hand am Hosenbein ab und habe keine Ahnung, was ich als Nächstes tun soll. Nach Hause gehen und morgen wiederkommen? Penumbra im Telefonbuch nachschlagen und versuchen, ihn anzurufen? Vergessen Sie's. Ich weiß auch so, dass Penumbra nicht im Telefonbuch steht, und außerdem habe ich keine Ahnung, wo man so ein Ding überhaupt herbekommt.

Ich stehe da und versuche mir was Schlaues einfallen zu lassen, als ich eine vertraute Gestalt die Straße heraufschweben sehe. Es ist nicht Penumbra; er schwebt nicht. Das ist – es ist Ms. Lapin. Ich ducke mich hinter eine Mülltonne (wieso habe ich mich gerade hinter eine Mülltonne geduckt?) und sehe zu, wie sie zum Laden gleitet, nach Luft ringt, als sie nah genug ist und den verwaisten Zustand erkennt, und dann zur Eingangstür stürzt, wo sie sich auf die Zehenspitzen stellt, um das *Geschlossen-(bis auf Weiteres)*-Schild zu inspizieren, die Nase gegen das Glas gedrückt, zweifellos in diese drei Worte eine tiefe Bedeutung hineinlesend.

Dann schaut sie sich auf der Straße einmal verstohlen nach rechts und links um, und als sie mir ihr blasses ovales Gesicht zuwendet, liegt darin ein Ausdruck von Anspannung und Angst. Sie dreht sich um und schwebt wieder in die Richtung davon, aus der sie gekommen ist.

Ich werfe meine Fritos in die Tonne und gehe ihr nach.

Lapin verlässt den Broadway und wählt einen kleinen Weg Richtung Telegraph Hill. Sie läuft in gleichmäßigem Tempo, selbst als der Weg unter ihr ansteigt; sie ist genau die Art kleine Exzentrikerin, die so etwas kann. Ich ächze und stöhne, haste einen Straßenblock hinter ihr her, bemühe mich, Schritt zu halten. Der sprühkopfartige Coit Tower ragt über uns auf, ein dünner grauer Scherenschnitt, der sich gegen die Schwärze des Himmels abhebt. Mitten in einer engen Straße, die sich entlang der Kontur des Berges nach oben windet, verschwindet Lapin.

Ich sprinte dorthin, wo sie zuletzt stand, und entdecke eine in den Hang gehauene schmale Steintreppe, die unter einem Baldachin aus Zweigen wie eine steile Gasse zwischen den Häusern hinaufführt. Lapin hat es irgendwie schon halb nach oben geschafft.

Ich versuche, ihr hinterherzurufen – »Ms. Lapin!« –, bin aber zu sehr außer Atem und bringe nur ein Schnaufen heraus. Also lege ich mich ins Zeug und folge ihr hustend und pustend den Berg hinauf.

Es ist ruhig auf den Stufen. Aus den winzigen Fenstern der Häuser links und rechts strömt Licht; es ergießt sich auf die Äste über mir. Weiter vorn höre ich lautes Rascheln und ein vielstimmiges Kreischen. Im nächsten Augenblick stürzt mir in dem baumgesäumten Tunnel eine Schar aufgeschreckter wilder Papageien entgegen und entkommt in den offenen Nachthimmel. Flügelspitzen streifen meinen Kopf.

Weiter oben höre ich ein scharfes Klicken, gefolgt von einem Knarren, und sehe dann, wie sich ein Lichtspalt zu einem Quadrat ausweitet. Der Schatten des Objekts, das ich verfolge, schreitet hindurch, dann wird es wieder schwarz. Rosemary Lapin ist zu Hause.

Ich schleppe mich zum Treppenabsatz und setze mich auf eine Stufe, um Luft zu holen. Diese Dame hat eine unglaubliche Kondition. Vielleicht ist sie ja federleicht und hat Vogelknochen. Vielleicht ist sie ein wenig pneumatisch, wie ein Luftballon. Ich blicke zurück auf den Weg, über den wir gekommen sind, und durch die Borte aus schwarzen Zweigen kann ich die Lichter der weit unter uns liegenden Stadt sehen.

Im Haus klirrt und klappert Geschirr. Ich klopfe an Ms. Lapins Tür.

Es folgt ein langes, misstrauisches Schweigen. »Ms. Lapin?«, rufe ich. »Ich bin's, Clay, von der, äh, von der Buchhandlung. Der Verkäufer. Ich wollte Sie nur eine Kleinigkeit fragen.« Oder vielleicht eine ganze Menge.

Das Schweigen zieht sich in die Länge. »Ms. Lapin?«

Ich sehe, wie ein Schatten den Lichtstreifen unter der Tür durchschneidet. Schwankend hängt er da – und dann scheppert das Schloss und Ms. Lapin linst heraus. »Hallo«, sagt sie freundlich.

Ihr Heim ist der Bau eines bibliophilen Hobbits – niedrig, eng und vollgestopft mit Büchern. Es ist klein, aber nicht ungemütlich; es riecht stark nach Zimt und ein kleines bisschen nach Hasch. Vor einem ordentlichen Kamin steht ein Lehnstuhl.

Lapin sitzt aber nicht darin. Sie steht mit dem Rücken zur Wand in der Ecke ihrer kombüsenhaften Küche, so weit wie in diesem Raum möglich von mir entfernt. Ich glaube, sie würde aus dem Fenster klettern, wenn sie es erreichen könnte.

»Ms. Lapin«, sage ich, »ich muss Mr. Penumbra finden.«

»Wie wäre es mit einer Tasse Tee?«, fragt sie. »Ja, etwas Tee, und dann machen Sie sich wieder auf den Weg.« Sie hantiert mit einem schweren Messingkessel herum. »Viel zu tun für einen jungen Menschen am späten Abend, kann ich mir vorstellen, viele Besuche zu machen, viele Verabredungen einzuhalten –«

»Eigentlich sollte ich ja arbeiten.«

Ihre Hände zittern über dem Herd. »Natürlich, nun, es gibt so viele Jobs, machen Sie sich keine Sorgen –«

»Ich brauche keinen Job!« Etwas sanfter sage ich: »Ms. Lapin, wirklich, ich muss nur irgendwie Mr. Penumbra erreichen.«

Lapin zögert kaum merklich. »Es gibt doch so viele Berufe. Sie könnten Bäcker werden, Tierpräparator, Kapitän eines Fährschiffs ...« Dann dreht sie sich zu mir um und schaut mich direkt an, ich glaube, es ist das erste Mal, seit wir uns kennen. Sie hat graugrüne Augen. »Mr. Penumbra ist fortgegangen.«

»Und wann kommt er wieder?«

Lapin sagt nichts, sieht mich nur an und wendet sich wieder dem Kessel zu, der auf ihrem kleinen Herd jetzt zu rütteln und zu zischen angefangen hat. Neugier und Furcht sickern in meinen Kopf und verbinden sich zu einer explosiven Mischung. Die Zeit ist gekommen, alles auf eine Karte zu setzen.

Ich ziehe meinen Laptop aus der Tasche, wahrscheinlich der technologisch fortgeschrittenste Gegenstand, der je die Schwelle von Lapins Höhle überquert hat, und setze ihn auf einem Stapel dicker Bücher ab, alles Ladenhüter. Das glänzende MacBook wirkt wie ein einsamer Alien, der versucht, sich unter die stummen treuen Angehörigen der menschlichen Zivilisation zu mischen. Ich klappe ihn auf – leuchtende Alien-Eingeweide kommen zum Vorschein – und rufe die Visualisierung auf, während Lapin mit zwei Tassen auf Untertassen den Raum durchquert.

Als ihr Blick auf den Monitor fällt und sie die Buchhandlung in 3-D erkennt, lässt sie die Untertassen krachend auf dem Tisch landen. Sie ringt die Hände unterm Kinn, beugt sich vor und schaut sich an, wie das Gitternetzgesicht Gestalt annimmt.

»Sie haben ihn gefunden!«, piepst sie.

Lapin legt eine breite Rolle dünnen, fast schon durchsichtigen Papiers auf dem Tisch aus, die Bücher hat sie vorher weggeräumt. Jetzt bin ich derjenige, der staunt: Auf dem Papier ist eine Ansicht der Buchhandlung, eine graue Bleistiftzeichnung, und auch sie zeigt ein Netz aus Linien, die verschiedene Regalabschnitte miteinander verbinden. Aber die Karte ist unvollständig; ehrlich gesagt, es ist kaum ein Anfang gemacht. Man erkennt die Kurve eines Kinns und den Haken einer Nase, aber sonst nichts. Die dunklen, festen Striche sind von verschmierten Radiergummispuren umgeben – eine geisterhafte Chronik all der Linien, die viele Male gezeichnet und wieder entfernt wurden.

Wie lange, frage ich mich, hat Lapin daran gearbeitet?

Ihr Gesichtsausdruck sagt alles. Ihre Wangen zittern, als sei sie den Tränen nahe. »Darum«, sagt sie und schaut wieder auf meinen Laptop. »Darum ist Mr. Penumbra fortgegangen. Oje, was haben Sie nur getan? Wie haben Sie das geschafft?«

»Mit Computern«, sage ich. »Großen.«

Lapin seufzt und sinkt schließlich in ihren Stuhl. »Das ist schrecklich«, sagt sie. »Nach all der Arbeit.«

»Ms. Lapin«, sage ich, »woran haben Sie gearbeitet? Worum geht es hier?«

Lapin schließt die Augen und sagt: »Es ist mir nicht erlaubt, darüber zu sprechen.« Sie schielt mit einem Auge zu mir herüber. Ich bleibe ruhig, schaue sie offen an und versuche, so harmlos wie möglich auszusehen. Sie seufzt noch einmal. »Aber Mr. Penumbra hat Sie gerngehabt. Er hat Sie unheimlich gerngehabt.«

Die Verwendung der Vergangenheitsform schmeckt mir überhaupt nicht. Lapin streckt die Hand nach ihrem Tee aus, kommt aber nicht ganz heran, darum nehme ich die Tasse mitsamt Untertasse und reiche sie ihr.

»Und es ist eine Erleichterung, darüber zu sprechen«, fährt sie fort, »nach den vielen Jahren des Lesens, Lesens, Lesens.« Sie hält inne und nimmt einen Schluck Tee. »Sie werden auch bestimmt mit niemandem darüber reden?«

Ich schüttle den Kopf. Mit niemandem.

»Nun gut«, sagt sie. Sie holt tief Luft. »Ich bin Novizin in einer Gemeinschaft, die sich der Ungebrochene Buchrücken nennt. Sie ist älter als fünfhundert Jahre.« Dann, schulmeisterlich: »So alt wie die Bücher selbst.«

Wow. Lapin, erst eine Novizin? Sie muss um die achtzig sein.

»Wie sind Sie dazu gekommen?«, frage ich.

»Ich war Kundin in seinem Laden«, sagt sie. »Und hatte schon, oh, sechs oder sieben Jahre Bücher bei ihm gekauft. Eines Tages war ich gerade dabei, eins zu bezahlen – ich entsinne mich ganz deutlich –, als Mr. Penumbra mir in die Augen sah und sagte: ›Rosemary‹« – sie bekommt Penumbras Tonfall gut hin – »›Rosemary, warum magst du Bücher so gern?‹ Und ich sagte: ›Naja, ich weiß nicht.‹« Sie klingt jetzt angeregt, fast mädchenhaft. »›Ich schätze mal, ich mag sie, weil sie leise sind und ich sie in den Park mitnehmen kann.‹« Sie kneift die Augen zusammen. »Er schaute mich nur an und sagte kein Wort. Also fuhr ich fort: ›Naja, also eigentlich mag ich Bücher so gern, weil sie meine besten Freunde sind.‹ Da lächelte er – er hat ein wundervolles Lächeln –, und dann ging er rüber und stieg auf diese Leiter und kletterte höher hinauf, als ich ihn je hatte hochklettern sehen.«

Natürlich. Ich hab's kapiert: »Er hat Ihnen einen der Ladenhüter gebracht.«

»Wie nannten Sie das eben?«

»Oh, die – Sie wissen schon, die Regale weiter hinten. Die Codebücher.«

»Es sind *codices vitae*«, betont sie. »Ja, Mr. Penumbra hat mir eines gegeben, und er gab mir den Dechiffrierschlüssel dazu. Aber er sagte, es sei der einzige Schlüssel, den er mir je geben würde. Den nächsten würde ich selbst herausfinden müssen und den nächsten danach.« Lapin runzelt ein wenig die Stirn. »Er sagte, ich würde nicht lange brauchen, ein Mitglied der Ungebundenen zu werden, aber ich habe mich sehr schwergetan.«

Moment: »Der Ungebundenen?«

»Es gibt drei Orden«, sagt Lapin und zählt sie an den Fingern ab. »Novize, Ungebundener und Gebundener. Um Ungebundener zu werden, löst man das Rätsel des Gründers. Es ist der Laden, verstehen Sie. Man geht von einem Buch zum nächsten, decodiert jedes einzelne und findet darin den Schlüssel zum nächsten. Sie sind alle nach einem bestimmten System einsortiert. Es ist wie ein Wollknäuel.«

Ich verstehe. »Das Rätsel, das ich gelöst habe.«

Sie nickt einmal, runzelt die Stirn, trinkt ihren Tee. Dann sagt sie, als fiele es ihr plötzlich ein: »Wissen Sie, ich war früher einmal Programmiererin.«

Nie im Leben.

»Damals, als die Computer noch groß und grau waren, wie Elefanten. Oh, es war harte Arbeit. Wir waren die Ersten, die das gemacht haben.«

Wahnsinn. »Wo denn?«

»Bei Pacific Bell, unten an der Sutter Street« – sie zeigt mit einem Finger Richtung Innenstadt – »damals, als Telefone immer noch sehr hightech waren.« Sie grinst und klappert dramatisch mit den Wimpern. »Ich war eine sehr moderne junge Frau, wissen Sie.«

Oh, zweifellos.

»Aber seit ich ein solches Gerät zum letzten Mal benutzt habe, ist sehr viel Zeit vergangen. Mir kam nicht einmal in den Sinn, dasselbe zu tun wie Sie. Oh, obwohl das alles« – sie macht eine flüchtige Geste in Richtung der Stapel mit Büchern und Papieren – »eine so gewaltige Aufgabe gewesen ist. Sich von einem Buch zum nächsten zu kämpfen. Manche Geschichten sind ja gut, andere hingegen …« Sie seufzt.

Draußen ertönen trappelnde Schritte, helles, vielstimmiges Vogelkreischen, dann folgt ein ungeduldiges Klopfen an die Haustür. Lapins Augen weiten sich. Das Klopfen hört nicht auf. Die Tür bebt.

Lapin erhebt sich aus ihrem Stuhl und dreht den Türknauf, und da steht Tyndall, mit wildem Blick, zerzaustem Haar, eine Hand am Kopf, die andere zum Klopfen erhoben.

»Er ist fort!«, ruft er und stürzt herein. »Zur Bibliothek gerufen! Wie kann das sein?« Er läuft im Kreis herum, immer wieder – eine Spirale aus nervöser Energie, die sich ständig entrollt. Er späht zu mir herüber, aber er bleibt weder stehen noch verlangsamt er seine Schritte. »Er ist fort! Penumbra ist fort!«

»Maurice, Maurice, beruhigen Sie sich«, sagt Lapin. Sie führt ihn zu ihrem Stuhl, in dem er, immer noch zuckend und zappelnd, zusammensackt.

»Was werden wir tun? Was können wir tun? Was müssen wir tun? Jetzt, wo Penumbra fort ist …« Tyndall verstummt, dann neigt er den Kopf und schaut zu mir herüber. »Könnten Sie notfalls den Laden führen?«

»Moment mal, nicht so schnell«, sage ich. »Er ist ja nicht gestorben. Er ist nur – sagten Sie nicht gerade, dass er eine Bibliothek besucht?«

Tyndalls Gesichtsausdruck belehrt mich eines Besseren. »Er kommt nicht zurück«, sagt er kopfschüttelnd. »Kommt nicht zurück, kommt nicht zurück.«

Das Gemisch in meinem Kopf – mittlerweile überwiegt die Furcht die Neugier – rutscht in meine Magengrube. Ein ausgesprochen blödes Gefühl.

»Habe es von Imbert erfahren, der es von Monsef weiß. Corvina ist wütend. Penumbra wird verbrannt werden. Verbrannt! Das ist mein Ende! Und Ihres auch!« Er zeigt auf Rosemary Lapin. Wieder zittern ihre Wangen.

Ich verstehe das alles überhaupt nicht. »Was soll das heißen, Mr. Penumbra wird *verbrannt?*«

Tyndall sagt: »Nicht der Mensch, das Buch – sein Buch! Genauso schlimm, sogar schlimmer. Lieber der Körper als das Papier. Sie werden sein Buch verbrennen genauso wie Saunders, Moffat, Don Alejandro, die Feinde des Ungebrochenen Buchrückens. Ihn und Glencoe, und das Schlimmste daran: Er hatte ein Dutzend Novizen! Alle verlassen, verloren.« Er schaut mich aus feuchten, verzweifelten Augen an, dann bricht es aus ihm heraus: »Ich war fast fertig!«

Ich bin hier absolut in eine Sekte hineingeraten.

»Mr. Tyndall«, sage ich rundheraus, »wo ist sie? Wo ist diese Bibliothek?«

Tyndall schüttelt den Kopf. »Weiß nicht. Bin nur Novize. Werde jetzt nie, nie nie … es sei denn.« Er schaut auf. Ein Hoffnungsschimmer liegt in seinen Augen, und er sagt es noch mal: »Könnten Sie notfalls den Laden führen?«

Ich kann vielleicht den Laden nicht führen, aber benutzen kann ich ihn schon. Dank Tyndall weiß ich, dass Penumbra irgendwo in Schwierigkeiten steckt, und ich weiß, dass es meine Schuld ist. Warum, ist mir zwar nicht klar, aber es war eindeutig mein Handeln, das Penumbra verjagt hat, und jetzt mache ich mir wirklich Sorgen um ihn. Diese Sekte scheint es speziell darauf anzulegen, alte Büchernarren hinters Licht zu führen – Scientology für lesehungrige Senioren. Wenn das stimmt, hat sie Penumbra schon fest in der Hand. Also, genug herumgeraten und zusammengereimt: Ich werde Mr. Penumbras Laden durchsuchen und die Antworten auf meine Fragen selbst finden.

Aber dazu muss ich erst einmal hinein.

Es ist mitten am nächsten Tag; ich stehe bibbernd auf dem Broadway und betrachte nachdenklich die Schaufensterscheiben, als plötzlich Oliver Grone neben mir steht. Mann, für so einen großen Kerl hat er sich ganz schön leise angeschlichen.

»Was ist los?«, fragt er.

Ich schaue ihn argwöhnisch an. Was ist, wenn Oliver schon in diese Sekte eingeführt wurde?

»Warum stehst du hier draußen?«, fragt er. »Es ist kalt.«

Nein. Ihm geht es so wie mir: Er ist ein Außenseiter. Aber vielleicht ist er ein Außenseiter mit einem Schlüssel.

Er schüttelt den Kopf. »Die Tür ist nie abgeschlossen. Ich gehe einfach immer rein und übernehme Penumbras Platz, verstehst du?«

Genau, und ich übernehme Olivers. Aber Penumbra ist verschwunden. »Jetzt stehen wir dumm da, hier draußen.«

»Naja. Wir könnten es über die Feuertreppe probieren.«

Zwanzig Minuten später lassen Oliver und ich unsere Klettermuskeln spielen, die auf Penumbras schattigen Regalen ihren Schliff erhalten haben. In einem Eisenwarenladen fünf Ecken weiter haben wir eine Haushaltsleiter gekauft, die jetzt in der schmalen Gasse zwischen der Buchhandlung und dem Stripklub aufgestellt ist.

Ein dünner Barmann von Booty's ist auch hier hinten; er sitzt auf einem umgedrehten Plastikeimer und saugt an einer Zigarette. Er schaut einmal kurz zu uns herüber und widmet sich dann wieder seinem Handy. Offenbar spielt er Fruit Ninja.

Oliver geht vor, während ich die Leiter halte, und dann klettere ich allein hinter ihm her. Das Ganze ist unbekanntes Terrain für mich. Ich wusste zwar theoretisch, dass diese Gasse existiert und es eine Feuerleiter gibt, aber mir ist immer noch nicht klar, wo die Feuerleiter an Penumbras Laden andockt. Es gibt da hinten einen ganzen Bereich, den ich selten betrete. Jenseits der lichtgetränkten Regale im vorderen Teil und der dunklen Regionen aus Ladenhütern gibt es einen winzigen Pausenraum mit einem winzigen Tisch und einer winzigen Toilette, und dahinter ist nur noch die Tür mit der Aufschrift PRIVAT, die zu Penumbras Büro führt. Ich respektiere diese Mahnung, ebenso wie ich Regel Nummer zwei respektierte (hinsichtlich der Unantastbarkeit der Ladenhüter), zumindest so lange, bis Mat sich einmischte.

»Ja, hinter der Tür ist eine Treppe«, sagt Oliver. »Sie führt nach oben.« Wir stehen beide auf der Feuerleiter, die ein hohes metallisches Jammern von sich gibt, sobald einer von uns das Gewicht verlagert. Vor uns ist ein breites Fenster aus altem Glas, das in zerfressenes und verwittertes Holz eingelassen ist. Ich rüttle einmal daran, aber es gibt nicht nach. Oliver beugt sich vor, gibt ein leises, intellektuelles Grunzen von sich, und mit einem *Plopp* und einem Kreischen fliegt es

sperrangelweit auf. Ich werfe einen Blick hinunter zum Bar-
keeper in der Gasse. Er ignoriert uns mit der Disziplin eines
Mannes, dessen Job dies oft erfordert.

Wir hüpfen durch den Fensterrahmen in die Dunkelheit
von Penumbras Büro im ersten Stock.

Es folgt Stöhnen und Scharren und ein laut gezischtes *Aua!*,
dann findet Oliver einen Schalter. Orangefarbenes Licht ergießt sich aus einer Lampe, die auf einem breiten Schreibtisch steht und unsere Umgebung offenbart.

Penumbra ist ein viel größerer Nerd, als er durchblicken
lässt.

Der Schreibtisch biegt sich unter der Last etlicher Computer, von denen keiner nach 1987 hergestellt wurde. Es gibt
einen alten TRS-80, der an einen klobigen braunen Fernseher
angeschlossen ist. Es gibt einen länglichen Atari und einen
IBM-PC. Es gibt lange Kästen voller Disketten und Stapel dicker Handbücher, deren Titel in fetter Blockschrift aufgedruckt sind:

ANGSTFREI MIT APPLE
BETRIEBSOPTIMIERUNG MIT BASISPROGRAMMEN
VISICALC FÜR UNTERNEHMEN

Neben dem PC steht ein breiter Metallkasten, auf dessen
Oberseite sich zwei Gummimulden befinden. Neben dem
Kasten steht ein altes Telefon mit Drehscheibe und einem
langen, geschwungenen Hörer. Ich glaube, der Kasten ist ein
Modem, vermutlich das urälteste Exemplar auf der ganzen
Welt; wenn man ins Internet will, stöpselt man den Hörer in
die Gummimulden, als würde der Computer im wahrsten
Wortsinn telefonieren. Ich persönlich habe so ein Ding noch

nie gesehen, habe darüber nur höhnische Bemerkungen nach dem Motto »Man fasst es nicht, wie unsäglich umständlich das damals war« gelesen. Es haut mich um, denn es bedeutet, dass sich Penumbra irgendwann in seinem Leben mal auf Zehenspitzen in den Cyperspace vorgewagt hat.

An der Wand hinter dem Schreibtisch hängt eine Weltkarte, eine sehr große und sehr alte. Darauf gibt es kein Kenia, kein Simbabwe, kein Indien. Alaska ist eine große leere Fläche. Funkelnde Stecknadeln sind ins Papier gepinnt. Sie stecken in London, Paris und Berlin. Sie stecken in Sankt Petersburg, Kairo und Teheran. Es gibt weitere – und sie bezeichnen sicherlich die Buchläden, die kleinen Bibliotheken.

Während Oliver einen Stapel Unterlagen durchwühlt, werfe ich den PC an. Der Schalter gibt beim Umlegen ein lautes Klacken von sich, und der Computer erwacht rumpelnd zum Leben. Er hört sich an wie ein startendes Flugzeug; ein lautes Brüllen, dann ein Kreischen, dann ein Stakkato aufeinanderfolgender Piepssignale. Oliver dreht sich ruckartig zu mir um.

»Was machst du da?«, flüstert er.

»Ich suche Hinweise, genau wie du.« Ich weiß nicht, warum er flüstert.

»Und wenn da schräges Zeug drauf ist?«, sagt er, immer noch im Flüsterton. »Pornos und so.«

Der Computer hat eine Aufforderung in Form einer Befehlszeile zustande gebracht. Das ist in Ordnung; das schaffe ich. Wenn man Websites bearbeitet, tauscht man sich mit entlegenen Servern aus, auf eine Weise, die sich seit 1987 nicht sonderlich verändert hat, darum denke ich an NewBagel zurück und tippe ein paar sondierende Instruktionen ein.

»Oliver«, sage ich gedankenverloren, »hast du Erfahrung mit digitaler Archäologie?«

»Nein«, sagt er, tief über Schubfächer gebeugt, »ich lass mehr oder weniger die Finger von allem, was nach dem zwölften Jahrhundert kommt.«

Die winzige Festplatte des PC ist vollgepackt mit Textdateien, die unergründliche Namen tragen. Als ich eine näher betrachte, kommt mir ein Gewusel aus Schriftzeichen entgegen. Das heißt also entweder, es sind unverarbeitete Daten, oder sie wurden verschlüsselt oder ... ja. Es ist ein Buch aus der Ladenhüterabteilung, eins von denen, die Lapin *Codices Vitae* genannt hat. Ich glaube, Penumbra hat sie in seinen PC transkribiert.

Es gibt ein Programm namens EULERVERFAHREN. Ich tippe es ein, hole tief Luft und ... der PC piepst protestierend auf. In leuchtend grünen Buchstaben teilt er mir mit, dass der Code Fehler enthält – viele Fehler. Das Programm läuft nicht. Vielleicht ist es nie gelaufen.

»Sieh dir das mal an«, sagt Oliver am anderen Ende des Zimmers.

Er beugt sich über ein dickes Buch, das auf einem Aktenschrank liegt. Es hat einen Ledereinband und eine Titelprägung wie die Logbücher: PECUNIA. Vielleicht ist es ein intimes Logbuch für all die wirklich pikanten Details des Buchbetriebs. Aber nein: Als Oliver es aufschlägt, wird sein Zweck offensichtlich. Es ist ein Kassenbuch, in dem jede Seite in zwei breite Spalten und Dutzende kleiner Reihen unterteilt ist, wobei in jeder Reihe eine Eintragung in Penumbras spilleriger Handschrift steht:

FESTINA LENTE CO. $ 10 847,00
FESTINA LENTE CO. $ 10 853,00
FESTINA LENTE CO. $ 10 859,00

Oliver blättert die Seiten des Kassenbuchs durch. Die Einträge erfolgen monatlich, und sie gehen viele Jahrzehnte zurück. Hier also ist unser Mäzen: die Festina Lente Company muss irgendwie im Zusammenhang mit Corvina stehen.

Oliver Grone ist Experte für Ausgrabungen. Während ich Hacker gespielt habe, hat er etwas Nützliches gefunden. Ich folge seinem Beispiel und bewege mich auf der Suche nach Spuren Schritt für Schritt durch den Raum.

Es gibt einen weiteren kleinen Aktenschrank. Darauf liegen: ein Wörterbuch, ein Synonymwörterbuch, eine zerknitterte Ausgabe des *Publishers Weekly* aus dem Jahr 1993, eine Speisekarte von einem burmesischen Imbissservice. Darin befinden sich: Papier, Bleistifte, Gummibänder, ein Tacker.

Es gibt einen Garderobenständer, der bis auf einen dünnen grauen Schal verwaist ist. Ich habe Penumbra ihn tragen sehen.

Es gibt Fotos in schwarzen Bilderrahmen an der gegenüberliegenden Wand, neben der Treppe nach unten. Auf einem ist der Laden zu sehen, aber die Aufnahme muss vor Jahrzehnten gemacht worden sein: Sie ist schwarz-weiß, und die Straße sieht anders aus. Dort, wo sich jetzt das Booty's befindet, ist ein Restaurant namens Arigoni's, mit Kerzen und karierten Tischdecken. Ein anderes Foto, diesmal in buntem Kodachrome, zeigt eine hübsche Frau mittleren Alters mit einem blonden Bubikopf, die, eine Ferse kokett nach oben zeigend, einen Mammutbaum umarmt und in die Kamera strahlt.

Auf dem letzten Foto sind drei Männer abgebildet, die vor der Golden Gate Bridge posieren. Einer ist älter und wirkt professoral: Er hat eine markante Hakennase und ein ironisches, gewinnendes Lächeln. Die anderen zwei sind viel jünger. Der eine, mit breiter Brust und wuchtigen Armen, sieht aus wie ein Bodybuilder alter Schule. Er hat einen schwarzen

Schnurrbart und deutliche Geheimratsecken und streckt seinen Daumen in die Kamera. Sein Arm liegt auf der Schulter des dritten Mannes, der groß und dünn ist, mit – Moment. Der dritte Mann ist Penumbra. Ja, das ist ein Penumbra von anno dazumal, mit einem braunen Haarkranz und vollen Wangen. Er lächelt. Er sieht wahnsinnig jung aus.

Ich breche den Rahmen auf und ziehe das Foto heraus. Auf der Rückseite steht in Penumbras Schrift:

ZWEI NOVIZEN & EIN GROSSARTIGER LEHRER
PENUMBRA, CORVINA, AL-ASMARI

Unglaublich. Der Ältere muss Al-Asmari sein, also ist der mit dem Schnurrbart Corvina, der inzwischen Penumbras Boss ist, Geschäftsführer von »Schräge Bücher International«, möglicherweise auch Festina Lente Co. genannt. Es muss dieser Corvina gewesen sein, der Penumbra in die Bibliothek zurückgepfiffen hat, wo er dann bestraft oder verbrannt werden soll oder etwas noch Schlimmeres auf ihn wartet. Auf dem Foto ist er gesund und munter, aber er muss jetzt so alt sein wie Penumbra. Er muss ein grausames Gerippe sein.

»Sieh dir das an!«, ruft Oliver schon wieder quer durch den Raum. Die Detektivarbeit liegt ihm definitiv mehr als mir. Erst das Kassenbuch und jetzt das: Er hält einen frisch ausgedruckten Fahrplan der Amtrak-Bahn in die Höhe. Er breitet ihn auf dem Schreibtisch aus, und da ist es, umrandet mit dicken Strichen – das Reiseziel unseres Arbeitgebers.

Penn Station.

Penumbra ist auf dem Weg nach New York.

IMPERIEN

Ich stelle mir folgendes Szenario vor:
Die Buchhandlung ist geschlossen. Penumbra ist fort, von seinem Boss, Corvina, in die geheime Bibliothek zurückbeordert, die in Wirklichkeit das Hauptquartier jener bibliophilen Sekte ist, die unter dem Namen Ungebrochener Buchrücken firmiert. Irgendetwas soll verbrannt werden. Die Bibliothek befindet sich in New York, aber niemand weiß, wo genau – noch nicht.

Oliver Grone wird jeden Tag über die Feuerleiter in den Laden klettern und ihn wenigstens für ein paar Stunden öffnen, um Tyndall und die anderen bei Laune zu halten. Vielleicht kann Oliver in der Zeit ein bisschen mehr über den Ungebrochenen Buchrücken in Erfahrung bringen.

Was mich angeht: Ich habe eine Mission. Penumbras Ankunftszeit an seinem Reiseziel – typisch, dass er die Bahn nimmt – liegt immer noch zwei Tage in der Zukunft. Im Moment tuckert er durch die Mitte des Landes, und wenn ich mich beeile, kann ich ihm den Weg abschneiden. Ja: Ich kann ihn abfangen und retten. Ich kann die Dinge wieder in Ordnung bringen und meinen Job zurückbekommen. Ich kann herausfinden, was genau da los ist.

Ich erzähle das alles Kat, wie ich es mir mittlerweile angewöhnt habe. Es ist ein bisschen so, als würde ich eine richtig schwere Matheaufgabe in einen Computer eingeben. Einfach die Variablen eintippen, Enter drücken und:

»So klappt das nicht«, sagt sie. »Penumbra ist ein alter Mann. Ich habe das Gefühl, dass diese Sache schon sehr lange Teil seines Lebens ist. Ich meine, mehr oder weniger *ist* es sein Leben, stimmt's?«

»Stimmt, darum –«

»Darum glaube ich nicht, dass du ihn dazu wirst überreden können, einfach … aufzuhören. So, wie ich seit, warte mal, drei Jahren bei Google bin? Das kann man kaum ein ganzes Leben nennen. Aber trotzdem könntest du mich nicht einfach am Bahnhof abfangen und mir sagen, ich soll umkehren. Diese Firma ist das Wichtigste in meinem Leben. Sie ist der wichtigste Teil meiner Identität. Ich würde dich glatt stehen lassen und weitergehen.«

Sie hat recht, und das ist verstörend, zum einen, weil es bedeutet, dass ich einen neuen Plan brauche, und zum anderen, weil es mir im Grunde nicht einleuchtet, obwohl ich die Wahrheit in dem, was sie sagt, erkennen kann. Ich habe gegenüber einem Job (oder einer Sekte) noch nie so empfunden. Mich könnte man ohne Weiteres vom Zug abholen und zu allem Möglichen überreden.

»Andererseits finde ich, dass du unbedingt nach New York fahren solltest«, sagt Kat.

»Okay, jetzt verstehe ich gar nichts mehr.«

»Die Sache ist einfach viel zu interessant, als dass man sie auf sich beruhen lassen könnte. Was ist die Alternative? Einen neuen Job suchen und sich ewig fragen, was mit deinem alten Boss passiert ist?«

»Naja, das wäre definitiv Plan B –«

»Dein erster Impuls war richtig. Du solltest einfach nur ein bisschen« – sie hält inne und schürzt die Lippen – »strategischer vorgehen. Und du musst mich mitnehmen.« Sie grinst. Na klar. Wer wird da Nein sagen?

»Google hat ein großes New Yorker Büro«, sagt Kat. »Und ich bin noch nie da gewesen, also werde ich einfach sagen, ich will hinfahren und das Team kennenlernen. Mein Manager hat bestimmt nichts dagegen. Was ist mit dir?«

Was mit mir ist? Ich habe eine Mission und ich habe eine Verbündete. Jetzt brauche ich nur noch einen Mäzen.

Wenn ihr meinen Rat hören wollt: Freundet euch mit ausgegrenzten Sechstklässlern an, sie könnten einmal Millionäre sein. Neel Shah hat jede Menge Freunde – Investoren, Angestellte, andere Unternehmer –, aber im Grunde ihres Herzens wissen sie genauso wie er, dass sie mit Neel Shah, dem Geschäftsführer, befreundet sind. Ich hingegen bin für immer mit Neel Shah, dem Kerkermeister, befreundet. Neel wird mein Mäzen sein.

Sein Wohnhaus dient ihm gleichzeitig als Firmensitz. Zur Gründerzeit der Stadt San Francisco war das mal eine geräumige Feuerwache aus Backstein; heute ist es ein geräumiges Techno-Loft aus Backstein, mit teuren Lautsprechern und superschnellem Internet. Neels Firma hat sich im Erdgeschoss der Feuerwache breitgemacht, wo Feuerwehrleute des neunzehnten Jahrhunderts ihr Chili des neunzehnten Jahrhunderts gegessen und sich Witze des neunzehnten Jahrhunderts erzählt haben. Inzwischen wurden sie durch eine Brigade schlanker junger Männer ersetzt, die das ganze Gegenteil sind: Männer, die leichte Neon-Sneakers statt schwerer schwarzer Stiefel tragen, die keinen kräftigen, sondern einen eher schlaffen, rutschigen Händedruck haben. Die meisten von ihnen sprechen mit irgendeinem Akzent – aber das war vielleicht früher nicht anders?

Neel sucht und findet Wunderkinder in der Kunst des Programmierens, bringt sie nach San Francisco und assimiliert sie. Das sind dann Neels Knaben, und der großartigste von allen ist der neunzehnjährige Igor aus Weißrussland. Wenn man Neel Glauben schenkt, hat Igor sich die Matrizenrechnung auf der Rückseite einer Schaufel beigebracht, mit sechzehn die Hackerszene von Minsk beherrscht und hätte fast die gefährliche Laufbahn der Softwarepiraterie eingeschlagen, wenn Neel nicht sein Teufelswerk in 3-D auf YouTube entdeckt hätte. Neel besorgte ihm ein Visum, bezahlte ihm den Flug und sorgte dafür, dass in der Feuerwache ein Schreibtisch für ihn bereitstand, als er ankam. Neben dem Schreibtisch lag ein Schlafsack.

Igor bietet mir seinen Stuhl an und macht sich auf die Suche nach seinem Chef.

Die Wände, bestehend aus dicken Balken und freigelegten Ziegelsteinen, zieren riesige Poster von klassischen Filmschauspielerinnen: Rita Hayworth, Jane Russell, Lana Turner, alle in Schwarz-Weiß und Hochglanz. Die Monitore greifen das Thema auf. Auf manchen Bildschirmen sind die Frauen vergrößert und verpixelt, auf anderen sind sie ein Dutzend Mal zu sehen. Igors Monitor zeigt Liz Taylor als Cleopatra, nur dass sie zur Hälfte als schemenhaftes 3-D-Modell daherkommt, als grünes Gitternetz, das sich in vollendeter Übereinstimmung mit dem Film über den Bildschirm bewegt.

Neel hat seine erste Million mit Middleware verdient. Das bedeutet, dass er Software produziert, die andere Leute verwenden, um Software zu produzieren, hauptsächlich Videospiele. Er verkauft Werkzeug, das sie brauchen, wie ein Maler eine Palette oder ein Filmemacher eine Kamera braucht. Er verkauft Werkzeug, auf das sie nicht verzichten können – Werkzeug, für das sie Höchstpreise zahlen.

Um es kurz zu machen: Neel Shah ist der weltweit führende Experte für Busenphysik.

Die erste Version seiner bahnbrechenden Busensimulationssoftware hat er noch im zweiten Studienjahr in Berkeley entwickelt und kurz darauf die Lizenz an eine koreanische Firma verkauft, die dabei war, ein Beachvolleyballspiel in 3-D zu entwerfen. Das Spiel war unsäglich, aber die Busen waren phänomenal.

Heute ist diese Software – die jetzt Anatomix heißt – das Standardwerkzeug für die Simulation und Präsentation von Brüsten in den digitalen Medien. Es ist ein riesiges Paket, mit dem man auf atemberaubend realistische Weise das gesamte Universum menschlicher Busen kreieren und modellieren kann. Ein Modul liefert Variablen für Größe, Form und Authentizität. (Brüste sind keine Sphären, wie Neel einem ständig erzählt, und sie sind auch keine Wasserbomben. Sie sind komplizierte, nahezu architektonische Gebilde.) Ein anderes Modul erstellt die Brüste – malt sie mit Pixeln. Ihre Haut ist etwas Besonderes, sie ist von einer glänzenden Beschaffenheit, die sehr schwer hinzukriegen ist. Das hat irgendwas mit Volumenstreuung zu tun.

Sollten Sie zufällig in der Busensimulationsbranche arbeiten, dann ist Neels Software die einzig ernst zu nehmende Option. Sie kann auch mehr – dank Igors Anstrengungen ist Anatomix jetzt in der Lage, den ganzen menschlichen Körper wiederzugeben und sogar solchen Stellen, von denen Sie nicht einmal wussten, dass Sie sie haben, den perfekt kalibrierten Schwung und Glanz zu verleihen. Dennoch sind Busen nach wie vor die Haupteinnahmequelle des Unternehmens.

Ehrlich, ich glaube, dass Igor und die anderen von Neels Knaben im Grunde eigentlich nur als Übersetzer unterwegs sind. Den Input – an die Wände gepinnt, auf allen Monitoren gleißend – liefern bestimmte Traumfrauen, die Weltgeschichte geschrieben haben. Der Output besteht aus pauschalisierten Modellen und Algorithmen. Und damit schließt sich der Kreis: Wie Neel jedem unter dem Siegel der Verschwiegenheit anvertraut, wird seine Software inzwischen bei der Postproduktion von Filmen verwendet.

Neel kommt im Eilschritt die Wendeltreppe herunter, winkt und grinst. Zu seinem molekular-engen grauen T-Shirt trägt er eine ausgesprochen uncoole stonewashed Jeans und grelle New Balances mit bauschigen weißen Schuhzungen. Man kann der sechsten Klasse nie ganz entkommen.

»Neel«, sage ich, und als er sich einen Stuhl heranzieht, erkläre ich ihm: »Ich muss morgen nach New York fliegen.«

»Was steht an? Ein Job?«

Nein, das Gegenteil von einem Job: »Mein greiser Arbeitgeber ist verschwunden, und ich versuche, ihn aufzustöbern.«

»Warum überrascht mich das *kein* bisschen«, sagt Neel, während seine Augen zu schmalen Schlitzen werden.

»Du hattest recht«, sage ich. Warlocks.

»Lass mal hören.« Er macht es sich bequem.

Igor kommt zurück; ich trete ihm seinen Stuhl wieder ab und trage mein Anliegen im Stehen vor. Ich erzähle Neel, was sich ereignet hat. Und zwar so, als wäre es ein Rockets-&-Warlocks-Abenteuer: Hintergrund, Figurenkonstellation; zu erfüllende Mission. Der Suchtrupp formiert sich, sage ich: Ich habe einen Schurken (das bin ich), einen Zauberer (das ist Kat). Jetzt brauche ich noch einen Krieger. (Wieso besteht eigentlich ein typisches Abenteuertrio immer aus einem Zauberer, einem Krieger und einem Schurken? Im Grunde sollten es ein Zauberer, ein Krieger und ein Millionär sein. Denn wer kommt sonst für die vielen Schwerter und Zaubereien und Hotelzimmer auf?)

Neels Augen leuchten. Ich wusste, dass das die richtige rhetorische Strategie sein würde. Als Nächstes zeige ich ihm die 3-D-Buchhandlung, aus der sich der verrunzelte und mysteriöse Gründer herausschält.

Er hebt die Brauen. Er ist beeindruckt. »Ich hatte keine Ahnung, dass du codieren kannst«, sagt er. Seine Augen werden wieder schmal und seine Bizepse zucken. Er denkt nach. Schließlich sagt er: »Möchtest du das einem meiner Leute hier überlassen? Igor, guck dir das mal –«

»Neel, nein. Die Grafik spielt bei der Sache keine Rolle.«

Igor beugt sich trotzdem vor. »Ich finde, sieht nett aus«, sagt er gutmütig. Cleopatra auf dem Monitor hinter ihm hat Gitternetzwimpern.

»Neel, ich muss nur nach New York fliegen. Morgen.« Ich betrachte ihn mit einem wissenden Blick, in dem sich unsere lange Freundschaft spiegelt. »Und Neel … ich brauche einen Krieger.«

Er guckt mich skeptisch an. »Ich glaube nicht, dass ich hier wegkann … es ist gerade eine Menge zu tun.«

»Aber es ist ein Rockets-&-Warlocks-Szenario. Das hast du selbst gesagt. Wie oft haben wir uns so etwas wie das hier ausgedacht? Jetzt ist es Wirklichkeit.«

»Ich weiß, aber wir bringen bald eine große Neuerscheinung raus, und –«

Ich senke meine Stimme: »Fang jetzt bloß nicht an zu kneifen, Nilric Quarter-Blood.«

Das ist ein Schlag unter die Gürtellinie, ein Stoß in den Bauch mit dem vergifteten Dolch eines Schurken, und wir wissen es beide.

»Neel … reek?«, wiederholt Igor erstaunt. Neel funkelt mich böse an.

»Im Flugzeug gibt's Wi-Fi«, sage ich. »Diese Leute werden dich nicht vermissen.« Ich drehe mich zu Igor um. »Oder?« Der weißrussische Babbage grinst und schüttelt den Kopf.

Als ich noch ein Kind war und Fantasyromane las, hatte ich Tagträume von scharfen Zauberinnen. Ich hätte nie gedacht, dass ich wirklich einmal eine kennenlernen würde, aber das nur, weil ich nicht ahnen konnte, dass einmal Zauberer unter uns sein und wir sie einfach Googler nennen würden. Jetzt bin ich im Zimmer einer scharfen Zauberin, wir sitzen auf ihrem Bett und versuchen, ein unmögliches Problem zu lösen.

Kat hat mich davon überzeugt, dass wir Penumbra in der Penn Station niemals erwischen. Zu viel Fläche, sagt sie – zu viele Möglichkeiten, wo Penumbra aus dem Zug steigen und auf der Straße verschwinden kann. Sie belegt es mathematisch. Es besteht eine elfprozentige Chance, dass wir ihn erspähen, und wenn uns das nicht gelingt, haben wir ihn komplett verloren. Darum brauchen wir ein Nadelöhr.

Das beste Nadelöhr wäre natürlich die Bibliothek. Aber wo residiert die Gesellschaft des Ungebrochenen Buchrückens? Tyndall weiß es nicht. Lapin weiß es nicht. Keiner weiß es.

Noch so intensives Googeln fördert weder eine Website noch eine Adresse für die Festina Lente Company zutage. Sie wird in keiner Zeitung, Zeitschrift oder Kleinanzeige der letzten hundert Jahre erwähnt. Diese Typen fliegen nicht nur unter dem Radar; sie agieren im Untergrund.

Aber es muss doch einen real existierenden Ort geben, oder – einen Ort mit einer Haustür. Ist ein Schild daran? Ich denke an die Buchhandlung. Auf dem Schaufenster steht Penumbras Name, und dort ist auch dieses Symbol, dasselbe wie auf dem Logbuch und dem Kassenbuch. Zwei Hände, geöffnet wie ein Buch. Ich habe ein Bild davon auf meinem Handy.

»Gute Idee«, sagt Kat. »Wenn dieses Symbol an irgendeinem Gebäude ist – auf einem Fenster oder in die Wand gemeißelt –, dann können wir es finden.«

»Wie, indem wir sämtliche Bürgersteige in Manhattan abklappern? Das würde so in etwa fünf Jahre dauern.«

»Dreiundzwanzig, um genau zu sein«, sagt Kat. »Wenn wir es auf die altmodische Art versuchen.«

Sie zieht über das Laken ihren Laptop heran und versetzt ihm einen kleinen Schubs, damit er zum Leben erwacht. »Aber rate mal, was wir in Google Streetview haben? Bilder von jedem Gebäude in Manhattan.«

»Also ziehen wir die Gehzeit ab, und es dauert nur noch – dreizehn Jahre?«

»Du musst anfangen umzudenken«, sagt Kat glucksend und schüttelt den Kopf. »Das ist etwas, was man bei Google lernt. Dinge, die früher schwierig waren … sind heute einfach nicht mehr schwierig.«

Ich verstehe immer noch nicht, wie Computer uns bei dieser speziellen Art von Problem helfen könnten.

»Was wäre, wenn Men-schen und Com-pu-ter«, sagt Kat im Tonfall eines Trickfilm-Roboters, »zu-sammen-ar-bei-ten wür-den?« Ihre Finger fliegen über die Tastatur und erteilen Befehle, die ich bereits kenne: König Hadoops Truppen sind wieder auf dem Vormarsch. Sie schaltet ihre Stimme zurück auf normal. »Wir können Hadoop verwenden, um die Seiten eines Buchs zu lesen, stimmt's? Dann können wir es auch benutzen, um Schilder an Gebäuden zu lesen.«

Natürlich.

»Aber Hadoop wird ein paar Fehler machen«, sagt sie. »Es wird unsere Suche von ungefähr hunderttausend Gebäuden auf etwa, sagen wir, fünftausend eingrenzen.«

»Also benötigen wir statt fünf Jahren nur noch fünf Tage.«

»Falsch!«, sagt Kat. »Denn stell dir vor – wir haben zehntausend Freunde. Das nennt man« – sie klickt triumphierend einen Tab an, und dicke gelbe Buchstaben erscheinen auf dem Bildschirm – »Mechanical Turk. Statt Aufgaben an Computer zu verteilen wie Hadoop, verteilt dieses Programm Aufgaben an richtige Menschen. Eine Menge. Hauptsächlich in Estland.«

Sie kommandiert König Hadoop *und* zehntausend estnische Fußsoldaten. Sie ist nicht zu bremsen.

»Wovon rede ich denn die ganze Zeit?«, sagt Kat. »Wir haben jetzt alle diese neuen Möglichkeiten – und keiner hat's kapiert.« Sie schüttelt den Kopf und sagt es noch einmal. »Keiner hat's kapiert.«

Jetzt spreche auch ich wie ein Roboter: »Die Sin-gu-la-ri-tät ist na-he!«

Kat lacht und schiebt auf ihrem Monitor Symbole hin und her. Eine große rote Zahl in der Ecke teilt uns mit, dass 30 347 Arbeiter auf unseren Auftrag warten.

»Men-schen-Mäd-chen-sehr-hübsch!« Ich kitzle Kat an den Rippen, was dazu führt, dass sie das falsche Kästchen anklickt; sie schiebt mich mit dem Ellbogen weg und macht weiter. Ich schaue ihr dabei zu, wie sie Tausende Fotos von Adressen in Manhattan aufruft. Stadthäuser, Wolkenkratzer, Parkhäuser, Schulen, Geschäfte – alle eingefangen von den Google-Streetview-Wagen, alle von einem Computer mit Fähnchen markiert, weil sie eventuell, möglicherweise, ein Buch enthalten, das aus zwei Händen besteht, obwohl es sich in den meisten Fällen (genau genommen in allen außer einem) nur um etwas handelt, was der Computer versehentlich für das Symbol des Ungebrochenen Buchrückens hält: zwei zum Gebet gefaltete Hände, ein verschnörkelter gotischer Buchstabe, eine Cartoonzeichnung von einer verschlungenen braunen Brezel.

Dann schickt sie die Bilder an Mechanical Turk – eine ganze Armee von fleißigen, einsamen Helfern, die rund um die Welt hinter ihren Laptops lauern – zusammen mit meinem Verweisfoto und der simplen Frage: Gibt es eine Übereinstimmung? Ja oder nein?

Eine kleine gelbe Zeitanzeige auf ihrem Bildschirm verkündet, dass die Aufgabe dreiundzwanzig Minuten in Anspruch nehmen wird.

Ich verstehe, wovon Kat geredet hat: Es ist wirklich berauschend. Ich meine, König Hadoops Computerarmee war das eine, aber das hier sind echte Menschen. Eine Menge. Hauptsächlich in Estland.

»Oh, hey, rate mal!«, sagt Kat, und plötzliche Aufregung belebt ihr Gesicht. »Sie werden bald das neue Produktmanagement bekannt geben.«

»Wow. Viel Glück?«

»Naja, weißt du, es ist nicht ganz ausschließlich reiner Zufall. Ich meine, zum Teil ist es Zufall. Aber es gibt auch so was wie – einen Algorithmus. Und ich habe Raj gebeten, ein gutes Wort für mich einzulegen. Bei dem Algorithmus.«

Natürlich. Das bedeutet also zweierlei: 1. Pepper der Koch wird in Wirklichkeit nie auserwählt sein, das Unternehmen zu führen; und 2., wenn Google nicht endlich diesem Mädchen die Verantwortung für den Laden übergibt, werde ich zu einer anderen Suchmaschine wechseln.

Wir strecken uns nebeneinander auf Kats schwammweichem Bett aus, die Beine verflochten. Uns sind mehr Menschen untertan, als in der Stadt leben, aus der ich komme. Sie ist Königin Kat Potente mit ihrem Instant-Imperium, und ich bin ihr treuer Gefährte. Unsere Herrschaft wird nicht lange dauern, aber so ist es nun mal: Nichts hält ewig. Wir alle werden geboren und scharen Verbündete um uns und errichten

Imperien und sterben, alles in einem einzigen Augenblick – vielleicht in einem einzigen Pulsschlag irgendeines riesigen Prozessors, irgendwo.

Der Laptop klingelt leise, und Kat dreht sich zur Seite, um die Tastatur anzutippen. Immer noch schwer atmend grinst sie und hebt den Laptop auf ihren Bauch, um mir das Ergebnis dieses harmonischen Zusammenspiels zwischen Mensch und Computer zu zeigen, dieser Zusammenarbeit von tausend Maschinen, zehnmal so vielen Menschen und einem sehr schlauen Mädchen:

Es ist ein verwaschenes Bild von einem niedrigen Steingebäude, eigentlich nicht viel mehr als ein großes Haus. Darauf zu sehen sind verwackelte Gestalten, die auf dem Bürgersteig davor entlanggehen; eine von ihnen trägt eine rosa Gürteltasche. Die kleinen Fenster des Hauses haben Eisengitter, und unter einer schwarzen Markise befindet sich ein dunkler, schattiger Eingang. Und dort, grau in grau in Stein gehauen, sind zu sehen: zwei Hände, geöffnet wie ein Buch.

Sie sind winzig – nicht größer als richtige Hände. Wahrscheinlich würden sie einem, wenn man auf dem Gehweg daran vorbeiginge, gar nicht auffallen. Das Gebäude ist an der Fifth Avenue mit Blick auf den Central Park, unweit des Guggenheim-Museums.

Der Ungebrochene Buchrücken versteckt sich vor aller Augen.

DIE BIBLIOTHEK

DER SELTSAMSTE VERKÄUFER SEIT FÜNFHUNDERT JAHREN

Ich schaue durch ein weißes Elektrofernglas auf das winzig kleine graue Symbol, zwei Hände, geöffnet wie ein Buch, in Stein von einem dunkleren Grau gemeißelt. Ich hocke auf einer Bank auf der Fifth Avenue mit dem Rücken zum Central Park, flankiert von einem Zeitungsautomaten und einem Falafelstand. Wir sind in New York. Ich habe mir das Fernglas von Mat geliehen, bevor wir losfuhren. Er hat mich ermahnt, es ja nicht zu verlieren.

»Was siehst du?«, fragt Kat.

»Noch nichts.« Hoch oben im Mauerwerk sind kleine Fenster eingelassen, alle von dicken Gittern geschützt. Es ist eine langweilige kleine Festung.

Der Ungebrochene Buchrücken. Ungebrochen, das klingt nach einer Gruppe von Attentätern, nicht nach ein paar Buchliebhabern. Was spielt sich in dem Gebäude ab? Gibt es sexuelle Fetische, bei denen Bücher eine Rolle spielen? Bestimmt. Ich versuche mir nicht vorzustellen, wie das vonstattenginge. Müssen die Ungebrochenen einen Mitgliedsbeitrag zahlen? Wahrscheinlich sogar einen hohen. Wahrscheinlich machen sie teure Kreuzfahrten. Ich mache mir Sorgen um Penumbra. Er steckt so tief da drin, dass ihm gar nicht klar ist, wie seltsam das Ganze ist.

Es ist früh am Morgen. Wir sind direkt vom Flughafen hergekommen. Neel macht ständig Geschäftsreisen nach

Manhattan, und auch ich bin früher häufig mit dem Zug von Providence hergefahren, aber Kat ist ein Neuling in New York. Als sich unser Flieger zum JFK hinunterschraubte, hat sie beim Anblick der glitzernden Stadt vor Morgengrauen große Augen gemacht, die Fingerspitzen gegen das durchsichtige Plastik des Fensters gedrückt und gehaucht: »Ich hatte keine Ahnung, dass New York so schlank ist.«

Jetzt sitzen wir in der schlanken Stadt schweigsam auf einer Bank. Der Himmel wird langsam hell, aber wir sind in Schatten gehüllt und essen unser Frühstück, das aus perfekt unperfekten Bagels und schwarzem Kaffee besteht, und bemühen uns, normal auszusehen. Die Luft riecht feucht, als könnte es Regen geben, und kalter Wind fegt peitschend über die Straße. Neel macht Skizzen auf einem kleinen Notizblock, Zeichnungen von kurvenreichen Babes mit Krummschwertern. Kat hat eine *New York Times* gekauft, aber nicht herausbekommen, wie man sie bedient, darum fummelt sie an ihrem Handy herum.

»Es ist offiziell«, sagt sie, ohne aufzuschauen. »Heute wird das neue Produktmanagement bekannt gegeben.« Sie aktualisiert und aktualisiert und aktualisiert; wenn sie so weitermacht, gibt ihr Akku noch am Vormittag den Geist auf.

Ich schaue abwechselnd auf die Seiten von *Heimische Vögel des Central Park* (in der Buchhandlung vom JFK erstanden) und verstohlen durch Mats Fernglas.

Folgendes sehe ich:

Während der Geräuschpegel der Stadt steigt und der Verkehr auf der Fifth Avenue allmählich zunimmt, kommt auf dem gegenüberliegenden Gehsteig eine einsame Figur angetrabt. Es ist ein Mann mittleren Alters, mit einem Flaum brauner, im Wind wehender Haare. Ich drehe an der Schärfeneinstellung des Fernglases herum. Er hat eine runde Nase und volle Wangen, die in der Kälte rosa leuchten. Er trägt dunkle Hosen und ein Tweedjackett; beides ist maßgeschneidert und passt sich perfekt der Wölbung und Krümmung von Bauch und Schultern an. Er hat einen leicht federnden Gang.

Mein Spinnensinn erwacht, und siehe da, Rundnase bleibt an der Tür des Ungebrochenen Buchrückens stehen und ruckelt mit einem Schlüssel im Schloss herum, dann tritt er vorsichtig ein. Ein kleines Zwillingspaar von Wandlampen rechts und links der Tür erwacht zum Leben.

Ich tippe Kat auf die Schulter und zeige auf die brennenden Lampen. Neel kneift die Augen zusammen. Penumbras Zug trifft um 12.01 Uhr in der Penn Station ein, und bis dahin werden wir warten und beobachten.

Nach Rundnase passiert ein schmales, aber stetes Rinnsal von unglaublich normal aussehenden New Yorkern den dunklen Eingang. Es kommen ein Mädchen in weißer Bluse und schwarzem Bleistiftrock, ein Mann in mittleren Jahren in einem schmutzig grünen Pullover, ein Kerl mit rasiertem Schädel, der aussieht, als würde er sich bei Anatomix wohlfühlen. Das sollen alles Mitglieder des Ungebrochenen Buchrückens sein? Irgendwie passt das nicht.

Neel flüstert: »Vielleicht sprechen sie hier eine andere demografische Zielgruppe an. Jünger. Raffinierter.«

Es gibt natürlich weitaus mehr New Yorker, die nicht durch den dunklen Eingang gehen. Auf den Bürgersteigen zu beiden Seiten der Fifth Avenue wimmelt es von ihnen, ein Strom aus Menschenwesen, großen und kleinen, jungen und alten, coolen und uncoolen. Dichte Fußgängerklumpen driften an uns vorbei und versperren mir die Sicht. Kat ist fasziniert.

»So wenig Platz und trotzdem so viele Leute«, sagt sie, während sie die vorbeiziehenden Menschenscharen beobachtet.

»Sie sind wie … Fische. Oder Vögel oder Ameisen, ich weiß nicht. Irgendein Superorganismus.«

Neel schaltet sich ein. »Wo bist du aufgewachsen?«

»In Palo Alto«, sagt sie. Von dort nach Stanford und dann zu Google: Für ein Mädchen, das von den erweiterbaren Dimensionen menschlicher Möglichkeiten dermaßen besessen ist, ist Kat nicht gerade viel herumgekommen.

Neel nickt verständnisvoll. »Das Provinzgemüt kann die zunehmende Komplexität eines New Yorker Bürgersteigs nicht erfassen.«

»Da bin ich mir nicht sicher«, sagt Kat und macht kleine Augenschlitze. »Ich bin ziemlich gut im Umgang mit Komplexität.«

»Ich weiß genau, was du denkst«, sagt Neel und schüttelt den Kopf. »Du denkst, das ist nichts weiter als eine programmbasierte Simulation und alle hier folgen einem ziemlich einfachen Regelwerk« – Kat nickt – »und du brauchst nur diese Regeln zu durchschauen, um ein Modell davon anzufertigen. Du kannst die Straße simulieren, dann das Viertel, dann die ganze Stadt, stimmt's?«

»Genau. Ich meine, sicher, ich kenne die Regeln noch nicht, aber ich könnte experimentieren und sie herauskriegen, und dann wäre es ein Leichtes –«

»Falsch«, sagt Neel und hupt wie ein Gameshow-Buzzer. »Es geht nicht, selbst wenn du die Regeln kennst – es gibt übrigens keine –, aber selbst, wenn es welche gäbe, kann man kein Muster erstellen. Weißt du, wieso?«

Mein bester Freund und meine Freundin fetzen sich über Simulationen. Ich kann mich nur zurücklehnen und zuhören.

Kat runzelt die Stirn. »Wieso?«

»Weil du nicht genügend Speicherkapazität hättest.«

»Ach, hör doch auf –«

»Nix da. Du könntest das nie alles speichern. Kein Computer wäre groß genug. Nicht mal euer Kasten, wie heißt er noch gleich –«

»Unsere Big Box.«

»Genau die meine ich. Sie ist nicht groß genug. Diese Box hier« – Neel breitet die Arme aus, sodass sie den Bürgersteig, den Park, die dahinterliegenden Straßen umfassen – »ist größer.«

Die wogende Menge drängt weiter voran.

Neel langweilt sich und läuft die Straße hinunter zum Met, wo er antike Marmorbrüste für sein Archiv fotografieren will. Kat schreibt mit den Daumen kurze und dringliche Textnachrichten an andere Googler, um die neuesten Gerüchte über das neue Produktmanagement zu ergattern.

Um 11.03 Uhr wankt eine gebückte Gestalt in einem langen Mantel über das Trottoir. Mein Spinnensinn meldet sich wieder; ich bilde mir ein, inzwischen eine bestimmte Form von Seltsamkeit mit labortechnischer Präzision peilen zu können. Der gebückt Wankende hat ein Gesicht wie eine alte Schleiereule, trägt eine Kosakenmütze aus schwarzem Fell, tief über die borstigen, wild wuchernden Augenbrauen gezogen. Und tatsächlich: Er taucht ein in den dunklen Türeingang.

Um 12.17 Uhr fängt es schließlich an zu regnen. Wir sind von den hohen Bäumen geschützt, aber die Fifth Avenue verdüstert sich rasch.

Um 12.29 Uhr hält ein Taxi vor dem Ungebrochenen Buchrücken, und es entsteigt ihm ein hochgeschossener Mann in Marinejacke, deren Kragen er fest um den Hals zieht, während er sich bückt und den Fahrer bezahlt. Es ist Penumbra, und es ist irgendwie surreal, ihn hier zu sehen, eingerahmt von dunklen Bäumen und blassen Steinen. Ich wäre nie auf die Idee gekommen, ihn mir außerhalb seiner Buchhandlung vorzustellen. Es ist wie mit einem Pauschalangebot; das eine geht nicht ohne das andere. Aber jetzt ist er tatsächlich hier, steht mitten auf einer Straße in Manhattan und kramt in seiner Brieftasche.

Ich springe auf und sprinte über die Fifth Avenue, weiche den krauchenden Autos aus. Das Taxi entfernt sich wie ein gelber Vorhang, und *ta-da!* Hier bin ich. Zuerst ist Penumbras Gesichtausdruck leer, dann verengen sich seine Augen zu kleinen Schlitzen, dann lächelt er und dann wirft er den Kopf in den Nacken und lacht schallend. Er kann nicht damit aufhören, also stimme ich auch mit ein. Ein Weilchen stehen wir da und lachen uns an. Ich gerate etwas außer Atem.

»Mein Junge!«, sagt Penumbra. »Du bist vermutlich der seltsamste Verkäufer, den diese Gemeinschaft seit fünfhundert Jahren erlebt hat. Komm, komm«, er führt mich auf den Gehsteig, immer noch lachend. »Was machst du hier?«

»Ich bin gekommen, um Sie aufzuhalten«, sage ich. Es klingt merkwürdig ernst. »Sie müssen nicht –« Ich keuche und puste. »Sie müssen da nicht rein. Sie müssen nicht zulassen, dass Ihr Buch verbrannt wird. Oder was auch immer.«

»Wer hat dir was vom Verbrennen erzählt?«, fragt Penumbra leise und hebt eine Augenbraue.

»Naja«, sage ich. »Tyndall hat es von Imbert.« Pause. »Und der hat es, äh, von Monsef.«

»Die beiden täuschen sich«, sagt Penumbra schroff. »Ich bin nicht hergekommen, um über Bestrafung zu sprechen.« Er spuckt das Wort förmlich aus: *Bestrafung,* als sei es etwas, was weit unter seiner Würde liegt. »Nein. Ich bin hergekommen, um mein Anliegen vorzutragen.«

»Ihr Anliegen?«

»Computer, mein Junge«, sagt er. »Sie sind das A und O für uns. Das habe ich schon länger vermutet, aber mir hat der Beweis dafür gefehlt, wie segensreich sie für unsere Arbeit tatsächlich sein können. Du hast ihn geliefert! Wenn ein Computer dabei helfen konnte, das Rätsel des Gründers zu lösen, dann können sie für diese Gemeinschaft noch viel mehr leisten.« Er ballt die schmale Faust und schüttelt sie: »Ich habe die Absicht, dem Ersten Leser zu sagen, dass wir sie uns zunutze machen müssen. Das müssen wir!«

Penumbra klingt ähnlich leidenschaftlich wie ein Unternehmer, der Werbung für sein Start-up macht.

»Sie meinen Corvina«, sage ich. »Der Erste Leser ist Corvina.«

Penumbra nickt. »Du kannst nicht mit hineinkommen« – er winkt zum dunklen Eingang hin – »aber wir können reden, wenn ich hier fertig bin. Wir müssen überlegen, welche Ausrüstung wir anschaffen … mit welchen Firmen wir zusammenarbeiten wollen. Ich werde deine Hilfe brauchen, mein Junge.« Er hebt den Blick und schaut mir über die Schulter. »Und du bist nicht allein, nicht wahr?«

Ich schaue auf die andere Straßenseite der Fifth Avenue, wo Kat und Neel stehen, uns zusehen und warten. Kat winkt.

»Sie arbeitet bei Google«, sage ich, »sie hat geholfen.«

»Gut«, sagt Penumbra und nickt. »Das ist sehr gut. Aber sage mir: Wie habt ihr diesen Ort gefunden?«

Ich grinse, als ich ihm antworte: »Computer.«

Er schüttelt den Kopf. Dann fährt er mit der Hand in seinen Mantel und zieht einen dünnen schwarzen Kindle heraus; er ist noch eingeschaltet und lässt markante Worte vor einem blassen Hintergrund erkennen.

»Sie haben ja einen«, sage ich lächelnd.

»Oh, mehr als einen, mein Junge«, sagt Penumbra und holt einen weiteren E-Reader hervor – es ist ein Nook. Dann noch einen, einen Sony. Und noch einen, mit der Aufschrift Kobo. Im Ernst? Wer hat einen Kobo? Und ist Penumbra gerade mit vier E-Readern einmal quer durch die ganzen USA gefahren?

»Ich hatte einiges nachzuholen«, erklärt er und balanciert sie im Stapel. »Aber weißt du, der hier« – er zieht ein letztes Lesegerät hervor, diesmal ein superdünnes, blau umhülltes – »hat mir von allen am besten gefallen.«

Es hat kein Logo. »Was *ist* das?«

»Das?« Er dreht den mysteriösen E-Reader herum. »Mein Schüler Greg – du kennst ihn nicht, noch nicht. Er hat ihn mir für die Fahrt geliehen.« Verschwörerisch raunt er: »Er sagte, es sei ein Prototyp.«

Der anonyme E-Reader ist unglaublich: schlank und leicht, mit einer Haut nicht aus Plastik, sondern aus Stoff, wie ein Hardcover-Buch. Wie hat Penumbra einen Prototyp in die Finger bekommen? Wen kennt mein Boss in Silicon Valley?

»Es ist ein erstaunliches Gerät«, sagt er, legt es zu den anderen und tätschelt den Stapel. »Das Ganze ist ziemlich erstaunlich.« Er hält inne, dann sieht er mich direkt an. »Danke, mein Junge. Dir verdanke ich, dass ich hier bin.«

Ich muss lächeln. Zeig's ihnen, Mr. Penumbra. »Wo treffen wir Sie?«

»Im Dolphin and Anchor«, sagt er. »Bring deine Freunde mit. Ihr findet es schon allein – habe ich recht? Benutzt eure Computer.« Er zwinkert mir zu, dann dreht er sich um und betritt den dunklen Eingang zur Geheimbibliothek des Ungebrochenen Buchrückens.

Kats Handy geleitet uns an unser Ziel. Es gibt jetzt einen regelrechten Wolkenbruch, darum rennen wir fast den ganzen Weg.

Das Dolphin and Anchor entpuppt sich als idealer Rückzugsort, mit viel dunklem, schwerem Holz und gedämpftem Licht, das aus Messinglampen strömt. Wir sitzen an einem runden Tisch vor einem Fenster, das mit Regentropfen besprenkelt ist. Unser Kellner kommt, und auch er ist ideal: groß, breiter Brustkorb, dichter roter Bart und mit einem Gemüt, das uns alle erwärmt. Wir bestellen Bier im Krug; er bringt es uns mit einem Teller Brot und Käse. »Zur Stärkung gegen das Wetter«, sagt er und zwinkert gütig.

»Was ist, wenn Mr. P nicht aufkreuzt?«, fragt Neel.

»Er wird aufkreuzen«, sage ich. »Es ist anders, als ich erwartet habe. Er hat einen Plan – ich meine, er hat Lesegeräte dabei.«

Kat lächelt, schaut dabei aber nicht auf. Sie klebt wieder an ihrem Handy, wie ein Kandidat am Wahltag.

Auf unserem Tisch befinden sich ein Stapel Bücher und ein Metallbecher mit Bleistiften, die riechen, als seien sie frisch angespitzt und scharf. Der Stapel enthält Ausgaben von *Moby Dick, Ulysses, Der unsichtbare Mann* – es ist eine Kneipe für Bibliophile.

Auf dem Rückdeckel vom *Unsichtbaren Mann* ist ein blasser Bierfleck, und die Seitenränder des Buchblocks sind mit Bleistiftnotizen vollgeschmiert. Alles ist so eng beschrieben, dass man das Papier darunter kaum noch erkennt – Kommentare von Dutzenden Leuten, die sich alle um den freien Platz drängen. Ich blättere im Buch; es ist zum Bersten voll. In manchen Randbemerkungen geht es um den Text, aber mehr noch sprechen sie sich gegenseitig an und neigen dazu, in Streitigkeiten überzugehen, aber es gibt auch andere Formen des geistigen Austauschs. Manches ist undurchschaubar: ein Dialog, der in Zahlen geführt wird. Ich finde ein verschlüsseltes Graffito:

6HV8SQ WAR HIER

Ich nuckle an meinem Bier und knabbere etwas Käse und versuche, den Unterhaltungen zu folgen, die sich über die Seiten erstrecken.

Dann stößt Kat einen leisen Seufzer aus. Ich schaue sie über den Tisch hinweg an und sehe, wie sich ein tiefes Runzeln in ihre Stirn gräbt und sich ihr Gesicht verzieht. Sie legt ihr Handy auf dem Tisch ab und verdeckt es mit einer der dicken blauen Servietten des Dolphin and Anchor.

»Was ist los?«

»Sie haben mir eine E-Mail wegen des neuen PM geschickt.« Sie schüttelt den Kopf. »Diesmal nicht.« Dann ringt sie sich ein Lächeln ab und zieht eins der lädierten Bücher aus dem Stapel. »Keine große Sache«, sagt sie und schlägt die Seiten auf, lenkt sich ab. »Das ist sowieso wie ein Sechser im Lotto. Die Chancen standen ziemlich schlecht.«

Ich bin kein Unternehmer, kein Businesstyp, aber in diesem Moment wünsche ich mir mehr als alles auf der Welt, eine Firma zu gründen und sie auf Google-Größe aufzubauen, nur, damit ich Kat Potente an ihre Spitze setzen kann.

Ein nasser Windstoß streift mich. Ich schaue von meiner Lektüre des *Unsichtbaren Mannes* auf und sehe Penumbra im Türrahmen stehen, die Haarbüschel über den Ohren an den Kopf geklatscht und vom Regen etwas dunkler gefärbt. Er beißt die Zähne zusammen.

Neel springt auf und geht ihn holen. Kat nimmt ihm den Mantel ab. Penumbra zittert und sagt leise: »Danke, liebes Kind, danke.« Er geht steif zu unserem Tisch und stützt sich auf dem Weg auf die Stuhllehnen.

»Mr. P, schön, Sie kennenzulernen«, sagt Neel und hält ihm die Hand hin. »Einen tollen Laden haben Sie da.« Penumbra schüttelt sie kräftig. Kat winkt zur Begrüßung.

»Das sind also deine Freunde«, sagt Penumbra. »Ich freue mich, euch kennenzulernen, alle beide.« Er nimmt Platz und atmet scharf aus. »So jungen Gesichtern habe ich in diesem Lokal nicht mehr gegenübergesessen, seit ich – nun, seit mein eigenes Gesicht so jung war.«

Ich brenne darauf zu erfahren, was in der Bibliothek los war.

»Wo soll ich anfangen?«, sagt er. Er nimmt sich eine Serviette und wischt sich über die Glatze. Er runzelt die Stirn, er ist aufgewühlt. »Ich habe Corvina erzählt, was geschehen ist. Ich habe ihm von deinem Logbuch erzählt, von deinem Geniestreich.«

Er nennt es Geniestreich; das ist ein gutes Zeichen. Unser rotbärtiger Kellner taucht mit einem neuen Bierkrug auf und stellt ihn vor Penumbra auf den Tisch, der mit einem Wink seiner Hand sagt: »Setz es auf die Rechnung der Festina Lente Company, Timothy. Alles.«

Er ist in seinem Element. Dann fährt er fort: »Corvina ist noch stockkonservativer geworden, obwohl ich nicht gedacht hätte, dass so etwas möglich ist. Er hat so viel Schaden angerichtet. Ich hatte keine Ahnung.« Er schüttelt den Kopf. »Corvina meint, Kalifornien hätte mich infiziert.« Er spuckt es aus: infiziert. »Lächerlich. Ich habe ihm erzählt, was du getan hast, mein Junge – habe ihm von all den Möglichkeiten erzählt. Aber er gibt nicht einen Millimeter nach.«

Penumbra setzt das Bier an die Lippen und nimmt einen tiefen Zug. Dann blickt er von Kat zu Neel zu mir und spricht langsam weiter:

»Meine Freunde, ich möchte euch einen Vorschlag machen. Aber zunächst müsst ihr etwas über diese Gemeinschaft erfahren. Ihr seid mir bis zu ihrem Sitz hierher gefolgt, aber ihr wisst nichts über ihre Zielsetzung – oder haben euch das eure Computer auch verraten?«

Naja, ich weiß, es geht um Bibliotheken und Novizen und Leute, die gebunden, und Bücher, die verbrannt werden, aber nichts davon ergibt irgendeinen Sinn. Kat und Neel wissen nur, was sie auf meinem Laptop-Monitor gesehen haben: eine Sequenz von Lichtern, die sich einen Weg durch die Regale einer merkwürdigen Buchhandlung bahnen. Sucht man im Internet nach »Ungebrochener Buchrücken«, antwortet Google: Meinten Sie: Rochen frühstücken? Darum lautet die korrekte Antwort: »Nein. Nichts.«

»Dann werden wir zweierlei tun«, sagt Penumbra und nickt. »Als Erstes werde ich euch ein wenig von unserer Geschichte erzählen. Dann müsst ihr euch, um das Ganze zu begreifen, den Lesesaal ansehen. Dort werdet ihr meinen Vorschlag begreifen, und ich hoffe sehr, dass ihr euch darauf einlasst.«

Natürlich lassen wir uns darauf ein. Darum geht es bei einer abenteuerlichen Mission. Man lauscht dem Problem des alten Zauberers, und dann verspricht man ihm zu helfen.

Penumbra formt aus seinen Händen eine Pyramide. »Sagt euch der Name Aldus Manutius etwas?«

Kat und Neel schütteln den Kopf, aber ich nicke. Vielleicht war die Kunstakademie ja doch zu etwas gut: »Manutius war einer der ersten Verleger«, sage ich, »gleich nach Gutenberg. Seine Bücher sind immer noch berühmt. Sie sind wunderschön.« Ich habe Dias gesehen.

»Ja.« Penumbra nickt. »Das war am Ende des fünfzehnten Jahrhunderts. Aldus Manutius hat in seiner Druckerei in Venedig Schreiber und Gelehrte versammelt, wo er auch die Erstausgaben der Klassiker herstellte. Sophokles, Aristoteles und Plato. Vergil, Horaz und Ovid.«

Ich stimme mit ein: »Ja, er hat sie in einer nagelneuen Schrift gedruckt, die von einem gewissen Griffo Gerritszoon entworfen wurde. Sie war der Wahnsinn. Noch nie hatte man so etwas gesehen, und sie ist mehr oder weniger immer noch die berühmteste Schrift aller Zeiten. Jeder Mac hat eine Gerritszoon vorinstalliert.« Im Gegensatz zur Gerritszoon Display. Die muss man klauen.

Penumbra nickt. »So weit ist das den Historikern alles bekannt, und« – er hebt die Braue – »offenbar auch den Buchverkäufern. Interessant ist vielleicht außerdem, dass Griffo Gerritszoons Arbeit die Quelle des Wohlstands unserer Gemeinschaft ist. Noch heute erwerben Verlage diese Schrift von uns.« Er senkt die Stimme: »Und wir verkaufen sie nicht billig.«

Ich fühle, wie sich in meinem Kopf ein Schalter umlegt: FLC-Schriftgießerei ist die Festina Lente Company. Penumbras Sekte finanziert sich aus ungeheuerlichen Lizenzsummen.

»Aber jetzt kommt die Krux des Ganzen«, sagt er. »Aldus Manutius war mehr als ein Verleger. Er war auch Philosoph und Lehrer. Er war der Erste von uns. Er war der Gründer des Ungebrochenen Buchrückens.«

Okay, das haben sie uns in meinem Typografieseminar definitiv nicht beigebracht.

»Manutius war überzeugt, dass sich in den Schriften der Klassiker tiefe Wahrheiten verbargen – darunter die Antwort auf die Frage aller Fragen.«

Es folgt ein bedeutungsschweres Schweigen. Ich räuspere mich. »Was ist … die Frage aller Fragen?«

Kat haucht: »Die Frage ewigen Lebens?«

Penumbra dreht sich um und sieht sie an. Er macht runde, strahlende Augen und nickt zustimmend. »Als Aldus Manutius starb«, sagt er leise, »haben seine Freunde und Schüler ihm sein Grab mit Büchern gefüllt – Ausgaben von allem, was er je gedruckt hat.«

Der Wind draußen rüttelt heftig an der Tür.

»Das taten sie, weil das Grab leer war. Als Aldus Manutius starb, gab es keine Leiche.«

Penumbras Sekte hat also auch einen Messias.

»Er hinterließ ein Buch namens CODEX VITAE – Buch des Lebens. Es war chiffriert, und Manutius hat den Schlüssel nur einem einzigen Menschen gegeben: seinem wunderbaren Freund und Partner, Griffo Gerritszoon.«

Korrektur: Seine Sekte hat einen Messias und einen ersten Jünger. Aber wenigstens ist der Jünger ein Designer. Das ist cool. Und *Codex Vitae* … Das habe ich schon mal gehört. Aber Rosemary Lapin hat doch gesagt, die Bücher der Ladenhüterabteilung seien *Codices Vitae*. Verwirrend –

»Wir, die Schüler des Manutius, haben seit Jahrhunderten daran gearbeitet, seinen *Codex Vitae* zu entschlüsseln. Wir glauben, dass er alle Geheimnisse enthält, die er beim Studium der Klassiker entdeckt hat – allen voran das Geheimnis ewigen Lebens.«

Regen klatscht gegen das Fenster. Penumbra holt tief Luft.

»Wir glauben, wenn dieses Geheimnis endlich gelöst ist, wird jedes Mitglied des Ungebrochenen Buchrückens, das je gelebt hat … zu neuem Leben erweckt.«

Ein Messias, ein erster Jünger und ein Himmelreich. Ich setze Häkchen, Häkchen, Doppelhäkchen. Penumbra bewegt sich in diesem Moment heftig schwankend an der Grenze zwischen entzückend komischem Kauz und komischem Kauz. Zwei Dinge geben den Ausschlag für entzückend: erstens das ironische Lächeln, das nicht das Lächeln eines Gestörten ist, und Mikromuskeln können nicht lügen; zweitens der Ausdruck in Kats Augen. Sie ist hingerissen. Ich schätze mal, dass Leute an seltsamere Dinge glauben als das hier, oder? Präsidenten und Päpste zum Beispiel.

»Von wie vielen Mitgliedern sprechen wir?«, fragt Neel.

»Nicht so viele«, sagt Penumbra, schiebt seinen Stuhl zurück und rappelt sich auf, »als dass sie nicht in einen einzigen Raum passen würden. Kommt, meine Freunde. Der Lesesaal erwartet uns.«

CODEX VITAE

Wir laufen durch den Regen und teilen uns einen großen schwarzen Schirm, den wir uns vom Dolphin and Anchor geliehen haben: Neel hält ihn über uns – der Krieger hält immer den Schirm –, während Penumbra in der Mitte geht und Kat und ich uns rechts und links bei ihm einhaken. Penumbra beansprucht nicht viel Platz.

Wir gelangen an den dunklen Eingang. Dieser Ort könnte sich von der Buchhandlung in San Francisco nicht deutlicher unterscheiden: Wo bei Penumbra eine breite Front aus Schaufenstern ist, durch die warmes Licht strömt, sind hier nackte Steinwände und zwei trübe Funzeln. Penumbras Laden ist einladend. Dieser hier sagt so viel wie: *Kommen Sie lieber nicht rein.*

Kat hält die Tür auf. Ich folge als Letzter, und beim Hineingehen drücke ich kurz ihr Handgelenk.

Auf den alltäglichen Anblick, der uns erwartet, bin ich nicht gefasst. Ich hatte mit Wasserspeiern gerechnet. Stattdessen bilden zwei niedrige Sofas und ein quadratischer Glastisch einen kleinen Wartebereich. Klatschmagazine sind fächerförmig auf dem Tisch ausgelegt. Direkt vor uns befindet sich ein schmaler Empfangstresen, hinter dem der junge Mann mit rasiertem Kopf sitzt, den ich heute früh auf dem Gehweg gesehen habe. Er trägt eine blaue Strickjacke. Über ihm, an der Wand, verkünden viereckige Sans-Serif-Großbuchstaben:

FLC

»Wir sind noch mal da, um Mr. Deckle zu sprechen«, sagt Penumbra zu dem Empfangsmenschen, der kaum aufschaut. Weiter vorn ist eine Milchglastür, und Penumbra führt uns hindurch. Ich lauere immer noch auf Wasserspeier, aber nein: Wir betreten ein grau-grünes Stillleben, eine coole Savanne aus breiten Monitoren und niedrigen Trennwänden und geschwungenen schwarzen Drehstühlen. Es ist ein Großraumbüro. Es sieht genauso aus wie das von NewBagel.

Neonlampen summen hinter der Deckenverkleidung. Schreibtische sind zu Blöcken zusammengeschoben, und an ihnen sitzen die Leute, die ich heute früh durch mein Fernglas gesehen habe. Die meisten tragen Kopfhörer, keiner schaut von seinem Monitor auf. Ein Blick über ein Paar gebeugte Schultern offenbart mir eine Tabellenkalkulation und eine Inbox und eine Facebook-Seite.

Das verwirrt mich jetzt. Sie scheinen reichlich Computer zu haben.

Wir bahnen uns einen Weg durch die Arbeitsnischen. Man hat alle Totems der Bürolangeweile aufgestellt: den Kaffeeautomaten, den brummenden Minikühlschrank, den riesigen Mehrzwecklaserdrucker, der rot blinkend PAPIERSTAU signalisiert. Ein Whiteboard lässt die verblichenen Spuren mehrerer Generationen von Brainstormings erkennen. Im Moment steht dort in leuchtend blauen Strichen:

ANHÄNGIGE GERICHTSVERFAHREN: 7!!

Ich erwarte ständig, dass jemand aufschaut und Notiz von unserer kleinen Prozession nimmt, aber sie scheinen alle in ihre Arbeit vertieft zu sein. Das leise Klappern der Tastaturen klingt genau wie der Regen draußen. Aus einer Ecke weiter hinten tönt Kichern herüber; ich schaue hin und erkenne den Mann im grünen Pulli, der feixend auf seinen Computerbildschirm schaut. Er isst Joghurt aus einem Plastikbecher. Ich glaube, er guckt sich gerade ein Video an.

Von den Seitenwänden gehen Privatbüros und Konferenzräume ab, alle mit Milchglastür und einem kleinen Namensschild versehen. Dasjenige, auf das wir zusteuern, befindet sich am anderen Ende des Raums, und auf dem Schild steht:

EDGAR DECKLE/SPEZIALPROJEKTE

Penumbra umfasst mit seiner dürren Hand den Türknauf, klopft einmal ans Glas und drückt die Tür auf.

Das Büro ist winzig, aber es unterscheidet sich komplett von der Abteilung, die wir gerade durchquert haben. Meine Augen müssen sich dem neuen Farbschema erst anpassen: Hier sind die Wände dunkel und satt, tapeziert in goldenen und grünen Wirbeln. Hier bilden Holzdielen den Fußboden; sie federn und quietschen unter meinen Schuhen, und Penumbras Absätze klackern leise, als er sich umdreht, um die Tür hinter uns zu schließen. Hier ist auch das Licht anders, weil es aus warmen Lampen fällt, nicht aus Neonröhren an der Decke. Und nachdem die Tür zugezogen ist, verschwindet auch das allgegenwärtige Summen und eine herrliche, tiefe Stille breitet sich aus.

Ein schwerer Schreibtisch steht da – der perfekte Doppelgänger des Stücks in Penumbras Laden –, und dahinter sitzt der Mann, den ich heute früh zuallererst auf dem Bürgersteig entdeckt habe: Rundnase. Hier trägt er eine schwarze Robe über seiner Straßenkleidung; sie ist locker vor der Brust ge-

rafft und von einer silbernen Schnalle zusammengehalten –
zwei Hände, geöffnet wie ein Buch.

Jetzt wird's interessant.

Hier riecht es anders. Es riecht nach Büchern. Hinter dem
Schreibtisch, hinter Rundnase, stehen sie dicht gedrängt in
Wandregalen, die bis zur Decke reichen. Aber besonders groß
ist das Büro nicht. Die Geheimbibliothek des Ungebrochenen Buchrückens scheint etwa das Fassungsvermögen einer
kleinen Provinzflughafen-Buchhandlung zu haben.

Rundnase lächelt.

»Sir! Willkommen zurück«, sagt er und steht auf. Penumbra hebt die Hände in einer Geste, die seinem Gegenüber
bedeutet, sich wieder zu setzen. Rundnase wendet seine Aufmerksamkeit mir, Kat und Neel zu: »Wer sind Ihre Freunde?«

»Sie sind ungebunden, Edgar«, sagt Penumbra eilig. Er
dreht sich zu uns um. »Meine Schüler, das ist Edgar Deckle. Er
bewacht die Tür zum Lesesaal seit – wie lange schon, Edgar?
Elf Jahren?«

»Genau elf«, sagt Deckle lächelnd. Mir fällt auf, dass auch
wir lächeln. Deckle und sein kleines Zimmer sind die reinste
Wohltat nach dem kalten Straßenpflaster und den noch käl-
teren Arbeitsnischen.

Penumbra schaut mich an, und freundliche Fältchen bilden
sich um seine Augen. »Edgar war früher einmal Verkäufer in
San Francisco, genau wie du, mein Junge.«

Ich verspüre eine leichte Erschütterung – das typische
Gefühl, dass alles auf der Welt stärker miteinander verbunden ist, als man erwartet hat. War das Deckles schiefe Handschrift, die ich im Logbuch gelesen habe? Hatte er die Nachtschicht?

Auch Deckle scheint sich zu freuen, dann sagt er belustigt:
»Kleiner Rat: Eines Nachts übermannt dich die Neugier und

du fragst dich, ob du nicht mal den Klub nebenan auschecken solltest.« Er macht eine Pause. »Tu's nicht.«

Ja, er hatte definitiv die Nachtschicht.

Vor dem Schreibtisch steht ein Stuhl – mit hoher Lehne, aus poliertem Holz –, den Deckle Penumbra anbietet.

Neel beugt sich verschwörerisch vor und zeigt mit dem Daumen hinter seine Schulter, hin zum Großraumbüro. »Also ist das da alles nur Tarnung?«

»Oh, nein, nein«, sagt Deckle. »Die Festina Lente Company ist eine echte Firma. Sogar eine sehr echte. Sie verkauft Lizenzen für die Gerritszoon-Schrift« – Kat, Neel und ich nicken weise, ganz wie eingeweihte Novizen – »und viele andere Schriften. Aber sie macht auch andere Sachen. Das neue E-Book-Projekt zum Beispiel.«

»Was ist das?«, frage ich. Dieses Unternehmen scheint mir wesentlich mehr Know-how zu besitzen, als Penumbra uns glauben macht.

»Ich durchschaue es auch nicht ganz«, sagt Deckle, »aber irgendwie spüren wir E-Book-Piraterie für Verlage auf.« Bei diesen Worten blähen sich entrüstet meine Nasenflügel; ich habe Geschichten über Collegestudenten gehört, die auf Millionen von Dollar verklagt wurden. Deckle erläutert: »Es ist ein neuer Geschäftszweig. Corvinas Baby. Offenbar äußerst lukrativ.«

Penumbra nickt. »Die Existenz unserer Buchhandlung ist der Arbeit dieser Leute da draußen zu verdanken.«

Na großartig. Ich beziehe mein Gehalt aus Lizenzgebühren für Schrifttypen und Gerichtsprozessen gegen Copyright-Verstöße.

»Edgar, diese drei haben das Rätsel des Gründers gelöst«, sagt Penumbra – Kat und Neel schauen ihn erstaunt an –, »und die Zeit ist reif, dass sie sich den Lesesaal anschauen.« So, wie er das sagt, kann man die Kapitälchen förmlich mithören.

Deckle grinst. »Das ist fantastisch. Herzlichen Glückwunsch und willkommen.« Er macht eine Kopfbewegung hin zu einer Reihe von Haken an der Wand; zur Hälfte hängen daran normale Jacketts und Pullis, zur anderen dunkle Roben von der Art, die er selbst trägt. »Als Erstes zieht bitte die da über.«

Wir legen unsere nassen Jacken ab. Während wir die Roben überstreifen, erklärt Deckle: »Wir müssen da unten auf Sauberkeit achten. Ich weiß, die Dinger sehen bekloppt aus, aber sie sind tatsächlich sehr gut geschnitten. An den Seiten sind Schlitze, damit man Bewegungsfreiheit hat« – Deckle wedelt mit den Armen – »und sie haben Innentaschen für Papier, Bleistift, Lineal und Zirkel.« Er schlägt seine Robe weit auf und zeigt sie uns. »Da unten liegen Schreibutensilien aus, aber ihr müsst euer eigenes Werkzeug mitbringen.«

Das ist ja geradezu rührend. *Vergiss nicht dein Lineal an deinem ersten Tag bei der Sekte!* Aber wo ist »da unten«?

»Und noch was«, sagt Deckle. »Eure Handys.«

Penumbra zeigt seine leeren Hände und wackelt mit den Fingern, aber wir anderen geben unsere dunklen vibrierenden Begleiter ab. Deckle legt sie in einen flachen Holzkasten auf seinem Schreibtisch. Darin befinden sich bereits drei iPhones sowie ein schwarzes Neo und ein verbeultes beigefarbenes Nokia.

Deckle steht auf, justiert seine Robe, spannt die Muskeln an und versetzt den Regalen hinter seinem Schreibtisch einen kräftigen Schubs. Sie drehen sich sanft und stumm – ganz als schwebten sie gewichtslos im All –, und während sie auseinanderdriften, offenbaren sie einen in Schatten getauchten Raum, von dem aus sich eine breite Treppe hinunter in die

Dunkelheit windet. Mit einer ausholenden Armbewegung lädt Deckle uns ein, hineinzugehen. »*Festina lente*«, sagt er, wie selbstverständlich.

Neel schnappt nach Luft, und ich weiß genau, was es bedeutet. Es bedeutet: *Mein ganzes Leben habe ich darauf gewartet, durch eine Bücherwand einen Geheimgang zu betreten.* Penumbra erhebt sich aus seinem Stuhl, und wir folgen ihm.

»Sir«, sagt Deckle jenseits der geteilten Regale zu Penumbra, »wenn Sie nachher noch Zeit haben, würde ich Ihnen gern eine Tasse Kaffee spendieren. Es gibt eine Menge zu besprechen.«

»So soll es sein«, sagt Penumbra und lächelt. Im Vorbeigehen schlägt er Deckle auf die Schulter. »Danke, Edgar.«

Penumbra führt uns die Treppen hinunter. Er geht vorsichtig, stützt sich auf das Geländer, ein breites Band aus Holz, das auf schweren Metallwinkeln sitzt. Neel hält sich dicht neben ihm, bereit, ihn aufzufangen, falls er stolpert. Die Stufen sind breit und in blassen Stein gehauen; sie bilden scharfe Kurven, eine Spirale, die uns in die Erde hineinführt, spärlich von Bogenlampen in alten Wandnischen beleuchtet, die in weiten Abständen ins Mauerwerk eingelassen sind.

Während wir Stufe um Stufe tiefer gehen, nehme ich irgendwann Geräusche wahr. Ein gedämpftes Gemurmel, dann deutlicheres Rumoren, dann hallende Stimmen. Die Treppe wird flacher, und vor uns taucht ein hell erleuchteter Rahmen auf. Wir treten hindurch. Kat keucht, und ihr Atem bildet eine kleine Kältewolke.

Das ist keine Bibliothek. Das ist die Bat-Höhle.

Lang und niedrig erstreckt sich der Lesesaal vor unseren Augen. Über die Decke verläuft ein Kreuzmuster aus schweren Holzbalken. In den Zwischenräumen schaut gemasertes

Grundgestein hervor, schiefe Flöze und zerklüftete Flächen, in denen irgendwelche Kristalle glitzern. Die Balken spannen sich in einer akkuraten Perspektive über die gesamte Länge der großen Kammer wie ein kartesisches Gitter. Dort, wo sie sich kreuzen, hängen helle Lampen und beleuchten den Bereich unterhalb.

Auch der Boden ist aus Felsgestein, aber blank geschliffen wie Glas. Quadratische Holztische stehen in ordentlichen Reihen bis zum anderen Ende der Kammer, immer zwei nebeneinander. Sie sind schlicht, aber robust, und auf jedem liegt ein einziges dickes Buch. All diese Bücher sind schwarz und mit dicken, ebenfalls schwarzen Ketten an den Tischen befestigt.

Um die Tische herum sitzen oder stehen Leute, Männer und Frauen in schwarzen Roben von der gleichen Art wie Deckles, und reden, palavern, debattieren. Etwa ein Dutzend müssen es hier unten sein, sodass der Eindruck von einem Parketthandel in einer sehr kleinen Börse entsteht. Die Geräusche verschmelzen und überlappen sich: das Zischen von Sätzen, das Scharren von Füßen. Das Kratzen von Stiften auf Papier, das Quietschen von Kreide auf Schiefertafeln. Husten und Schniefen. Man kommt sich vor wie in einem Klassenzimmer, nur dass die Schüler alle erwachsen sind und ich keine Ahnung habe, was sie hier lernen.

Regale säumen die langen Wände der Kammer. Sie sind aus demselben Holz gezimmert wie die Balken und Tische und mit Büchern gefüllt. Im Gegensatz zu den Bänden auf den Tischen sind diese Bücher bunt: rot und blau und gold, in Stoff und Leder gebunden, manche zerfleddert, manche ordentlich und sauber. Sie schützen vor Klaustrophobie; ohne sie wäre es hier unten wie in einer Katakombe, aber weil sie die Regale bestücken und dem Raum Farbe und Struktur verleihen, ist es hier sogar heimelig und gemütlich.

Neel brummt anerkennend.

»Wofür ist das alles?«, fragt Kat und reibt sich bibbernd die Arme. Die Farben mögen warm sein, aber die Luft ist eiskalt.

»Folgt mir«, sagt Penumbra. Er geht vor uns in den Saal, bahnt sich einen Weg durch die Grüppchen von Schwarzroben, die sich um die Tische drängen. Ich schnappe Gesprächsfetzen auf: »... Das Problem ist Brito«, sagt ein großer Mann mit blondem Bart und sticht mit dem Finger auf das dicke schwarze Buch, das auf dem Tisch liegt, ein. »Er hat darauf bestanden, dass alle Operationen reversibel sein müssen, obwohl ja ...« Seine Stimme verliert sich, aber ich empfange eine neue: »... zu sehr auf die Seite als Element der Analyse fixiert. Stellt euch dieses Buch einmal anders vor – es ist eine Aneinanderreihung von Zeichen, korrekt? Es hat nicht zwei Dimensionen, sondern eine. Das bedeutet, dass ...« Es ist der Mann mit dem Eulengesicht von heute früh, der mit den drahtigen Augenbrauen. Er ist immer noch gebückt, trägt immer noch seine Pelzmütze, was ihm, zusammen mit seiner Robe, das hundertprozentige Aussehen eines Warlocks verleiht. Er zeichnet dicke Kreidestriche auf eine kleine Schiefertafel.

Penumbras Fuß bleibt an einer Kettenschlinge hängen, die schrill rasselt, als er sie abschüttelt. Er verzieht das Gesicht und brummt: »Lächerlich.«

Wir gehen stumm hinter ihm her, eine kleine Reihe schwarzer Schafe. Die Regale sind nur an einigen Stellen unterbrochen: zweimal durch Türen auf beiden Seiten des langen Raumes und einmal an seinem Ende, wo sie glattem nacktem Fels und einem Holzpodium weichen, das unter einer hellen Lampe errichtet ist. Es ist groß und strahlt Strenge aus. Hier halten sie wahrscheinlich die rituellen Opferzeremonien ab.

Während wir an den Schwarzroben vorbeigehen, schauen ein paar von ihnen auf und stutzen; sie reißen erstaunt die Augen auf. »Penumbra!«, rufen sie erfreut, strecken ihm die Hände entgegen. Penumbra nickt und lächelt zurück und ergreift der Reihe nach jede Hand.

Er führt uns an einen freien Tisch in der Nähe des Podiums, an einen Platz im weichen Halbschatten zwischen zwei Lampen.

»Ihr befindet euch an einem ganz besonderen Ort«, sagt er und lässt sich auf einem Stuhl nieder. Auch wir setzen uns und achten darauf, dass sich unsere Roben nicht verfangen. Seine Stimme ist sehr leise und unter dem Stimmengewirr kaum hörbar: »Ihr dürft ihn niemandem gegenüber erwähnen oder je seinen Standort preisgeben.«

Wir nicken alle gleichzeitig. Neel flüstert: »Das ist der Wahnsinn.«

»Oh, nicht der Raum ist das Erstaunliche«, sagt Penumbra. »Er ist alt, wohl wahr. Aber jedes Kellergewölbe gleicht dem anderen: eine riesige Kammer unter der Erde, kalt und trocken. Nichts Besonderes.« Er macht eine Pause. »Der Inhalt dieses Raums ist das Besondere.«

Wir sind erst drei Minuten in diesem von Büchern gesäumten Keller, und ich habe schon vergessen, dass der Rest der Welt noch existiert. Ich wette, alles ist so angelegt, dass man hier einen Atomkrieg überstehen kann. Hinter einer dieser Türen versteckt sich garantiert ein Vorratslager mit Bohnenkonserven.

»Es gibt hier zwei Schätze«, fährt Penumbra fort. »Der eine ist eine Sammlung vieler Bücher, der andere ein einziges Werk.« Er hebt eine knochige Hand und lässt sie auf dem schwarz gebundenen Exemplar ruhen, das genau wie alle anderen an unseren Tisch gekettet ist. Auf dem Einband steht in großen silbernen Lettern: Manvtivs.

»Das ist das Werk«, sagt Penumbra. »Es ist der *Codex Vitae* des Aldus Manutius. Man findet ihn nirgends außerhalb dieser Bibliothek.«

Moment: »Nicht einmal in Ihrem Laden?«

Penumbra schüttelt den Kopf. »Kein Novize liest dieses Buch. Das tun nur die Vollmitglieder unserer Gemeinschaft – die Gebundenen und die Ungebundenen. Es gibt nicht viele von uns, und wir lesen Manutius nur an diesem Ort.«

Das ist es also, was wir ringsum sehen – intensives Studium. Obgleich mir aufgefallen ist, dass ein paar von den Schwarzroben über ihre Nasenspitzen in unsere Richtung linsen. Vielleicht doch nicht so intensiv.

Penumbra dreht sich auf seinem Stuhl herum und zeigt auf die Wandregale. »Und dort ist der andere Schatz. Jedes Mitglied der Gemeinschaft tritt in die Fußstapfen des Gründers und verfasst einen eigenen *Codex Vitae* oder ein Buch des Lebens. Das ist die Aufgabe der Ungebundenen. Fedorov zum Beispiel, der, wie du weißt« – er nickt mir zu – »einer von ihnen ist. Wenn er fertig ist, wird alles, was er gelernt hat, sein gesamtes Wissen, in ein Buch wie diese dort eingeflossen sein.«

Ich denke an Fedorov und seinen schneeweißen Bart. Ja, ich schätze, er hat so manches gelernt.

»Wir verwenden unser Logbuch«, sagt er zu mir, »um sicherzugehen, dass Fedorov sich sein Wissen auch verdient hat.« Penumbra zieht eine Augenbraue hoch. »Wir müssen sichergehen, dass er den Inhalt all dessen, was er sich erarbeitet hat, versteht.«

Genau. Sie müssen sichergehen, dass er nicht einfach bloß einen Haufen Bücher auf einen Scanner gelegt hat.

»Sobald Fedorovs *Codex Vitae* von mir bestätigt und dann vom Ersten Leser angenommen ist, nimmt er den Status eines

Gebundenen an. Und dann wird er schließlich das ultimative Opfer bringen.«

Auweia: ein dunkles Ritual auf dem Podium des Wahrhaft Bösen. Ich hab's geahnt. Ich mag Fedorov.

»Sein Buch wird verschlüsselt, kopiert und ins Regal gestellt«, sagt Penumbra nüchtern. »Niemand bekommt es vor Fedorovs Tod zu lesen.«

»Krass«, zischt Neel. Ich werfe ihm einen warnenden Blick zu, aber Penumbra lächelt und hebt beschwichtigend die Hand.

»Wir bringen dieses Opfer aus tiefster Überzeugung«, erklärt er. »Das ist mein voller Ernst. Wenn wir Manutius' *Codex Vitae* entschlüsseln, wird jedes Mitglied unserer Gemeinschaft, das seinen Fußspuren folgte – wer sein eigenes Buch des Lebens geschaffen und es hierher zur Aufbewahrung gegeben hat –, wieder zu neuem Leben erwachen.«

Ich bemühe mich, den skeptischen Ausdruck zu unterdrücken, der sich mit aller Macht auf meinem Gesicht ausbreiten will.

»Was«, sagt Neel, »wie Zombies?« Er sagt es ein bisschen zu laut, und einige Schwarzroben schauen zu uns herüber.

Penumbra schüttelt den Kopf. »Wie Unsterblichkeit aussieht, ist ein Geheimnis«, sagt er so leise, dass wir uns vorbeugen müssen, um ihn zu verstehen. »Aber alles, was ich über das Schreiben und Lesen weiß, sagt mir, dass es so sein muss. Ich habe es zwischen diesen Regalen gespürt und auch in anderen.«

An die Sache mit der Unsterblichkeit glaube ich nicht, aber ich kenne das Gefühl, von dem Penumbra spricht. Wenn man an Bibliotheksregalen entlanggeht und mit dem Finger über die Buchrücken streicht – dann spürt man unwillkürlich die Gegenwart schlummernder Seelen. Es ist nur ein Gefühl, keine Tatsache, aber vergessen Sie nicht (ich sag's noch mal): Leute glauben an noch viel seltsamere Dinge.

»Aber wieso können Sie Manutius' Buch nicht decodieren?«, fragt Kat. Das ist ihre Spielwiese: »Was ist mit dem Schlüssel passiert?«

»Tja«, sagt Penumbra. »Wenn wir das wüssten.« Er seufzt. Dann: »Gerritszoon war auf seine Weise genauso bemerkenswert wie Manutius. Er zog es vor, den Schlüssel nicht weiterzugeben. Seit fünfhundert Jahren ... diskutieren wir nun über seine Entscheidung.«

So, wie er das sagt, habe ich den Verdacht, dass in diesen Diskussionen gelegentlich ein Revolver oder ein Dolch eine Rolle gespielt haben könnte.

»Ohne den Schlüssel haben wir jede erdenkliche Methode ausprobiert, um Manutius' *Codex Vitae* zu dechiffrieren. Wir haben es mit Geometrie versucht. Wir haben nach verborgenen Mustern gesucht. Das ist der Ursprung des Rätsels unseres Gründers.«

Das Gesicht in der Visualisierung – natürlich. Wieder befällt mich diese vage Erschütterung. Das war also Aldus Manutius, der mir aus meinem MacBook entgegenstarrte.

»Wir haben Algebra angewandt, Logik, Linguistik, Kryptografie ... große Mathematiker zählten zu unserer Gemeinschaft«, sagt Penumbra. »Männer und Frauen, die in der Welt da oben Preise gewonnen haben.«

Kat hat sich gebannt vorgebeugt und liegt schon halb auf dem Tisch. So etwas ist einfach unwiderstehlich für sie: einen Code zu knacken *und* den Schlüssel zur Unsterblichkeit zu finden, alles in einem. Ihre Begeisterung ist ansteckend und macht mich ein bisschen stolz: Ich bin derjenige, der sie hergebracht hat. Google kann sich heute hinten anstellen. Hier unten, beim Ungebrochenen Buchrücken, spielt die Musik.

»Was ihr verstehen solltet, liebe Freunde«, sagt Penumbra, »ist, dass diese Gemeinschaft seit ihrer Gründung vor fünfhundert Jahren auf fast immer gleiche Weise operierte.« Er zeigt auf die betriebsamen Schwarzroben: »Wir benutzen Kreide und Schiefertafeln, Tinte und Papier.« Hier verändert sich sein Ton. »Corvina ist der Überzeugung, dass wir uns strikt an diese Techniken halten müssen. Er meint, wenn wir auch nur das Geringste ändern, verwirken wir die Chance auf unseren Preis.«

»Und Sie«, sage ich – Sie, der Mann mit dem MacPlus –, »sind anderer Ansicht.«

Statt zu antworten, wendet sich Penumbra an Kat, und seine Stimme ist jetzt wirklich nur noch ein Hauch: »Das führt mich zu meinem Vorschlag. Wenn mich nicht alles täuscht, liebes Kind, hat dein Unternehmen eine große Zahl von Büchern« – er hält inne, sucht nach Worten – »in digitale Bücherregale eingeräumt.«

Sie nickt und antwortet flüsternd: »Einundsechzig Prozent aller Werke, die je gedruckt wurden.«

»Aber den *Codex Vitae* des Gründers habt ihr nicht«, sagt Penumbra. »Niemand hat ihn.« Wieder eine Pause. »Vielleicht solltet ihr ihn haben.«

Ich kapiere blitzartig: Penumbra schlägt einen bibliografischen Datenklau vor.

Eine der Schwarzroben schlurft mit einem dicken grünen Buch aus den Regalen an unserem Tisch vorbei. Es ist eine hochgewachsene, drahtige Frau um die vierzig mit müden Augen und kurz geschnittenem schwarzem Haar. Unter ihrer Robe kann ich ein buntes Blumenmuster erkennen. Wir verstummen und warten, bis sie vorbeigegangen ist.

»Ich glaube, wir müssen mit der Tradition brechen«, fährt Penumbra fort. »Ich bin alt, und wenn die Möglichkeit besteht, dann möchte ich das Werk gern vollendet sehen, bevor alles, was von mir bleibt, ein Buch auf einem dieser Regale ist.«

Noch ein Blitz: Penumbra ist einer der Gebundenen, also müsste sein eigener *Codex Vitae* hier sein, in dieser Höhle. Mir wird leicht schwummerig bei dem Gedanken. Was steht da drin? Welche Geschichte erzählt er?

Kats Augen leuchten. »Wir können das scannen«, sagt sie und tätschelt das Buch auf dem Tisch. »Und wenn es einen Code gibt, können wir ihn knacken. Wir haben Maschinen, die so leistungsstark sind – Sie haben keine Vorstellung.«

Ein Raunen geht durch den Lesesaal, und eine kleine Welle der Aufmerksamkeit erfasst reihum die Schwarzroben. Alle richten sich auf, warnen einander und rufen sich gegenseitig flüsternd und zischend zur Ordnung.

Am anderen Ende der Kammer, wo die breiten Stufen von oben enden, ist die große Gestalt eines Mannes aufgetaucht. Seine Robe unterscheidet sich von den anderen; sie ist aufwendiger gearbeitet, der schwarze Stoff hat um den Hals herum zahlreiche Falten und an den Ärmeln entlang rote Schlitze. Sie hängt an seinen Schultern, als habe er sie sich gerade erst übergeworfen; darunter schaut ein glänzender grauer Anzug hervor.

Er kommt schnurstracks auf uns zu.

»Mr. Penumbra«, flüstere ich, »ich glaube, es wäre vielleicht besser –«

»Penumbra«, tönt die Gestalt. Ihre Stimme ist nicht laut, schallt aber tief und getragen durch den Raum. »Penumbra«, sagt er wieder und nähert sich mit forschem Schritt. Er ist alt – nicht ganz so alt wie Penumbra, aber annähernd. Allerdings ist er viel robuster. Er geht weder gebückt, noch wankt er, und ich vermute, dass sich unter diesem Anzug kräftige Brustmuskeln verbergen. Sein Kopf ist komplett kahl gescho-

ren, und er trägt einen dunklen, sauber gestutzten Schnurrbart: Nosferatu in Gestalt eines Marinekorps-Sergeants.

Und jetzt erkenne ich ihn. Es ist der Mann auf dem Foto
mit dem jungen Penumbra, der stämmige Jüngling, der vor
der Golden Gate Bridge den Daumen hochstreckt. Es ist
Penumbras Chef, der Mann, der dafür sorgt, dass in der Buchhandlung das Licht brennt, der Geschäftsführer der großzügigen Festina Lente Company. Das hier ist Corvina.

Penumbra erhebt sich aus seinem Stuhl. »Darf ich dir drei
junge Ungebundene aus San Fancisco vorstellen«, sagt er. Zu
uns: »Das ist unser Erster Leser und Mäzen.« Plötzlich gibt
er den beflissenen Untergebenen. Er schauspielert.

Corvina betrachtet uns kühl und prüfend. Seine Augen glitzern dunkel – in ihnen liegt eine grimmige, herausfordernde
Intelligenz. Er schaut Neel direkt an, überlegt kurz und sagt
dann: »Sag mir, welches Werk von Aristoteles hat der Gründer
als Erstes gedruckt?« Die Frage klingt sanft, aber unerbittlich,
jedes Wort eine Kugel aus einer schallgedämpften Pistole.

Neels Gesichtsausdruck ist leer. Es folgt ein ungemütliches
Schweigen.

Corvina verschränkt die Arme und wendet sich Kat zu:
»Nun, was meinst du? Irgendeine Idee?«

Kats Finger zucken, als würde sie die Antwort gern auf
ihrem Smartphone nachschauen.

»Ajax, da kommt einiges an Arbeit auf dich zu«, sagt Cor-
vina, jetzt an Penumbra gewandt. Er spricht immer noch leise.
»Sie sollten in der Lage sein, das ganze Korpus zu rezitieren.
Sie sollten es rückwärts aufsagen können, im griechischen
Original.«

Ich würde ihm dafür einen bösen Blick zuwerfen, wäre
mir nicht ganz schwindlig von der Enthüllung, dass Penumbra einen Vornamen hat, und zwar –

»Sie sind noch Anfänger«, sagt Ajax Penumbra seufzend. Corvina überragt ihn um einige Zentimeter, und er bemüht sich leicht schwankend, sich mehr aufzurichten. Die großen blauen Augen schweifen durch den Raum, und er macht ein skeptisches Gesicht. »Ich hatte gehofft, sie durch eine Besichtigung dieses Ortes inspirieren zu können, aber die Ketten sind ein bisschen zu viel des Guten. Ich weiß wirklich nicht, ob sie dem Geist des –«

»Wir gehen hier nicht ganz so nachlässig mit unseren Büchern um, Ajax«, unterbricht ihn Corvina. »Hier gehen sie nicht verloren.«

»Oh, ein Logbuch kann man schwerlich mit dem *Codex Vitae* des Gründers vergleichen, und es ist auch nicht verloren gegangen. Dir ist jeder Anlass recht –«

»Weil du ständig einen lieferst«, sagt Corvina kühl. Seine Stimme klingt nüchtern, aber sie hallt durch den Raum. Im Lesesaal herrscht jetzt Stille. Keine der Schwarzroben spricht oder bewegt sich; möglicherweise wird nicht einmal geatmet.

Corvina verschränkt die Hände hinter dem Rücken – eine typische Lehrerpose. »Ajax. Ich bin froh, dass du noch einmal zurückgekommen bist, denn ich habe meine Entscheidung gefällt, und ich wollte sie dir persönlich mitteilen.« Eine Pause und eine fürsorgliche Neigung des Kopfs. »Es ist an der Zeit, dass du nach New York zurückkehrst.«

Penumbra blinzelt. »Ich muss mich um meinen Laden kümmern.«

»Nein. Er kann nicht weitergeführt werden«, sagt Corvina kopfschüttelnd. »Nicht, solange lauter Bücher darin stehen, die nichts mit unserer Arbeit zu tun haben. Nicht, solange es darin von Leuten wimmelt, die nichts über die Verantwortung wissen, die wir tragen.«

Naja, also wimmeln würde ich es jetzt nicht nennen.

Penumbra ist verstummt; er hat den Blick gesenkt und die Stirn in tiefe Falten gelegt. Sein graues Haar steht rings um seinen Kopf ab wie eine Wolke aus abschweifenden Gedanken. Würde er es abrasieren, sähe er vielleicht so glatt und beeindruckend aus wie Corvina. Wahrscheinlich aber eher nicht.

»Ja, es stimmt, ich habe auch andere Bücher im Angebot«, sagt Penumbra schließlich. »Wie schon seit Jahrzehnten. Wie auch schon unser Lehrer vor mir. Ich bin sicher, du erinnerst dich. Du weißt, dass die Hälfte meiner Novizen zu uns kommt, weil –«

»Weil deine Anforderungen so niedrig sind«, fährt Corvina dazwischen. Sein Blick streift Kat, Neel und mich. »Was nützen uns Ungebundene, die ihre Arbeit nicht ernst nehmen? Sie stärken uns nicht, sie schwächen uns. Sie gefährden das Ganze.«

Kat runzelt die Stirn. Neels Bizepse pulsieren.

»Du lebst schon zu lange in der Wildnis, Ajax. Komm zu uns zurück. Verbring die Zeit, die dir noch bleibt, mit deinen Brüdern und Schwestern.«

Penumbras Gesicht ist jetzt zu einer Grimasse verzogen. »Es gibt Novizen in San Francisco und Ungebundene. Viele.« Seine Stimme klingt plötzlich heiser, und unsere Blicke kreuzen sich. Ich sehe, wie Schmerz in seinen Augen aufflackert, und ich weiß, dass er an Tyndall denkt, an Lapin und all die anderen, an mich und auch an Oliver Grone.

»Novizen gibt es überall«, sagt Corvina mit einer wegwerfenden Handbewegung. »Die Ungebundenen werden dir hierher folgen. Oder auch nicht. Aber Ajax, lass es mich in aller Deutlichkeit sagen. Die Unterstützung deines Ladens durch die Festina Lente Company ist beendet. Von uns bekommst du nichts mehr.«

Es ist mucksmäuschenstill im Lesesaal: kein Rascheln, kein Klappern. Alle Schwarzroben starren in ihre Bücher und spitzen die Ohren.

»Du hast die Wahl, mein Freund«, sagt der Erste Leser sanft, »und ich versuche dir zu helfen, das klar zu sehen. Wir sind nicht mehr die Jüngsten, Ajax. Und wenn du dich unserer Aufgabe erneut widmest, bleibt dir immer noch Zeit, Großes zu leisten. Wenn nicht« – seine Augen wandern nach oben – »nun ja, dann kannst du die Zeit, die dir bleibt, auch da draußen vertändeln.« Er blickt Penumbra scharf an – es ist ein besorgter Blick, aber von der echt herablassenden Sorte – und wiederholt, ein letztes Mal: »Komm zu uns zurück.«

Dann macht er abrupt kehrt und geht mit großen Schritten und wehender Robe zu der breiten Treppe zurück. Lärmendes Knarren und Scharren setzt ein, als all seine Schutzbefohlenen sofort wieder eifriges Lernen vortäuschen.

Als wir dem Lesesaal entflohen sind, fragt Deckle noch einmal, ob Penumbra Zeit für einen Kaffee hat.

»Wir werden wohl etwas Kräftigeres brauchen, mein Junge«, sagt Penumbra und bemüht sich zu lächeln, was ihm fast – aber nicht ganz – gelingt. »Ich würde mich sehr gern heute Abend mit dir unterhalten ... Wo?« Penumbra dreht sich zu mir um und macht eine Frage daraus.

»Im Northbridge«, mischt Neel sich ein. »Westliche Neunundzwanzigste Straße, Ecke Broadway.« Dort sind wir untergebracht, weil Neel den Besitzer kennt.

Wir geben unsere Roben ab, nehmen unsere Telefone an uns und waten durch die graugrünen Untiefen der Festina Lente Company. Während meine Turnschuhe die gesprenkelte Büroauslegware abnutzen, kommt mir der Gedanke, dass wir uns direkt über dem Lesesaal befinden müssen – im

Prinzip auf seiner Decke herumlaufen. Ich bin mir nicht sicher, wie tief er unter uns liegt. Fünf Meter? Zehn?

Penumbras eigener *Codex Vitae* ist da unten. Ich habe ihn nicht gesehen – er stand irgendwo in diesen Regalen, ein Buchrücken unter vielen –, aber er beschäftigt mich mehr als MANVTIVS in seinem schwarzen Einband. Wir müssen uns unter dem Eindruck jenes düsteren Ultimatums hastig verdrücken, und ich befürchte, dass Penumbra vielleicht etwas Wertvolles zurücklässt.

Einer der Büroräume entlang der Wand ist größer als die restlichen und die dazugehörige Milchglastür weiter von den anderen entfernt. Jetzt kann ich das Namensschild deutlich erkennen:

MARCUS CORVINA/
LEITENDER GESCHÄFTSFÜHRER

Also hat auch Corvina einen Vornamen.

Ein Schatten bewegt sich hinter dem Milchglas, und mir wird klar, dass er dort drin ist. Was macht er da? Verhandelt er am Telefon mit einem Verleger, verlangt er horrende Summen für die Nutzung der großartigen alten Gerritszoon? Verpetzt er gerade die Namen und Adressen irgendwelcher lästiger E-Book-Piraten? Macht er eine wunderbare Buchhandlung dicht, spricht er mit seiner Bank und kündigt einen gewissen Dauerauftrag?

Das ist nicht nur eine Sekte. Es ist auch ein Konzern, und Corvina ist der Chef, über und unter der Erde.

DER BUND DER REBELLEN

In Manhattan gießt es heftig – eine dunkle, krachende Sintflut. Wir haben uns in das Luxushotel geflüchtet, das Neels Freund Andrei gehört, auch er Manager eines Start-up-Unternehmens. Es heißt Northbridge und ist die ultimative Hackerhöhle: Steckdosen überall im Abstand von einem Meter, die Luft dermaßen mit Wi-Fi vollgepackt, dass man es förmlich greifen kann, und im Keller eine direkte Verbindung zur Internet-Hauptleitung, die unterhalb der Wall Street verläuft. Fühlte Penumbra sich im Dolphin and Anchor heimisch, dann ist das hier der Ort, an dem sich Neel wie ein Fisch im Wasser bewegt. Der Mann an der Rezeption kennt ihn. Der Hoteldiener begrüßt ihn mit einem High five.

Die Lobby des Northbridge ist das Zentrum der New Yorker Start-up-Szene: Wo immer zwei oder mehr Leute beisammensitzen, handelt es sich vermutlich um eine neue Firma beim Korrekturlesen ihrer Satzung. So, wie wir gerade an einem niedrigen Tisch aus alten Tonspulendosen die Köpfe zusammenstecken, könnten auch wir als eine durchgehen, schätze ich – nicht unbedingt als Firma, aber zumindest als irgendeine Neugründung. Wir sind ein kleiner Bund aus Rebellen, und Penumbra ist unser Obi-Wan. Wer Corvina ist, wissen wir alle.

Neel hat sich unablässig über den Ersten Leser aufgeregt, seitdem wir das Gebäude verlassen haben:

»Und was dieser affige Schnurrbart soll, kapier ich auch nicht«, fährt er fort.

»Er trug schon einen, als ich ihn kennenlernte«, sagt Penumbra und ringt sich ein Lächeln ab. »Aber damals war er nicht so streng wie heute.«

»Wie war er dann?«, frage ich.

»Wie wir anderen auch – wie ich. Er war neugierig. Unsicher – nun, ich bin es ja immer noch! –, über alle möglichen Dinge.«

»Tja, inzwischen wirkt er ziemlich … selbstbewusst.«

Penumbra runzelt die Stirn. »Warum auch nicht? Er ist der Erste Leser, und er will unsere Gemeinschaft exakt so erhalten, wie sie ist.« Er boxt mit der schmalen Faust in die weichen Couchpolster. »Er ist unnachgiebig. Er lässt keine Experimente zu. Er lässt es uns nicht einmal versuchen.«

»Aber bei der Festina Lente Company hatten sie doch Computer«, gebe ich zu bedenken. Tatsächlich haben sie da eine komplette digitale Aufstandsbekämpfung am Laufen.

Kat nickt. »Ja, sie machen einen ziemlich fortschrittlichen Eindruck.«

»Ah, aber nur oben«, sagt Penumbra und hebt den Zeigefinger. »Computer sind in Ordnung, solange sie für die weltliche Arbeit der Festina Lente Company im Einsatz sind – aber nicht für den Ungebrochenen Buchrücken. Nein, niemals.«

»Keine Handys«, sagt Kat.

»Keine Handys. Keine Computer. Nichts«, sagt Penumbra kopfschüttelnd, »was nicht auch Aldus Manutius zur Verfügung gestanden hätte. Das elektrische Licht – ihr könnt euch nicht vorstellen, wie viel Streit es um diese Lampen gab. Zwanzig Jahre hat er gedauert.« Er schnauft verächtlich. »Ich bin mir ziemlich sicher, Manutius hätte sich über die eine oder andere Glühbirne gefreut.«

Wir schweigen nachdenklich.

Schließlich sagt Neel: »Mr. P, Sie müssen nicht aufgeben. Ich könnte Ihren Laden sponsern.«

»Lassen wir den Laden Laden sein«, sagt Penumbra und winkt ab. »Ich mag unsere Kunden von Herzen, aber wir können ihnen anderweitig besser von Nutzen sein. Ich werde mich nicht an vertraute Dinge klammern, so wie Corvina. Wenn wir Manutius nach Kalifornien befördern könnten ... wenn du, liebes Mädchen, tust, was du versprochen hast ... dann wird keiner von uns diesen Laden mehr brauchen.«

Wir sitzen da und schmieden Pläne. Wir sind uns einig, dass wir in einer idealen Welt den *Codex Vitae* zum Google-Scanner bringen und die großen Spinnenbeine darüberlaufen lassen würden. Aber wir können das Buch nicht aus dem Lesesaal entfernen.

»Bolzenschneider«, sagt Neel. »Wir brauchen Bolzenschneider.«

Penumbra schüttelt den Kopf. »Wir müssen diskret vorgehen. Wenn Corvina Wind davon bekommt, wird er uns verfolgen, und die Festina Lente Company verfügt über ungeheure Mittel und Möglichkeiten.«

Außerdem kennt sie eine Menge Anwälte. Und wir brauchen, wenn wir Manutius Googles Gnaden übergeben wollen, nicht das Buch als solches. Wir brauchen es auf einer Festplatte. Darum frage ich: »Und wenn wir den Scanner einfach zum Buch bringen?«

»Er ist nicht transportabel«, sagt Kat und schüttelt den Kopf. »Ich meine, man kann ihn schon bewegen, aber es ist ein Riesenaufwand. Sie haben eine Woche gebraucht, um ihn in der Library of Congress aufzubauen und anzuwerfen.«

Also brauchen wir etwas anderes oder jemand anders. Wir brauchen einen Scanner, der speziell für den Dokumentendiebstahl gebaut wurde. Wir brauchen James Bond mit einem Abschluss in Bibiothekswissenschaften. Wir brauchen – Moment. Ich weiß genau, wen wir brauchen.

Ich greife mir Kats Laptop und klicke mich durch zu Grumbles Buchhacker-Portal. Ich wühle mich rückwärts durch die Archive – zurück, zurück, zurück –, zurück zu seinen frühesten Projekten, zu denen, mit denen alles begann ... Ah. Da ist es.

Ich drehe den Monitor so, dass ihn alle sehen können. Er zeigt ein gestochen scharfes Foto des GrumbleGear 3000: einen Bücherscanner aus Pappe. Seine Bestandteile gewinnt man aus alten Kartons; man lässt sie durch einen Laserschneider laufen und an allen rechten Winkeln Schlitze und Laschen einstechen. Die Teile fügt man zu einem Rahmen zusammen, und wenn man fertig ist, faltet man alles wieder zu einem flachen Paket. Es gibt zwei Schlitze für Kameras. Das Ganze passt in eine Kuriertasche.

Für die Aufnahmen genügen Billigkompaktkameras von der Sorte, die überall zu haben ist. Das Besondere an diesem Scanner ist der Rahmen. Mit nur einer Kamera würde man sich den Arm verrenken, um das Buch im richtigen Winkel fotografieren zu können, und bei jedem Umblättern alles verwackeln. Es würde Tage in Anspruch nehmen. Aber mit zwei auf dem GrumbleGear 3000 nebeneinander montierten Kameras, die von Grumbles Software kontrolliert werden, fängt man pro Schuss eine Doppelseite ein, perfekt fokussiert, perfekt ausgerichtet. Oberschnell und undercover.

»Er ist aus Papier«, erkläre ich, »darum kriegt man ihn durch einen Metalldetektor.«

»Wie, um ihn in ein Flugzeug zu schmuggeln?«, fragt Kat.

»Nein, um ihn in eine Bibliothek zu schmuggeln«, sage ich. Penumbra macht große Augen. »Jedenfalls hat er den

Bauplan gepostet. Wir können ihn herunterladen. Wir müssen nur noch die Materialien zusammensuchen und einen Laserschneider finden.«

Neel nickt und vollführt mit einem Finger eine Kreisbewegung, die die Lobby umfasst. »Wir sitzen hier im Nerd-Hauptquartier von New York. Ich glaube schon, dass wir einen Laserschneider auftreiben können.«

Vorausgesetzt, wir können einen GrumbleGear 3000 zusammenbauen und zum Laufen bringen, brauchen wir Zeit, um uns unbeobachtet im Lesesaal aufzuhalten. Manutius' *Codex Vitae* ist gigantisch; ihn zu scannen wird Stunden dauern.

Wer wird die Tat vollbringen? Penumbra ist für Geheimoperationen zu tatterig. Kat und Neel wären zuverlässige Komplizen, aber ich habe andere Pläne. Sobald die Möglichkeit einer Mission zum Bücherscannen aufkam, habe ich beschlossen: Ich mache das allein.

»Ich will aber mitkommen«, beharrt Neel. »Jetzt, wo es spannend wird!«

»Zwing mich nicht, dich mit deinem Rockets- &-Warlocks-Namen anzusprechen«, sage ich und drohe mit dem Zeigefinger, »nicht, solange ein Mädchen anwesend ist.« Ich schaue wieder ernst. »Neel, du hast ein Unternehmen, mit Angestellten und Kunden. Du hast Verpflichtungen. Wenn du erwischt oder sogar, Mann, ich weiß nicht, *verhaftet* wirst, dann hast du ein Problem.«

»Und du findest nicht, dass verhaftet werden ein Problem für dich wäre, Claymore Red-«

»Ha!« Ich schneide ihm das Wort ab. »Erstens habe ich keine Verpflichtungen im engeren Sinne. Zweitens bin ich mehr oder weniger bereits Novize des Ungebrochenen Buchrückens.«

»In der Tat hast du das Rätsel des Gründers gelöst.« Penumbra nickt. »Edgar könnte für dich bürgen.«

»Außerdem«, sage ich, »bin ich der Schurke in diesem Szenario.«

Kat hebt erstaunt eine Augenbraue, und ich erläutere leise: »Er ist der Krieger, du bist der Zauberer, ich bin der Schurke. Diese Unterhaltung hat nie stattgefunden.«

Neel nickt einmal, langsam. Er sieht noch leicht beleidigt aus, protestiert aber nicht mehr. Sehr gut. Ich werde allein gehen, und statt mit nur einem werde ich mit zwei Büchern wieder herauskommen.

Ein kalter Windstoß fegt durch die Eingangstür des Northbridge, und Edgar Deckle kommt aus dem Regen hereingestürmt, das runde Gesicht umrahmt von der zugeschnürten Kapuze eines lila Plastikanoraks. Kat schaut mich an, sie sieht nervös aus. Das ist die entscheidende Besprechung. Wenn wir uns Zutritt zum Lesesaal und zu MANVTIVS verschaffen wollen, ist Deckle der Schlüssel, denn Deckle hat den Schlüssel.

»Sir, ich habe von der Sache mit dem Laden gehört«, sagt er schwer atmend und setzt sich neben Kat auf die Couch. Vorsichtig schiebt er seine Kapuze herunter. »Ich weiß nicht, was ich sagen soll. Das ist furchtbar. Ich werde mit Corvina sprechen. Ich kann ihn überzeugen —«

Penumbra hebt die Hand, dann erzählt er Deckle alles. Er erzählt ihm von meinem Logbuch, von Google und dem Rätsel des Gründers. Er erzählt ihm von dem Vorschlag, den er Corvina gemacht hat, und dass der Erste Leser ihn ablehnte.

»Wir werden ihn bearbeiten«, sagt Deckle. »Ich werde es hin und wieder erwähnen und ausloten, ob er —«

»Nein«, unterbricht ihn Penumbra. »Er ist taub gegenüber vernünftigen Argumenten, Edgar, und mir fehlt die

Geduld dafür. Ich bin ein ganzes Stück älter als du, mein Junge. Ich bin überzeugt, dass der *Codex Vitae* heute entschlüsselt werden kann – nicht erst in zehn Jahren, nicht erst in hundert Jahren, sondern heute!«

Mir kommt der Gedanke, dass Corvina nicht der Einzige mit einem übersteigerten Selbstvertrauen ist. Penumbra glaubt wirklich, dass Computer zaubern können. Ist es nicht merkwürdig, dass ich, der ich dieses Projekt befeuert habe, nicht halb so optimistisch bin?

Deckle macht große Augen. Er schaut sich um, als säßen hier im Northbridge überall Schwarzroben. Die Gefahr ist nicht sehr groß; ich bezweifle, dass irgendjemand in dieser Lobby während der letzten Jahre ein echtes Buch angefasst hat.

»Das meinen Sie nicht im Ernst, Sir«, flüstert er. »Ich meine, ich kann mich erinnern, wie aufgeregt Sie waren, als ich alle Titel für Sie in den Mac eingegeben habe – aber ich hätte nie gedacht …« Er schluckt. »Sir, so funktioniert die Gemeinschaft nicht.«

Also war es Edgar Deckle, der die Datenbank des Ladens aufgebaut hat. Ich verspüre so etwas wie eine kollegiale Zuneigung. Wir haben beide unsere Finger in dieselbe kleine, klackernde Tastatur gehauen.

Penumbra schüttelt den Kopf. »Es erscheint einem nur merkwürdig, weil wir auf der Stelle treten, mein Junge«, sagt er. »Corvina hat uns die ganze Zeit blockiert. Der Erste Leser ist dem Geist von Manutius untreu geworden.« Seine Augen sind wie blaue Laserstrahlen, und er pocht mit einem langen Finger auf den Tonspulendosentisch. »Manutius war ein Neuerer, Edgar!«

Deckle nickt, wirkt aber immer noch nervös. Seine Wangen sind gerötet, und er rauft sich das Haar. Beginnen alle

Kirchenspaltungen so? Mit Leuten, die ihre Köpfe zusammenstecken und andere im Flüsterton zu überzeugen versuchen?

»Edgar«, sagt Penumbra ruhig, »von all meinen Schülern bist du mir der liebste. Wir haben in San Francisco viele Jahre Seite an Seite gearbeitet. Du besitzt den wahren Geist des Ungebrochenen Buchrückens, mein Junge.« Er hält inne. »Leih uns für eine Nacht den Schlüssel zum Lesesaal. Mehr verlange ich nicht. Clay wird keine Spuren hinterlassen. Das verspreche ich dir.«

Deckle schaut ihn ausdruckslos an. Sein feuchtes Haar ist zerzaust. Er ringt nach Worten: »Sir. Ich hätte nicht gedacht, dass Sie – nie im Traum wäre mir eingefallen – Sir.« Er verstummt. Die Lobby des Northbridge existiert nicht. Das ganze Universum besteht nur noch aus Edgar Deckles Gesicht und seinen nachdenklich geschürzten Lippen und den Anzeichen, dass er Nein sagen könnte, oder –

»Ja.« Er richtet sich auf. Er holt tief Luft und sagt noch einmal: »Ja. Natürlich helfe ich Ihnen, Sir.« Er nickt heftig und lächelt. »Natürlich.«

Penumbra grinst. »Ich wußte doch, ich habe ein Händchen für die richtigen Verkäufer«, sagt er und beugt sich vor, um Deckle auf die Schulter zu klopfen. Er lacht schallend. »Dafür habe ich ein Händchen!«

Der Plan steht.

Deckle wird morgen einen Ersatzschlüssel in einem zugeklebten, an mich adressierten Umschlag vorbeibringen und an der Rezeption des Northbridge abgeben. Neel und ich werden einen Weg finden, einen GrumbleGear zu bauen, Kat will im New Yorker Büro von Google vorbeischauen und Penumbra sich mit einer Handvoll Schwarzroben treffen, die für seine Mission offen sind. Bei Einbruch der Nacht werde ich mich mit Scanner und Schlüssel auf den Weg zur Geheimbibliothek des Ungebrochenen Buchrückens machen, wo ich MANVTIVS stibitzen werde – und noch etwas anderes.

Aber das ist alles erst morgen. Im Moment hat sich Kat auf unser Zimmer zurückgezogen. Neel trifft sich mit ein paar von seinen New Yorker Start-up-Kumpeln. Penumbra sitzt allein an der Hotelbar, hält ein dickes Glas mit irgendeiner goldgelben Flüssigkeit in der Hand und schaut gedankenverloren vor sich hin. In dieser Umgebung fällt er aus dem Rahmen: um etliche Jahrzehnte älter als alle anderen in der Lobby, die Schädeldecke ein blasser Leuchtturm im sorgfältig dosierten Schummerlicht.

Ich sitze allein auf einem der niedrigen Sofas, stiere auf meinen Laptop und frage mich, wo wir einen Laserschneider herbekommen sollen. Neels Freund Andrei hat uns auf zwei verschiedene Hacker-Treffpunkte hingewiesen, aber an nur einem gibt es einen Laserschneider, und der ist auf Wochen ausgebucht. Alle schrauben irgendwas zusammen.

Mir fällt ein, dass vielleicht Mat Mittelbrand hier irgendwo jemanden kennen könnte. Es muss doch in dieser Stadt einen Laden für Spezialeffekte geben, der das Werkzeug führt, das wir brauchen. Ich tippe ein Notsignal in mein Handy:

Brauche ASAP laserschneider in new york. Weißt du was?

Siebenunddreißig Sekunden vergehen, bis Mat zurücktextet:

Frag grumble.

Natürlich. Ich habe Monate damit verbracht, in der Piratenbibliothek herumzusurfen, aber nie etwas gepostet. Grumbles Website hat ein lebhaftes Forum, wo Leute bestimmte

E-Books haben wollen und sich hinterher über die schlechte Qualität beschweren. Es gibt auch ein technisches Subforum, wo man sich über den täglichen Kleinkram der Buchdigitalisierung austauscht und wo Grumble selbst auftaucht und Fragen kurz, knapp, präzise und grundsätzlich in Kleinbuchstaben beantwortet. An dieses Subforum werde ich mich Rat suchend wenden:

> Hallo, Leute. Ich bin ein stummes Mitglied der Grumblematrix und mache jetzt zum ersten Mal den Mund auf. Ich bin heute Abend in New York und brauche einen Epilog-Laserschneider (oder einen in der Art), wie er in der Bauanleitung für den GrumbleGear 3000 beschrieben wird. Ich muss ASAP einen heimlichen Scan durchführen, und zwar von einem der wichtigsten Werke in der Geschichte des Buchdrucks.
> Mit anderen Worten: wahrscheinlich größer als Potter.
> Kann jemand helfen?

Ich hole Luft, checke den Text dreimal auf Tippfehler und schicke ihn ab. Ich hoffe, dass die Piratenpatrouille der Festina Lente Company nicht mitliest.

Die Zimmer im Northbridge sind den weißen Containern auf dem Google-Campus ziemlich ähnlich: lang und kastenförmig, mit Wasser-, Strom- und Internetanschlüssen. Es gibt auch schmale Betten, aber diese stellen eindeutig ein widerwilliges Zugeständnis an die Schwächen der Wetware dar.

Kat hockt im Schneidersitz auf dem Fußboden über ihren Laptop gebeugt, in Unterhosen und ihrem roten T-Shirt. Ich sitze mit meinem Kindle über ihr auf der Bettkante, stecke in ihrem USB-Port – nein, nichts Anzügliches – und lese zum vierten Mal die *Drachenlied-Chroniken*. Nach der Enttäuschung über das PM ist sie jetzt endlich wieder besserer Stimmung; sie dreht sich zu mir um und sagt: »Das ist echt aufregend. Ich fass es nicht, dass ich noch nie etwas von Aldus Manutius gehört habe.« Auf ihrem Bildschirm ist sein Wikipedia-Eintrag geöffnet. Ich kenne diesen Gesichtsausdruck bei ihr – genauso sieht sie aus, wenn sie über Singularität spricht. »Ich dachte immer, der Schlüssel zur Unsterblichkeit ist, dass kleine Roboter irgendwas in unser Gehirn montieren«, sagt sie. »Nicht Bücher.«

Ich will ehrlich sein: »Ich bin mir nicht sicher, ob Bücher der Schlüssel zu irgendetwas sein können. Ich meine, jetzt mal ehrlich. Das ist eine Sekte. Echt.« Sie runzelt die Stirn. »Aber ein verlorenes Buch, das von Aldus Manutius persönlich geschrieben wurde, ist in jedem Fall immer noch ziemlich wichtig. Danach können wir Mr. Penumbra nach Kalifornien zurückholen. Wir führen den Laden allein weiter. Ich habe auch schon eine Geschäftsidee.«

Kat nimmt nichts davon auf. Sie sagt: »Es gibt da in Mountain View ein Team – wir sollten denen von der Sache hier erzählen. Es nennt sich Google Forever. Sie arbeiten an lebensverlängernden Maßnahmen. Krebstherapien, Organerneuerung, DNA-Reparatur.«

Langsam wird es albern. »Und hin und wieder ein bisschen Kryotechnik?«

Sie schaut trotzig zu mir hoch. »Sie wollen damit an die Börse.« Ich fahre ihr mit den Fingern durchs Haar, das noch nass vom Duschen ist. Sie riecht nach Zitrus.

»Ich versteh das einfach nicht«, sagt sie und verdreht den Hals, um zu mir hochzuschauen. »Wie hältst du das aus, dass unser Leben so kurz ist? Es ist *so kurz*, Clay.«

Offen gestanden hat mein Leben viele merkwürdige und mitunter betrübliche Merkmale offenbart, aber Kürze gehört nicht dazu. Es kommt mir wie eine Ewigkeit vor, seit ich mit dem Studium begonnen habe, und wie eine ganze techno-soziale Epoche, seit ich nach San Francisco gezogen bin. Ich bin damals mit meinem Handy noch nicht mal ins Internet gekommen.

»Jeden Tag lernt man etwas wahnsinnig Faszinierendes dazu«, sagt Kat, »zum Beispiel, dass es in New York eine geheime unterirdische Bibliothek gibt« – sie setzt ein erstaunt glotzendes Gesicht auf und bringt mich damit zum Lachen –, »und es wird einem klar, dass noch so wahnsinnig viel mehr auf einen wartet. Achtzig Jahre reichen nicht aus. Oder hundert. Was auch immer. Sie *reichen* einfach nicht.« Ihre Stimme klingt leicht heiser, und ich merke, wie wichtig Kat Potente diese Sache ist.

Ich beuge mich zu ihr hinunter, küsse sie auf eine Stelle über dem Ohr und flüstere: »Würdest du dir wirklich den Kopf einfrieren lassen?«

»Ich würde mir absolut, hundertprozentig den Kopf einfrieren lassen.« Sie schaut mich ernst an. »Und deinen gleich mit. In tausend Jahren wärst du mir dankbar.«

POP-UP

Als ich am nächsten Morgen aufwache, ist Kat schon unterwegs zum New Yorker Büro von Google. Auf meinem Laptop wartet eine E-Mail – eine Nachricht, die mir aus Grumbles Forum zugestellt wurde. Das Zeitstempelprotokoll gibt 3:05 an, und sie stammt von – ja Wahnsinn. Sie stammt von Grumble persönlich. Sie lautet schlicht:

> größer als potter, ach ja? sag mir, was du brauchst.

Mein Puls hämmert in meinen Ohren. Das ist total abgefahren.

Grumble lebt in Berlin, aber er scheint die meiste Zeit auf Reisen zu verbringen, in London oder Paris oder Kairo, und sich speziellen Datenscan-Einsätzen zu widmen. Vielleicht ja auch manchmal in New York. Niemand kennt seinen richtigen Namen oder hat ihn je gesehen. Er könnte auch eine Sie sein oder sogar ein Kollektiv. In meiner Vorstellung aber ist Grumble männlich und nicht viel älter als ich. In meiner Vorstellung arbeitet er allein – schlurft in einem bauschigen grauen Parka in die British Library und trägt die Pappteile seines Buchscanners wie eine kugelsichere Weste unter seinen Klamotten –, hat aber überall Verbündete.

Vielleicht treffen wir uns ja einmal. Vielleicht werden wir Freunde. Vielleicht werde ich sein Hackerlehrling. Aber ich muss aufpassen, sonst denkt er wahrscheinlich, ich komme vom FBI oder, noch schlimmer, von der Festina Lente Company. Darum schreibe ich:

Hey Grumble! Vielen Dank für die Antwort, Mann. Bin ein großer Fan deiner –

Okay, so nicht. Ich drücke auf »entfernen« und fange noch mal von vorn an:

Hey. Wir können die Kameras und den Karton beschaffen, aber wir finden keinen Laser. Kannst du helfen? P. S. Okay, zugegeben, J. K. Rowling ist eine ziemlich große Nummer ... aber das war Aldus Manutius auch.

Ich drücke auf »senden«, klappe mein MacBook zu und verziehe mich ins Bad. Ich denke an Hackerhelden und eingefrorene Köpfe, während ich mir unter dem heißen Industriestrahl der Northbridge-Dusche, die eindeutig für Roboter, nicht für Menschen gemacht wurde, Shampoo ins Haar massiere.

Neel wartet in der Lobby auf mich. Er hat gerade eine Schale Haferbrei ohne alles aufgegessen und schlürft einen Grünkohl-Shake.

»Hey«, sagt er, »hat dein Zimmer auch ein biometrisches Schloss?«

»Nein, nur einen Kartenschlüssel.«

»Meins ist angeblich in der Lage, mein Gesicht zu erkennen, aber es hat mich nicht reingelassen.« Er schaut griesgrämig. »Ich glaube, es funktioniert nur bei Weißen.«

»Du solltest deinen Freunden eine bessere Software verkaufen«, sage ich. »Ins Hotelfach expandieren.«

Neel verdreht die Augen. »Genau. Ich glaub bloß nicht, dass ich in noch mehr Märkte expandieren will. Habe ich dir erzählt, dass ich eine E-Mail von Homeland Security bekommen habe?«

Ich erstarre. Hat das irgendwas mit Grumble zu tun? Nein, das wäre ja lächerlich. »Meinst du vor Kurzem?«

Er nickt. »Sie wollen eine App, mit der sie verschiedene Körpertypen unter dicker Kleidung erkennen können. Burkas und so.«

Okay, uff. »Und, machst du es?«

Er verzieht das Gesicht. »Spinnst du. Selbst wenn es keine so krasse Idee wäre – und das ist sie –, mach ich jetzt schon zu viel.« Er schlürft an seinem Shake und befördert einen Zylinder aus hellgrüner Flüssigkeit durch den Strohhalm.

»Da stehst du doch drauf«, ziehe ich ihn auf. »Du hast doch am liebsten deine Finger in elf verschiedenen Töpfen.«

»Klar, Finger in Töpfen«, sagt er. »Aber nicht ganze Körper in Töpfen. Alter, ich hab keine Partner. Ich hab keine Leute für Geschäftsfeldentwicklung. Und ich komm nicht mal mehr zu den Sachen, die an der Arbeit Laune machen!« Er meint Codes – oder vielleicht auch Busen, ich bin mir nicht sicher. »Ehrlich, am liebsten wäre ich so was wie ein Risikokapitalgeber.«

Neel Shah, der Risikokapitalgeber. Wer hätte das in der sechsten Klasse gedacht.

»Und was spricht dagegen?«

»Äh, ich glaube, du überschätzt vielleicht, wie viel Geld Anatomix abwirft«, sagt er und zieht die Augenbrauen hoch. »Wir sind nicht gerade Google. Als Risikokapitalgeber braucht man eine Menge Kapital. Ich habe nur ein paar Verträge über fünfstellige Summen mit Herstellern von Videospielen.«

»Und mit Filmstudios, stimmt's?«

»Psst«, zischt Neel und schaut sich in der Lobby um. »Davon darf keiner was wissen. Da gibt es ein paar echt brisante Dokumente, Alter.« Er schweigt. »Brisante Dokumente, die Scarlett Johanssons Unterschrift tragen.«

Wir nehmen die U-Bahn. Grumbles nächste Nachricht kam nach dem Frühstück, und sie lautete:

auf dich wartet ein grumblegear3k in dumbo jay street 11,
frag nach dem hogwarts spezial. ohne pilze.

Das ist wahrscheinlich die coolste Nachricht, die je in meiner Inbox auftauchte. Es ist ein konspirativer Treffpunkt in Brooklyn, und Neel und ich sind auf dem Weg dorthin. Wir werden ein geheimes Passwort nennen und im Gegenzug einen Scanner für spezielle Zwecke erhalten.

Die Bahn fährt rumpelnd und schaukelnd durch den Tunnel unter dem East River. Hinter allen Fenstern ist es dunkel. Neel hält sich locker an der Haltestange an der Decke fest und sagt:

»Bist du sicher, dass du nicht in die Akquisition einsteigen willst? Du könntest das Burka-Projekt leiten.« Er grinst und schaut mich fragend an, und ich merke, dass er es ernst meint, zumindest das mit der Akquise.

»Ich wäre der denkbar ungeeignetste Mensch für Akquise in deiner Firma«, sage ich. »Garantiert. Du würdest mich feuern müssen. Es wäre entsetzlich.« Ich mache keine Witze. Für Neel zu arbeiten, das würde unsere Freundschaft aus dem Gleichgewicht bringen. Er wäre Neel Shah, Boss, oder Neel Shah, Mentor in geschäftlichen Dingen – und nicht mehr Neel Shah, Kerkermeister.

»Ich würde dich nicht feuern«, sagt er. »Ich würde dich höchstens herabstufen.«

»Zu was? Igors Assistenten?«

»Igor hat schon einen Assistenten. Dmitriy. Er ist megaschlau. Du könntest Dmitriys Assistent sein.«

Ich bin sicher, dass Dmitriy sechzehn ist. Die Sache gefällt mir nicht. Ich wechsle das Thema:

»Hey, und wenn du eigene Filme machst?«, sage ich. »Du könntest mal richtig zeigen, was Igor draufhat. Ein zweites Pixar gründen.«

Neel nickt, dann ist er einen Moment still und lässt es sich durch den Kopf gehen. Schließlich: »So was würde ich sofort machen wollen. Wenn ich einen Filmemacher kennen würde, würde ich keine Sekunde zögern und ihn sponsern.« Er hält inne. »Oder sie. Aber wenn es eine Sie wäre, würde ich sie wahrscheinlich über meine Stiftung sponsern.«

Genau: Die Neel-Shah-Stiftung für Frauen in der Kunst. Das ist ein Abschreibungsobjekt, dessen Einrichtung Neels gewiefter Steuerberater im Silicon Valley veranlasst hat. Neel hat mich gebeten, einen Platzhalter für eine Website zu bauen, um die Stiftung seriöser aussehen zu lassen, und das Ganze ist bis heute die zweitdeprimierendste Sache, die ich je entworfen habe. (Die Änderung des Handelsnamens von NewBagel in Old Jerusalem belegt immer noch den ersten Platz.)

»Dann such dir doch einen Filmemacher«, sage ich.

»Such *du* mir doch einen«, kontert Neel. Sehr sechstklässlerisch. Dann leuchten seine Augen auf: »Eigentlich … ist das perfekt. Ja. Als Ausgleich für meine Finanzierung dieses Abenteuers, Claymore Redhands, bitte ich dich um diese Gefälligkeit.« Er senkt die Stimme und raunt kerkermeisterhaft: »Geh hinaus und such mir einen Filmemacher.«

Mein Handy führt uns zu der Adresse in Dumbo. Sie ist in einer ruhigen Straße am Wasser, neben einem eingezäunten Grundstück, wo überall Transformatoren des städtischen Energieversorgers herumstehen. Das Gebäude ist finster und schmal, mehr noch als Penumbras Laden, und wesentlich heruntergekommener. Es sieht aus, als hätte es hier kürzlich ein Feuer gegeben; lange schwarze Brandstreifen ranken sich um den Türrahmen nach oben. Es würde verwahrlost wirken, wäre da nicht zweierlei: erstens ein breites Vinylschild, das schief am Eingang befestigt ist und auf dem POP-UP PIE steht; zweitens der sich angenehm ausbreitende Geruch frischer Pizza.

Drinnen herrscht Chaos – ja, es hat hier definitiv gebrannt –, aber die Luft ist voller Wohlgerüche, voller Kohlehydrate. Vorn steht ein Spieltisch mit einer verbeulten Spardose darauf. Dahinter wuselt eine Bande rotgesichtiger Teenager in einer behelfsmäßigen Küche. Einer wirbelt einen wabbeligen Teigfladen hoch über seinen Kopf herum; ein anderer schneidet Tomaten, Zwiebeln und Paprika. Drei weitere stehen nur herum, reden und lachen. Hinter ihnen ist ein großer Pizzaofen aus nacktem, angeschlagenem Metall, durch dessen Mitte längs ein dicker blauer Rallyestreifen verläuft. Er steht auf Rädern.

Musik plärrt aus zwei Plastiklautsprechern, eine krächzende, quietschende Melodie, von der ich vermute, dass nicht mehr als dreizehn Leute auf der ganzen Welt sie je gehört haben.

»Was kann ich euch bringen?«, überschreit einer der Teenager die Musik. Naja, vielleicht ist er auch kein Teenager. Das Personal hier besetzt einen schnurrbartlosen Platz irgendwo zwischen halbstark und erwachsen; wahrscheinlich studieren sie alle an der Kunstakademie. Unser Kellner trägt ein weißes

T-Shirt mit einer grinsenden Micky Maus, die eine AK-47 schwingt.

Okay, jetzt keinen Fehler machen: »Einen Hogwarts Spezial«, rufe ich ihm zu. Der Micky-Rebell nickt einmal. Ich füge hinzu: »Aber ohne Pilze.« Pause. »Glaube ich.« Aber Revoluzzer-Micky hat sich schon wieder abgewendet und berät sich mit seinen Kollegen.

»Hat er dich auch verstanden?«, flüstert Neel. »Ich darf keine Pizza essen. Wenn sie uns tatsächlich Pizza servieren, bist du für den Verzehr zuständig. Gib mir bloß nichts ab. Selbst wenn ich darum bitte.« Er verstummt. »Wahrscheinlich bitte ich darum.«

»Ich werde dich am Mast festbinden«, sage ich. »Wie Odysseus.«

»Wie Captain Bloodboots«, sagt Neel.

In den *Drachenlied-Chroniken* überredet Fernwen, der gelehrte Zwerg, die Crew der *Starlily*, Captain Bloodboots an den Mast zu fesseln, nachdem er versucht hat, dem singenden Drachen die Kehle durchzuschneiden. Also richtig. Wie Captain Bloodboots.

Micky der Revoluzzer kehrt mit einer Pizzaschachtel zurück. Das ging schnell. »Das macht sechzehn fünfzig«, sagt er. Moment, habe ich hier irgendwas falsch gemacht? Soll das ein Witz sein? Hat Grumble uns auf den Arm genommen? Neel schaut skeptisch drein, zückt aber einen neuen Zwanzigdollarschein und gibt ihn ihm. Im Gegenzug erhalten wir eine XL-Pizzaschachtel, auf die in verlaufener blauer Tinte Pop-Up Pie gestempelt ist.

Die Schachtel ist nicht heiß.

Draußen auf dem Gehweg mache ich sie auf. Es befinden sich ordentlich gestapelte Teile aus dickem Karton darin, alles lange, flache Formen mit Schlitzen und Laschen, die ineinanderpassen. Es ist der Bausatz eines GrumbleGear. Die Ränder sind schwarz angekokelt. Diese Formen wurden mit einem Laserschneider angefertigt.

Auf der Innenseite des Schachteldeckels steht in dicker Markerschrift eine Nachricht von Grumble, ob in seiner eigenen Handschrift oder in der seines Brooklyner Lakaien, werde ich nie erfahren:

SPECIALIS REVELIO

Auf dem Heimweg schauen wir bei einem zwielichtigen Elektroladen vorbei und kaufen zwei billige Digitalkameras. Dann schlagen wir uns auf den Straßen von Lower Manhattan zum Northbridge durch, Neel mit der Schachtel unter dem Arm, ich mit den Kameras in einer Plastiktüte, die mir gegen das Knie schlägt. Wir haben alles, was wir brauchen. Bald gehört MANVTIVS uns.

Die Stadt ist ein permanentes grelles Aufjaulen von Verkehr und Kommerz. Taxis hupen vor Ampeln, die gerade auf Gelb schalten; lange Menschenschlangen laufen auf klappernden Absätzen vor den Läden der Fifth Avenue hin und her. An jeder Straßenecke stehen lose Grüppchen von Leuten, die lachen und rauchen und Kebab verkaufen. San Francisco ist eine gute, eine schöne Stadt, aber sie ist nie so lebendig. Ich atme tief ein – die Luft ist kühl und schneidend, gewürzt mit Tabak und geheimnisvollen Fleischgerüchen –, und mir fällt wieder Corvinas Warnung an Penumbra ein: *Du kannst die Zeit, die dir bleibt, auch da draußen vertändeln.* Herrje. Unsterblichkeit in einer unterirdischen Katakombe voller Bücherregale oder den Tod hier oben, mit allem Drumherum? Für mich bitte den Tod und einen Kebab. Und wie steht es mit Penumbra? Irgendwie erscheint auch er mir mehr als ein

Mann von Welt. Ich denke an seine Buchhandlung mit den großen breiten Schaufenstern. Ich denke an die ersten Worte, die er zu mir gesagt hat – »Was hoffst du in diesen Regalen zu finden?« –, begleitet von einem breiten, einladenden Lächeln.

Corvina und Penumbra waren einmal dicke Freunde; ich habe den fotografischen Beweis dafür gesehen. Corvina muss damals ganz anders gewesen sein … wirklich buchstäblich ein anderer Mensch. An welchem Punkt schlägt man einen anderen Weg ein? An welchem Punkt sollte man jemandem einfach einen neuen Namen geben? *Tut uns leid, nein, Sie können jetzt nicht mehr Corvina sein. Ab jetzt sind Sie Corvina 2.0* – ein zweifelhaftes Upgrade. Ich muss an den jungen Mann auf dem Foto denken, der den Daumen hochstreckt. Ist er für immer verschwunden?

»Es wäre wirklich besser, wenn es eine Filmemacher*in* wäre«, sagt Neel. »Im Ernst. Ich muss mehr Geld in diese Stiftung stecken. Ich habe erst ein Stipendium vergeben, und das ging an meine Cousine Sabrina.« Er überlegt. »Es könnte sein, dass das nicht ganz legal war.«

Ich versuche, mir Neel in vierzig Jahren vorzustellen: Glatze, Anzug, ein anderer Mensch. Ich versuche mir Neel 2.0 oder Neel Shah, Business-Mentor, vorzustellen – einen Neel, mit dem ich nicht mehr befreundet sein kann –, aber es will mir einfach nicht gelingen.

Zurück im Northbridge, sehe ich zu meiner Überraschung Kat und Penumbra auf den niedrigen Sofas zusammensitzen und sich angeregt unterhalten. Kat gestikuliert begeistert, und Penumbra lächelt, nickt, und seine blauen Augen leuchten.

Als Kat aufschaut, lacht sie. »Ich habe eine zweite E-Mail bekommen«, platzt es aus ihr heraus. Dann zögert sie, aber ihr Gesicht ist lebhaft und zuckt, als könne sie einfach nicht hinterm Berg halten mit dem, was als Nächstes kommt: »Sie erweitern das PM auf hundertachtundzwanzig Personen, und – ich bin dabei.« Ihre Mikromuskeln sind förmlich entflammt, und sie quietscht fast: »Sie haben mich genommen!«

Ich stehe mit leicht geöffnetem Mund da. Sie springt auf und umarmt mich, und ich umarme sie, und wir vollführen in der ultracoolen Lobby des Northbridge ein kleines Tänzchen im Kreis.

»Was bedeutet das überhaupt?«, fragt Neel und setzt die Pizzaschachtel ab.

»Ich glaube, es bedeutet, dass dieses Nebenprojekt gerade ein bisschen Managementunterstützung bekommen hat«, sage ich, und Kat wirft jubelnd die Arme hoch.

Um Kats Erfolg zu feiern, wechseln wir alle vier an die Bar in der Northbridge-Lobby, die mit winzigen mattschwarzen Mikrochips gekachelt ist. Wir sitzen auf hohen Barhockern, und Neel gibt eine Runde Drinks aus. Ich trinke etwas, was sich Blue Screen of Death nennt und tatsächlich neonblau ist. In einem meiner Eiswürfel blinkt hell eine Leuchtdiode.

»Also, damit ich das richtig verstehe – du bist jetzt ein Hundertachtundzwanzigstel von Googles Geschäftsführung?«, fragt Neel.

»Nicht ganz«, sagt Kat. »Wir haben einen Geschäftsführer, aber Google ist viel zu kompliziert, um von einer einzigen Person geführt zu werden, darum wird er vom Produktmanagement unterstützt. Du weißt schon … wollen wir in diesen Markt einsteigen, wollen wir jene Übernahme machen.«

»Mann!«, sagt Neel und springt von seinem Hocker. »Übernehmt mich!«

Kat lacht. »Ich bin mir nicht sicher, ob 3-D-Busen —«

»Es geht nicht nur um Busen!«, sagt Neel. »Wir machen den ganzen Körper. Arme, Beine, Schultern, was du willst.«

Kat lächelt nur und nimmt einen Schluck von ihrem Drink. Penumbra nippt an zweieinhalb Zentimetern goldenen Scotchs in einem Tumbler mit dickem Boden. Er wendet sich Kat zu.

»Liebes Kind«, sagt er. »Glaubst du, es gibt Google in hundert Jahren noch?«

Sie überlegt einen Moment, dann nickt sie heftig. »Ja.«

»Weißt du«, sagt er, »ein ziemlich berühmtes Mitglied des Ungebrochenen Buchrückens war eng mit einem jungen Mann befreundet, der ein ähnlich ambitioniertes Unternehmen gegründet hat. Und er sagte genau dasselbe.«

»Welches Unternehmen?«, frage ich. »Microsoft? Apple?« Kann es sein, dass Steve Jobs mit der Gemeinschaft geliebäugelt hat? Vielleicht ist die Gerritszoon deswegen auf jedem Mac vorinstalliert …

»Nein, nein«, sagt Penumbra und schüttelt den Kopf. »Es war Standard Oil.« Er grinst; wir sind ihm in die Falle getappt. Er schwenkt sein Glas und sagt: »Ihr seid in eine Geschichte hineingeraten, die sich seit sehr langer Zeit entfaltet. Einige meiner Brüder und Schwestern würden sagen, dass sich dein Unternehmen, liebes Kind, in nichts von all denen unterscheidet, die vor ihm kamen. Manche würden sagen, niemand außerhalb des Ungebrochenen Buchrückens hatte uns je etwas zu bieten.«

»Manche, wie Corvina«, sage ich tonlos.

»Ja, Corvina.« Penumbra nickt. »Andere auch.« Er sieht uns alle drei an – Kat und Neel und mich – und sagt leise: »Aber ich bin froh, euch als Verbündete zu haben. Ich weiß nicht, ob ihr begriffen habt, dass unsere Arbeit Geschichte schreiben wird. Die Techniken, die wir über die Jahrhunderte entwickelt haben, im Zusammenspiel mit neuen Instrumentarien … ich glaube, wir werden es schaffen. Ich spüre es in meinen Knochen.«

Gemeinsam setzen wir den GrumbleGear 3000 ein erstes Mal zusammen, indem Neel die Anleitung von meinem Laptop abliest und Penumbra mir die einzelnen Teile reicht. Sie sind aus Wellpappe und geben ein sattes Knacksen von sich, wenn man sie drückt. Ineinandergesteckt erzielen sie eine außergewöhnliche strukturelle Stabilität. Es gibt eine angeschrägte Buchablage und darüber zwei lange Arme, jeder mit einer ausgeklügelten Halterung für eine Kamera bestückt – eine für jede der beiden Seiten eines aufgeschlagenen Buchs. Die Kameras sind an meinen Laptop angeschlossen, auf dem jetzt ein Programm namens GrumbleScan läuft. Das Programm gibt die Bilder wiederum an eine mattschwarze externe Terabyte-Festplatte weiter, die in der schmalen Schachtel eines Pokerspiels steckt. Die Schachtel ist eine hübsche schurkische Note, die Neel unserer Unternehmung hinzugefügt hat.

»Wer hat das Ding noch mal entworfen?«, fragt er und scrollt zurück durch die Gebrauchsanleitung.

»Ein Typ namens Grumble. Er ist ein Genie.«

»Ich sollte ihn einstellen«, sagt Neel. »Guter Programmierer. Fantastisches Gespür für räumliche Relationen.«

Ich schlage meinen Führer der *Heimischen Vögel des Central Park* auf und lege ihn auf den Scanner. Grumbles Design ähnelt dem von Google nicht sehr – er verfügt über keine Spinnenbeine zum Seitenumblättern, darum muss man diesen Teil der Arbeit selbst erledigen, und auch die Kameras muss man allein auslösen –, aber es funktioniert. Blätter, blitz, knips. Die Zugroute der Wanderdrossel spult sich auf die getarnte Festplatte. Dann falte ich den Scanner wieder zu flachen Teilen zusammen, während Kat die Zeit stoppt. Ich benötige dafür fünfundvierzig Sekunden.

Mit dieser Vorrichtung in der Tasche werde ich heute kurz nach Mitternacht in den Lesesaal zurückkehren. Ich werde vollkommen ungestört sein. Mit maximaler Schnelligkeit und List werde ich nicht nur eins, sondern zwei Bücher scannen und dann vom Ort des Verbrechens fliehen. Deckle hat mir eingeschärft, dass ich beim ersten Morgengrauen fertig und spurlos verschwunden sein muss.

DAS SCHWARZE LOCH

Es ist kurz nach Mitternacht. Ich gehe eilig die Fifth Avenue entlang und beobachte argwöhnisch die dunkle Masse des Central Park auf der anderen Straßenseite. Die Bäume heben sich als schwarze Silhouette gegen einen grau-lila melierten Himmel ab. Gelbe Taxis sind die einzigen Autos, die herumfahren und ohne viel Hoffnung Ausschau nach Kundschaft halten. Eins blinkt mich mit der Lichthupe an; ich schüttle den Kopf.

Im dunklen Toreingang der Festina Lente Company macht Deckles Schlüssel einmal *klick*, und schon bin ich drin.

Ein roter Lichtpunkt blinkt in der Dunkelheit, und weil Deckle mich gebrieft hat, weiß ich, dass es ein stummer Alarm ist, der sein Signal an eine höchst private Sicherheitsfirma sendet. Mein Puls geht schneller. Jetzt habe ich einunddreißig Sekunden Zeit, um den Code einzugeben, was ich tue: 1-5-1-5 – das Jahr, in dem Aldus Manutius starb; oder, falls man sich der Legende des Ungebrochenen Buchrückens verschrieben hat: das Jahr, in dem er nicht starb.

Der Empfangsbereich ist dunkel. Ich ziehe eine Stirnlampe aus der Tasche und stülpe mir den Riemen um den Kopf. Es war Kat, die vorschlug, lieber eine Stirnlampe als eine Taschenlampe zu nehmen. »Damit du dich darauf konzentrieren kannst, die Seiten umzublättern«, sagte sie. Das Licht beleuchtet das »FLC« an der Wand und wirft scharfkantige Schatten hinter die Großbuchstaben. Ich erwäge kurz ein bisschen außerplanmäßige Sabotage – könnte ich vielleicht ihre Datenbank der E-Book-Piraten löschen? –, beschließe aber, dass meine eigentliche Mission riskant genug ist.

Vorsichtig bewege ich mich durch die stummen Weiten des Großraumbüros und lasse die Stirnlampe über die Arbeitsnischen auf beiden Seiten schweifen. Der Kühlschrank rattert und summt; der Mehrzweckdrucker blinkt einsam, Bildschirmschoner drehen sich auf Monitoren und werfen schwaches blaues Licht in den Raum. Ansonsten rührt und muckst sich nichts.

In Deckles Büro schenke ich mir den Kostümwechsel und behalte mein Handy schön in der Hosentasche. Ich stoße die Regale leicht an und staune, wie leicht sie sich teilen und auseinanderschwenken, geräusch- und schwerelos. Der Geheimgang ist gut geölt.

Dahinter ist alles schwarz.

Plötzlich fühlt sich mein Vorhaben ganz anders an. Bis zu diesem Augenblick hatte ich mir den Lesesaal noch so vorgestellt, wie er gestern Nachmittag war: hell, betriebsam und wenn auch nicht einladend, so doch wenigstens gut beleuchtet. Jetzt starre ich mehr oder weniger in ein schwarzes Loch. Es ist ein kosmisches Gebilde, aus dem weder Masse noch Energie je entschwinden konnten, und ich bin drauf und dran, direkt da reinzugehen.

Ich richte meine Stirnlampe zu Boden. Das Ganze wird ein Weilchen dauern.

Ich hätte Deckle nach dem Lichtschalter fragen sollen. Warum habe ich Deckle nicht gefragt, wo der Lichtschalter ist?

Meine Schritte hallen von weit her wider. Ich bin durch den Gang in den Lesesaal gelangt, und mich umgibt pures

Rabenschwarz, das schwärzeste Vakuum, das ich je erlebt habe. Außerdem ist es bitterkalt.

Ich trete einen Schritt vor und beschließe, meinen Blick nach unten zu richten, nicht nach oben, denn wenn ich zu Boden schaue, reflektiert der Schein der Stirnlampe den glatten Fels, und wenn ich hochschaue, verschwindet er im Nirgendwo.

Ich will diese Bücher scannen und dann so schnell wie möglich wieder hier raus. Zuerst muss ich einen der Tische finden. Es gibt Dutzende. Das wird kein Problem sein.

Ich fange an, indem ich den äußeren Rand des Raumes abschreite, mit den Fingern an den Regalen entlangstreife und die Hubbel der Buchrücken fühlen kann. Mein anderer Arm ist ausgestreckt und tastet wie die Schnurrhaare einer Maus.

Ich hoffe, es gibt keine Mäuse hier.

Da. Meine Stirnlampe fängt eine Tischkante ein, dann sehe ich eine schwere schwarze Kette und das Buch, das an ihr festgemacht ist. Auf dem Buchdeckel steht in großen silbernen Lettern, die mein Licht reflektieren: MANVTIVS.

Meiner Kuriertasche entnehme ich als Erstes meinen Laptop und dann das zerlegte Skelett des GrumbleGear. Ihn zusammenzusetzen ist im Dunkeln schwerer, und ich fummle viel zu lange an den Schlitzen und Laschen herum, aus lauter Angst, die Pappe einzureißen. Als Nächstes werden die Kameras hervorgeholt, und bei der einen drücke ich probehalber auf den Auslöser. Das Blitzlicht scheint explosionsartig auf und erleuchtet eine gleißende Mikrosekunde lang den ganzen Raum, was ich fast unmittelbar bereue, weil ich jetzt nur noch große lila Punkte sehe. Ich blinzle und warte und frage mich, ob es hier Mäuse und/oder Fledermäuse und/oder einen Minotaurus gibt.

MANVTIVS ist wahrhaft gigantisch. Selbst wenn er nicht an den Tisch gekettet wäre, weiß ich nicht, wie man jemals so ein Buch hier herausschaffen könnte. Ich muss es mit beiden Armen umfassen und in einer unbequemen Umarmung festhalten, um es auf den Scanner zu wuchten. Ich befürchte, dass die Pappe das Gewicht nicht trägt, aber heute Nacht ist die Physik auf meiner Seite. Grumbles Konstruktion hält wacker stand.

Also fange ich an zu scannen. Blätter, blitz, knips. Das Buch ist genau wie all die anderen, die ich bei den Ladenhütern gesehen habe: eine dichte Matrix aus codierten Zeichen. Blätter, blitz, knips. Die zweite Seite ist nicht anders als die erste und auch nicht die dritte und die siebte. Ich verfalle in eine Art Trance, wende die breiten, eintönigen Seiten und mache sie mir zu eigen. Blätter, blitz, knips. Außer den strengen Buchstaben des MANVTIVS existiert nichts mehr im Universum; zwischen dem Blitzen der Kameras sehe ich nur öde, sirrende Dunkelheit. Ich taste mit den Fingern nach der nächsten Seite.

Es ruckelt. Ist jemand hier unten? Irgendwas hat gerade den Tisch zum Wackeln gebracht.

Es ruckelt noch einmal. Ich will sagen: *Wer ist da?*, aber es bleibt mir im Hals, in meiner ausgetrockneten Kehle stecken, und nichts als ein kleines Krächzen kommt heraus.

Wieder ein Ruckeln. Und dann, bevor ich noch eine entsetzliche Theorie über den Gehörnten Hüter des Lesesaals formulieren kann – offensichtlich Edgar Deckles Transformation in Tiergestalt –, ruckelt es noch mehr, und die Höhle bebt und brüllt, und ich muss den Scanner festhalten, damit er nicht umfällt. Unendlich erleichtert wird mir klar, dass es nur die U-Bahn ist, die nebenan durch das Felsgestein jagt. Das Geräusch verfängt sich in seinem eigenen Widerhall und ebbt in der Dunkelheit der Höhle zu einem dumpfen Rumpeln ab. Endlich ist es vorbei, und ich fange wieder an zu scannen.

Blätter, blitz, knips.

Viele Minuten vergehen, vielleicht auch mehr als nur Minuten, und Trostlosigkeit erfasst mich. Vielleicht ist es die Tatsache, dass ich nicht zu Abend gegessen habe und mein Blutzuckerspiegel gerade auf Talfahrt geht, vielleicht ja auch, dass ich in einem eiskalten, rabenschwarzen unterirdischen Gewölbe mutterseelenallein bin. Aber was immer der Grund ist, die Wirkung ist deutlich: Mir wird die Blödheit dieses ganzen Unternehmens intensiv bewusst, dieser absurden Sekte. Das Buch des Lebens? Es ist ja kaum ein Buch. *Die Drachenlied-Chroniken: Teil III* ist ein besseres Buch als das hier.

Blätter, blitz, knips.

Aber natürlich: Ich kann es ja nicht lesen. Würde ich dasselbe über ein Buch sagen, das in Chinesisch oder Koreanisch oder Hebräisch geschrieben ist? Die große Thora in den Synagogen sieht doch auch so aus, oder? Blätter, blitz, knips – dicke Raster aus undurchdringlichen Symbolen. Vielleicht ist es meine eigene Beschränktheit, die mir zusetzt. Vielleicht ist es die Tatsache, dass ich nicht verstehe, was ich hier scanne. Blätter, blitz, knips. Und wenn ich es lesen könnte? Wenn ich einen Blick über die Seite werfen und, naja, die Pointe verstehen könnte? Oder atemlos einem Cliffhanger folgen würde?

Blätter, blitz, knips.

Nein. Während ich die Seiten dieses chiffrierten Kodex wende, wird mir klar, dass die Bücher, die ich am meisten liebe, wie offene Städte sind, in die man über alle möglichen Wege hineingelangen kann. Dieses Ding hingegen ist eine

Festung ohne Eingangstor. Man muss ihre Mauern erklimmen, Stein für Stein.

Mir ist kalt, ich bin müde und hungrig. Ich habe keine Ahnung, wie viel Zeit vergangen ist. Es kommt mir vor, als hätte ich mein ganzes Leben in dieser Kammer verbracht und dabei hin und wieder von einer sonnigen Straße geträumt. Blätter, blitz, knips, blätter, blitz, knips, blätter, blitz, knips. Meine Hände sind kalte Klauen, verdreht und verkrampft, als hätte ich den ganzen Tag mit Videospielen verbracht.

Blätter, blitz, knips. Das hier ist ein schreckliches Videospiel.

Endlich bin ich fertig.

Ich verschränke die Finger und biege sie nach hinten, drücke sie hinaus ins All. Ich springe herum, versuche, meine Knochen und Muskeln wieder zu einem halbwegs normalen hominiden Erscheinungsbild zu konfigurieren. Es klappt nicht. Meine Knie tun weh. Mein Rücken ist verspannt. Stechende Schmerzen schießen mir von den Daumen in die Handgelenke. Ich hoffe, es ist nichts Bleibendes.

Ich schüttle den Kopf. Es geht mir wirklich mies. Ich hätte einen Müsliriegel mitbringen sollen. Plötzlich weiß ich sicher, dass Verhungern in einer pechschwarzen Höhle die schrecklichste aller Todesarten ist. Dabei fallen mir all die *Codices Vitae* wieder ein, die die Wände säumen, und plötzlich gruselt es mich. Wie viele tote Seelen sitzen dort – und warten – in den Regalen, die mich auf allen Seiten umgeben?

Eine Seele ist wichtiger als die anderen. Es wird Zeit, das zweite Ziel dieser Mission in Angriff zu nehmen.

Penumbras *Codex Vitae* ist hier. Mir ist kalt, ich zittere, und ich will hier raus, aber ich bin gekommen, nicht nur um Aldus Manutius, sondern auch um Ajax Penumbra mitgehen zu lassen.

Damit das klar ist: Ich glaube nicht an diesen Kram. Ich glaube nicht, dass irgendwelche Bücher hier Unsterblichkeit verleihen können. Ich habe mich gerade durch so eins gequält; es ist nichts als schimmeliges Papier, das in noch schimmeligeres Leder eingebunden ist. Es ist ein Klumpen aus totem Baum und totem Fleisch. Aber wenn Penumbras *Codex Vitae* das große Werk seines Leben ist – wenn er wirklich alles, was er gelernt hat, sein gesamtes Wissen, in ein einziges Buch gegossen hat –, dann finde ich, naja, dass jemand eine Sicherheitskopie davon machen sollte.

Es ist wahrscheinlich ziemlich aussichtslos, aber diese Gelegenheit wird sich mir nie wieder bieten. Darum beginne ich entlang der Wände, bücke mich und versuche, die Buchrücken seitlich zu lesen. Ein Blick bestätigt mir, dass sie nicht alphabetisch angeordnet sind. Nein, natürlich nicht. Wahrscheinlich sind sie nach einer supergeheimen, sekteninternen Rangordnung sortiert oder nach einer Lieblingsprimzahl oder der Hosenbeinlänge oder sonst was. Also gehe ich einfach Regal für Regal ab, immer tiefer in die Dunkelheit hinein.

Es ist unglaublich, wie unterschiedlich die Bücher sind. Manche sind dick, manche dünn, manche groß wie Atlanten, manche kompakt wie Taschenbücher. Ich frage mich, ob auch das einer Logik folgt; bezeichnet jedes Buchformat irgendeinen Status-Code? Manche sind in Leinen gebunden, andere in Leder und viele in Materialien, die mir unbekannt sind. Eins leuchtet hell im Schein meiner Stirnlampe; es ist in dünnes Aluminium gekleidet.

Nach dreizehn Regalen ist immer noch kein PENUMBRA in Sicht, und ich befürchte, das Buch vielleicht übersehen zu haben. Die Stirnlampe wirft nur einen schmalen Lichtkegel, und ich kann nicht jeden Buchrücken erkennen, vor allem nicht diejenigen, die ganz unten stehen –

Im Regal ist eine Lücke. Nein: Bei näherem Hinschauen wird deutlich, dass es keine Lücke ist, sondern etwas Schwarzes – die geschwärzte Hülle eines Buchs, dessen Titel auf dem Rücken gerade noch schwach zu erkennen ist:

MOFFAT

Das kann nicht sein … Clark Moffat, Verfasser der *Drachenlied-Chroniken?* Nie und nimmer.

Ich ziehe das Buch heraus, und dabei fällt es auseinander. Der Einband hält, aber ein Bündel geschwärzter Seiten löst sich aus der Bindung und geht zu Boden. »Scheiße!«, zische ich und schiebe, was vom Buch übrig ist, wieder ins Regal. Das ist es wahrscheinlich, was sie mit »Verbrennen« meinen. Das Buch ist zerstört, nur noch ein schwarzer Platzhalter. Vielleicht dient es als Abschreckung.

Auch meine Hände sind jetzt geschwärzt und glänzen vor Ruß. Ich klatsche sie zusammen und kleine Fetzen MOFFAT flattern zu Boden. Vielleicht handelt es sich um einen Vorfahr oder einen Cousin zweiten Grades. Es gibt mehr als nur einen Moffat auf der Welt.

Ich bücke mich, um die verkohlten Reste aufzuheben, als meine Stirnlampe ein Buch ins Visier nimmt, ein großes und dünnes, über dessen gesamte Rückenbreite sich goldene Lettern ziehen:

PENVMBRA

Das ist es. Ich kann mich fast nicht überwinden, es anzufassen. Es steht direkt vor mir – ich hab's gefunden –, aber plötzlich habe ich das Gefühl, es ist zu privat, als hätte ich vor, Penumbras Steuererklärung anzusehen oder die Schublade mit seinen Unterhosen zu durchwühlen. Was steht darin? Welche Geschichte erzählt es?

Ich klemme einen Finger in die obere Bindung und fische es langsam aus dem Regal. Dieses Buch ist wunderschön. Es ist höher und dünner als seine Nachbarn und hat supersteife Buchdeckel. Die Maße erinnern mich eher an ein übergroßes Kinderbuch als ein okkultes Tagebuch. Der Einband ist blassblau, von genau derselben Farbe wie Penumbras Augen, und hat sogar etwas von ihrer Leuchtkraft: Die Farbe changiert und glimmt im grellen Strahl der Stirnlampe. Das Buch fühlt sich weich an in meiner Hand.

Die Überreste von MOFFAT sind ein dunkler Fleck zu meinen Füßen, und ich werde nicht zulassen, dass mit diesem Buch dasselbe geschieht. Ich werde PENVMBRA einscannen.

Ich trage den *Codex Vitae* meines früheren Chefs zum GrumbleGear hinüber und – warum bin ich eigentlich so nervös? – schlage die erste Seite auf. Es ist natürlich derselbe Buchstabensalat wie bei allen anderen. Penumbras *Codex Vitae* ist nicht leichter zu entziffern als der Rest.

Weil er so schmal ist – ein bloßer Bruchteil des MANVTIVS –, dürfte es nicht lange dauern, aber mir fällt auf, dass ich diesmal langsamer bin beim Umblättern, dass ich versuche, etwas, irgendetwas, den Seiten zu entnehmen. Ich entspanne die Augen, fokussiere nicht, lasse die Buchstaben zu einem gesprenkelten Schattenbild verlaufen. Ich wünsche mir so sehr, etwas in diesem Durcheinander zu erkennen – offen gestanden wünsche ich mir, dass etwas Magisches passiert. Aber nein: Wenn ich das Opus meines schrulligen alten Freundes wirklich lesen will, muss ich mich seiner Sekte anschließen. Die Geschichten in der Geheimbibliothek des Ungebrochenen Buchrückens sind nicht umsonst zu haben.

Es dauert länger, als es sollte, aber endlich bin ich fertig und die Seiten des PENVMBRA sind sicher auf der Festplatte verstaut. Mehr als beim MANVTIVS habe ich das Gefühl, gerade etwas Wichtiges geleistet zu haben. Ich klappe meinen Laptop zu, schlurfe hinüber zu der Stelle, wo ich das Buch gefunden habe – MOFFATS Überreste auf dem Fußboden zeigen sie mir an –, und schiebe den schimmernden blauen *Codex Vitae* wieder an seinen Platz.

Ich klopfe einmal freundlich auf den Buchrücken und sage: »Schlafen Sie gut, Mr. Penumbra.«

Dann geht das Licht an.

Ich bin geblendet und geschockt, ich blinzle und bekomme panische Angst. Was ist da gerade passiert? Habe ich einen Alarm ausgelöst? Habe ich eine Falle für diebische Schurken aktiviert?

Ich zerre mein Handy aus der Hosentasche und fahre wie verrückt über den Bildschirm, erwecke es zum Leben. Es ist fast acht Uhr morgens. Wie kann das sein? Wie lange habe ich hier die Regale umrundet? Wie lange habe ich PENVMBRA eingescannt?

Das Licht ist an, und jetzt höre ich eine Stimme.

Als ich ein kleiner Junge war, besaß ich einen Hamster. Er schien sich ständig vor absolut allem zu ängstigen, ewig zitternd und ertappt dreinschauend. Das machte den Besitz dieses Hamsters so ziemlich total unerfreulich für die vollen achtzehn Monate, die ich ihn hatte.

Jetzt, zum ersten Mal im Leben, kann ich es Fluff McFly hundertprozentig nachfühlen. Mein Herz rast im Hamstertempo und ich werfe hektische Blicke in den Raum, suche nach einem Fluchtweg. Die hellen Lampen sind wie Gefängnishofscheinwerfer. Ich kann meine Hände sehen, und ich sehe den Haufen verbrannter Seiten zu meinen Füßen, und ich sehe den Tisch mit meinem Laptop und den skelettartigen Scanner, der darauf aufgebaut ist.

Ich kann außerdem die dunklen Umrisse einer Tür erkennen, direkt auf der gegenüberliegenden Seite des Raumes.

Ich sprinte zu meinem Laptop, sammle ihn ein, schnappe mir auch den Scanner – zerdrücke dabei die Pappe zwischen meinen Armen – und haste zu der Tür. Ich habe keine Ahnung, wozu sie da ist und wohin sie führt – zu den Bohnenkonserven? –, aber jetzt höre ich Stimmen, Plural.

Meine Hand umfasst die Klinke. Ich halte die Luft an – bitte, bitte, sei nicht zu – und drücke sie nach unten. Dem armen gepeinigten Fluff McFly war eine derartige Erleichterung, wie ich sie beim Nachgeben der Tür verspüre, nie vergönnt. Ich schlüpfe hindurch und mache sie hinter mir zu.

Auf der anderen Seite herrscht wieder Dunkelheit. Einen Moment stehe ich wie versteinert da, halte meine prekäre Fracht im Arm, den Rücken gegen die Tür gedrückt. Ich zwinge mich, flach zu atmen; ich beschwöre mein Hamsterherz, sich bitte, bitte zu beruhigen.

Hinter mir ist Bewegung; es werden Stimmen laut. Die Tür ist nicht in den Fels eingelassen; sie ähnelt eher einer dieser Toilettenkabinen, bei denen man das Gefühl hat, dass andere viel zu leicht hineinschielen können. Aber andererseits kann ich so den Scanner absetzen und mich flach auf den kalten, glatten Boden legen, um durch den zentimetergroßen Spalt unter der Tür zu spähen:

Schwarzroben strömen in den Lesesaal. Ein Dutzend sind schon da, und weitere kommen gerade die Treppe herunter. Was geht hier vor? Hat Deckle vergessen, in den Kalender zu schauen? Hat er uns verraten? Findet heute die Jahresversammlung statt?

Ich richte mich wieder auf und mache, was ein Mensch in einer Notlage als Erstes tun sollte, ich schicke eine SMS. Aber Pech gehabt. Mein Handy blinkt: KEIN NETZ, selbst wenn ich mich auf die Zehenspitzen stelle und es mit ausgestrecktem Arm gen Decke schwenke.

Ich muss mich verstecken. Ich werde mir einen stillen Winkel suchen, mich zu einer Kugel zusammenrollen und die nächste Nacht abwarten, bis ich mich wieder hinausschleichen kann. Es wird ein Versorgungs- und vielleicht ein Toilettenproblem geben … aber eins nach dem anderen. Meine Augen gewöhnen sich wieder an die Dunkelheit, und wenn ich mit meiner Stirnlampe in einem weiten Kreis leuchte, kann ich Umrisse dessen, was mich umgibt, erkennen. Es ist eine kleine Kammer mit einer niedrigen Decke voller dunkler Formen, die alle miteinander verbunden sind und sich überlappen. Im trüben Licht sieht es hier ein bisschen wie in einem Science-Fiction-Film aus: Metallrippen mit scharfen Kanten und lange Rohre, die bis an die Decke gehen.

Ich bin immer noch dabei, mich vorzutasten, als ein leises Klicken von der Tür her ertönt, was mich wieder in Hamstermodus versetzt. Ich husche weg und verkrieche mich unter einer der dunklen Formen. Irgendetwas sticht mich in den Rücken und wackelt da, darum lange ich hin, um es festzuhalten – es ist eine Eisenstange, schmerzhaft kalt und glitschig vor Staub. Ob ich einer Schwarzrobe mit dieser Stange einen Hieb versetzen kann? Wohin? Ins Gesicht? Ich bin mir nicht sicher, ob ich jemanden mit einer Stange ins Gesicht schlagen könnte. Ich bin ein Schurke, kein Krieger.

Warmes Licht fällt in die Kammer, und ich sehe eine Gestalt im Türrahmen. Es ist eine runde Gestalt. Es ist Edgar Deckle.

Er schlurft mir entgegen, und ich höre ein schwappendes Geräusch. Er hat Mopp und Eimer bei sich, die er ungeschickt in einer Hand trägt, während er an der Wand entlangtastet. Irgendetwas summt leise, und dann ist der Raum in orangefarbenes Licht getaucht. Ich verziehe das Gesicht und kneife die Augen zusammen.

Deckle japst vor Schreck, als er mich in der Ecke kauern sieht, meine Eisenstange erhoben wie einen mittelalterlichen Baseballschläger. Seine Augen weiten sich erstaunt. »Was machst du denn noch hier!«, zischt er.

Ich beschließe, nicht preiszugeben, dass ich über MOFFAT und PENVMBRA die Zeit vergessen habe. »Es war echt dunkel«, sage ich.

Mit einem Knall und einem Platschen setzt Deckle Mopp und Eimer ab. Er seufzt und wischt sich mit seinem schwarzen Ärmel die Stirn. Ich senke die Stange. Ich sehe jetzt, dass ich neben einem riesigen Ofen hocke; die Stange ist ein eiserner Schürhaken.

Ich begutachte meine Umgebung, die nun nichts Science-Fiction-mäßiges mehr an sich hat. Überall stehen Druckpressen und Maschinen herum, die aus vielen Epochen herübergerettet worden sind: hier eine alte Monotype-Gießmaschine, strotzend vor Knöpfen und Hebeln; dort eine Tiefdruckpresse mit einer dicken schweren Walze auf einem langen Schlitten; und dann noch etwas direkt aus Gutenbergs Garage – ein mächtiges Balkengerüst, aus dem oben ein riesiger hölzerner Korkenzieher herausschaut.

Es gibt Kästen und Schränke. Werkzeug des Druckerhandwerks ist auf einem langen, verwitterten Tisch ausgebreitet: dicke Buchblöcke und hohe Stapel mit Spulen kräftigen Garns. Unter dem Tisch liegen in großen Schlingen zusammengerollte Ketten. Der Ofen neben mir hat ein breites, grinsendes Gitter, und am oberen Ende sprießt daraus ein dickes Rohr hervor, das in der Zimmerdecke verschwindet.

Tief unter den Straßen Manhattans bin ich auf die schrägste Druckerei der Welt gestoßen.

»Aber du hast es?«, flüstert Deckle.

Ich zeige ihm die Festplatte in meinem Pokerspiel.

»Du hast es«, raunt er. Der Schock hält nicht lange an; Edgar Deckle hat sich schnell wieder gefangen. »Okay. Ich glaube, wir kriegen das hin. Ich glaube – ja.« Er nickt. »Ich nehm die mal mit« – er hebt drei Bücher vom Tisch, die alle identisch aussehen – »und bin gleich wieder da. Mach keinen Krach.«

Er balanciert die Bücher vor der Brust und geht wieder hinaus; das Licht lässt er an.

Ich warte und inspiziere die Druckerei. Der Fußboden ist wunderschön: ein Mosaik aus Buchstaben, jeder davon tief in eine eigene Kachel eingebrannt. Das Alphabet zu meinen Füßen.

Einer der Metallkästen ist viel größer als die anderen. Auf dem Deckel ist ein vertrautes Symbol: zwei Hände, geöffnet wie ein Buch. Warum müssen Organisationen immer alles mit ihren Insignien versehen? Wie Hunde, die an jeden Baum pinkeln. Google ist auch so. Und NewBagel war nicht anders.

Ich muss beide Hände zu Hilfe nehmen und hebe unter Stöhnen den Deckel an. Das Innere ist in Schubladen unterteilt – manche lang, manche breit, manche perfekt quadratisch. Alle enthalten niedrige Stapel mit Metalltypen: gedrungene kleine 3-D-Buchstaben von der Art, die man in einer Druckerpresse aneinanderreiht, um Worte und Absätze und Seiten und Bücher zu schaffen. Und plötzlich weiß ich, was das ist.

Das ist die Gerritszoon.

Die Tür klickt wieder, und ich wirbele herum: Deckle steht da, eine Hand in die Robe gesteckt. Für einen Moment befällt mich das sichere Gefühl, dass er sich nur verstellt hat, dass er uns doch verraten hat, dass er jetzt wieder hergeschickt wurde, um mich zu töten. Er wird Corvinas schmutzigen Auftrag ausführen – vielleicht meinen Schädel mit einer Gutenbergpresse plattmachen. Aber falls er Buchverkäufermord im Schilde führt, zieht er eine gute Show ab: Sein Gesicht ist offen, freundlich, konspirativ.

»Das ist das Erbe«, sagt Deckle und nickt zum Gerritszoon-Kasten. »Ziemlich großartig, was?«

Er schlendert heran, als würden wir uns hier, tief unter der Erde, nur die Zeit vertreiben, und bückt sich, um mit seinen rosa Knubbelfingern über die Typen zu streichen. Er hebt ein kleines *e* auf und hält es sich dicht vor die Augen. »Der meistverwendete Buchstabe im Alphabet«, sagt er und dreht ihn um, untersucht ihn. Er runzelt die Stirn. »Es ist unheimlich abgenutzt.«

In der Nähe rumpelt die U-Bahn durch Felsgestein, und der ganze Raum scheppert. Die Gerritszoon-Type klirrt und wackelt; es gibt eine kleine *a*-Lawine.

»Nicht mehr viel davon da«, bemerke ich.

»Sie verschleißen«, sagt Deckle und wirft das *e* wieder in sein Kästchen. »Buchstaben gehen kaputt, aber wir können keine neuen produzieren. Wir haben die Originale verloren. Eine der großen Tragödien der Gemeinschaft.« Er schaut zu mir hoch. »Manche Leute meinen, wenn wir die Schrifttype ändern, würden neue *Codices Vitae* ihre Gültigkeit verlieren. Sie finden, dass wir bis in alle Ewigkeit an der Gerritszoon festhalten müssen.«

»Es gibt Schlimmeres«, sage ich. »Wahrscheinlich ist es das Beste –«

Aus dem Lesesaal dringt ein Geräusch; eine helle Glocke klingelt metallisch und produziert ein lang anhaltendes Echo.

Deckles Augen funkeln. »Das ist er. Wir müssen los.« Er schließt sanft den Deckel, greift sich hinten an den Hosenbund und zieht ein gefaltetes Viereck aus schwarzem Stoff hervor. Es ist eine zweite Robe.

»Zieh die an«, sagt er. »Keinen Laut. Halt dich bedeckt.«

DIE BINDUNG

Am Ende des Lesesaals, dort, wo das Holzpodium steht, hat sich ein Gedränge aus Schwarzroben gebildet – es sind Dutzende. Ist die Gemeinschaft jetzt vollzählig? Sie reden und flüstern, rücken Stühle und Tische zur Seite. Sie bereiten den Saal für eine Veranstaltung vor.

»Leute, Leute!«, ruft Deckle. Die Menge der Schwarzroben teilt sich und lässt ihn durch. »Wer hat hier Dreck an den Schuhen? Ich kann die Abdrücke sehen. Erst gestern habe ich alles gewischt.«

Es stimmt: Der Fußboden blitzt, als sei er aus Glas, und spiegelt die Farben in den Regalen wider, reflektiert sie in blassem Pastell. Es ist ein wunderschöner Anblick. Die Glocke läutet ein zweites Mal; sie hallt durch die Höhle und schwillt an zu einem grellen Chor aus ihrem eigenen Echo. Schwarzroben gruppieren sich vor dem Podium, sodass nun alle auf eine einzige Gestalt schauen, die natürlich Corvina ist. Ich stelle mich direkt hinter einen großen blonden Gelehrten. Meinen Laptop und den zerdrückten Kadaver des GrumbleGear habe ich wieder in meine Tasche gestopft, die unter meiner nagelneuen schwarzen Robe verborgen über meiner Schulter hängt. Ich ziehe den Kopf ein, so gut ich kann. Ich finde wirklich, diese Roben sollten Kapuzen haben.

Auf dem Podium vor dem Ersten Leser liegt ein Stapel Bücher, auf den er mit kräftigen Fingern klopft. Es sind die

Bücher, die Deckle vor wenigen Minuten aus der Druckerei geholt hat.

»Brüder und Schwestern des Ungebrochenen Buchrückens«, ruft Corvina. »Guten Morgen. *Festina lente.*«

»*Festina lente*«, antworten einmütig murmelnd die Schwarzroben.

»Ich habe euch heute hier versammelt, um zweierlei zu besprechen«, sagt Corvina. »Lasst uns hiermit beginnen.« Er nimmt eins der blau eingebundenen Bücher und hält es hoch, damit alle es sehen können. »Nach vielen Jahren Arbeit hat euer Bruder Zaid seinen *Codex Vitae* vorgelegt.«

Corvina nickt, und eine der Schwarzroben tritt vor und wendet sich der Menge zu. Der Mann ist in den Fünfzigern und wirkt stämmig unter seiner Robe. Er hat das Gesicht eines Boxers, mit eingedrückter Nase und zerklüfteten Wangen. Es muss Zaid sein. Er steht aufrecht und hält die Hände hinter dem Rücken gefaltet. Sein Gesicht ist angespannt; er bemüht sich nach Kräften um Haltung.

»Deckle hat Zaids Arbeit für gültig erklärt, und ich habe sein Buch gelesen«, sagt Corvina. »Ich habe es so sorgfältig wie irgend möglich gelesen.« Er ist wirklich ein charismatischer Knabe – sein Tonfall ist leise, aber voller unwiderstehlichem Selbstvertrauen. Es folgt eine Pause, und im Lesesaal herrscht Stille. Alles wartet auf das Urteil des Ersten Lesers.

Schließlich sagt Corvina schlicht: »Es ist meisterhaft.«

Die Schwarzroben jubeln und eilen nach vorn, um Zaid zu umarmen und ihm beide Hände gleichzeitig zu schütteln. Drei Gelehrte neben mir stimmen schmetternd ein Lied an, was von der Melodie her ein bisschen nach »For he's a jolly good fellow« klingt, aber genau kann ich es nicht sagen, weil der Text lateinisch ist. Um nicht aufzufallen, klatsche ich den Takt dazu. Corvina hebt die Hand, um die Menge zur Ruhe zu mahnen. Die Leute weichen zurück, und es wird wieder leise. Zaid steht immer noch vorn und hält sich jetzt eine Hand vor die Augen. Er weint.

»Von heute an ist Zaid gebunden«, sagt Corvina. »Sein *Codex Vitae* wurde chiffriert. Jetzt kommt er ins Regal, und der Schlüssel wird bis zu seinem Tod geheim gehalten. So, wie Manutius Gerritszoon, hat auch Zaid einen Bruder gewählt, dem er seinen Schlüssel anvertraut.« Corvina hält inne. »Es ist Eric.«

Wieder vereinzelte Jubelrufe. Ich kenne Eric. Da sitzt er in der ersten Reihe, ein blasses Gesicht unter einem schwarzen Zottelbart: Corvinas Kurier, der in San Francisco in den Laden kam. Schwarzroben klopfen auch ihm auf die Schulter, und ich sehe, wie er lächelt und frisches Rot seine Wangen färbt. Vielleicht ist er ja gar kein schlechter Kerl. Es ist eine ziemliche Verantwortung, Zaids Schlüssel zu hüten. Ob er sich den Code irgendwo notieren darf?

»Eric wird außerdem einer der Kuriere von Zaid sein, gemeinsam mit Darius«, sagt Corvina. »Brüder, tretet vor.«

Eric bewegt sich mit drei sicheren Schritten nach vorn. Eine andere Schwarzrobe tut es ihm gleich, ein Junge mit goldener Haut, die der von Kat ähnelt, und einer dichten Krone brauner Locken. Beide knöpfen ihre Roben auf. Eric trägt darunter ein frisch gebügeltes weißes Hemd und schiefergraue Hosen, Darius Pulli und Jeans.

Auch Edgar Deckle tritt aus der Menge hervor; er hält zwei breite Bögen dickes braunes Papier in der Hand. Nacheinander nimmt er zwei Bücher vom Podium und packt sie ordentlich ein, dann händigt er jedem Kurier eins aus: erst Eric, dann Darius.

»Drei Exemplare«, sagt Corvina. »Eins für die Bibliothek« – wieder hält er das Buch im blauen Einband hoch – »und zwei zur sicheren Aufbewahrung. Buenos Aires und Rom. Brüder, wir vertrauen euch Zaid an. Nehmt diesen *Codex Vitae* und ruhet nicht, bis ihr dafür gesorgt habt, dass er sicher im Regal steht.«

Jetzt verstehe ich auch besser, was es mit Erics Besuch auf sich hatte. Er kam von hier. Er hatte einen neuen *Codex Vitae* bei sich, den er zur Aufbewahrung abliefern sollte. Natürlich nicht, ohne sich dabei total arschig aufzuführen.

»Zaid trägt zu unserer Last bei«, sagt Corvina ernst, »ganz so wie alle Gebundenen es vor ihm taten. Mit jedem Jahr, mit jedem Buch, wiegt unsere Verantwortung schwerer.« Er lässt den Blick über alle anwesenden Schwarzroben schweifen. Ich halte die Luft an, ziehe die Schultern ein und versuche, mich hinter dem großen blonden Gelehrten unsichtbar zu machen. »Wir dürfen nicht schwanken. Wir müssen das Geheimnis des Gründers entschlüsseln, damit Zaid und alle, die vor ihm kamen, weiterleben können.«

Tiefes Raunen geht durch die Menge. Der vorn stehende Zaid hat aufgehört zu weinen und sich wieder gefangen; sein Gesicht wirkt jetzt stolz und feierlich.

Corvina hält einen Moment inne. Dann sagt er: »Es gibt noch etwas, worüber wir reden müssen.« Er macht einen kleinen Wink mit der Hand, und Zaid gesellt sich wieder zu den anderen. Eric und Darius machen sich auf den Weg zur Treppe. Ich erwäge kurz, ihnen zu folgen, besinne mich aber schnell eines Besseren. Im Moment besteht meine einzige Hoffnung darin, komplett in der Menge unterzutauchen – mich in diesen Schatten, nicht von Normalität, sondern unendlicher Fremdheit, zu ducken.

»Ich habe kürzlich mit Penumbra gesprochen«, sagt Corvina. »Er hat Freunde in dieser Gemeinschaft. Ich zähle mich zu ihnen. Daher fühle ich mich verpflichtet, euch von unserer Unterhaltung zu berichten.«

Allseitiges Flüstern.

»Penumbra hat sich eines großen Vergehens schuldig gemacht – einer der denkbar größten Übertretungen. Seiner Nachlässigkeit ist es geschuldet, dass eines unserer Logbücher gestohlen wurde.«

Gemurmel und Stöhnen.

»Ein Logbuch mit Einzelheiten über den Ungebrochenen Buchrücken, über dessen langjährige Arbeit in San Francisco, unverschlüsselt und für jeden offen einzusehen.«

Unter meiner Robe läuft mir der Schweiß über den Rücken, meine Augen jucken. Die Festplatte in der Pokerschachtel liegt wie ein Klumpen Blei in meiner Hosentasche. Ich versuche, so unschuldig und unbeteiligt wie möglich auszusehen. Das äußert sich vor allem darin, dass ich auf meine Füße starre.

»Es war ein gravierender Fehler und nicht der erste, den Penumbra begangen hat.«

Mehr Stöhnen vonseiten der Schwarzroben. Corvinas Enttäuschung, seine Verachtung wiegelt sie auf, macht sich unter ihnen breit, schwillt an. Die dunklen großen Gestalten sind zu einem einzigen vorwurfsvollen Schatten zusammengerückt. Krähen, die gleich ein Massaker anrichten. Ich habe meinen Fluchtweg zur Treppe schon ausgespäht. Ich bin bereit, jederzeit loszurennen.

»Merkt euch das gut«, sagt Corvina und hebt nur ganz leicht die Stimme. »Penumbra ist einer der Gebundenen. Sein *Codex Vitae* steht in diesen Regalen, genauso wie Zaids auch hier stehen wird. Und dennoch ist dessen Schicksal nicht sicher.« Er spricht ohne zu zögern und entschlossen, und seine Worte durchdringen den ganzen Saal: »Brüder und Schwestern, lasst es mich deutlich sagen: Wenn eine Last so schwer ist und eine Bestimmung so ernst, dann kann Freundschaft kein Schutzschild sein. Noch ein Fehler, und Penumbra wird verbrannt.«

Darauf wird mit Keuchen und Tuscheln reagiert. Ich blicke mich um und schaue in schockierte und überraschte Gesichter. Möglicherweise ist der Erste Leser ein klitzekleines Stück zu weit gegangen.

»Betrachtet eure Arbeit nicht als selbstverständlich«, sagt er etwas milder, »ganz gleich, ob ihr gebunden oder ungebunden seid. Wir müssen Disziplin üben. Wir müssen zielstrebig sein. Wir dürfen nicht zulassen, dass wir« – hier macht er eine kleine Pause – »abgelenkt werden.« Er holt Luft. Er könnte ein Präsidentschaftskandidat sein – ein guter –, der absolut aufrichtig und überzeugend seine Wahlrede hält. »Auf den Text kommt es an, Brüder und Schwestern. Vergesst das nicht. Alles, was wir brauchen, steht bereits hier in diesem Text. Solange wir ihn besitzen und solange wir unseren Verstand besitzen« – er tippt sich mit dem Finger an die glatte Stirn –, »brauchen wir nichts anderes.«

Danach schwärmen die Krähen aus. Schwarzroben schwirren um Zaid herum, gratulieren ihm, stellen ihm Fragen. Seine Augen, die über den rauen roten Wangen sitzen, sind immer noch feucht.

Der Ungebrochene Buchrücken kehrt zurück an die Arbeit. Schwarzroben beugen sich über schwarze Bücher und ziehen die Ketten straff. In der Nähe des Podiums bespricht sich Corvina mit einer Frau mittleren Alters. Sie macht ausladende Armbewegungen, erläutert etwas, während er zu ihr hinabschaut und nickt. Deckle lauert gleich hinter ihnen. Unsere Blicke kreuzen sich. Er macht eine schroffe Bewegung mit dem Kinn, und die Botschaft ist klar: *Hau ab.*

Ich halte den Kopf gesenkt und meine Tasche fest umklammert, während ich die volle Länge des Lesesaals durchmesse und mich dicht bei den Regalen halte. Aber als ich den halben Weg zur Treppe zurückgelegt habe, stolpere ich über eine Kette und falle aufs Knie. Meine Handfläche patscht auf den Boden, und eine Schwarzrobe beäugt mich argwöhnisch von der Seite. Er ist groß und hat einen Bart, der wie ein Projektil aus seinem Unterkiefer ragt.

Ich flüstere: »*Festina lente.*«

Dann blicke ich stur nach unten und schlurfe eilig zu den Stufen hin. Ich nehme immer zwei auf einmal, bis hinauf an die Oberfläche des Planeten Erde.

Ich treffe Kat, Neel und Penumbra in der Lobby des Northbridge. Sie sitzen auf wuchtigen grauen Sofas und warten auf mich; Kaffee und Frühstück stehen vor ihnen auf dem Tisch. Der Anblick ist eine Oase der Normalität und Modernität. Penumbra schaut beunruhigt.

»Mein Junge!«, sagt er und steht auf. Er mustert mich von oben bis unten und hebt eine Augenbraue. Ich stelle fest, dass ich immer noch den schwarzen Umhang trage. Ich lasse meine Tasche zu Boden gleiten und streife die Robe ab. Sie fühlt sich glatt an in meinen Händen und glänzt im Halbdunkel der Lobby.

»Wir haben uns Sorgen gemacht«, sagt Penumbra. »Warum hat es so lange gedauert?«

Ich erkläre, was geschehen ist. Ich erzähle ihnen, dass Grumbles Scanner funktioniert hat, dann kippe ich die zerdrückten Überreste der Vorrichtung auf dem niedrigen Tisch aus. Ich berichte von Zaids Zeremonie.

»Eine Bindung«, sagt Penumbra. »Es gibt nur wenige, und sie werden nur in großen Zeitabständen abgehalten. Was für ein Pech, dass das ausgerechnet heute geschehen ist.« Er hebt das Kinn. »Oder vielleicht: was für ein Glück. Auf diese Weise hast du mehr darüber erfahren, wie viel Geduld der Ungebrochene Buchrücken seinen Mitgliedern abverlangt.«

Ich winke einen Kellner des Northbridge heran und bestelle sehnsüchtig eine Schale Haferflocken und einen Blue Screen of Death. Es ist noch früh am Morgen, aber ich brauche jetzt einen Drink.

Dann erzähle ich ihnen, was Corvina über Penumbra gesagt hat.

Mein ehemaliger Arbeitgeber winkt mit einer knochigen Hand ab: »Was er gesagt hat, spielt keine Rolle. Jetzt nicht mehr. Wichtig ist, was auf diesen Seiten steht. Ich kann kaum glauben, dass es wirklich funktioniert hat. Ich kann kaum glauben, dass wir den *Codex Vitae* des Aldus Manutius in Händen halten!«

Kat nickt und grinst. »Fangen wir gleich an«, sagt sie. »Wir können die OCR-Zeichenerkennung drüberlaufen lassen und sichergehen, dass alles funktioniert.«

Sie holt ihr MacBook heraus und erweckt es zum Leben. Ich stöpsle die kleine Festplatte ein und kopiere deren Inhalt – zumindest das meiste davon. Ich ziehe MANVTIVS auf Kats Laptop rüber, aber PENVMBRA behalte ich für mich. Ich werde weder Penumbra noch irgendeinem anderen Menschen erzählen, dass ich sein Buch gescannt habe. Das kann warten – wenn ich Glück habe, auf ewig. Manutius' *Codex Vitae* ist ein Projekt. Penumbras nur eine Rückversicherung.

Ich esse meine Haferflocken und schaue zu, wie der Ladebalken wächst. Mit einem leichten *Pling* endet der Kopierprozess und dann fliegen Kats Finger über die Tastatur. »Schön«, sagt sie. »Das Buch ist unterwegs. Um den eigentlichen Code zu knacken, werden wir uns in Mountain View helfen lassen müssen … aber wir können wenigstens schon mal Hadoop lostreten und die Seiten in reinen Text umwandeln. Bereit?«

Ich lächle. Das ist aufregend. Kats Wangen glühen; sie befindet sich im Modus Digitale Kaiserin. Außerdem steigt mir vielleicht der Blue Screen of Death in den Kopf. Ich hebe mein blinkendes Glas: »Lang lebe Aldus Manutius!«

Kat haut einen Finger in die Tastatur. Bilder von Buchseiten beginnen, zu fernen Computern zu fliegen, wo sie zu Symbolreihen werden, die kopiert und schon bald decodiert werden können. Keine Ketten können sie mehr daran hindern.

Während sich Kats Computer an die Arbeit macht, erkundige ich mich bei Penumbra nach dem verbrannten Buch mit der Aufschrift MOFFAT. Neel hört mit zu.

»War er das?«, frage ich.

»Ja, natürlich«, sagt Penumbra. »Clark Moffat. Er hat seine Arbeit hier in New York gemacht. Aber vorher, mein Junge – war er Kunde bei uns.« Er grinst und zwinkert. Er glaubt, mich damit beeindrucken zu können, und er hat recht. Geht's um Moffat, bin ich der totale Retrofan.

»Aber was du da in der Hand hattest, war kein *Codex Vitae*«, sagt Penumbra und schüttelt den Kopf. »Nicht mehr.«

Natürlich nicht. Das Buch bestand ja aus Asche. »Was ist passiert?«

»Er hat es bekanntlich veröffentlicht.«

Augenblick, das verstehe ich jetzt nicht: »Die einzigen Bücher, die Moffat je veröffentlicht hat, waren *Die Drachenlied-Chroniken.*«

»Ja.« Penumbra nickt. »Sein *Codex Vitae* war der dritte und letzte Band der Saga, die er begonnen hatte, bevor er sich uns anschloss. Es war ein ungeheures Glaubensbekenntnis, das

Werk zu vollenden und es dann den Regalen der Gemeinschaft zu übereignen. Er hat es beim Ersten Leser eingereicht – das war Nivean, vor Corvina –, und es wurde angenommen.«

»Aber dann hat er es wieder zurückgezogen.«

Penumbra nickt. »Er konnte das Opfer nicht bringen. Er konnte nicht ertragen, dass sein letzter Band nicht veröffentlich würde.«

Also durfte Moffat nicht mehr Mitglied der Gemeinschaft des Ungebrochenen Buchrückens bleiben, weil Neel und mich und unzählige andere nerdige Sechstklässler der dritte und letzte Band der *Drachenlied-Chroniken* komplett umgehauen hat.

»Mann«, sagt Neel. »Das erklärt so manches.«

Er hat recht. Der dritte Band haut Schüler an der Junior High ja gerade deswegen so um, weil er eine völlig unerwartete Wendung nimmt. Der Ton verändert sich. Die Protagonisten wandeln sich. Der Plot entgleist und folgt plötzlich irgendeiner undurchschaubaren Logik. Viele haben vermutet, dass Clark Moffat angefangen hatte, psychedelische Drogen einzuwerfen, aber die Wahrheit ist sogar noch merkwürdiger.

Penumbra schaut kritisch. »Meiner Meinung nach hat Clark einen tragischen Fehler begangen.«

Fehler oder nicht, auf jeden Fall eine Entscheidung mit gewaltigen Auswirkungen. Wären die *Drachenlied-Chroniken* nie fertiggestellt worden, hätte ich mich nie mit Neel angefreundet. Dann würde er jetzt nicht hier sitzen. Vielleicht würde auch ich nicht hier sitzen. Vielleicht wäre ich gerade mit einem anderen besten Freund, mit dem mich ein wer weiß was für bizarres Universum verbände, in Costa Rica beim Surfen. Vielleicht säße ich in einem graugrünen Büro.

Danke, Clark Moffat. Danke für deinen Fehler.

DIE DRACHENLIED-CHRONIKEN, BAND II

Zurück in San Francisco, finde ich Mat und Ashley zusammen in der Küche vor. Beide mampfen gerade irgendwelche komplizierten Salate, beide tragen elastische, grellbunte Sportkleidung. An Mats Hüfte klemmt ein Karabiner.

»Jannon!«, ruft er. »Hast du schon mal Felsenklettern ausprobiert?«

Ich gestehe, dass dies noch nicht der Fall war. Als Schurke ziehe ich athletische Aktivitäten vor, die Geschicklichkeit, nicht Körperkraft erfordern.

»Siehst du, genau das habe ich zuerst auch gedacht«, sagt Mat und nickt, »aber es kommt gar nicht auf Körperkraft an. Sondern auf strategisches Denken.« Ashley mustert ihn stolz. Er fährt fort und gestikuliert mit einer Gabel voller Grünzeug. »Beim Klettern muss man sich jede Route erarbeiten – einen Plan entwerfen, ihn ausprobieren, ihn wieder anpassen. Im Ernst, mein Gehirn ist gerade kaputter als meine Arme.«

»Wie war New York?«, fragt Ashley höflich.

Ich weiß nicht genau, wie ich das beantworten soll. Vielleicht so: *Naja, also der schnurrbärtige Meister der Geheimbibliothek wird ziemlich angepisst sein, weil ich sein uraltes Codebuch von vorn bis hinten kopiert und an Google weitergegeben habe, aber immerhin durfte ich in einem coolen Hotel wohnen.*

Stattdessen sage ich: »New York war gut.«

»Sie haben da ein paar super Kletterhallen.« Sie schüttelt den Kopf. »Nichts hier draußen kann da auch nur ansatzweise mithalten.«

»Ja, die Raumgestaltung von Frisco Rock City ist definitiv … ausbaufähig«, sagt Mat.

»Diese lila Wand …« Ashley schüttelt sich. »Ich glaube, sie haben einfach die Farbe genommen, die gerade im Angebot war.«

»Dabei ist eine Kletterwand so eine tolle, dermaßen coole Herausforderung«, sagt Mat. Seine Begeisterung ist geweckt. »Was für eine Leinwand! Drei Stockwerke, die man mit allem Möglichen bestücken kann. Wie eine Filmkulissenlandschaft. Es gibt da einen Typen bei ILM …«

Ich überlasse sie ihrem fröhlichen Geplauder über sämtliche Details.

An diesem Punkt wäre Schlaf die beste Option, aber ich habe im Flugzeug ein bisschen dösen können und bin jetzt unruhig, als würde mein Gehirn immer noch über der Rollbahn kreisen und sich weigern, zur Landung anzusetzen.

Ich finde Clark Moffat (unverbrannt und unversehrt) auf einem meiner eigenen kleinen Regale. Ich arbeite mich immer noch langsam ein weiteres Mal durch die *Chroniken* und bin gerade bei *Band II,* kurz vor dem Ende. Ich lasse mich aufs Bett fallen und versuche das Ganze jetzt mit anderen Augen zu sehen. Ich meine: Dieses Buch wurde von einem Mann geschrieben, der dieselbe Straße langgelaufen ist wie ich, der zu denselben, im Halbdunkel verborgenen Regalen im Halbdunkel aufgeschaut hat. Er hat sich dem Ungebrochenen Buchrücken angeschlossen und ihn wieder verlassen. Was hat ihn zu diesem Schritt bewogen?

Ich schlage die Seite auf, bei der ich stehen geblieben war.

Die Helden, ein gelehrter Zwerg und ein entthronter Prinz, kämpfen sich durch einen tödlichen Sumpf zur Zitadelle des Ersten Zauberers vor. Ich weiß natürlich, was als Nächstes passiert, weil ich das Buch schon dreimal gelesen habe: Der Erste Zauberer wird sie verraten und an die Königin von Wyrm ausliefern.

Ich weiß immer, was kommt, und ich weiß, dass es kommen muss (denn wie sonst sollen sie in den Turm der Königin von Wyrm gelangen und sie schließlich besiegen?), aber es macht mich jedes Mal fertig, diese Stelle zu lesen. Wieso kann nicht einfach alles gut gehen? Wieso kann ihnen der Erste Zauberer nicht einfach einen Becher Kaffee und eine Bleibe anbieten, wo sie eine Zeit lang sicher wären?

Selbst im Licht all meiner neuen Erkenntnisse scheint die Geschichte genauso zu laufen wie immer. Moffat schreibt eine schöne Prosa: klar und beständig, mit gerade genügend abschweifenden Betrachtungen über das Schicksal und über Drachen, dass aus allem eine runde Sache wird. Die Charaktere sind reizvolle Archetypen: Fernwen, der gelehrige Zwerg, ist Nerd Jedermann und tut sein Bestes, das Abenteuer zu überstehen. Telemach, das Halbblut, ist der Held, der man selbst gern wäre. Er hat immer einen Plan, immer eine Lösung parat, immer geheime Verbündete, die auf Abruf bereitstehen – Piraten und Hexenmeister, deren Treue er sich vor langer Zeit durch zahlreiche Opfer erworben hat. Tatsächlich gelange ich gerade an die Stelle, wo Telemach in das goldene Horn des Griffo blasen will, um die toten Elfen im Pinakes-Wald zum Leben zu erwecken, die ihm alle verpflichtet sind, denn er befreite einst ihre –

Das goldene Horn des Griffo.

Ach.

Griffo, wie Griffo Gerritszoon.

Ich klappe meinen Laptop auf und fange an, mir Notizen zu machen. Der Abschnitt geht folgendermaßen weiter.

»Das goldene Horn des Griffo ist elegant geschwungen«, sagte Zenodotus und zog mit dem Finger die Rundung von Telemachs Kleinod nach. »Und der Zauber liegt allein in seiner Herstellung. Verstehst du das? Hier ist keine Hexerei im Spiel – zumindest kann ich keine feststellen.« Fernwens Augen weiteten sich erstaunt. Hatten sie nicht soeben einen Sumpf voll unzähliger Schrecken bezwungen, um diese verzauberte Trompete wieder in ihren Besitz zu bringen? Und jetzt behauptete der Erste Zauberer, sie besäße keinerlei magische Kräfte?

»Magie ist nicht die einzige Kraft auf dieser Welt«, sagte der alte Zauberer sanft und händigte das Horn seinem königlichen Besitzer aus. »Griffo hat ein so perfektes Instrument geschaffen, dass selbst die Toten auferstehen müssen, um seinen Ruf zu hören. Er hat es mit den Händen gefertigt, ohne Zauber oder Drachenlieder. Ich wünschte, auch ich könnte so etwas zustande bringen.«

Ich weiß nicht, was das bedeutet – aber ich glaube, es bedeutet irgendetwas.

Von hier an ist mir die Handlung vertraut: Während Fernwen und Telemach in den üppig ausgestatteten Kammern schlummern (endlich), stiehlt der Erste Zauberer das Horn. Dann zündet er eine rote Laterne an und schickt sie tänzelnd gen Himmel, ein Zeichen für die üblen Plünderer der Königin von Wyrm im Pinakes-Wald. Es gibt viel für sie zu tun, dort zwischen den Bäumen – alte Elfengräber aufzuspüren, Knochen auszugraben und zu Staub zu zermahlen –, aber sie wissen, was das Zeichen bedeutet. Sie brechen über die

Zitadelle herein, und als Telemach das Halbblut in seiner Kammer aufschreckt, ist er umzingelt von großen dunklen Schatten. Sie heulen auf und schlagen zu.

Und an dieser Stelle endet der zweite Band.

»Es war fantastisch«, sagt Kat. Wir teilen uns eine glutenfreie Waffel im Gourmet Grotto, und sie erzählt mir von der Gründungsversammlung des neuen Produktmanagements. Sie trägt eine cremefarbene Bluse mit einem dolchartigen Kragen; darunter, am Hals, blinzelt rot ihr T-Shirt hervor.

»Total fantastisch«, fährt sie fort. »Das beste Meeting, das ich je hatte. Vollkommen … strukturiert. Man weiß die ganze Zeit genau, was passiert. Jeder hat seinen Laptop mit –«

»Gucken die Leute sich überhaupt noch an?«

»Nicht wirklich. Alles Wichtige hat man auf dem Bildschirm. Einen Kalender, der eigenständig Termine verschiebt. Einen Backchannel-Chat. Und einen Faktencheck! Wenn man aufsteht und was sagt, sind da Leute, die deine Behauptung recherchieren, sie unterstützen oder widerlegen –«

Es hört sich an wie der Marktplatz von Athen für Informatiker.

»– und das Meeting geht echt ewig, sechs Stunden oder so, aber man merkt es gar nicht, weil man die ganze Zeit scharf nachdenken muss. Man zerbricht sich total den Kopf. Es sind so viele Informationen, die man aufnehmen muss, und sie kommen Schlag auf Schlag. Und sie – wir – treffen auch Schlag auf Schlag Entscheidungen. Wenn jemand eine Abstimmung fordert, dann passiert das live, und man muss seine Stimme sofort abgeben, oder man überträgt sie …«

Das klingt jetzt mehr nach Realityshow. Diese Waffel schmeckt grauenhaft.

»Es gibt da einen Techniker namens Alex, er ist eine große

Nummer, baut die meisten Google Maps, und ich glaube, er mag mich – er hat seine Stimme schon einmal an mich delegiert, was ziemlich verrückt ist, wo ich doch total neu bin –«

Ich dagegen würde wahrscheinlich meine Faust an Alex' Gesicht delegieren.

»– und es sind haufenweise Designer dabei, mehr Designer als sonst. Irgendjemand hat erzählt, sie hätten den Auswahl-Algorithmus manipuliert. Ich glaube, darum bin ich überhaupt reingekommen, weil ich Designer und Programmierer bin. Es ist die optimale Kombination. Jedenfalls.« Sie holt endlich Luft. »Ich habe eine Präsentation gemacht. Was man, glaube ich, bei seinem ersten PM wohl nicht machen soll. Aber ich habe Raj gefragt, und er meinte, es könnte okay sein. Vielleicht sogar eine gute Idee. Einen Eindruck hinterlassen. Oder was auch immer.« Sie schöpft noch einmal Atem. »Ich habe ihnen von Manutius erzählt.«

Sie hat's getan.

»Was für ein unglaubliches uraltes Buch es ist, ein total historischer Schatz, total altes Wissen, OK –«

Sie hat es tatsächlich getan.

»– und dann habe ich erklärt, dass es da diese gemeinnützige Organisation gibt, die versucht, den Code zu knacken –«

»Gemeinnützig?«

»Das klingt besser als, naja, Geheimgesellschaft. Jedenfalls habe ich gesagt, sie versuchen den Code zu knacken, und natürlich haben die Leute da aufgehorcht, denn alle bei Google stehen auf Codes –«

Bücher: langweilig. Codes: abgefahren. Das sind die Leute, die das Internet regieren.

»– und ich habe gesagt, vielleicht sollten wir ein bisschen Zeit darauf verwenden, weil es der Beginn einer ganz neuen Sache sein könnte, eine Art öffentlicher Dechiffrierservice –«

Dieses Mädchen kennt sein Publikum.

»– und alle fanden, dass das eine gute Idee ist. Wir haben darüber abgestimmt.«

Unglaublich. Keine Heimlichkeiten mehr. Dank Kat haben wir jetzt offizielle Rückendeckung von Google. Es ist surreal. Wann wohl das Codeknacken losgeht?

»Also, ich soll das Ganze organisieren.« Sie zählt die einzelnen Aufgaben an den Fingern ab: »Ich trommle ein paar Freiwillige zusammen. Dann konfigurieren wir die Systeme und sehen zu, dass der Text im Ganzen okay aussieht – damit kann Jad uns helfen. Wir müssen auf jeden Fall mit Mr. Penumbra sprechen. Vielleicht kann er nach Mountain View kommen? Jedenfalls glaube ich, dass wir in … in etwa zwei Wochen bereit sein könnten. Ja, sagen wir heute in zwei Wochen.« Sie nickt.

Eine Gemeinschaft von Geheimgelehrten hat fünfhundert Jahre mit dieser Aufgabe zugebracht. Und wir nehmen sie uns jetzt für einen Freitagmorgen vor.

DAS ULTIMATIVE OK

Penumbra erklärt sich bereit, die Buchhandlung so lange geöffnet zu halten, bis das Konto leer ist, darum kehre ich wieder an die Arbeit zurück, und zwar mit einer Mission. Ich bestelle mir den Katalog eines Buchvertriebs. Ich schalte wieder eine Anzeige bei Google, diesmal eine größere. Ich schreibe den Veranstaltern des großen Literaturfestivals von San Francisco, das eine ganze Woche läuft und kaufkräftige Leser aus fernen Orten wie Fresno anlockt, eine E-Mail. Das ist nur ein kleiner Versuch mit geringen Erfolgsaussichten, aber ich glaube, wir könnten es schaffen. Ich glaube, wir können richtige Kunden anziehen. Vielleicht brauchen wir die Festina Lente Company gar nicht. Vielleicht können wir diesen Laden in ein richtiges Geschäft verwandeln.

Vierundzwanzig Stunden nach dem Start der Anzeigenkampagne sind schon elf einsame Seelen hereinspaziert, was ziemlich aufregend ist, weil es vorher nur eine einsame Seele gab – mich. Diese neuen Kunden nicken bestätigend, wenn ich nach den Anzeigen frage, und vier von ihnen kaufen sogar ein Buch. Drei von den vieren nehmen ein Exemplar des neuen Murakami mit, den ich in einem hübschen kleinen Stapel neben eine Karte gepackt habe, die darüber Auskunft gibt, wie toll der Roman ist. Die Karte trägt die spinnenhafte Unterschrift von Mr. Penumbra, weil ich glaube, dass so was den Leuten gefallen könnte.

Nach Mitternacht entdecke ich North Face von Booty's draußen auf dem Bürgersteig, die mit eingezogenem Kopf Richtung Bushaltestelle geht. Ich renne zum Eingang.

»Albert Einstein!«, rufe ich und lehne mich zur Tür hinaus.

»Was?«, sagt sie. »Ich heiße Daphne –«

»Wir haben die Einstein-Biografie«, sage ich, »von Isaacson. Das ist der, der auch die von Steve Jobs geschrieben hat. Wollen Sie sie noch?«

Sie lächelt und macht auf dem Absatz – der sehr hoch ist – kehrt, und damit sind es fünf verkaufte Bücher in dieser Nacht, ein neuer Rekord.

Jeden Tag kommen neue Bücher herein. Als ich zu meiner Spätschicht eintreffe, zeigt mir Oliver die Stapel der gelieferten Kisten und schaut mich erstaunt und leicht misstrauisch an. Seitdem ich wieder da bin und ihm alles erzählt habe, was ich in New York erfahren habe, wirkt er etwas verunsichert.

»Ich hatte immer den Verdacht, dass hier irgendwas im Busch ist«, sagte er leise, »aber ich dachte immer, es geht um Drogen.«

»Scheiße, Oliver! Wie das denn?«

»Naja«, sagte er. »Ich dachte, einige von diesen Büchern wären vielleicht randvoll mit Kokain.«

»Und du hast es nie für nötig gehalten, das vielleicht mal zu erwähnen?«

»Es war ja bloß eine Theorie.«

Oliver findet, dass ich mit unseren dahinschwindenen Finanzen zu leichtfertig umgehe. »Meinst du nicht, wir sollten versuchen, möglichst lange mit dem Geld auszukommen?«

»Da spricht der wahre Denkmalschützer«, sage ich grinsend. »Geld ist nicht Terrakotta. Wir können es vermehren, wenn wir es richtig anstellen. Wir müssen es probieren.«

Jetzt führen wir also auch jugendliche Zauberer. Wir führen Vampir-Cops. Wie führen die Memoiren eines Journalisten, das Manifest eines Designers, die Graphic Novel eines Promi-Kochs. Aus einer nostalgischen Anwandlung heraus – vielleicht auch einer leicht trotzigen – führen wir die Neuausgabe der *Drachenlied-Chroniken*, alle drei Bände. Ich habe auch die alte Hörbuchausgabe für Neel bestellt. Er liest eigentlich keine Bücher mehr, aber vielleicht kann er sie sich beim Hanteltraining anhören.

Ich versuche, Penumbra für die Sache zu begeistern – unsere nächtlichen Einnahmen sind nach wie vor nur zweistellig, aber das ist eine ganze Stelle mehr als vorher –, nur ist er in Gedanken ganz mit der Großen Entschlüsselung beschäftigt. Eines kalten Dienstagmorgens kommt er mit einer Tasse Kaffee in der einen und seinem mysteriösen E-Reader in der anderen Hand zum Laden herein, und ich zeige ihm, womit ich in letzter Zeit die Regale bestückt habe:

»Stephenson, Murakami, der neueste Gibson, *Die Information* von James Gleick, *Das Haus* von Danielewski, Neuauflagen vom Moffat« – ich deute beim Vorlesen auf die einzelnen Titel. Jedes Buch hat ein Infoschildchen auf dem Regalbrett, die alle mit »Mr. Penumbra« unterzeichnet sind. Ich war ein wenig in Sorge, dass er etwas gegen die Verwendung seiner Unterschrift haben könnte, aber er bemerkt es nicht einmal.

»Sehr schön, mein Junge«, sagt er mit einem kleinen Nicken, während er weiter auf seinen E-Reader starrt. Er hat keine Ahnung, was ich gerade gesagt habe. Seine Regale entziehen sich seinem Interesse. Er nickt wieder und wischt einmal kurz über den Bildschirm des E-Readers, dann schaut er auf. »Es findet nachher ein Meeting statt«, sagt er. »Die Googler wollen den Laden besuchen« – er macht drei Silben daraus, *Goo-gel-ler* – »um uns kennenzulernen und das Vorgehen zu besprechen.« Er hält inne. »Ich denke, du solltest auch daran teilnehmen.«

So gibt es also an diesem Nachmittag, gleich nach der Lunchzeit, ein großes Zusammentreffen der alten und der neuen Garde in der Buchhandlung Penumbra. Die allerältesten Schüler Penumbras sind anwesend: der weißbärtige Fedorov und eine Frau namens Muriel mit kurzem silbernem Haar. Ich habe sie noch nie gesehen; wahrscheinlich kommt sie tagsüber. Fedorov und Muriel folgen ihrem Lehrer. Sie sind auf die Seite der Schurken gewechselt.

Kat hat eine Google-Abordnung zusammengestellt und uns vorbeigeschickt. Sie besteht aus Prakesh und Amy, die beide noch jünger sind als ich, und Jad vom Bücherscanner. Anerkennend betrachtet er eingehend die Regale im vorderen Bereich. Vielleicht kann ich ihm ja später was verkaufen.

Neel ist bei einer Google-Konferenz von Anwendungsentwicklern in der Innenstadt – er möchte noch mehr Kollegen von Kat kennenlernen und den Boden für die Anatomix-Übernahme bereiten –, aber er hat Igor geschickt, für den das vollkommenes Neuland ist, der aber alles im Handumdrehen zu erfassen scheint. Es kann sogar gut sein, dass er der schlaueste Mensch hier im Laden ist.

Wir alle, Junge wie Alte, stehen gemeinsam um den Schreibtisch am Eingang herum, wo aufgeschlagene Bände aus der Ladenhüterabteilung zur Inspektion einladen. Es ist ein Crashkurs in der jahrhundertelangen Arbeit des Ungebrochenen Buchrückens.

»Das sind Bücher«, sagt Fedorov, »nicht nur aneinandergereihte Buchstaben.« Er fährt mit dem Finger über eine Seite. »Darum müssen wir nicht nur nach Buchstaben, sondern auch nach Seiten kalkulieren. Einige der kompliziertesten Verschlüsselungsprogramme basieren auf dieser seitenweisen Zusammensetzung.«

Die Googler nicken und tippen Notizen in ihre Laptops. Amy hat eine kleine Tastatur auf ihrem iPad aktiviert.

Das Glöckchen über der Tür klingelt, und ein hochgeschossener Mann mit einer schwarz umrandeten Brille und langem Pferdeschwanz hastet in den Laden. »Entschuldigt bitte die Verspätung«, sagt er atemlos.

»Hallo, Greg«, sagt Penumbra.

»Hallo, Greg«, sagt Prakesh im selben Moment.

Sie schauen sich an, dann zu Greg hinüber.

»Allerdings«, sagt Greg. »Das ist bizarr.«

Wie sich herausstellt, ist Greg – die Quelle von Penumbras mysteriösem E-Reader! – sowohl Hardwareentwickler bei Google als auch Novize des Ungebrochenen Buchrückens im Ortsverband San Francisco. Wie sich außerdem herausstellt, ist er von unschätzbarem Wert. Er übersetzt zwischen Penumbras Buchhandlungsteam und den Googlern hin und her, erklärt der einen Gruppe Parallelverarbeitung und der anderen Folioformate.

Jad vom Bücherscanner ist auch unersetzlich, weil er das nämlich schon mal gemacht hat. »Es wird Fehler bei der OCR-Erkennung geben«, erläutert er. »Zum Beispiel erscheint ein kleines *f* oft als *s*.« Er tippt die Buchstaben in seinen Laptop, damit wir sie nebeneinander betrachten können. »Ein kleines *rn* sieht aus wie ein *m*. Manchmal wird ein *A* zu einer *4*, eine Menge solches Zeug kann passieren. Wir müssen diese möglichen Fehler alle wieder ausgleichen.«

Fedorov nickt und wirft ein: »Und die optischen Eigenvektoren von dem Text natürlich auch.«

Die Googler starren ihn verständnislos an.

»Wir müssen auch die optischen Eigenvektoren von dem Text wieder ausgleichen«, wiederholt er, als würde er etwas völlig Offensichtliches feststellen.

Die Googler blicken zu Greg hinüber. Auch er starrt verständnislos.

Igor hebt eine dürre Hand und sagt artig: »Ich glaube, wir könnten eine dreidimensionale Matrix der Tintensättigungswerte erstellen?«

Fedorovs weißer Bart spaltet sich zu einem breiten Grinsen.

Ich bin mir nicht sicher, was passiert, wenn Google MANVTIVS knackt. Natürlich weiß ich, was schon mal *nicht* passiert: Penumbras verblichene Brüder und Schwestern werden nicht von den Toten auferstehen. Sie werden nicht wieder auftauchen. Sie werden nicht einmal Jedi-mäßige, spektralblaue Gastauftritte haben. Das richtige Leben hat keine Ähnlichkeit mit den *Drachenlied-Chroniken*.

Aber die Sache könnte trotzdem Schlagzeilen machen. Ich meine, ein geheimes Buch des ersten großen Verlegers, digitalisiert, dechiffriert und öffentlich gemacht? Gut möglich, dass die *New York Times* darüber bloggen würde.

Wir beschließen, dass wir die ganze Gemeinschaft aus San Francisco nach Mountain View einladen sollten, um dabei zuzuschauen. Penumbra überträgt mir die Aufgabe, die Mitglieder zu benachrichtigen, die ich am besten kenne.

Ich fange bei Rosemary Lapin an. Ich klettere den steilen Weg zu ihrer Hobbit-Höhle im Berg hinauf und klopfe dreimal an die Tür. Diese öffnet sich nur einen kleinen Spalt, und ein einziges großes rundes Lapin-Auge blinzelt zu mir heraus.

»Oh!«, quietscht sie und zieht die Tür bis zum Anschlag auf. »Sie sind das! Haben Sie, besser gesagt, sind Sie – beziehungsweise – was ist passiert?«

Sie führt mich hinein, öffnet Fenster und versucht mit den Händen wedelnd den Haschgeruch zu vertreiben, und ich erzähle ihr die Geschichte bei einer Tasse Tee. Ihre Augen sind weit und wissbegierig aufgerissen; ich spüre, wie sie sich am liebsten gleich zum Lesesaal begeben und eine dieser schwarzen Roben anziehen würde. Ich sage ihr, das sei vielleicht gar nicht nötig. Ich sage ihr, dass das große Geheimnis des Ungebrochenen Buchrückens möglicherweise in ein paar Tagen entschlüsselt sein wird.

Ihr Gesicht ist ausdruckslos. »Na, das ist ja ein Ding«, sagt sie schließlich.

Ehrlich gesagt hätte ich ein bisschen mehr Begeisterung erwartet.

Ich erzähle es Tyndall, und seine Reaktion ist besser als die von Lapin, aber ich bin mir nicht sicher, ob seine Freude der bevorstehenden Enthüllung gilt oder ob er nicht grundsätzlich auf alles so reagiert. Wenn ich ihm erzählen würde, dass sie bei Starbucks einen neuen Latte mit Bücheraroma einführen wollen, würde er auch sagen:

»Fabelhaft! Grandios! Enorm!« Seine Hände befinden sich auf seinem Kopf, wühlen sich durch die Knäuel grauer Locken. Er läuft in seiner Wohnung auf und ab – ein winziges Einzimmerapartment in Meeresnähe, wo man hören kann, was sich die Nebelhörner gegenseitig zuraunen –, beschreibt schnelle kleine Kreise, streift die Wände mit den Ellenbogen und verrückt dabei die gerahmten Fotos, die dort hängen. Eins fällt scheppernd zu Boden; ich bücke mich und hebe es auf.

Es zeigt eine Straßenbahn in einem absurd steilen Winkel, die komplett mit Passagieren vollgestopft ist, und ganz vorn, in einer schicken blauen Uniform, ist Tyndall: jünger und schlanker, mit einem Haarschopf, der nicht grau, sondern schwarz ist. Er grinst über das ganze Gesicht, lehnt sich weit aus der Bahn und winkt mit dem freien Arm zur Kamera. Tyndall als Cablecarfahrer; ja, ich kann es mir vorstellen. Er war wahrscheinlich –

»Gewaltig!« Er ist immer noch auf seiner Umlaufbahn. »Unbeschreiblich! Wann? Wo?«

»Freitagvormittag, Mr. Tyndall«, sage ich. Freitagvormittag, im hell leuchtenden Epizentrum des Internets.

Ich sehe Kat fast zwei Wochen nicht. Sie ist damit beschäftigt, alles für die Große Entschlüsselung zu organisieren, und sie hat auch noch mit anderen Google-Projekten zu tun. Das Produktmanagement ist ein Flatrate-Buffet, und sie hat Hunger. Sie hat keine meiner verliebten E-Mails beantwortet, und wenn sie mir eine SMS schickt, besteht sie höchstens aus zwei Worten.

Schließlich treffen wir uns am Donnerstagabend zu einem halbherzigen Rendezvous in einer Sushibar. Es ist kalt, und sie trägt einen dicken Hahnentritt-Blazer über einem dünnen grauen Pulli und einer glänzenden Bluse. Von einem roten T-Shirt keine Spur mehr.

Kat schwärmt mir von den Google-Projekten vor; sie hat jetzt in alle Einblick. Sie arbeiten an einem Browser in 3-D. Sie arbeiten an einem Auto, das sich von selbst lenkt. Sie arbeiten an einer Sushi-Suchmaschine – hier zeigt sie mit dem Stäbchen auf unser Essen –, um Leuten zu helfen, nachhaltigen und quecksilberfreien Fisch zu finden. Sie bauen eine Zeitmaschine. Sie entwickeln eine neue Form von erneuerbarer Energie, die sich aus Selbstüberschätzung speist.

Bei jedem neuen Megaprojekt, das sie mir schildert, merke ich, wie ich immer kleiner und kleiner werde. Wie sollst du auf Dauer das Interesse an etwas – oder jemandem – aufrechterhalten, wenn die ganze Welt deine Leinwand ist?

»Aber was mich wirklich interessiert«, sagt Kat, »ist Google Forever.« Genau: Lebensverlängerung. Sie nickt. »Sie brauchen mehr Personal. Ich werde ihre Verbündete beim PM sein – mich richtig für sie starkmachen. Es könnte die wichtigste Arbeit sein, die wir leisten können, langfristig.«

»Ich weiß nicht, also das Auto klingt ziemlich hammermäßig –«

»Vielleicht geben wir ihnen morgen etwas, womit sie arbeiten können«, fährt Kat fort. »Was ist, wenn wir in diesem Buch etwas ganz Verrücktes finden? Eine DNA-Sequenz zum Beispiel? Oder die Formel für ein neues Medikament?« Ihre Augen leuchten. Eins muss man ihr lassen: Ihre Unsterblichkeitsfantasien sind unerschöpflich.

»Du traust einem Verleger aus dem Mittelalter eine ganze Menge zu«, sage ich.

»Man hat den Erdumfang schon tausend Jahre vor Erfindung des Buchdrucks berechnet«, entgegnet sie verächtlich. »Könntest *du* den Erdumfang berechnen?«

»Ähm – nein.« Ich überlege einen Augenblick. »Warte mal, könntest du es?«

Sie nickt. »Ja, es ist sogar ziemlich einfach. Was ich damit sagen will, sie haben damals etwas verstanden von ihrem Handwerk. Und es gibt Dinge, die sie wussten, die wir immer noch nicht wiederentdeckt haben. TK und OK, weißt du noch? *Old knowledge*, altes Wissen. Es könnte das ultimative OK sein.«

Nach dem Essen geht Kat nicht mit mir mit. Sie sagt, dass sie noch E-Mails lesen, Prototypen begutachten, Wikipedia-

Einträge überarbeiten muss. Bin ich wirklich gerade an einem Donnerstagabend von einem Wiki ausgestochen worden?

Ich laufe allein durch die Dunkelheit und frage mich, wo man anfangen müsste, wenn man den Erdumfang berechnen wollte. Ich habe keine Ahnung. Vermutlich würde ich es einfach googeln.

DER ANRUF

Es ist die Nacht vor Kat Potentes geplantem Generalangriff auf den jahrhundertealten *Codex Vitae* des Aldus Manutius. Ihr Googler-Aufgebot ist zusammengestellt. Penumbras Hilfstruppen sind geladen. Es ist aufregend – ja, ich muss zugeben, es ist wirklich aufregend –, aber auch nervenaufreibend, weil ich keine Ahnung habe, wie es mit Mr. Penumbras Laden weitergehen wird. Der Mann selbst hat kein Wort dazu gesagt, aber ich habe das Gefühl, Penumbra will das alles hier abwickeln. Denn, ich meine, klar: Wer hat denn noch Lust, sich mit einer alten Buchhandlung zu belasten, wenn ewiges Leben winkt?

Wir werden sehen, was der morgige Tag bringt. Was immer geschieht, es wird eine gute Show. Vielleicht ist er ja hinterher bereit, über die Zukunft zu reden. Ich möchte immer noch eine Werbefläche für diese Bushaltestelle kaufen.

Heute Nacht ist wenig los; bisher waren nur zwei Kunden da. Ich gehe die Regale durch, sortiere meine Neuanschaffungen ein. Ich befördere die *Drachenlied-Chroniken* auf ein höheres Regalbrett, dann drehe ich müßig den ersten Band in meinen Händen herum. Auf dem Buchrücken ist ein kleines Schwarz-Weiß-Foto von Clark Moffat in seinen Dreißigern. Er hat zotteliges blondes Haar und einen Rauschebart, trägt ein einfaches weißes T-Shirt und grinst breit. Unter dem Bild steht:

*Der Schriftsteller Clark Moffat (1952 –1999) lebte in Bolinas,
Kalifornien. Er ist vor allem für seinen Bestseller* Die Dra-
chenlied-Chroniken *bekannt, wie auch für sein Kinderbuch*
Neues von Fernwen. *Er absolvierte die United States Naval
Academy und hat als Kommunikationstechniker an Bord des
Atom-U-Boots U.S.S. West Virginia gearbeitet.*

Mir kommt eine Idee. Es ist etwas, was ich noch nie getan
habe – etwas, auf das ich während all der Zeit, die ich jetzt
hier arbeite, noch nie gekommen bin. Ich werde in den Log-
büchern nach jemandem suchen.

Ich brauche das Logbuch VII, dasjenige, das ich bei Google
eingeschleust habe, weil es die Zeitspanne von Mitte der
Achtziger- bis Anfang der Neunzigerjahre umfasst. Ich finde
den Rohtext auf meinem Laptop und suche per Ctrl-F eine
bestimmte Beschreibung: jemanden mit zotteligem blondem
Haar und Bart.

Es dauert eine Weile, da ich verschiedene Stichworte ausprobieren und falsche Treffer aussortieren muss. (Wie sich
herausstellt, gibt es hier jede Menge Bärte.) Ich verwende
den Text, der schon durch die optische Zeichenerkennung
gelaufen ist, nicht den handschriftlichen, darum kann ich
nicht beurteilen, wer hier was geschrieben hat, aber ich
weiß, dass einige dieser Eintragungen von Edgar Deckle
stammen müssen. Es wäre schön, wenn er derjenige wäre,
der – da.

Mitgliedsnummer 6HV8SQ:

*Der Novize hat KINGSLAKE dankbar und freudig in Empfang
genommen. Trägt ein weißes T-Shirt, das die Zweihundertjahrfeier
begeht. Levi's 501-Jeans und schwere Arbeitsstiefel. Stimme
heiser vom Rauchen; Zigarettenschachtel, etwa halb leer, sichtbar*

in Hosentasche. Hellblondes Haar ist länger als zuletzt von diesem
Verkäufer vermerkt. Darauf angesprochen, erklärt Novize: »Ich
lasse es auf Zaubererlänge wachsen.« Montag, 23. September,
1.19 Uhr morgens. Klarer Himmel und der Geruch des Ozeans.

Das ist Clark Moffat. Er muss es sein. Die Notiz wurde nach
Mitternacht verfasst, was die Spätschicht bedeutet, was be-
deutet, dass »dieser Verkäufer« in der Tat Edgar Deckle ist.
Es gibt einen weiteren Treffer:

Der Novize arbeitet sich zügig durch das Rätsel des Gründers.
Aber noch beeindruckender als seine Schnelligkeit ist sein
Selbstbewusstsein. Er hat nichts von der zögerlichen oder
frustrierten Art, die anderen Novizen (einschließlich dieses
Verkäufers) zu eigen war. Es ist, als würde er ein vertrautes
Lied spielen oder einen vertrauten Tanz tanzen. Blaues T-Shirt,
Levi's 501, Arbeitsstiefel. Haare sind noch länger geworden.
Erhält BRITO. Freitag, 11. Oktober, 2.31 Uhr morgens.
Ein Nebelhorn ertönt.

Es geht weiter. Die Notizen sind knapp und sachlich, aber
die Botschaft ist klar: Clark Moffat war ein Überflieger des
Ungebrochenen Buchrückens. Könnte es sein … war er vielleicht die dunkel-moosgrüne Konstellation in der Visualisierung? War er es, der in derselben Zeit, die andere Novizen
brauchten, um eine Augenbraue oder ein Ohrläppchen aufzuspüren, das ganze Gesicht der Gründers umrundet hat?
Wahrscheinlich gibt es irgendeinen Weg, die entsprechenden
Eintragungen mit der Visualisierung zu verknüpfen und –
Das Glöckchen bimmelt, und ich reiße mich ruckartig von
dem endlos langen Text los. Es ist spät, und ich gehe davon
aus, dass ein Mitglied der Gemeinschaft den Laden betritt,

stattdessen ist es Mat Mittelbrand, der einen schwarzen Plastikkasten schleppt. Er ist riesig, größer als er selbst, und klemmt im Eingang fest.

»Was machst du hier?«, frage ich, während ich ihm helfe, den Kasten freizubekommen. Die Oberfläche des Kastens ist rau und buckelig, und er hat schwere Metallschnallen.

»Ich komme in einer Mission«, sagt Mat, schwer atmend. »Heute ist doch deine letzte Nacht, oder?«

Ich habe mich bei ihm über Penumbras Gleichgültigkeit beklagt. »Vielleicht«, sage ich. »Wahrscheinlich. Was hast du da drin?«

Er kippt den Kasten zur Seite, knipst die Schnallen hoch (sie schnappen mit einem gewichtigen *Plopp-Plopp* auf) und öffnet den Deckel. Darin liegt, in einem Bett aus grauem schützendem Schaumgummi, eine Fotoausrüstung: Studioleuchten mit Drahtschutzgittern, robuste, zusammenklappbare Aluminiumstative und dicke Spiralkabel in leuchtendem Orange.

»Wir werden den Laden hier dokumentieren«, sagt Mat. Er stemmt die Fäuste in die Hüften und schaut sich anerkennend um. »Das muss festgehalten werden.«

»Wie, also wird das so was wie – ein Fotoshooting?«

Mat schüttelt den Kopf. »Nein, das wäre ja dann nur eine Auswahl. Ich hasse das. Wir machen ein Bild von jeder Oberfläche, von jedem Winkel. Unter hellem, gleichmäßigem Licht.« Er hält inne. »Damit wir das Ganze nachbauen können.«

Mein Unterkiefer klappt herunter.

Er fährt fort: »Ich habe schon fotografische Rekonstruktionen von Schlössern und Villen gemacht. Diese Buchhandlung ist winzig. Das werden höchstens drei- bis viertausend Aufnahmen.«

Mats Vorhaben ist total größenwahnsinnig, zwanghaft und vermutlich unmöglich. Mit anderen Worten: genau das Richtige für diesen Laden.

»Und, wo ist die Kamera?«, frage ich.

Wie auf Stichwort klingelt das Glöckchen über der Tür ein zweites Mal, und Neel Shah kommt mit einer von seinem Hals baumelnden, monstermäßigen Nikon und einer Flasche Grünkohlsaft in jeder Hand hereingepoltert. »Hab uns was zur Stärkung besorgt«, sagt er und hält sie hoch.

»Ihr beiden seid meine Assistenten«, sagt Mat. Er tippt mit der Schuhspitze gegen den schwarzen Plastikkasten. »Fangt schon mal an aufzubauen.«

Der Laden birst vor Licht und Hitze. Mats Lampen sind in einer Daisy Chain miteinander verbunden und in die einzige Steckdose hinter dem Schreibtisch am Eingang gestöpselt. Ich bin mir ziemlich sicher, dass die Sicherung durchknallt oder vielleicht sogar der Trafo für die ganze Straße. Booty's Leuchtreklame könnte heute Nacht in Gefahr sein.

Mat steht auf einer von Penumbras Leitern. Er benutzt sie als provisorischen Kamerawagen, während Neel ihn langsam über die ganze Breite des Ladens schiebt. Mat hält die Nikon ruhig vors Gesicht und schießt bei jedem von Neels langen, gleichmäßigen Schritten ein Foto. Die Kamera löst die Lampen aus, die in allen Ecken und hinter dem Ladentisch am Eingang angebracht sind und bei jeder Aufnahme ein *Pop-Pop* von sich geben.

»Weißt du«, sagt Neel, »wir könnten diese Aufnahmen verwenden, um ein 3-D-Modell zu basteln.« Er schaut zu mir herüber. »Ich meine, noch eins. Deins war gut.«

»Nein, nein, versteh schon«, sage ich. Ich sitze am Schreibtisch und führe eine Checkliste über alle Details, die wir einfangen müssen: die hohen Lettern an den Schaufenstern und ihre rauen, ausgefransten, von den Jahren angefressenen Ecken. Das Glöckchen mit seinem Klöppel und die gewundende Eisenklammer, an der es befestigt ist. »Meins sah aus wie Galaga.«

»Wir könnten es interaktiv machen«, sagt Neel. »Ich-Perspektive, total fotorealistisch und durchsuchbar. Man könnte die Tageszeit wählen. Wir könnten die Regale Schatten werfen lassen.«

»Bloß nicht«, stöhnt Mat auf seiner Leiter. »Diese 3-D-Modelle sind scheiße. Ich möchte einen Miniaturladen mit Miniaturbüchern bauen.«

»Und einem Miniatur-Clay?«, fragt Neel.

»Warum nicht, vielleicht ein kleines Lego-Männchen«, sagt Mat. Er zieht sich höher an der Leiter hinauf, und Neel schiebt ihn in der Gegenrichtung wieder langsam durch den Laden. Die Lampen machen *Pop-Pop* und hinterlassen in meinen Augen rote Punkte. Neel zählt die Vorteile von 3-D-Modellen auf, während er die Leiter bewegt: Sie sind detaillierter, immersiver, man kann unendlich viele Kopien davon machen. Mat stöhnt. *Pop-Pop.*

Bei all dem Lärm überhöre ich fast das Läuten.

Es ist nicht mehr als ein Kitzeln im Ohr, aber doch: Irgendwo im Laden klingelt ein Telefon. Ich nehme die Abkürzung durch die parallel zum Fotoshooting stehenden Regale, wo die Lampen immer noch *Pop-Pop* machen, und komme bei dem kleinen Pausenraum wieder heraus. Das Läuten dringt aus Penumbras Büro. Ich stoße die Tür mit der Aufschrift PRIVAT auf und springe die Treppe hinauf.

Das *Pop-Pop* der Lampen klingt hier oben weicher, und das *Dring-Dring* des Telefons (neben dem alten Modem) ist laut und hartnäckig, produziert von irgendeinem leistungsstarken, altmodischen mechanischen Krachmacher. Es läutet anhaltend, und ich habe den Verdacht, dass meine übliche Strategie, unerwartete Anrufe betreffend – sie auszusitzen –, hier möglicherweise nicht funktioniert.

Dring-Dring.

Heutzutage bringt das Telefon nur schlechte Nachrichten. Es geht immer nur um Dinge wie »Die Rückzahlung Ihres Studienkredits ist überfällig« oder »Dein Onkel Chris liegt im Krankenhaus«. Alles, was Spaß macht und aufregend ist, wie eine Einladung zu einer Party oder der Plan für ein geheimes Projekt, kommt übers Internet.

Dring-Dring.

Okay, vielleicht ist es ja auch ein neugieriger Nachbar, der wissen will, was das ganze Theater zu bedeuten hat – die vielen Blitzlichter. Vielleicht ist es North Face drüben bei Booty's, die nur mal nachfragen will, ob alles okay ist. Das ist süß. Ich nehme den Hörer ab und verkünde erwartungsvoll: »Buchhandlung Penumbra – durchgehend geöffnet.«

»Du musst ihn aufhalten«, sagt eine Stimme, ohne sich vorzustellen, ohne Vorrede.

»Ähm, ich glaube, Sie haben sich verwählt.« Es ist nicht North Face.

»Ich habe mich ganz gewiss nicht verwählt. Ich kenne dich. Du bist der Junge – der Verkäufer.«

Jetzt erkenne ich die Stimme. Die subtile Demonstration von Macht. Die deutlich artikulierten Silben. Es ist Corvina.

»Wie heißt du?«, fragt die Stimme.

»Ich bin Clay.« Aber dann: »Wahrscheinlich wollen Sie Penumbra persönlich sprechen. Wenn Sie am Morgen zurückrufen ...«

»Nein«, sagt Corvina bestimmt. »Es war nicht Penumbra, der unseren kostbarsten Schatz gestohlen hat.« Er weiß Bescheid. Natürlich weiß er Bescheid. Aber woher? Vermutlich von einer seiner Krähen. Es muss sich hier in San Francisco herumgesprochen haben.

»Naja, stehlen im engeren Sinn würde ich es nicht nennen«, sage ich und schaue betreten auf meine Füße, als befände er sich hier bei mir im Zimmer, »weil, ich meine, es ist wahrscheinlich Gemeingut …« Ich verstumme. Damit komme ich nicht weiter.

»Clay«, sagt Corvina, sanft und bedrohlich, »du musst ihn aufhalten.«

»Es tut mir leid, aber ich glaube einfach nicht an Ihre … Religion«, sage ich. Ihm das ins Gesicht zu sagen hätte ich mich wahrscheinlich nicht getraut. Ich presse die schwarze Wölbung des Telefonhörers an meine Wange. »Also glaube ich auch nicht, dass es etwas ausmacht, wenn wir ein altes Buch scannen. Oder es sein lassen. Ich glaube nicht, dass es, also, irgendwie auch nur die geringste kosmische Bedeutung hat. Ich helfe einfach nur meinem Boss – meinem Freund.«

»Du machst leider genau das Gegenteil«, sagt Corvina leise.

Dazu fällt mir nichts ein.

»Ich weiß, dass du nicht an das glaubst, woran wir glauben«, sagt er. »Natürlich nicht. Aber erkennen zu können, dass Ajax Penumbra sich auf sehr dünnem Eis bewegt, hat nichts mit Glauben zu tun.« Er macht eine Pause und lässt den Satz seine Wirkung entfalten. »Ich kenne ihn länger als du, Clay – viel länger. Darum erlaube mir, dass ich dir von ihm erzähle. Er war schon immer ein Träumer, ein großer Optimist. Ich verstehe, warum du dich zu ihm hingezogen fühlst. Wie ihr alle in Kalifornien – ich habe auch einmal dort gelebt. Ich weiß, wie es ist.«

Genau. Der junge Mann vor der Golden Gate Bridge. Er lächelt mich aus einer anderen Ecke des Raumes an, reckt mir fröhlich den Daumen entgegen.

»Wahrscheinlich siehst du in mir nur den kalten New Yorker Manager und hältst mich für zu streng. Aber Clay – manchmal ist Disziplin die ehrlichste Form von Freundschaft.«

Er benutzt ziemlich oft meinen Vornamen. Das ist die Masche von Vertretern.

»Mein Freund Ajax Penumbra hat in seinem Leben vieles ausprobiert – er hatte viele Pläne, und alle waren sie ungeheuer augeklügelt und durchdacht. Immer stand er an der Schwelle zum Durchbruch – zumindest bildete er sich das ein. Ich kenne ihn seit fünfzig Jahren, Clay – fünfzig Jahren! Und nun rate einmal, wie viele von seinen Plänen in dieser Zeit erfolgreich waren?«

Es gefällt mir nicht, wie dieses Gespräch –

»Keiner. Null. Er hat den Laden geführt, in dem du jetzt stehst – mit Ach und Krach –, und ansonsten absolut nichts Nennenswertes geleistet. Und dieser, sein letzter und größter Plan, wird ebenso wenig fruchten. Du hast es ja gerade selbst gesagt. Das ist die reine Torheit, und es ist zum Scheitern verurteilt, und was dann? Ich mache mir Sorgen um ihn, Clay, wahrhaftig – als sein ältester Freund.«

Mir ist vollkommen klar, dass er gerade einen psychologischen Jedi-Trick bei mir anwendet. Aber es ist ein sauguter Jedi-Trick.

»Okay«, sage ich. »Ich hab verstanden. Ich weiß, dass Penumbra ein bisschen komisch ist. Natürlich. Was soll ich tun?«

»Du musst tun, was ich nicht tun kann. Ich würde die Kopie, die du gestohlen hast, löschen. Und jede weitere Kopie davon. Aber ich bin zu weit entfernt, darum musst du mir helfen und unserem Freund.«

Jetzt klingt er, als würde er direkt neben mir stehen:

»Du musst Penumbra aufhalten. Sonst wird ihm sein letztes Scheitern zum Verhängnis.«

Der Hörer liegt wieder auf der Gabel, obwohl ich mich kaum daran erinnern kann, aufgelegt zu haben. Im Laden ist es ruhig; kein *Plop-Plop* dringt mehr aus dem vorderen Bereich. Ich lasse meinen Blick langsam durch Penumbras Büro schweifen, über die Trümmer jahrzehntelanger digitaler Träume, und Corvinas Warnung beginnt mir einzuleuchten. Wenn ich an Penumbras Gesichtsausdruck denke, als er uns in New York seinen Plan erläuterte, leuchtet sie mir sogar noch mehr ein. Ich schaue wieder zu dem Foto hinüber. Plötzlich ist nicht mehr Corvina der abtrünnige Freund – sondern Penumbra.

Neel taucht auf dem Treppenabsatz auf.

»Mat braucht dich«, sagt er. »Du sollst eine Lampe halten oder so.«

»Okay, klar.« Ich atme tief durch, verscheuche Corvinas Stimme aus meinen Gedanken und folge Neel hinunter in den Laden. Wir haben eine Menge Staub aufgewirbelt, und das Licht der Lampen wirft helle Formen in den Raum, dringt durch die Gänge zwischen den Regalen, fängt federzarte Stäubchen ein – mikroskopische Papierfetzen, Ablagerungen von Penumbras Haut, von meiner – und bringt sie zum Leuchten.

»Mat macht das ziemlich gut, was?«, sage ich und lasse fasziniert den geisterhaften Effekt auf mich wirken.

Neel nickt. »Er ist unglaublich.«

Mat reicht mir einen gigantischen Bogen aus glänzend weißem Plakatkarton und trägt mir auf, ihn zu halten und dabei nicht zu wackeln. Er lichtet den Schreibtisch im Vorraum ab und kriecht mit der Kamera förmlich in die Maserung hinein. Der Plakatkarton reflektiert so unauffällig, dass ich seine Wirkung auf dem Holz nicht erkennen kann, aber ich nehme mal an, dass er einen wesentlichen Beitrag zur Helligkeit und Gleichmäßigkeit der Beleuchtung leistet.

Mat fängt wieder an zu knipsen, und die großen Lampen geben nun geräuschlos Licht ab, darum ist jetzt das *Klick-Klick* der Kamera zu hören. Neel steht hinter Mat und hält in einer Hand eine Lampe; in der anderen seinen zweiten Grünkohlsaft, den er genüsslich schlürft.

Während ich dastehe und den Plakatkarton halte, denke ich:

Es geht Corvina nicht wirklich um Penumbra. Es geht ihm um Kontrolle, und er versucht, mich zu seinem Instrument zu machen. Ich bin dankbar für die vielen Kilometer, die zwischen uns liegen; es würde mich fertigmachen, dem Besitzer dieser Stimme leibhaftig gegenüberzustehen. Aber vielleicht würde er sich gar nicht erst die Mühe machen, mich persönlich überreden zu wollen. Vielleicht wäre er dann mit einer Bande Schwarzroben aufgekreuzt. Aber das geht nicht, weil wir in Kalifornien sind; der weite Kontinent, der zwischen uns liegt, ist unser Schutzschild. Corvina hat zu spät davon erfahren, darum ist seine Stimme alles, was er hat.

Mat kommt sogar noch näher heran, offenbar hat er es jetzt auf die Molekularstruktur des Schreibtischs abgesehen, des Orts, an dem ich jüngst so viel Lebenszeit verbracht habe. Im Moment bietet sich mir ein hübsches Bild: der kompakte, zusammengekauerte Mat, schwitzend mit der Kamera vor dem Auge, und ein großer, stattlicher Neel, lächelnd, fest die Lampe haltend und gleichzeitig seinen Saft schlürfend. Meine Freunde, die gemeinsam etwas schaffen. Auch das erfordert Vertrauen. Ich weiß nicht, wozu genau dieser Posterkarton gut ist, aber ich vertraue Mat. Ich weiß, dass etwas Wunderbares dabei herauskommt.

Corvina liegt völlig falsch. Penumbras Pläne sind nicht deswegen gescheitert, weil er ein hoffnungsloser Spinner ist. Hätte Corvina recht, dann würde das heißen, dass niemand je etwas Neues und Riskantes ausprobieren sollte. Vielleicht sind Penumbras Pläne ja gescheitert, weil er nicht genug Hilfe hatte. Vielleicht hatte er keinen Mat oder Neel, keine Ashley oder Kat – bis jetzt.

Corvina hat gesagt: *Du musst Penumbra aufhalten.*

Nein, ganz im Gegenteil: Wir werden ihm helfen.

Der Morgen graut, und ich weiß, dass ich nicht auf Penumbra zu warten brauche. Er ist nicht auf dem Weg zu dem Laden, der seinen Namen trägt, sondern zu Google. In knapp zwei Stunden wird das Projekt, für das Penumbra und seine Brüder und Schwestern seit Jahrzehnten gearbeitet haben, vollendet sein. Wahrscheinlich isst er zu Ehren des Ereignisses irgendwo einen Bagel.

Hier im Laden packt Mat seine Lampen wieder in ihren Sarkophag aus grauem Schaumstoff. Neel trägt den verbogenen Plakatkarton zum Müll hinaus. Ich rolle die orangefarbenen Kabel zusammen und räume den Schreibtisch im Eingangsbereich auf. Alles sieht aus wie immer; alles ist an Ort und Stelle. Und trotzdem ist eins anders. Wir haben Fotos von jeder Oberfläche gemacht, von den Regalen, vom Schreibtisch, von der Tür, vom Fußboden. Wir haben auch Fotos von den Büchern gemacht, von allen, von denen im Eingangsbereich und auch von den Ladenhütern. Ihren Inhalt haben wir natürlich nicht eingefangen – das wäre ein Projekt von einer anderen Größenordnung. Wenn ihr jemals Super Bookstore Brothers spielt, rosa-gelbes Licht durch die Schaufenster in den Laden fällt, im hinteren Bereich ein Trickeffekt aus trübem Teilchendunst aufsteigt und ihr feststellt, dass ihr eins von den wunderschön gemaserten Büchern auch gern lesen würdet: Pech gehabt. Neels Modell entspricht zwar dem Volumen des Ladens, aber nicht dessen Dichte.

»Frühstück?«, fragt Neel.

»Frühstück!«, bestätigt Mat.

Also gehen wir. Das war's. Ich schalte das Licht aus und ziehe die Tür fest hinter mir zu. Das Glöckchen bimmelt fröhlich. Zu einem Schlüssel habe ich es nie gebracht.

»Lass mal die Fotos sehen«, sagt Neel und greift nach Mats Kamera.

»Noch nicht, noch nicht«, sagt Mat und klemmt sie sich unter den Arm. »Ich muss sie noch korrigieren. Das ist ja nur Rohmaterial.«

»Korrigieren? Wie Klassenarbeiten?«

»Farbkorrekturen. Übersetzt heißt das: Ich muss sie hammermäßig aussehen lassen.« Er schaut ihn skeptisch an. »Ich dachte, du arbeitest mit Filmstudios zusammen, Shah.«

»Das hat er dir erzählt?« Neel wirbelt zu mir herum und sieht mich aus großen Augen an. »Du hast es ihm erzählt? Es gibt *Verträge!*«

»Du solltest nächste Woche mal bei ILM vorbeikommen«, sagt Mat ruhig. »Ich zeig dir ein paar Sachen.«

Beide sind auf dem Bürgersteig schon ein ganzes Stück weiter, fast bei Neels Auto, aber ich stehe immer noch vor den breiten Schaufenstern mit den großen goldenen Lettern: BUCHHANDLUNG PENUMBRA, in der schönen Gerritszoon-Schrift. Drinnen ist es dunkel. Ich presse meine Hand auf das Symbol der Gemeinschaft – zwei Hände, geöffnet wie ein Buch –, und als ich sie wieder wegnehme, bleibt ein fettiger, fünffingriger Abdruck zurück.

EINE RICHTIG GROSSE KANONE

Endlich ist die Zeit gekommen, einen Code zu knacken, der fünfhundert Jahre lang darauf gewartet hat.

Kat hat Googles Datenvisualisierungs-Amphitheater mit den riesigen Monitoren gebucht. Sie hat Tische vom Kantinenzelt heranschaffen und am Fuß der Sitzreihen aufstellen lassen; es sieht aus wie ein Raketenkontrollzentrum auf einer Picknickwiese.

Es ist ein herrlicher Tag; der strahlend blaue Himmel ist mit weißen Wolkenfetzen gesprenkelt, voller Kommata und Kringel. Kolibris umkreisen neugierig die Bildschirme und schwirren dann über die leuchtenden weiten Rasenflächen blitzartig davon. Von irgendwoher weht Musik herüber; Googles Blechbläser proben einen algorithmisch generierten Walzer.

Unten baut Kats handverlesenes Codeknackerteam seine Instrumente auf. Laptops werden hervorgeholt, jeder vollgepappt mit einer individuellen Ansammlung von bunten Stickern und Hologrammen, und jetzt stöpseln sich die Googler in die Strom- und Glasfaseranschlüsse ein und verschränken und dehnen erwartungsvoll die Finger.

Igor ist auch dabei. Sein genialer Auftritt in der Buchhandlung hat ihm eine besondere Einladung verschafft: Heute darf er in der Big Box mitspielen. Er sitzt über seinen Laptop gebeugt, die dünnen Hände nur noch als bläuliche Farbwirbel auf der Tastatur wahrnehmbar, während ihm zwei andächtig staunende Googler über die Schulter schauen.

Kat macht die Runde, bespricht sich mit jedem einzelnen Googler. Sie lächelt und nickt und klopft ihnen auf die Schulter. Heute ist sie ein General, und das sind ihre Truppen.

Tyndall, Lapin, Imbert und Fedorov sind gekommen, zusammen mit dem Rest der hier beheimateten Novizen. Sie sitzen nebeneinander auf der höchsten steinernen Stufe am oberen Rand des Amphitheaters. Weitere treffen ein. Muriel mit dem Silberhaar ist da und auch Greg, der Googler mit dem Pferdeschwanz. Heute hat er sich zu den Leuten vom Ungebrochenen Buchrücken gesellt.

Die meisten Mitglieder der Gemeinschaft haben die späten mittleren Jahre erreicht. Manche, wie Lapin, wirken ziemlich alt und ein paar sogar noch älter. Da ist ein uralter Mann im Rollstuhl, dessen Augen sich in dunklen Höhlen verlieren und der so blasse und faltige Wangen hat, dass sie aussehen wie ein zerknittertes Papiertaschentuch; er wird von einem jungen Bediensteten im eleganten Anzug geschoben. Der Alte krächzt Fedorov eine schwache Begrüßung zu, und der drückt ihm herzlich die Hand.

Und schließlich ist da auch Penumbra. Er hält Hof am Rand des Amphitheaters und erklärt, was jetzt kommt. Er lacht und gestikuliert, zeigt hinunter zu den Googlern an ihren Tischen, zeigt auf Kat, zeigt auf mich.

Ich habe ihm von Corvinas Anruf nichts erzählt und habe es auch nicht vor. Der Erste Leser ist jetzt nicht mehr wichtig. Wichtig sind die Leute hier in diesem Amphitheater, wichtig ist das Rätsel da oben auf den Monitoren.

»Komm her, mein Junge, komm her«, sagt er. »Ich möchte dir Muriel richtig vorstellen.« Ich lächle und schüttle ihr die

Hand. Sie ist wunderschön. Ihr Haar ist silber, fast weiß, aber ihre Haut ist glatt, und nur um die Augen kräuselt sich eine winzig kleine Borte aus Mikrofältchen.

»Muriel betreibt eine Ziegenfarm«, sagt Penumbra. »Du solltest mit deiner, äh, Freundin, weißt du« – er nickt in Kats Richtung –, »du solltest einmal mit ihr hinfahren. Das ist ein wunderbarer Ausflug.«

Muriel lächelt freundlich. »Im Frühjahr ist es am schönsten«, sagt sie. »Da haben wir Ziegenbabys.« Zu Penumbra sagt sie, gespielt vorwurfsvoll: »Als Botschafter bist du hervorragend, Ajax, aber ich wünschte, ich könnte auch dich öfter einmal zu uns locken.« Sie zwinkert ihm zu.

»Oh, der Laden hat mich vollauf in Anspruch genommen«, sagt er, »aber jetzt, wenn das hier vorbei ist?« Er wedelt mit den Händen, und über seinem Gesicht breitet sich ein kleines Stirnrunzeln aus, das so viel besagen soll wie: Wer weiß das schon? »Wenn das hier vorbei ist, ist alles möglich.«

Moment mal – ist hier irgendwas im Busch? Es kann doch hier nicht ernsthaft irgendwas im Busch sein.

Irgendwas ist hier im Busch.

»Okay, bitte Ruhe, Leute. Ruhe!«, ruft Kat am Fuß der Sitzreihen. Sie schaut auf, um die Gruppe von Gelehrten anzusprechen, die sich auf den Steinstufen versammelt hat: »Also, ich bin Kat Potente, die PM dieses Projekts. Ich freue mich, dass Sie alle gekommen sind, aber bevor wir anfangen, sollten Sie noch ein paar Dinge wissen. Zuerst einmal, Sie können das Wi-Fi benutzen, aber die Glasfaserkabel sind ausschließlich den Googlern vorbehalten.«

Ich schaue zu der versammelten Menge aus Mitgliedern der Gemeinschaft. Tyndall konsultiert gerade eine Taschenuhr, die mit einer langen Kette an seiner Hose befestigt ist. Ich glaube nicht, dass das ein Problem sein wird.

Kat schaut auf eine ausgedruckte Checkliste. »Zweitens bitte ich Sie, nichts, was Sie hier sehen, zu bloggen, zu twittern oder zu streamen.«

Imbert bringt gerade ein Astrolabium in Stellung. Wirklich: kein Problem.

»Und drittens« – sie grinst – »wird es nicht lange dauern, also machen Sie es sich gar nicht erst gemütlich.«

Jetzt wendet sie sich an ihre Truppen: »Wir wissen noch nicht, mit welchem Code wir es zu tun haben«, sagt sie. »Das müssen wir als Erstes herausfinden. Darum werden wir parallel arbeiten. Zweihundert virtuelle Maschinen stehen in der Big Box bereit und warten darauf, loszulegen, und euer Code läuft automatisch, wenn ihr ihn einfach CODEX taggt. Alles startklar?«

Die Googler nicken. Ein Mädchen streift sich eine dunkle Schutzbrille über.

»Dann los.«

Die Monitore erwachen zum Leben, und es folgt ein Blitzgewitter aus Datenvisualisierung und Durchforschung. Der Text MANVTIVS blinkt leuchtend und zerfranst auf, inmitten jener rechtwinkligen Buchstaben, die von Code und Konsole bevorzugt werden. Jetzt ist es kein Buch mehr; es ist eine Datenhalde. Streu- und Balkendiagramme werden auf den Monitoren ausgerollt. Auf Kats Befehl bearbeiten die Maschinen von Google die Daten immer wieder neu, auf neunhundert verschiedene Arten. Neuntausend. Noch passiert nichts.

Die Googler suchen nach einer Botschaft im Text – irgendeiner Botschaft. Es könnte ein ganzes Buch, es könnten ein paar Sätze, es könnte ein einziges Wort sein. Niemand, nicht einmal der Ungebrochene Buchrücken, weiß, was uns hier erwartet oder welchen Schlüssel Manutius verwendet hat, und das macht es zu einem schwer lösbaren Problem. Glücklicherweise lieben die Googler schwer lösbare Probleme.

Jetzt werden sie kreativer. Sie lassen bunte Kreuze und Spiralen und Galaxien über die Bildschirme tanzen. Die Diagramme wachsen zu neuen Dimensionen an – erst werden Würfel und Pyramiden und Kleckse daraus, dann wachsen ihnen lange Tentakel. Bei dem Versuch, alles zu verfolgen, verschwimmen die Formen vor meinen Augen. Ein Lateinlexikon huscht über einen der Monitore – eine ganze Sprache, in Millisekunden durchsucht. Es gibt N-Gramme und Vonnegut-Diagramme. Landkarten tauchen auf, mit Buchstabensequenzen, die irgendwie in Längen- und Breitengrade übersetzt und um die ganze Welt gejagt werden, eine Staubschicht aus Punkten, die über Sibirien und den Südpazifik fegt.

Nichts.

Die Monitore flackern und leuchten, während die Googler jede Möglichkeit ausloten. In der Gemeinschaft wird es unruhig. Einige lächeln noch; andere machen besorgte Gesichter. Als auf einem Monitor ein riesiges Schachbrett mit einem Stapel Buchstaben auf jedem Feld erscheint, schnieft Fedorov und brummt: »Das haben wir schon im Jahr 1627 probiert.«

Glaubt Corvina deswegen, dass das Projekt misslingen muss – weil der Ungebrochene Buchrücken buchstäblich schon alles probiert hat? Oder weil hier schlicht geschummelt wird – weil dem alten Manutius keine großen bunten Bildschirme und virtuellen Maschinen zur Verfügung standen? Folgt man diesen beiden Argumenten, öffnet sich eine Falltür, die direkt in den Lesesaal, mit seiner Kreide und seinen Ketten, hinabführt und an keinen anderen Ort. Ich glaube immer noch nicht, dass das Geheimnis der Unsterblichkeit plötzlich auf einem dieser Monitore aufleuchten wird, aber Mann, wie sehr wünsche ich mir, dass Corvina sich irrt. Ich wünsche mir, dass Google diesen Code knackt.

»Okay«, verkündet Kat, »wir haben gerade noch achthundert Maschinen dazubekommen.« Sie hebt die Stimme, die laut über den Rasen tönt: »Geht tiefer. Mehr Iterationen. Legt euch ins Zeug.« Sie läuft von einem Tisch zum anderen, gibt Ratschläge und ermuntert. Sie kann gut führen – ich sehe es in den Gesichtern der Googler. Ich glaube, Kat Potente hat ihre Berufung gefunden.

Ich sehe zu, wie Igor den Text in Angriff nimmt. Zuerst wandelt er jede Buchstabenzeile in ein Molekül um und simuliert eine chemische Reaktion; die Lösung verschwimmt auf dem Monitor zu grauem Schlamm. Dann bildet er aus Buchstaben kleine 3-D-Männchen und verpflanzt sie in eine simulierte Stadt. Sie laufen umher, stoßen gegen Gebäude und bilden dicke Menschenklumpen in den Straßen, bis Igor das Ganze mit einem Erdbeben wieder zerstört. Nichts. Keine Botschaft.

Kat klettert die Stufen hinauf, blinzelt in die Sonne und hält sich schützend die Hand vor Augen. »Der Code ist hart«, gibt sie zu. »Sogar echt brutal.«

Tyndall kommt vom anderen Ende des Amphitheaters angerannt und macht einen Satz über Lapin, die quietscht und schützend die Hände hebt. Er packt Kat am Arm. »Sie müssen die Mondphase zur Zeit der Niederschrift berücksichtigen! Die lunare Stellung ist von entscheidender Bedeutung!«

Ich lange hinüber und löse seine zitternde Klaue von Kats Arm. »Mr. Tyndall, keine Sorge«, sage ich. Ich habe schon eine Kolonne von halb abgenagten Monden über die Bildschirme defilieren sehen. »Man kennt Ihre Verfahren hier.« Und wenn Google eines ist, dann gründlich.

Während unten die Monitore aufblitzen und wieder verschwimmen, spaziert ein Team von Googlern durch die Gemeinschaft – junge Leute mit Klemmbrettern und freundlichen Gesichtern, die Fragen stellen: Wann sind Sie geboren? Wo wohnen Sie? Wie hoch ist Ihr Cholesterinwert?

Ich hätte gern gewusst, was die da machen.

»Sie sind von Google Forever«, sagt Kat etwas verlegen. »Praktikanten. Ich meine, das ist eine gute Gelegenheit. Ein paar von diesen Leuten sind so alt und immer noch so fit.«

Lapin beschreibt einem Googler, der eine schmale Videokamera auf sie gerichtet hält, ihre Arbeit bei Pacific Bell. Tyndall spuckt in ein Plastikröhrchen.

Eine Praktikantin geht auf Penumbra zu, aber er winkt sie wortlos weg. Sein Blick ist starr auf die Monitore unter ihm gerichtet. Er ist vollkommen gebannt, und die blauen Augen strahlen so hell wie der Himmel über uns. Unwillkürlich höre ich, wie Corvinas Warnung in meinem Kopf widerhallt: *Und dieser, sein letzter und größter Plan – wird ebenso wenig fruchten.*

Aber mittlerweile ist es nicht mehr nur Penumbras Plan. Er hat viel größere Kreise gezogen. Allein die vielen Leute – allein Kat. Sie steht wieder unten im Kontrollzentrum und tippt wild auf ihr Handy ein. Dann schiebt sie es zurück in ihre Hosentasche, richtet sich auf und spricht zu ihrem Team.

»Haltet mal eine Sekunde«, ruft sie und wedelt mit den Armen. »Halt!« Das Codeknacker-Roulette kommt langsam zum Stillstand. Auf einem der Monitore rotieren die Buchstaben MANVTIVS durchs Nichts, alle in einer anderen Geschwindigkeit. Auf einem anderen versucht sich gerade eine Art superkomplizierter Knoten zu entwirren.

»Das PM tut uns einen großen Gefallen«, verkündet Kat. »Was immer ihr gerade am Laufen habt, taggt es KRITISCH. In ungefähr zehn Sekunden werden wir diesen Code ins gesamte System auslagern.«

Moment – das gesamte System? Also jetzt, ins *gesamte* System? In die Big Box?

Kat grinst. Sie ist ein Artillerieoffizier, dem man endlich eine große Kanone zur Verfügung gestellt hat. Jetzt schaut sie zu ihrem Publikum auf – zur Gemeinschaft. Sie hält die Hände trichterförmig um den Mund: »Das war nur eine Übung zum Aufwärmen!«

Über die Monitore breitet sich eine Countdown-Grafik. Riesige Zahlen in Regenbogenfarben leuchten auf: 5 (rot), 4 (grün), 3 (blau), 2 (gelb) …

Und dann, an einem sonnigen Freitagvormittag, kann man drei Sekunden lang nichts suchen. Nicht seine E-Mails checken. Keine Videos sehen. Keine Wegbeschreibungen erhalten. Drei Sekunden lang geht gar nichts, weil sich jeder einzelne Computer auf der ganzen Welt dieser Aufgabe widmet.

Mit einem Wort, eine richtig, *richtig* große Kanone.

Das Bild auf den Monitoren verblasst, wird komplett weiß. Es gibt nichts zu sehen, weil jetzt zu viel geschieht, mehr, als man auf einer Reihe von vier oder vierzig oder viertausend Monitoren je zeigen könnte. Jede Transformation, die auf diesen Text angewendet werden kann, wird jetzt angewendet. Jeder mögliche Fehler wird erfasst, jeder optische Eigenwert herausgelockt. Jede Frage, die man einer Buchstabensequenz stellen kann, wird gestellt.

Drei Sekunden später ist die Befragung abgeschlossen. Im Amphitheater herrscht Stille. Die Gemeinschaft hält den Atem an – nur nicht der Älteste, der Mann im Rollstuhl, der mit einem lauten Rasseln langsam die Luft durch den Mund einzieht. Penumbras Augen leuchten erwartungsvoll.

»Und? Was haben wir?«, sagt Kat.

Die Monitore sind hell und halten die Antwort bereit.

»Leute? Was haben wir?«

Die Googler schweigen. Die Monitore sind nackt. Die Big Box ist leer. Nach alledem: nichts. Das Amphitheater ist verstummt. Hinter der Rasenfläche macht eine kleine Trommel *Ra-ta-tat.*

Ich suche Penumbras Gesicht in der Menge. Er wirkt völlig am Boden zerstört, starrt immer noch auf die Monitore hinunter, wartet darauf, dass etwas, irgendetwas erscheint. Man sieht ihm regelrecht an, welche Fragen auf ihn einstürzen: *Was hat das zu bedeuten? Was haben sie falsch gemacht? Was habe ich falsch gemacht?*

Die Googler unten schauen sich bedröppelt an und tuscheln. Igor ist immer noch tief über seine Tastatur gebeugt, probiert immer noch irgendwas aus. Farbfetzen leuchten und huschen über seinen Bildschirm.

Kat steigt langsam die Stufen zu mir herauf. Sie wirkt niedergeschlagen und entmutigt – schlimmer als zu dem Zeitpunkt, als sie glaubte, nicht im PM aufgenommen worden zu sein. »Also, ich schätze, sie haben sich geirrt«, sagt sie und winkt schwach zur Gemeinschaft hinüber. »Hier ist keine Botschaft. Nur viel Lärm um nichts. Wir haben alles versucht.«

»Naja, nicht *alles,* oder –«

Sie schaut gereizt hoch. »Doch, alles. Clay: Wir haben uns gerade in die Entsprechung von ungefähr einer Million Jahren menschlicher Erfahrung eingeloggt. Und haben eine Niete gezogen.« Ihr Gesicht ist gerötet – wütend, peinlich berührt oder beides auf einmal. »Da ist nichts.«

Nichts.

Welche Erklärungsmöglichkeiten bieten sich hier an? Entweder ist der Code dermaßen subtil, dermaßen komplex, dass selbst die mächtigste Computerstreitmacht der Weltgeschichte ihn nicht knacken kann – oder es ist schlicht kein Code vorhanden, und der ganze Aufwand der Gemeinschaft war umsonst, der ganze Aufwand von fünfhundert Jahren.

Ich versuche Penumbras Gesicht wiederzufinden. Ich suche das Amphitheater ab, lasse den Blick über die Menge der Gemeinschaft schweifen. Da ist Tyndall, der irgendetwas in sich hineinmurmelt, Fedorov, der grübelnd und zusammengesunken dasitzt, Rosemary Lapin, die tapfer lächelt. Und dann entdecke ich ihn: ein langes Strichmännchen, das sich schwankend über den Google-Rasen entfernt, fast schon die Baumgruppe auf der anderen Seite erreicht hat, schnell enteilt, nicht zurückschaut.

Und dieser, sein letzter und größter Plan – wird ebensowenig fruchten.

Ich versuche, ihm hinterherzurennen, aber ich habe keine Kondition, und wie kann es überhaupt sein, dass er so schnell ist? Ich schleppe mich ächzend und keuchend über den Rasen, hin zur Stelle, wo ich ihn zuletzt gesehen habe. Als ich dort ankomme, ist er weg. Googles chaotischer Campus erhebt sich ringsum, Regenbogenpfeile weisen in alle Richtungen gleichzeitig, und die Wege zweigen von hier aus in fünf verschiedene Richtungen ab. Er ist verschwunden.

Das ist die reine Torheit, und es ist zum Scheitern verurteilt, und was dann?

Penumbra ist verschwunden.

DER TURM

KLEINE METALLSTÜCKCHEN

Matropolis hat das Wohnzimmer erobert. Mat und Ashley haben das Sofa zur Seite gerückt, und um durchs Zimmer zu kommen, muss man auf einem schmalen Kanal zwischen den Spieltischen entlangrobben: dem gewundenen Fluss, komplett mit zwei Brücken. Das Geschäftsviertel ist angewachsen; neue Tower ragen aus dem alten Flugplatz empor und stoßen fast an die Zimmerdecke. Ich vermute, dass Mat auch da oben etwas bauen wird. Nicht mehr lange, und Matropolis wird sich den Himmel einverleibt haben.

Es ist nach Mitternacht, und ich kann nicht schlafen. Ich habe immer noch nicht zu meinem 24-Stunden-Rhythmus zurückgefunden, obwohl seit unserem spätnächtlichen Fotoshooting schon eine Woche vergangen ist. Darum liege ich jetzt auf dem Fußboden, ertrinke in den Tiefen des Flusses und kopiere die *Drachenlied-Chroniken*.

Die Hörbuchausgabe, die ich für Neel gekauft habe, wurde 1987 produziert; der Versandkatalog hat versäumt zu erwähnen, dass sie noch auf Tonbandkassetten vertrieben wird. Tonbandkassetten! Oder vielleicht wurde es auch erwähnt, und ich habe es in der Hektik meiner Sammelbestellung übersehen. Jedenfalls möchte ich immer noch, dass Neel die Hörbücher bekommt, darum habe ich auf eBay einen schwarzen Sony-Walkman für sieben Dollar gekauft und überspiele jetzt die Kassetten auf meinen Laptop, führe eine nach der anderen der großen digitalen Musikbox in den Weiten des Alls zu.

Das geht nur in Echtzeit, darum muss ich mich mehr oder weniger hinsetzen und mir die ersten zwei Bände noch einmal komplett anhören. Aber das ist nicht schlimm, weil Clark Moffat die Hörbücher alle selbst vorliest. Ich habe ihn noch nie sprechen hören, und es ist unheimlich, wenn man weiß, was ich inzwischen über ihn weiß. Er hat eine gute Stimme, rau, aber klar, und ich höre sie förmlich durch Penumbras Laden schallen. Ich kann mir vorstellen, wie es war, als Moffat ihn zum ersten Mal betrat – das Bimmeln des Glöckchens über der Tür, das Knarren der Dielen.

Penumbra wird ihn gefragt haben: *Was hoffst du in diesen Regalen zu finden?*

Moffat hat sich wahrscheinlich umgesehen, den Laden auf sich wirken lassen – mit Sicherheit die im Dunkeln verborgenen Bereiche der Ladenhüter bemerkt – und dann vielleicht gesagt: *Naja, was würde ein Zauberer lesen?*

Darüber wird Penumbra gelächelt haben.

Penumbra.

Er ist verschwunden, und die Buchhandlung ist verwaist. Ich habe keine Ahnung, wo ich ihn finden kann.

Einem Geistesblitz folgend, habe ich die Domainregistrierung für penumbra.com gecheckt, und tatsächlich: Sie gehört ihm. Sie wurde irgendwann in den Urzeiten des Internets von Ajax Penumbra erworben und 2007 mit der optimistischen Laufzeit von einem Jahrzehnt verlängert … Aber die Registrierung listet nur die Adresse des Ladens auf dem Broadway. Die weitere Google-Suche ergab nichts. Penumbra wirft nur den Hauch eines digitalen Schattens.

Ein zweiter, nicht ganz so heller Geistesblitz veranlasste mich, die silberhaarige Muriel und ihre Ziegenfarm gleich südlich von San Francisco in einem nebelverhangenen Verbund von Feldern namens Pescadero aufzuspüren. Auch sie hatte nichts von ihm gehört. »Er hat so was schon öfter gemacht«, sagte sie. »Sich verdrücken. Aber – normalerweise ruft er an.« Sie runzelte ein wenig die glatte Stirn, und ihre Augen mit den Krähenfüßchenkränzchen verdüsterten sich. Als ich mich verabschiedete, gab sie mir ein handtellergroßes Rad frischen Ziegenkäse mit.

Und von einem letzten, eher schwachen Geistesblitz veranlasst, habe ich die eingescannten Seiten von PENVMBRA geöffnet. Google war es nicht gelungen, MANVTIVS zu knacken, aber diese neuzeitlichen *Codices Vitae* wurden nicht ganz so raffiniert verschlüsselt, und außerdem (da war ich mir ziemlich sicher) steckte in diesem Buch auch etwas, was zu dechiffrieren sich tatsächlich lohnen würde. Ich habe Kat eine SMS mit einer entsprechenden Anfrage geschickt, und ihre Antwort war knapp und unmissverständlich: *Nein*. Dreizehn Sekunden später: *Auf keinen Fall*. Nach weiteren sieben: *Dieses Projekt ist durch*.

Kat war unendlich enttäuscht gewesen, als die Große Entschlüsselung schiefging. Sie hatte wirklich geglaubt, dass uns in diesem Text eine tiefe Wahrheit erwartete; sie hatte *gewollt*, dass es eine tiefe Wahrheit gäbe. Jetzt stürzte sie sich in ihre Arbeit beim PM und ignorierte mich weitgehend. Außer natürlich, um mir mitzuteilen: *Auf keinen Fall*.

Aber wahrscheinlich war es besser so. Die Doppelseiten auf meinem Laptop-Monitor – schwere Gerritszoon-Glyphen, vom Blitzlicht der GrumbleGear-Kameras grell angestrahlt – verursachten mir nach wie vor ein mulmiges Gefühl. Penumbra erwartete, dass sein *Codex Vitae* nicht vor seinem Tod gelesen würde. Ich entschied mich dagegen, das Lebensbuch eines Mannes zu knacken, nur um seine Adresse herauszufinden.

Nachdem mir die genialen Einfälle ausgegangen waren, versuchte ich es bei Tyndall und Lapin und Fedorov. Auch sie hatten nichts von Penumbra gehört. Sie bereiteten sich alle auf ihren Umzug an die Ostküste vor, um beim Ungebrochenen Buchrücken in New York unterzuschlüpfen und sich dort Corvinas Kettensklaven anzuschließen. Wenn Sie mich fragen, ist es ein sinnloses Unterfangen: Wir haben Manutius' *Codex Vitae* nach allen Regeln der Kunst auseinandergenommen und in seine kleinsten Kleinteile zerlegt. Im besten Fall gründet sich die Gemeinschaft auf eine falsche Hoffnung, im schlimmsten auf eine Lüge. Tyndall und die anderen können dieser Wahrheit noch nicht ins Auge sehen, aber irgendwann werden sie es müssen.

Falls sich das alles ziemlich bitter anhört: Das ist es. Es geht mir miserabel, denn verfolgt man das Ganze Schritt für Schritt zurück, kommt man an der Tatsache nicht vorbei, dass es meine Schuld ist.

Meine Gedanken schweifen ab. Ich habe viele Nächte gebraucht, um wieder an diese Stelle zu gelangen, aber Moffat nähert sich jetzt dem Ende von *Band II*. Ich habe mir noch nie im Leben ein Audiobuch angehört und muss sagen, es ist eine komplett andere Erfahrung. Wenn man ein Buch liest, spielt sich die Geschichte definitiv im Kopf ab. Wenn man sie hört, spielt sie sich irgendwie in einer kleinen Wolke ab, die den Kopf umgibt, wie eine flauschige Strickmütze, die man sich bis über die Augen gezogen hat:

»Das goldene Horn des Griffo ist elegant geschwungen«, sagte Zenodotus und zog mit dem Finger die Rundung von Telemachs Kleinod nach. »Und der Zauber liegt allein in seiner Herstellung. Verstehst du das? Hier ist keine Hexerei im Spiel – zumindest kann ich keine feststellen.«

Moffats Zenodotus-Stimme ist ganz anders, als ich erwartet hätte. Statt des satten, dramatischen Dröhnens eines Zauberers klingt sie schneidend und steril. Es ist die Stimme eines magischen Unternehmensberaters.

Fernwens Augen weiteten sich erstaunt. Hatten sie nicht soeben einen Sumpf voll unzähliger Schrecken bezwungen, um diese verzauberte Trompete wieder in ihren Besitz zu bringen? Und jetzt behauptete der Erste Zauberer, sie besäße keinerlei magische Kräfte?

»Magie ist nicht die einzige Kraft auf dieser Welt«, sagte der alte Zauberer sanft und händigte das Horn seinem königlichen Besitzer aus. »Griffo hat ein so perfektes Instrument geschaffen, dass selbst die Toten auferstehen müssen, um seinen Ruf zu hören. Er hat es mit den Händen gefertigt, ohne Zauber oder Drachenlieder. Ich wünschte, auch ich könnte so etwas zustande bringen.«

So, wie Moffat das liest, kann ich die böse Absicht in der Stimme des Ersten Zauberers heraushören. Es ist ganz klar, was jetzt kommen muss:

»Selbst Aldrag, der Wyrm-Vater, wäre neidisch auf ein solches Instrument.«

Moment mal, was?

Bisher war jedes Wort aus Moffats Mund eine willkommene Wiederholung. Seine Stimme war eine Nadel, die gemütlich holpernd auf einer großen Rille in meinem Hirn entlanggefahren ist. Aber diesen Satz – diesen Satz habe ich noch nie gehört.

Dieser Satz ist neu.

Mein Finger ist fast schon auf der Pausentaste vom Walkman, aber andererseits möchte ich die Aufnahme für Neel nicht vermasseln. Stattdessen trabe ich schnell in mein Zimmer und ziehe *Band II* aus dem Regal. Ich blättere zum Ende vor, und richtig: Von Aldrag, dem Wyrm-Vater, ist hier nicht die Rede. Er war der Drache, der als Erster gesungen hat, und er benutzte die Kraft seines Drachenlieds, um aus geschmolzenem Felsgestein die ersten Zwerge zu formen, aber darum geht es ja gar nicht – es geht darum, dass dieser Satz *nicht* im Buch steht.

Und was steht noch alles nicht im Buch? Was ist noch anders? Warum improvisiert Moffat?

Diese Hörbücher wurden 1987 produziert, kurz nachdem *Band III* erschienen war. Folglich war es auch kurz nach Clark Moffats Verstrickung mit dem Ungebrochenen Buchrücken. Mein Spinnensinn kribbelt: Es muss da eine Verbindung geben.

Aber ich kann mir auf der ganzen Welt nur drei Menschen vorstellen, die eine Ahnung haben könnten, was Moffat bezweckte. Der erste ist der schwarze Lord des Ungebrochenen Buchrückens, aber ich habe nicht das geringste Bedürfnis, mit Corvina oder einem seiner Spießgesellen bei der Festina Lente Company zu kommunizieren, über oder unter der Erde. Außerdem fürchte ich immer noch, dass meine IP-Adresse irgendwo auf einer ihrer Datenklaulisten steht.

Der zweite ist mein ehemaliger Arbeitgeber, und mit Penumbra zu kommunizieren habe ich ein starkes Bedürfnis, weiß aber nicht, wie. Während ich hier auf dem Fußboden liege und dem Rauschen der leeren Kassette lausche, wird mir etwas sehr Trauriges bewusst: Dieser tatterige, blauäugige Mann hat mein Leben auf ziemlich verrückte Art durcheinandergewirbelt … und ich weiß über ihn nicht viel mehr als das, was vorn auf seiner Buchhandlung steht.

Es gibt eine dritte Möglichkeit. Edgar Deckle gehört zwar im Prinzip zur Corvina-Crew, aber einiges spricht für ihn:

1. Er ist ein bewährter Mitverschwörer.
2. Er bewacht die Tür zum Lesesaal, also muss er in der Hierarchie der Gemeinschaft ziemlich weit oben stehen und daher Zugang zu vielen Geheimnissen haben.
3. Er kennt Moffat. Und, was das Wichtigste ist:
4. Er steht im Telefonbuch. Brooklyn.

Es scheint mir der Sache mehr Gewicht zu verleihen und dem Geist des Ungebrochenen Buchrückens zu entsprechen, ihm einen richtigen Brief zu schreiben. So etwas habe ich seit über einem Jahrzehnt nicht mehr getan. Der letzte Brief, den ich mit Tinte auf Papier verfasst habe, war eine kitschige Mitteilung an meine ferne Pseudofreundin in jener Woche nach dem Sciencecamp, als ein rosa Schleier auf meinem Leben lag. Ich war dreizehn. Leslie Murdoch hat nie geantwortet.

Für diese neue Epistel wähle ich schweres, säurefreies Papier. Ich kaufe einen Kugelschreiber mit scharfer Spitze. Ich entwerfe meine Botschaft mit Bedacht, erkläre zuerst, was sich auf Googles leuchtenden Monitoren ereignet hat, und frage Edgar Deckle dann, was er, falls überhaupt, über Clark Moffats Hörbuchausgaben weiß. Dabei zerknülle ich sechs Bogen des säurefreien Papiers, weil ich immer wieder einzelne Wörter falsch schreibe oder verhunze. Meine Handschrift ist noch genauso grauenhaft wie damals.

Schließlich werfe ich den Brief in einen der blauen Briefkästen und hoffe das Beste.

Drei Tage später kommt eine E-Mail. Sie ist von Edgar Deckle. Er schlägt vor, dass wir skypen.

Naja, warum nicht.

An einem Sonntag, kurz nach zwölf, klicke ich das grüne Kamera-Icon an. Der Feed erwacht zum Leben, und da ist Deckle, der auf seinen Computer hinunterstarrt, die runde Nase perspektivisch leicht verkürzt. Er sitzt in einem engen, lichtdurchfluteten Raum mit gelben Wänden; ich glaube, dass irgendwo über ihm ein Dachfenster ist. Hinter seinem Wuschelhaar erkenne ich kupferne, an Haken hängende Kochtöpfe und die Vorderseite eines glänzenden schwarzen Kühlschranks, der mit bunten Magneten und verblassten Zeichnungen geschmückt ist.

»Dein Brief hat mir gefallen«, sagt Deckle lächelnd und hält das säurefreie Papier hoch, das in ordentliche Drittel gefaltet ist.

»Ja, naja. Hab ich mir irgendwie gedacht. Wie auch immer.«

»Ich hatte schon gehört, was in Kalifornien passiert ist«, sagt er. »Beim Ungebrochenen Buchrücken verbreiten sich Nachrichten schnell. Ihr habt ja einen mächtigen Wirbel gemacht.«

Ich hätte gedacht, dass er deswegen verärgert ist, aber er lächelt. »Corvina musste sich einiges gefallen lassen. Die Leute waren sauer.«

»Keine Sorge, er hat alles versucht, um es zu verhindern.«

»Oh, nein – nein. Sie waren sauer, weil wir es nicht schon längst selbst probiert haben. ›Immer dürfen diese schnöseligen Emporkömmlinge bei Google die spannenden Sachen machen‹, haben sie gesagt.«

Jetzt muss auch ich lachen. Vielleicht ist ja Corvinas Herrschaft gar nicht so absolut, wie sie aussieht.

»Aber du bist immer noch dran?«, frage ich.

»Obwohl die mächtigen Google-Computer nichts gefunden haben?«, sagt Deckle. »Sicher. Ich meine, hör mal. Ich habe einen Computer.« Er tippt den Deckel seines Laptops an, was bewirkt, dass die Kamera wackelt. »Das ist doch keine große Zauberkunst. Computer sind auch nur so fähig wie ihre Programmierer, oder?«

Stimmt, aber das waren ziemlich fähige Programmierer.

»Um ehrlich zu sein«, sagt Deckle, »es sind ein paar Leute abgesprungen. Ein paar von den jüngeren, Ungebundene, die gerade erst angefangen haben. Aber das ist okay. Es ist kein Vergleich zu –«

Hinter Deckle nehme ich eine verschwommene Bewegung wahr, und ein winziges Gesicht taucht hinter seiner Schulter auf und reckt den Hals, um an den Bildschirm heranzukommen. Es ist ein kleines Mädchen, und erstaunt stelle ich fest, dass sie ein Mini-Deckle ist. Sie hat sonnenhelles, langes und gelocktes blondes Haar und seine Nase. Sie ist schätzungsweise sechs.

»Wer ist das?«, fragt sie und zeigt auf den Bildschirm. So, so, Edgar Deckle sichert sich nach allen Seiten ab: Unsterblichkeit durch Buch und Unsterblichkeit durch Blut. Ob einige von den anderen wohl auch Kinder haben?

»Das ist mein Freund Clay«, sagt Deckle und legt ihr den Arm um die Hüfte. »Er kennt Onkel Ajax. Er wohnt auch in San Francisco.«

»Ich mag San Francisco!«, sagt sie. »Ich mag Wale!«

Deckle zieht sie an sich und flüstert hörbar: »Wie machen die Wale, Schätzchen?«

Das Mädchen windet sich aus seiner Umklammerung, stellt sich auf die Zehenspitzen und macht Geräusche, die sich wie Muhen und Miauen anhören, während sie gleichzeitig langsam eine Pirouette vollführt. Es ist ihre Walimitation. Ich lache, und sie schaut mit leuchtenden Augen auf den Monitor, genießt die Aufmerksamkeit. Sie stimmt noch einmal den Walgesang an, aber diesmal wirbelt sie davon, und ihre Füße rutschen über den Küchenfußboden. Das Muh-Miauen verzieht sich ins Nebenzimmer.

Deckle lächelt und schaut ihr nach. »Also, um zur Sache zu kommen«, sagt er und wendet sich wieder mir zu: »nein: Ich kann dir nicht helfen. Ich habe Clark Moffat damals im Laden gesehen, aber nachdem er das Rätsel des Gründers gelöst hatte – innerhalb von ungefähr drei Monaten –, hat er sich direkt zum Lesesaal davongemacht. Danach habe ich ihn nicht mehr gesehen, und ich weiß definitiv nichts über sein Hörbuch. Ehrlich gesagt, ich hasse Hörbücher.«

Aber ein Hörbuch ist doch nichts anderes als eine über die Augen gezogene, flauschige Strickmüt –

»Du weißt, mit wem du reden musst, oder?«

Natürlich: »Penumbra.«

Deckle nickt. »Er hat den Schlüssel zu Moffats *Codex Vitae* gehütet – wusstest du das auch? Sie standen sich nahe, jedenfalls eine Zeit lang.«

»Aber ich kann ihn nicht finden«, sage ich verzagt. »Er ist wie ein Phantom.« Dann fällt mir ein, dass ich hier mit dem Lieblingsnovizen des Mannes spreche. »Warte mal – weißt du, wo er wohnt?«

»Ja«, sagt Deckle und schaut direkt in die Kamera. »Aber das werde ich dir nicht verraten.«

Meine Verzweiflung muss mir ins Gesicht geschrieben sein, denn Deckle hebt sofort die Hände und sagt: »Nein – ich schlage dir einen Tauschhandel vor. Ich habe so ungefähr gegen sämtliche Regeln verstoßen – und glaub mir, davon gibt es eine Menge – und dir außerdem, als du ihn brauchtest, den Schlüssel zum Lesesaal gegeben, stimmt's? Jetzt kannst du was für mich tun. Im Gegenzug erzähle ich dir gern, wo du unseren Freund Mr. Ajax Penumbra findest.«

Diese berechnende Art hätte ich dem freundlichen, jovialen Edgar Deckle gar nicht zugetraut.

»Erinnerst du dich an die Gerritszoon-Schrift, die ich dir in unserer Druckerei gezeigt habe?«

»Ja, natürlich.« In der unterirdischen Druckerei. »Davon war nicht mehr viel übrig.«

»So ist es. Ich glaube, ich hatte dir erzählt, dass die Originale gestohlen wurden. Das war vor hundert Jahren, kurz nachdem wir in Amerika angekommen sind. Der Ungebrochene Buchrücken ist durchgedreht. Hat ein ganzes Heer von Detektiven angeheuert, die Polizei bestochen, den Dieb gefasst.«

»Wer war's?«

»Einer von uns – einer der Gebundenen. Er hieß Glencoe, und sein Buch war verbrannt worden.«

»Wieso?«

»Weil man ihn in der Bibliothek beim Sex erwischt hatte«, sagt Deckle wie selbstverständlich. Dann hebt er einen Zeigefinger und sagt leise: »Was übrigens immer noch nicht gut ankommt, aber heute verbrennen sie einen nicht mehr dafür.«

Also macht der Ungebrochene Buchrücken ja doch Fortschritte – kleine.

»Jedenfalls hat er einen Schwung *Codices Vitae* und ein paar silberne Gabeln und Löffel geklaut – wir hatten damals einen noblen Speisesaal. Und dann hat er die Gerritszoon-Patrizen mitgehen lassen. Manche meinen, aus Rache, aber ich glaube, er hat eher aus Not gehandelt. Fließend Latein zu können bringt einen in New York nicht weiter.«

»Du sagtest doch, man hat ihn erwischt.«

»Stimmt. Er hat niemanden gefunden, der die Bücher kaufen wollte, darum haben wir sie zurückbekommen. Die Löffel waren längst verschwunden. Und die Gerritszoon-Patrizen – die waren auch verschwunden. Seitdem sind sie nicht mehr aufgetaucht.«

»Komische Geschichte. Und?«

»Ich möchte, dass du sie findest.«

Ähm: »Im Ernst?«

Deckle lächelt. »Ja, im Ernst. Mir ist klar, dass sie vielleicht irgendwo unter einer Müllkippe vergammeln. Aber möglich ist auch« – seine Augen glänzen –, »dass sie sich vor unser aller Augen verstecken.«

Kleine Metallstückchen, die sich vor hundert Jahren in Luft auflösten. Vermutlich kann ich Penumbra leichter finden, indem ich von Tür zu Tür gehe.

»Ich glaube, du schaffst das«, sagt Deckle. »Du scheinst mir sehr findig zu sein.«

Noch mal: »Im Ernst?«

»Schreib mir, wenn du sie gefunden hast. *Festina lente.*« Er lächelt, und der Feed schaltet sich aus.

Okay, jetzt bin ich wütend. Ich habe erwartet, dass Deckle mir hilft. Stattdessen gibt er mir eine Hausaufgabe auf. Eine unmögliche Hausaufgabe.

Aber: *Du scheinst mir sehr findig zu sein.* Das hat noch nie jemand zu mir gesagt. Ich denke darüber nach. Findig: das ist einer, der Hilfsquellen auftut. Wenn ich an Hilfsquellen denke, fällt mir sofort Neel ein. Vielleicht hat Deckle recht. Alles, was ich bisher getan habe, gelang nur deshalb, weil ich andere um einen Gefallen gebeten habe. Ich kenne tatsächlich ein paar Leute mit besonderen Fähigkeiten, und ich weiß, wie man ihre Fähigkeiten koordiniert.

Und findigerweise wird mir klar, welche Hilfsquelle mir jetzt nützlich sein kann.

Um etwas Altes und Obskures aufzuspüren, etwas Seltsames und Bedeutendes, muss ich mich an Oliver Grone wenden.

Als Penumbra verschwand und der Laden zumachte, zog Oliver so mühelos eine neue Stelle an Land, dass ich vermutete, er hatte sie schon eine Weile in der Hinterhand. Er arbeitet bei Pygmalion, einer der schnörkellosen, unabhängigen Buchhandlungen, die aus echter Überzeugung heraus gegründet worden sind. Sie wird von den Alumni der Bewegung für Meinungsfreiheit in der Engels Street drüben in Berkeley betrieben. Oliver und ich sitzen jetzt im überfüllten Pygmalion-Café hinter der FOOD-POLITICS-Abteilung. Olivers Beine sind zu lang für den kleinen Tisch, darum streckt er sie nach einer Seite hin aus. Ich knabbere an einem Milchgebäck mit Himbeeren und Sojabohnensprossen.

Oliver scheint gern hier zu arbeiten. Pygmalion ist riesig: vollgepackt mit Büchern auf einer Fläche, die fast so lang ist wie ein ganzer Straßenblock, und überraschend gut organisiert. Knallige Farbblöcke an der Decke markieren die Abteilungen, und entsprechende Streifen verlaufen in dichten Mustern über dem Fußboden wie eine Schaltplatte in Regenbogenfarben. Als ich eintraf, schleppte Oliver gerade ein paar schwere Folianten zu den ANTHROPOLOGIE-Regalen. Vielleicht ist sein kräftiger Körperbau doch nicht der eines Linebackers; vielleicht ist er der eines Bibliothekars.

»Und was ist eine Patrize?«, fragt Oliver. Seine Kenntnisse obskurer Objekte reichen nicht weit über das zwölfte Jahrhundert hinaus, aber das stört mich nicht.

Ich erkläre ihm das System beweglicher, aus Blei gegossener Buchstaben, die man zu Zeilen zusammensetzt und dann damit einen Textblock bildet. Über viele Jahrhunderte wurden diese Lettern einzeln per Hand gegossen. Dafür benötigte man einen von Hand aus Stahl geschnittenen Stempel –

die Patrize, die man in Messing schlug, um Matrizen davon herzustellen, mit denen man wiederum, indem sie mit Blei ausgegossen wurden, die einzelnen Lettern fertigte. Jeder Buchstabe hatte seine eigene Patrize.

Oliver ist einen Augenblick still und wirkt abwesend. Dann sagt er: »Pass auf. Das solltest du wissen. Es gibt auf der Welt im Grunde zwei Arten von Gegenständen. Das klingt jetzt irgendwie leicht abgedreht, aber … manche Dinge haben eine Aura. Manche nicht.«

Naja, gerade darauf zähle ich. »Wir reden hier von einem der zentralen Aktivposten einer jahrhundertealten Sekte.«

Er nickt. »Das ist gut. Gegenstände des täglichen Gebrauchs … Haushaltsgeräte? Gibt es nicht mehr.« Er schnipst mit den Fingern: *puff.* »Wir haben echt Glück, wenn wir so was wie eine tolle Salatschüssel finden. Aber religiöse Objekte? Du würdest staunen, wie viele rituelle Urnen noch in der Gegend herumschwirren. Keiner will derjenige sein, der die Urne weggeschmissen hat.«

»Das heißt, wenn ich Glück habe, wollte auch keiner derjenige sein, der die Gerritszoon weggeschmissen hat.«

»Richtig. Und falls jemand sie gestohlen hat, ist das ein gutes Zeichen. Gestohlen werden ist mit das Beste, was einem Gegenstand passieren kann. Gestohlenes Zeugs kommt wieder in Umlauf. Nicht unter die Erde.« Dann presst er die Lippen zusammen. »Aber mach dir keine allzu großen Hoffnungen.«

Zu spät, Oliver. Ich schlucke den Rest meines Gebäcks hinunter und frage: »Wenn man also eine Aura hat, wohin kommt man dann?«

»Wenn diese Patrizen irgendwo in meiner Welt existieren«, sagt Oliver, »dann gibt's einen Ort, wo du sie finden kannst. Du brauchst einen Platz am Accession Table.«

ERSTE KLASSE

Tabitha Trudeau ist Olivers beste Freundin aus Berkeley. Sie ist klein und stämmig, mit braunem Lockenhaar und großen, bedrohlichen Augenbrauen hinter einem dicken schwarzen Brillengestell. Inzwischen ist sie die Stellvertretende Leiterin des obskursten Museums in der ganzen Bay Area, eines kleinen Gebäudes in Emeryville, das sich das *California Museum of Knitting Arts and Embroidery Sciences* nennt – Kaliforniens Museum für die Kunst und Wissenschaft des Stickens und Strickens.

Oliver hat uns per E-Mail miteinander bekannt gemacht und Tabitha erklärt, dass ich mich auf einer besonderen Mission befinde, die er gutheißt. Er hat mir auch den taktischen Rat gegeben, dass eine Spende nicht schaden würde. Leider würde jede nur halbwegs angemessene Spende mindestens zwanzig Prozent meiner weltlichen Habe ausmachen, aber ich habe immer noch einen Gönner, darum schrieb ich Tabitha in meiner Antwort, dass ich eventuell tausend Dollar zu vergeben hätte (mit freundlichen Grüßen der Neel-Shah-Stiftung für Frauen in der Kunst) – wenn sie mir weiterhelfen kann.

Als ich sie im Museum treffe – im Cal Knit, wie wir Eingeweihten sagen – fühle ich eine unmittelbare Seelenverwandtschaft, denn das Cal Knit ist fast so schräg wie Penumbras Laden. Es besteht aus einem einzigen großen Raum, einer umgebauten ehemaligen Schule, die jetzt mit bunten Auslagen und kindgerechten interaktiven Funktionen ausgestattet ist. In einem großen Eimer neben der Tür stehen Stricknadeln wie in einem Waffenarsenal: dicke, dünne, manche aus buntem Plastik, andere aus Holz oder zu anthropomorphen Formen geschnitzt. Es herrscht ein durchdringender Geruch nach Wolle.

»Wie viele Besucher kommen so am Tag her?«, frage ich und inspiziere eine der Holznadeln. Sie sieht aus wie ein sehr dünner Totempfahl.

»Oh, eine Menge«, sagt sie und schiebt ihre Brille hoch. »Hauptsächlich Schüler. Gerade ist ein Bus unterwegs, darum lass uns lieber gleich anfangen.«

Sie sitzt am Empfangstresen des Museums, wo ein kleines Schild BEI WOLLSPENDEN FREIER EINTRITT verkündet. Ich krame Neels Scheck aus meiner Hosentasche und streiche ihn auf der Tischplatte glatt. Tabitha steckt ihn mit einem Grinsen ein.

»Hast du so ein Ding schon mal benutzt?«, fragt sie und drückt auf eine Taste auf einer blauen Computerkonsole. Die Maschine gibt ein helles Piepsen von sich.

»Noch nie«, sage ich. »Bis vor zwei Tagen wusste ich nicht einmal, dass es so was gibt.«

Tabitha schaut auf, und ich folge ihrem Blick: Ein Schulbus kommt um die Ecke gefahren und hält auf dem winzigen Parkplatz vor dem Museum. »Ja, also«, sagt sie, »hier ist es. Du kriegst es schon raus, wie es geht. Nur gib nicht, naja, unser Zeug an andere Museen weiter.«

Ich nicke und schlüpfe hinter den Tresen und nehme ihren Platz ein. Tabitha wuselt im Museum herum, rückt Stühle zurecht und fährt mit antiseptischen Tüchern über Plastiktische. Was mich betrifft: Der Accession Table ist gedeckt.

Der Accession Table ist, wie ich von Oliver erfahren habe, eine riesige Datenbank, die sämtliche Artefakte in sämtlichen Museen aufspürt, allerorts. Sie wird seit Mitte des zwanzigsten Jahrhunderts geführt. Damals funktionierte sie noch mit Lochkarten, die herumgeschickt, kopiert, in Katalogen aufbewahrt wurden. In einer Welt, in der Artefakte immer auf Reisen sind – von der dritten Kelleretage eines Museums hinauf in die Ausstellungshalle, zu einem anderen Museum (das in Boston oder Belgien sein kann) –, ist sie unverzichtbar.

Jedes Museum der Welt verwendet den Accession Table, vom kleinsten Heimatverein bis zur reichhaltigsten nationalen Sammlung, und alle Museen verwenden einen identischen Monitor. Es ist der Bloomberg-Terminal für die Welt der Antiquitäten. Wird ein beliebiges Artefakt gefunden oder erstanden, wird es von dieser museologischen Matrix neu erfasst. Wird es je verkauft oder bis zur Unkenntlichkeit verbrannt, wird die Eintragung gelöscht. Aber solange nur ein Fitzelchen einer Leinwand oder der Splitter eines Steins in irgendeiner Sammlung irgendwo weiterexisitiert, ist es weiterhin in den Büchern verzeichnet.

Der Accession Table hilft bei der Erkennung von Fälschungen: Jedes Museum hat seinen Terminal so eingerichtet, dass er nach neuen Eintragungen Ausschau hält, die verdächtige Übereinstimmungen zu Artefakten aus seiner Sammlung aufweisen. Wenn der Accession Table Alarm anzeigt, heißt das, dass irgendwer irgendwo übers Ohr gehauen wurde.

Sollten die Gerritszoon-Patrizen in irgendeinem Museum auf der Welt existieren, hat der Accession Table sie gespeichert. Ich brauche nicht mehr als eine Minute an dem Terminal. Aber, um es deutlich zu sagen, jeder Kurator eines legitimen Museums wäre über meine Anfrage, sein Allerheiligstes benutzen zu dürfen, entsetzt. Diese Terminals bergen ja das

Geheimwissen jener speziellen Sekte, die über die Museums-
datenbank wacht. Darum hat Oliver vorgeschlagen, ein Hin-
tertürchen zu benutzen: ein kleines Museum mit einer Hüte-
rin, die unserer Sache wohlwollend gegenübersteht.

Der Stuhl hinter dem Empfangstresen knarrt unter meinem
Gewicht. Ich hatte mir die Hardware etwas hightech-mäßiger
vorgestellt, stattdessen sieht sie selbst aus wie ein Artefakt.
Der Monitor ist hellblau, nicht gerade jüngsten Jahrgangs; die
Pixel glupschen hinter dickem Glas hervor. Neuzugänge aus
aller Welt laufen den Bildschirmrand entlang. Es gibt Kera-
mikteller aus dem Mittelmeerraum, japanische Samurai-
schwerter und Fruchtbarkeitsstatuen aus dem Mogulreich –
ziemlich scharfe Statuen, sehr hüftbetont, total tantrisch – und
mehr, viel mehr; es gibt alte Stoppuhren und zerbröselnde
Musketen und sogar Bücher, schöne alte Bücher mit blauem
Einband und einem dicken goldenen Kreuz darauf.

Wie schaffen es Kuratoren, sich nicht den ganzen Tag dem
Reiz dieses Terminals hinzugeben?

Schreiende, kreischende Erstklässler strömen jetzt ins Cal
Knit. Zwei Jungen greifen sich Stricknadeln aus dem Eimer
neben der Eingangstür und fangen an, sich zu duellieren, dabei machen sie zischende Fechtgeräusche, die von einigem
Spuckesprühen begleitet werden. Tabitha führt sie zu einer
der interaktiven Installationen und beginnt mit ihrem Vor-
trag. Hinter ihr an der Wand hängt ein Poster, auf dem STRI-
CKEN IST SUPER steht.

Zurück zum Accession Table. Gegenüber den auf dem
Monitor entlanglaufenden Neuzugängen sind Grafiken, die
offensichtlich von Tabitha konfiguriert wurden. Sie verfolgen
Zugangsaktivitäten? Innerhalb verschiedener Interessenge-
biete, zum Beispiel TEXTILIEN und KALIFORNIEN und SCHEN-

KUNGEN. TEXTILIEN ist ein gezackter und geschäftiger kleiner Gebirgszug; KALIFORNIEN zeigt eine deutliche Aufwärtskurve, SCHENKUNGEN hat eine Nulllinie.

Okay. Wo ist das Suchfeld?

Drüben bei Tabitha wird die Wolle hervorgeholt. Erstklässler wühlen in breiten Plastikbehältern und suchen ihre Lieblingsfarben. Ein Kind fällt kreischend in einen hinein und wird von seinen zwei Freundinnen mit Nadeln gepikst.

Es gibt kein Suchfeld.

Ich drücke wahllos irgendwelche Tasten, bis das Wort VERZEICHNIS am oberen Monitor aufscheint (F5 hat das bewirkt). Jetzt entfaltet sich eine umfangreiche, detaillierte Systematik vor meinen Augen. Irgendwer, irgendwo hat alles überall kategorisiert:

METALL, HOLZ, KERAMIK.

15. JAHRHUNDERT, 16. JAHRHUNDERT, 17. JAHRHUNDERT.

POLITISCH, RELIGIÖS, RITUELL.

Halt mal – worin besteht der Unterschied zwischen RELIGIÖS und RITUELL? Mir schwindet der Mut. Ich fange an, bei METALL zu suchen, stoße aber dort nur auf Münzen und Armbänder und Angelhaken. Nicht auf Schwerter – ich glaube, die fallen unter WAFFEN. Vielleicht unter KRIEG. Vielleicht unter SPITZE GEGENSTÄNDE.

Tabitha beugt sich zu einem der Erstklässler hinunter und hilft ihm, zwei Stricknadeln zu kreuzen, um seine erste Masche zu produzieren. Er runzelt in angestrengter Konzentration die Stirn – ich kenne diesen Gesichtsausdruck aus dem Lesesaal –, und dann hat er es geschafft, die Masche nimmt Gestalt an, und er gluckst und strahlt über das ganze Gesicht.

Tabitha dreht sich zu mir um. »Schon gefunden?«

Ich schüttle den Kopf. Nein, ich habe es noch nicht gefunden. Nicht im 15. JAHRHUNDERT. Naja, vielleicht ist es ja im 15. JAHRHUNDERT, aber alles andere ist auch im 15. JAHRHUNDERT – das ist das Problem. Ich suche immer noch nach einer Nadel im Heuhaufen. Wahrscheinlich einem uralten Heuhaufen aus der Song-Dynastie, den die Mongolen zusammen mit allem anderen in Brand gesetzt haben.

Ich sitze zusammengesunken da, den Kopf in die Hände gestützt, und starre auf die blaue Konsole, die mir ein Bild von irgendwelchen unförmigen, grünstichigen Münzen zeigt, die aus einer alten spanischen Galeone geborgen wurden. Habe ich gerade tausend von Neels Dollars verschwendet? Was soll ich bloß mit diesem Ding anstellen? Warum hat Google noch keinen Museumsindex?

Ein kleines Mädchen mit leuchtend rotem Haar kommt kichernd zum Empfangstresen gerannt; sie würgt sich gerade mit einer Schlinge aus grüner Wolle. Äh – hübscher Schal? Sie grinst und hüpft auf und ab.

»Hi«, sage ich. »Darf ich dich was fragen?« Sie kichert und nickt. »Wie würdest du eine Nadel im Heuhaufen finden?«

Die Erstklässlerin hält inne und zupft grübelnd an der grünen Wolle um ihren Hals. Sie denkt richtig darüber nach. Winzige Gänge rasten ein; sie knetet die Finger und überlegt. Das ist niedlich. Schließlich schaut sie auf und sagt ernst: »Ich würde die Heue bitten, sie zu suchen.« Dann macht sie leise »Buh!« und hopst auf einem Bein davon.

Ein uralter Gong aus der Song-Dynastie ertönt donnernd in meinem Kopf. Ja, natürlich. Sie ist ein Genie! Ich kichere in mich hinein und drücke so lange auf Escape, bis ich mich von der grauenhaften Systematik der Software befreit habe. Stattdessen wähle ich den Befehl, der schlicht ZUGÄNGE lautet.

Es ist so einfach. Natürlich, natürlich. Die Erstklässlerin hat recht. Es ist so leicht, eine Nadel im Heuhaufen zu finden! Man muss *die Heue bitten, sie zu suchen!*

Die Suchmaske ist lang und kompliziert, aber ich fülle sie eilig aus:

KÜNSTLER: Griffo Gerritszoon
JAHR: 1500 (ca.)
BESCHREIBUNG: Metalltype. Gerritszoon-Patrizen, vollständiger Zeichensatz.
PROVENIENZ: Ca. 1900 verloren. Durch anonyme Schenkung zurückerlangt.

Ich lasse die restlichen Felder frei und klicke auf Enter, um das komplett erfundene neue Artefakt im Accession Table zu registrieren. Wenn ich richtig verstanden habe, durchsucht er jetzt alle anderen Terminals, die genauso sind wie dieser, in jedem Museum auf der ganzen Welt. Kuratoren prüfen den Eintrag, checken ihn auf Querverweise – Tausende.

Eine Minute tickt vorbei. Noch eine. Ein Erstklässler mit einem dunklen Wuschelkopf und schlechter Haltung schlurft zum Empfangstresen, stellt sich auf die Zehenspitzen und beugt sich konspirativ zu mir vor: »Haben Sie irgendwelche Spiele?«, flüstert er und zeigt auf die Konsole. Ich schüttle traurig den Kopf. Tut mir leid, Junge, aber vielleicht –

Der Accession Table macht *wuu wuu*. Es ist ein hoher, aufsteigender Ton wie ein Feueralarm: *wuu, wuu.* Der krumme Junge fährt erschrocken auf, und alle Erstklässler drehen sich zu mir um. Auch Tabitha, die eine ihrer breiten Augenbrauen hochzieht und mich fragend ansieht.

»Alles okay da drüben?«

Ich nicke; ich bin zu aufgeregt, um etwas zu sagen. Eine Botschaft in dicken roten Lettern blinkt böse am unteren Bildschirmrand:

ZUGANG VERWEIGERT

Ja!

ARTEFAKT EXISTIERT

Ja ja ja!

BITTE KONTAKTIEREN: CONSOLIDATED UNIVERSAL LANGZEITLAGERUNG GMBH

Der Terminal klingelt. Moment mal. Er kann klingeln? Ich werfe einen Blick hinter den Monitor und sehe einen leuchtend blauen Telefonhörer, der da in einer Halterung klemmt. Ist das die Not-Hotline des Museums? *Hilfe, das Grab des Tutanchamun ist leer!* Es klingelt wieder.

»Hey, sag mal, was machst du da drüben?«, ruft Tabitha quer durch den Saal.

Ich winke fröhlich – alles paletti –, schnappe mir dann den Hörer, drücke ihn fest ans Ohr und flüstere: »Hallo. Cal Knit.«

»Hier ist Consolidated Universal Langzeitlagerung«, sagt die Stimme am anderen Ende. Es ist eine Frau, und sie spricht mit einer klitzekleinen Dialektfärbung. »Können Sie mich bitte mit den Zugängen verbinden?«

Ich schaue mich im Raum um: Tabitha zieht gerade zwei Erstklässler aus einem Kokon grüner und gelber Wolle. Ein Kind ist etwas rot angelaufen, als habe es keine Luft bekommen. Ins Telefon sage ich: »Zugänge? Das bin ich, Ma'm.«

»Oh, wie höflich! Hören Sie mal, Schätzchen, irgendjemand zieht Sie da über den Tisch«, sagt sie. »Dieses – mal sehen – rituelle Artefakt, das Sie angemeldet haben, ist schon bei uns registriert. Wir haben es seit Jahren. Sie müssen das *immer* zuerst abchecken, Kleiner.«

Ich muss mich krampfhaft zurückhalten, Luftsprünge zu machen und hinter dem Tresen Freudentänzchen zu vollführen. Ich beruhige mich wieder und sage ins Telefon: »Oje, danke für die Warnung. Ich werde den Kunden hier wieder abwimmeln. Ein total zwielichtiger Typ, sagt, er wäre Mitglied einer Geheimgesellschaft, dass sie es seit vielen Jahrhunderten besitzen – na, Sie wissen schon, das Übliche.«

Die Frau seufzt mitfühlend. »Wem *sagen* Sie das, Schatz.«

»Hören Sie«, sage ich leichthin, »wie heißen Sie?«

»Cheryl, Schätzchen. Die Sache tut mir wirklich leid. Wer kriegt schon gern einen Anruf von Con-U.«

»Das ist nicht wahr! Ich bin wirklich dankbar für Ihre Gewissenhaftigkeit, Cheryl.« Ich stelle mich dumm: »Aber wir sind ziemlich klein. Ich habe offen gestanden noch nie was von Con-U gehört …«

»Machen Sie Witze, Kleiner? Wir sind ja nur der größte und fortschrittlichste externe Lagerservice für den historischen Unterhaltungssektor westlich des Mississippi«, sagt sie in einem Atemzug. »Hier in Nevada. Waren Sie schon mal in Vegas?«

»Naja, nein –«

»Trockenster Ort in den ganzen Vereinigten Staaten, Schätzchen.«

Ideal für Steintafeln. Okay, jetzt oder nie. Ich sage meinen Spruch auf: »Hören Sie, Cheryl, vielleicht können Sie mir helfen. Wir hier bei Cal Knit haben gerade eine größere Spende erhalten, von der äh, Neel-Shah-Stiftung –«

»Das freut mich.«

»Naja, für unsere Verhältnisse ist sie groß, was eigentlich nicht besonders groß ist. Aber wir organisieren gerade eine neue Ausstellung und … Sie haben doch die echten Gerritszoon-Patrizen, oder?«

»Ich habe keine Ahnung, was das ist, Schatz, aber hier steht, dass wir sie haben.«

»Dann würden wir sie gern ausleihen.«

Ich lasse mir von Cheryl die Einzelheiten nennen, bedanke mich und sage Auf Wiedersehen, dann lege ich den blauen Hörer wieder auf. Ein grünes Wollknäuel kommt in hohem Bogen angeflogen. Es landet auf dem Tresen, rollt auf meinen Schoß und löst sich dabei auf. Ich schaue hoch, und es ist wieder das kleine rothaarige Mädchen, das auf einem Bein steht und mir die Zunge herausstreckt.

Die Erstklässler bewegen sich drängelnd und schubsend wieder zum Parkplatz hinaus. Tabitha macht die Eingangstür hinter ihnen zu, schließt ab und humpelt zurück zum Empfangstresen. Sie hat einen kleinen roten Kratzer auf der Wange.

Ich fange an, die grüne Wolle aufzurollen. »Anstrengende Klasse?«

»Sie sind mit den Nadeln ziemlich schnell bei der Sache«, sagt sie seufzend. »Wie war's bei dir?«

Ich habe den Namen des Lagers und die Adresse in Nevada auf einem Notizblock von Cal Knit notiert. Ich drehe ihn um, damit sie ihn lesen kann.

»Ja, kein Wunder«, sagt sie. »Wahrscheinlich ist neunzig Prozent von allem, was auf diesem Bildschirm steht, eingelagert. Wusstest du, dass die Library of Congress ihre meisten Bücher außerhalb von Washington aufbewahrt? Die haben so was wie tausend Regalkilometer, alles in Lagerhallen.«

»Iih.« Ich finde die Vorstellung furchtbar. »Wozu der Aufwand, wenn keiner sie je zu sehen bekommt?«

»Die Aufgabe eines Museums besteht darin, Gegenstände für die Nachwelt aufzubewahren«, sagt Tabitha leicht pikiert. »Wir haben einen klimatisierten Container voller Weihnachtspullis.«

Natürlich. Wissen Sie, ich glaube allmählich wirklich, dass die ganze Welt nur eine Patchworkdecke aus lauter verrückten kleinen Sekten ist, die alle ihre eigenen geheimen Orte, Archive und Regeln haben.

In der Bahn zurück nach San Francisco tippe ich drei kleine Nachrichten in mein Handy.

Eine geht an Deckle und lautet: Ich bin da was auf der Spur.

Eine andere an Neel: Kann ich mir dein Auto borgen?

Die letzte geht an Kat. Sie lautet schlicht: Hallo.

DER STURM

Die Consolidated Universal Langzeitlagerung ist ein grauer und gedrungener langer Klotz, der sich neben dem Highway gleich hinter der Stadtgrenze von Enterprise, Nevada, breit macht. Als ich auf den großen Parkplatz fahre, spüre ich, wie mir diese konturlose Masse aufs Gemüt drückt. Sie ist die in Form gegossene Industriepark-Tristesse, aber wenigstens lässt sie darauf hoffen, dass Schätze in ihrem Inneren schlummern. Das Applebee's-Restaurant, drei Meilen den Highway hinauf, ist auch deprimierend, aber da weiß man wenigstens, was einen erwartet.

Um bei Con-U hineinzukommen, muss ich durch zwei Metalldetektoren und eine Röntgenschleuse und werde anschließend von einem Sicherheitsbeamten namens Barry abgetastet. Tasche, Jacke, Brieftasche und Kleingeld werden konfisziert. Barry sucht nach Messern, Skalpellen, Spitzhacken, Ahlen, Scheren, Bürsten und Wattebäuschen. Er überprüft die Länge meiner Fingernägel, dann gibt er mir rosa Latexhandschuhe, die ich überziehen muss. Zum Schluss steckt er mich in einen weißen Tyvek-Anzug mit Gummizügen an den Handgelenken und Überziehern für die Schuhe. Als ich mich in die trockene, makellose Luft des Lagergebäudes hineinbegebe, bin ich zu vollkommener Passivität verdammt: Ich kann von keiner physischen Substanz im bisher bekannten Universum etwas abbrechen, abkratzen, abätzen oder eine chemische Reaktion bei ihr auslösen. Ich schätze mal, ich könnte immer noch an irgendetwas lecken. Es überrascht mich, dass Barry mir den Mund nicht mit einem Klebeband versiegelt hat.

Cheryl nimmt mich in einem schmalen, von kalten Deckenneonröhren beleuchteten Flur in Empfang, vor einer Tür, auf der in großer schwarzer Schablonenschrift die Worte ZUGANG/ZUGANGSVERWEIGERUNG stehen. Sie wirken so gewichtig, als würden sie so was wie REAKTORKERN besagen.

»Willkommen in Nevada, Kleiner!« Sie winkt und schenkt mir ein strahlendes Lächeln, bei dem sich ihre Wangen zu Bällchen formen. »Richtig schön, hier draußen mal ein neues Gesicht zu sehen.« Cheryl ist eine Frau in mittleren Jahren mit krausem schwarzem Haar. Sie trägt eine grüne Strickjacke mit einem hübschen Zickzackmuster und staubblaue Mom-Jeans – offensichtlich sind Tyvek-Anzüge nicht ihr Ding. Das Con-U-Mitarbeiterabzeichen hängt an einer Kordel um ihren Hals, und auf dem Foto darauf sieht sie zehn Jahre jünger aus.

»Okay, Schätzchen. Das hier ist das intermuseale Ausleihformular.« Sie händigt mir ein zerknittertes blassgrünes Blatt aus. »Und das ist das von uns.« Wieder ein Blatt Papier, diesmal ein gelbes. »Und das hier müssen Sie unterschreiben.« Es ist rosa. Cheryl holt tief Luft. Sie runzelt die Stirn und sagt: »Folgendes, Schätzchen. Ihre Institution ist nicht international akkreditiert, darum können wir das Orten und Packen nicht für Sie erledigen. Ist gegen die Vorschriften.«

»Orten und Verpacken?«

»Tut mir leid.« Sie gibt mir ein iPad aus der Vorgängergeneration, das in einer Reifengummihülle steckt. »Aber hier ist eine Karte. Wir haben ja jetzt diese tollen Pads.« Sie lächelt.

Das iPad zeigt einen kleinen Flur (sie legt den Finger darauf – »Sehen Sie, hier sind wir«), der in ein gigantisches leeres Rechteck mündet. »Und das da ist das Lager, da vorn durch.« Sie hebt den Arm, an dem Armreifen klimpern, und zeigt den Flur entlang auf eine breite Doppeltür.

Ein Formular – das gelbe – teilt mir mit, dass die Gerritszoon-Patrizen auf dem Regal ZULU-2591 ruhen. »Und wo finde ich das?«

»Ehrlich, Schätzchen, es ist schwer zu beschreiben«, sagt Cheryl. »Sie werden schon sehen.«

Das Langzeitlager von Con-U ist der unglaublichste Raum, den ich je gesehen habe. Bedenken Sie, dass ich bis vor Kurzem in einer auf hochkant gekippten Buchhandlung gearbeitet und unlängst eine geheime unterirdische Bibliothek besucht habe. Bedenken Sie außerdem, dass ich als Kind die Sixtinische Kapelle und während meines Aufenthalts im Science-Camp einen Teilchenbeschleuniger besichtigt habe. Diese Lagerhalle toppt sie alle.

Über allem schwebt eine hohe Decke, gerippt wie ein Flugzeughangar. Am Boden ist ein Labyrinth aus großen Metallregalen voller Kisten, Boxen, Behälter und Tonnen. Keine große Sache. Aber die Regale – die Regale bewegen sich.

Einen Augenblick wird mir übel, weil alles vor meinen Augen verschwimmt. Die ganze Anlage krümmt und windet sich wie Tausende von Würmern in einem Eimer; es ist genau dieselbe sich überlappende, schwer nachvollziehbare Bewegung. Die Regale sind auf dicke Gummireifen montiert und wissen sie zu benutzen. Sie bewegen sich in kleinen, kontrollierten Stößen, dann sprinten sie durch die freien Gassen. Sie halten an und lassen einander höflich Vortritt; sie rotten sich zusammen und bilden lange Karawanen. Es ist unheimlich. Voll der »Zauberlehrling«.

Die Karte auf dem iPad ist also deswegen leer, weil sich die Anlage in Echtzeit umarrangiert.

Der Raum ist dunkel, es gibt keine Deckenbeleuchtung, aber an jedem Regal ist oben eine orangefarbene Lampe angebracht, die blitzt und rotiert. Das Licht wirft seltsame kreisende Schatten, während die Regale ihre komplizierten Wanderungen vollführen. Die Luft ist trocken – richtig trocken. Ich befeuchte meine Lippen.

Ein Regal, das ein Gestell mit langen Speeren und Lanzen beherbergt, zischt an mir vorbei. Dann macht es eine scharfe Kurve – die Lanzen klappern –, und ich sehe, dass es auf breite Türen zusteuert, die sich am anderen Ende der Halle befinden. Dort ergießt sich kühles blaues Licht in die Dunkelheit, und ein Team in Tyvek-Montur hebt Kisten von den Regalbrettern, schaut prüfend auf Klemmbretter und trägt sie von dannen. Regale stellen sich an wie Schulkinder, zappeln und drängeln; als die weißen Anzüge mit ihnen fertig sind, schieben sie wieder ab und rollen zurück ins Labyrinth.

Hier, im fortschrittlichsten externen Lagerservice für den historischen Unterhaltungssektor westlich des Mississippi, findet man die Artefakte nicht. Die Artefakte finden einen.

Das iPad blinkt mich an und zeigt mir jetzt einen blauen Punkt mit der Aufschrift ZULU-2591 nahe der Mitte des Raums. Okay, das hilft weiter. Es muss ein Transponder-Tag sein. Oder Zauberei.

Vor mir auf dem Boden ist eine dicke gelbe Linie gemalt. Ich setze vorsichtig einen Zeh darüber, und die Regale in meiner Nähe weichen alle schreckhaft zurück. Das ist gut. Sie wissen, dass ich hier bin.

Darum wage ich mich vorsichtig in den Mahlstrom hinein. Einige Regale verringern ihr Tempo nicht, verändern aber ihren Lauf so, dass sie knapp hinter mir oder knapp vor mir vorbeirollen. Ich gehe gleichmäßig, mache langsame, gezielte Schritte. Während sie um mich herumziehen, bilden die Regale eine Parade der Wunder. Da gibt es riesige Urnen mit einer Glasur in Blau und Gold, festgeschnallt und in Schaumgummi verpackt; große Glaszylinder, gefüllt mit braunem Formaldehyd, in denen sich schlängelnde Tentakel schwach zu erkennen sind; kleine Kristallblöcke, die aus rauem schwarzem Gestein herauswachsen und in der Dunkelheit grün leuchten. Ein Regal beherbergt ein einziges Ölgemälde von fast zwei Metern Höhe: das Porträt eines schmollenden Handelsfürsten mit dünnem Bärtchen. Seine Augen scheinen mich zu verfolgen, während sein Bild um eine Ecke kurvt und sich meinem Blick entzieht.

Ich frage mich, ob Mats Miniaturstadt – naja, jetzt ist sie Mats und Ashleys – eines Tages auf Regalen wie diesen hier enden wird. Ob sie sie dann hochkant festschnallen? Oder werden sie sie vorsichtig auseinandernehmen und jedes Gebäude einzeln in Gaze verpacken und verstauen? Werden die Regale auseinanderdriften und verschiedene Wege gehen? Wird sich Matropolis über die Anlage verstreuen wie eine Wolke aus Sternennebel? So viele Menschen träumen davon, dass etwas, was sie selbst geschaffen haben, ins Museum kommt … ob das hier wohl ihren Vorstellungen entspricht?

An den Seitenwänden der Anlage verläuft eine Art Schnellstraße; hier treiben sich vermutlich die begehrten Artefakte herum. Aber als ich meinem iPad folge und weiter zum Zentrum der Halle vordringe, verlangsamt sich die Bewegung der Dinge. Hier gibt es Fächer mit Weidenmasken, Teeservice, in Styroporkugeln verpackt, dicke Metalltafeln, von ausgetrockneten Seepocken verkrustet. Hier gibt es einen Flugzeugpropeller und einen dreireihigen Anzug. Hier sind die Sachen sonderbarer.

Aber es gibt hier nicht nur Regale. Sondern auch rollende Tresore – riesige Metallboxen auf Panzergleitketten. Manche kriechen langsam voran; manche stehen an ihrem Platz. Alle haben ausgeklügelte Schlösser, und oben sitzen blinkende schwarze Kameras. Bei einem prangt in greller Schrift eine Warnung vor biologischen Risiken über der Front; ich mache einen großen Bogen darum.

Plötzlich ertönt ein hydraulisches Schnappen, und einer der rollenden Tresore erwacht zum Leben. Er ruckelt an, und das orangefarbene Licht blinkt wild. Ich springe aus dem Weg, und er schiebt sich an die Stelle, an der ich eben noch stand. Die anderen Regale weichen zur Seite und machen Platz, während der Tresor gemächlich seine Reise zu den Türen antritt.

Mir kommt ein Gedanke: Sollte ich hier plattgemacht werden, wird mich eine ganze Weile niemand finden.

Irgendwo flackert Bewegung auf. Der Bereich meines Hirns, der sich der Erkennung anderer Menschenwesen widmet (vor allem von Gangstern, Mördern und feindlichen Ninjas), fängt zu blinken an wie eine dieser orangefarbenen Lampen. Durch die Dunkelheit naht eine Person. Hamstermodus: aktivieren. Jemand rast auf mich zu, immer schneller, und er sieht aus wie Corvina. Ich wirbele herum, um mich ihm entgegenzustellen, hebe schützend die Hände vors Gesicht und schreie: »Ah!«

Es ist wieder dieses Gemälde – der Handelsprinz mit Schnurrbart. Es ist zurückgekommen, um noch mal nach dem Rechten zu sehen. Verfolgt es mich? Nein – natürlich nicht. Das Herz schlägt mir bis zum Hals. Beruhige dich, Fluffy McFly.

Im eigentlichen Zentrum der Lagerhalle bewegt sich nichts. Hier kann man nur schwer etwas erkennen; die Regale haben ihre Lampen abgestellt, vielleicht um Batteriestrom zu sparen, vielleicht auch nur aus Verzweiflung. Es ist ruhig – ich bin im Auge des Sturms. Lichtstreifen aus der geschäftigen Zone entlang der Wände bohren sich bis hierher durch und beleuchten kurz verbeulte Kisten, Zeitungsstapel, Steinplatten. Ich konsultiere das iPad und finde den blinkenden blauen Punkt. Ich glaube, ich bin nah dran, und fange an, die Regale zu durchsuchen.

Auf allen liegt eine dicke Staubschicht. Ich gehe von Regal zu Regal, wische sie ab und prüfe die Schilder. In großen schwarzen Ziffern auf leuchtend gelbem Untergrund steht da: BRAVO-3877. GAMMA-6173. Ich schaue immer weiter und benutze mein Handy als Taschenlampe. TANGO-5179. ULTRA-4549. Und dann: ZULU-2591.

Ich habe eine schwere Kiste erwartet, eine edel gearbeitete Arche für Gerritszoons große Schöpfung. Stattdessen finde ich einen Pappkarton mit nach innen gefalteten Laschen vor. Darin liegen die Patrizen, einzeln in Plastiktüten verpackt, die mit einem Gummiband festgehalten werden. Sie sehen aus wie Autoersatzteile.

Aber dann nehme ich eine heraus – es ist das *X*, und es ist schwer, und ein großes Triumphgefühl durchflutet mich. Ich kann nicht glauben, dass ich es in meiner Hand halte. Ich kann nicht glauben, dass ich sie gefunden habe. Ich komme mir vor wie Telemach, das Halbblut, der gerade Griffos goldenes Horn gefunden hat. Ich komme mir vor wie ein Held.

Niemand sieht mich. Ich halte das *X* hoch wie ein mythisches Schwert. Ich stelle mir vor, wie ein Blitz aus der Decke herabstößt. Ich stelle mir vor, wie die dunkle Legion der Königin von Wyrm verstummt. Ich mache ein leises, energiegeladenes Zischgeräusch: *psschiuuu!*

Dann hebe ich die Kiste mit beiden Armen aus dem Regal und wanke wieder in den Sturm hinaus.

DIE DRACHENLIED-CHRONIKEN, BAND III

Ich bin wieder in Cheryls Büro, habe meine Formulare ausgefüllt und schaue ihr geduldig dabei zu, wie sie den Accession Table aktualisiert. Der Terminal auf ihrem Schreibtisch sieht genauso aus wie der im Cal Knit: blaues Plastik, dickes Glas, eingebauter Telefonhörer. Daneben steht ein Abreißkalender, der Katzen zeigt, die als berühmte Persönlichkeiten verkleidet sind. Heute stellt ein flaumiges weißes Kätzchen Julius Caesar dar.

Ich frage mich laut, ob Cheryl weiß, von welcher historischen Bedeutung der Inhalt dieses Pappkartons ist.

»Oh, Schätzchen«, sagt sie und winkt ab, »alles hier ist für irgendwen die größte Kostbarkeit.« Sie rückt nah an den Terminal heran, überprüft noch einmal ihre Eintragungen.

Hmm. Stimmt. Was schlummert noch alles im Auge des Orkans und wartet darauf, von der richtigen Person gefunden und mitgenommen zu werden?

»Möchten Sie das nicht absetzen, Schatz?«, fragt Cheryl und zeigt mit dem Kinn auf die Box in meinen Armen. »Sieht schwer aus.«

Ich schüttle den Kopf. Nein, ich will das nicht absetzen. Ich habe Angst, dass es sonst verschwindet. Es fühlt sich immer noch irreal an, dass ich die Patrizen in Händen halte. Vor fünfhundert Jahren hat ein Mann namens Griffo Gerritszoon diese Formen ausgeschnitten – original diese. Jahrhunderte sind vergangen, und Millionen, vielleicht Milliarden Menschen haben ihren Abdruck gesehen, obwohl die meisten gar nicht wussten, was sie da sahen. Jetzt drücke ich sie zärtlich an mich wie ein Neugeborenes. Ein richtig schweres Neugeborenes.

Cheryl tippt einen Befehl in ihre Tastatur, und der Drucker neben dem Terminal fängt an zu schnurren. »Gleich fertig, Kleiner.«

Angesichts der Tatsache, dass es sich um Gegenstände von höchstem ästhetischem Wert handelt, machen die Patrizen optisch nicht viel her. Im Grunde sind sie nichts weiter als dünne Stöckchen mit einer dunklen Legierung, grob und verkratzt, und erst ganz am Ende werden sie wunderschön, wenn Glyphen aus dem Metall herausragen wie Berggipfel im Nebel.

Plötzlich fällt mir wieder ein, was ich fragen wollte: »Wem gehören sie?«

»Oh, niemandem«, sagt Cheryl. »Jetzt nicht mehr. Wenn sie jemandem gehören würden, hätten Sie sich an den wenden müssen, nicht an mich!«

»Und ... was machen sie dann hier?«

»Herrje, wir sind für einen ganzen Haufen Zeugs so was wie ein Waisenhaus«, sagt sie. »Wollen mal sehen.« Sie schiebt die Brille hoch und dreht am Scroll-Rädchen ihrer Maus. »Das Feuerstein-Museum für moderne Industrie hat sie uns rübergeschickt, aber die sind ja 1988 eingegangen. Richtig süßes kleines Museum. Richtig netter Kurator, Dick Saunders.«

»Und er hat einfach alles hier eingelagert?«

»Naja, also er war dann noch mal da und hat ein paar alte Autos abgeholt, mit einem Tieflader, aber den Rest hat er einfach der Con-U-Sammlung überschrieben.«

Vielleicht sollte Con-U eine eigene Ausstellung organisieren: Anonyme Artefakte aller Epochen.

»Wir versuchen, das Zeug zu versteigern«, sagt Cheryl, aber einiges ...« Sie zuckt die Achseln. »Wie gesagt, alles ist für irgendjemanden eine Kostbarkeit. Aber oft ist es so, dass man diesen Jemand nicht finden kann.«

Wie deprimierend. Wenn diese kleinen Gegenstände, die für die Geschichte des Druckhandwerks und der Typografie und der menschlichen Kommunikation so bedeutend waren, in einer riesigen Lagerhalle verloren gingen ... wie schlecht müssen dann die Chancen für unsereinen stehen?

»Okay, Mis-ter Jannon«, sagt Cheryl im ironisch-amtlichen Ton, »damit wäre das erledigt.« Sie steckt die ausgedruckten Seiten in den Karton und klopft mir auf den Arm. »Die Leihfrist beträgt drei Monate, und Sie können sie bis zu einem Jahr verlängern. Na, dann wollen wir mal wieder raus aus diesen langen Unterhosen, was?«

Ich fahre in Neels Hybridauto nach San Francisco zurück; auf dem Sitz neben mir liegen die Patrizen. Sie füllen das Wageninnere mit einem durchdringenden Geruch von weichgeglühtem Metall, der mich in der Nase kitzelt. Ich frage mich, ob ich sie vielleicht in heißem Wasser auskochen sollte. Ich frage mich, ob der Geruch in den Sitzen hängen bleibt.

Es ist ein weiter Heimweg. Eine Zeit lang beobachte ich die Kraftstoffverbrauchsanzeige auf der Konsole und versuche, meine Energieeinsparung vom Hinweg zu unterbieten. Aber das wird schnell langweilig, darum stöpsele ich meinen Walkman in das Audioradio ein und lasse die Hörbuchfassung der *Drachenlied-Chroniken, Teil III* laufen, gelesen vom Autor Clark Moffat persönlich.

Ich lehne mich zurück, umfasse das Lenkrad auf zehn und vierzehn Uhr und lasse die seltsame Situation auf mich einwirken. Zwei Brüder des Ungebrochenen Buchrückens, durch Jahrhunderte getrennt, flankieren mich: Moffat in der Anlage, Gerritszoon auf dem Beifahrersitz. Die Wüste Nevadas streckt sich meilenweit und leer vor mir aus, und oben im Turm der Königin von Wyrm nehmen die Dinge eine superschräge Entwicklung.

Erinnern wir uns, dass diese *Chroniken* mit einem Drachen beginnen, der sich im Meer verirrt hat und singend Delfine und Wale um Hilfe bittet. Er wird von einem vorbeifahrenden Schiff gerettet, auf dem sich zufällig ein gelehrter Zwerg befindet. Der Zwerg freundet sich mit dem Drachen an und pflegt ihn wieder gesund, dann rettet er ihm das Leben, als sich der Schiffskapitän eines Nachts heranschleicht und versucht, dem Drachen die Kehle durchzuschneiden, um an das Gold in dessen Speiseröhre heranzukommen, und das sind nur die ersten fünf Seiten – es ist also einigermaßen erstaunlich, dass die Handlung sich überhaupt noch schräger entwickeln kann.

Aber natürlich weiß ich jetzt auch, warum: Der dritte und letzte Band der *Drachenlied-Chroniken* ist zugleich Moffats *Codex Vitae*.

Die ganze Handlung dieser Fortsetzung spielt sich im Turm der Königin von Wyrm ab, der sich als ein nahezu eigenständiger Kosmos entpuppt. Der Turm reicht hinauf bis zu den Sternen, und jedes Stockwerk hat seine eigenen Regeln, seine eigenen Rätsel, die man lösen muss. Die ersten zwei Bände handeln von Abenteuern, Schlachten und natürlich von Verrat. In diesem dreht sich alles um Rätsel, Rätsel, Rätsel.

Es beginnt damit, dass ein freundliches Gespenst erscheint und Fernwen den Zwerg und Telemach das Halbblut aus dem Verlies der Königin von Wyrm befreit und sie ihren Aufstieg beginnen können. Durch die Lautsprecher des Toyota beschreibt Moffat das Gespenst:

Es war groß und hatte eine blassblaue Aura, eine Kreatur mit langen Armen und langen Beinen und der Andeutung eines Lächelns, und über allem waren Augen, die noch blauer leuchteten als sein Körper.

Halt mal.

»Was hofft ihr an diesem Ort zu finden?«, fragte der Schatten schlicht.

Ich fummle an der Rückspultaste des Geräts herum. Zuerst spule ich zu weit zurück, sodass ich wieder auf den Schnellvorlauf drücken muss, dann bin ich wieder dran vorbei, muss also noch mal zurückspulen, und dann wackelt der Toyota, als er die Rüttelstreifen am Fahrbahnrand überfährt. Ich reiße das Steuerrad herum, lenke den Wagen wieder direkt geradeaus über den Highway und drücke schließlich auf Play:

… Augen, die noch blauer leuchteten als sein Körper. »Was hofft ihr an diesem Ort zu finden?«, fragte der Schatten schlicht.

Zurück. Noch mal:

… Augen, die noch blauer leuchteten als sein Körper. »Was hofft ihr an diesem Ort zu finden?«

Jeder Irrtum ist ausgeschlossen: Moffat ahmt hier Penumbras Stimme nach. Diese Stelle im Buch ist nicht neu; ich erinnere mich von meiner ersten Lektüre her an den freundlichen blauen Geist im Verlies. Aber damals konnte ich natürlich nicht ahnen, dass Moffat heimlich einen exzentrischen Buchhändler aus San Francisco in seinen epischen Fantasyroman eingebaut hatte. Und ebenso wenig konnte ich, als ich den Laden »Buchhandlung Penumbra – durchgehend geöffnet« betrat, ahnen, dass ich Mr. Penumbra schon ein paarmal begegnet war.

Ajax Penumbra ist der blauäugige Schatten im Turmverlies der Königin von Wyrm. Ich bin mir absolut sicher. Und Moffats Stimme zu hören, die heisere Zuneigung, die darin liegt, als er zum Ende der Szene kommt …

Fernwens kleine Hände brannten auf der Leiter. Das Eisen war eiskalt, und es kam ihm vor, als würde er von jeder Sprosse gebissen, als würden sie in ihrer Bosheit alles versuchen, ihn wieder in die dunklen Untiefen des Verlieses hinabzustürzen. Telemach war weit über ihm und zog sich schon durch das Portal. Fernwen warf einen Blick nach unten. Dort, im Rahmen der Geheimtür, stand der Schatten. Er lächelte, ein Pulsieren aus Spektralblau, wedelte mit den langen Armen und rief:

»Kletter weiter, mein Junge! Kletter weiter!«

Und das tat er.

… das ist einfach unglaublich. Penumbra hat sich schon jetzt einen Hauch Unsterblichkeit erworben. Ob er davon weiß?

Ich beschleunige wieder auf Reisegeschwindigkeit, schüttle den Kopf und lächle in mich hinein. Auch die Handlung nimmt Fahrt auf. Moffats raue Stimme begleitet die Helden von Stockwerk zu Stockwerk, während sie die Rätsel lösen und auf dem Weg Verbündete um sich scharen – einen Dieb, einen Wolf, einen sprechenden Stuhl. Jetzt, zum ersten Mal, kapiere ich es: Die Stockwerke sind eine Metapher für die Dechiffriermethoden des Ungebrochenen Buchrückens. Moffat benutzt den Turm, um die Geschichte seines eigenen Weges durch die Gemeinschaft zu erzählen.

Es ist alles ganz offensichtlich, wenn man weiß, worauf man achten muss.

Ganz am Ende, nach einigen seltsamen schleppenden Windungen, erreichen die Helden die Spitze des Turms, den

Punkt, von dem aus die Königin von Wyrm über die ganze Welt schaut und plant, die Herrschaft zu übernehmen. Sie ist schon da und wartet auf sie, umgeben von ihrer dunklen Legion. Ihren schwarzen Roben fällt nun eine völlig neue Bedeutung zu.

Während Telemach, das Halbblut, seine Verbündetenschar in die letzte Schlacht führt, macht Fernwen, der gelehrte Zwerg, eine wichtige Entdeckung. In dem unheilvollen Chaos um sich herum schleicht er sich zum Teleskop der Königin von Wyrm und schaut hindurch. Von seinem Aussichtspunkt in schwindelnder Höhe bietet sich ihm ein erstaunlicher Anblick. Die Berge, die den Kontinent im Westen teilen, bilden Buchstaben. Sie ergeben, wie Fernwen jetzt klar wird, eine Botschaft, und nicht nur irgendeine, sondern jene Botschaft, die Aldrag, der Wyrm-Vater, vor langer Zeit persönlich prophezeit hat, und als Fernwen sie laut ausspricht –

Heilige Scheiße.

Als ich endlich die Brücke nach San Francisco überquere, liegt beim Lesen des Schlusskapitels ein neues Tremolo in Clark Moffats Stimme; ich glaube, die Kassette könnte von all dem Zurückspulen und Wiederhören, Zurückspulen und Wiederhören, immer und immer wieder, etwas ausgeleiert sein. Auch mein Hirn fühlt sich ein bisschen ausgeleiert an. Darin keimt eine neue Theorie, die als Samen begann und jetzt schnell zu sprießen beginnt, alles auf dem Boden dessen, was ich soeben gehört habe.

Moffat: Du warst genial. Du hast etwas gesehen, was in der langen Geschichte des Ungebrochenen Buchrückens niemand gesehen hat. Du hast in rasender Eile alle Hürden genommen, du wurdest einer der Gebundenen, vielleicht nur, um dir Zutritt zum Lesesaal zu verschaffen – und dann hast du deren Geheimnisse in ein eigenes Buch gebunden. Du hast sie vor aller Augen versteckt.

Ich musste sie erst hören, um das zu kapieren.

Es ist spät, schon nach Mitternacht. Ich parke Neels Auto in zweiter Reihe vor meiner Wohnung und haue auf den dicken Knopf, der die Warnblinkanlage anschmeißt. Ich springe raus, hieve den Pappkarton vom Beifahrersitz und rase die Treppen hoch. Mein Schlüssel stochert ewig im Schloss herum – ich kann in der Dunkelheit nichts sehen, und ich habe die Hände voll, und ich zittere.

»Mat!« Ich renne die Treppe hoch und rufe in Richtung seines Zimmers: »Mat! Hast du eine Lupe?«

Es folgt Getuschel, eine flüsternde Stimme – Ashleys –, und Mat taucht am Treppenabsatz auf, nur mit Boxershorts bekleidet, die mit der farbigen Reproduktion eines Dalí-Gemäldes bedruckt sind. Er winkt mit einem riesigen Vergrößerungsglas. Es ist ungeheuer groß und lässt ihn wie einen Comicdetektiv aussehen. »Hier, hier«, sagt er leise und kommt angeflitzt, um es mir zu geben. »Was Besseres hab ich nicht. Willkommen daheim, Jannon. Lass es nicht fallen.« Dann hopst er wieder die Treppe hoch und schließt mit einem leisen Klick seine Tür.

Ich trage die Gerritszsoon-Originale in die Küche und schalte sämtliche Lichter an. Ich komme mir völlig verrückt vor, aber im positiven Sinn. Vorsichtig entnehme ich dem Karton eine Patrize – wieder das *X*. Ich ziehe es aus seiner Plastiktüte, wische es mit einem Handtuch ab und halte es ins grelle Neonlicht über dem Herd. Dann richte ich Mats Lupe darauf und betrachte es.

Die Berge sind eine Nachricht von Aldrag, dem Wyrm-Vater.

DER PILGER

Eine Woche ist seit meinem Beutezug vergangen, der in mehr als nur einer Hinsicht erfolgreich war. Ich habe Edgar Deckle eine E-Mail geschrieben und ihm dringend geraten, nach Kalifornien zu kommen, wenn er seine Patrizen haben will. Ich habe ihm dringend geraten, sich am Donnerstagabend im Pygmalion einzufinden.

Ich habe alle eingeladen: meine Freunde, die Gemeinschaft, all die Leute, die bei der Sache mitgeholfen haben. Oliver Grone hat seinen Geschäftsführer überredet, uns das Hinterzimmer seines Ladens zur Verfügung zu stellen, wo das audiovisuelle Equipment für Lesungen und Lyrik-Slams steht. Ashley hat vegane Haferkekse gebacken, vier große Platten. Mat hat die Stühle aufgestellt.

In der ersten Reihe sitzt Tabitha Trudeau. Ich mache sie mit Neel Shah bekannt (ihrem neuen Wohltäter), und er schlägt ihr sofort eine Ausstellung bei Cal Knit vor, die den Busen, wie er sich in Pullis präsentiert, in den Mittelpunkt stellen soll.

»Sehr markant«, sagt er. »Das Kleidungsstück mit dem meisten Sex-Appeal. Ist wirklich wahr. Wir haben eine Fokusgruppe eingesetzt.« Tabitha runzelt die Stirn und zieht die Augenbrauen zusammen. Neel fährt fort: »Wir könnten in der Ausstellung Ausschnitte aus klassischen Filmen in Endlosschleife zeigen und die Pullis auftreiben, die die Schauspielerinnen tatsächlich getragen haben, und sie aufhängen ...«

Rosemary Lapin sitzt in der zweiten Reihe, neben ihr sind Tyndall, Fedorov, Imbert, Muriel und viele andere – mehr oder weniger dasselbe Publikum, das sich vor nicht langer Zeit an einem strahlend schönen Sonnentag bei Google versammelte. Fedorov hat die Arme verschränkt und sein Gesicht zu einer skeptischen Maske verzogen, als wollte er sagen: *Ich hab diesen Quatsch schon einmal mitgemacht,* aber das ist okay. Ich werde ihn nicht enttäuschen.

Es sind auch zwei ungebundene Brüder aus Japan angereist – junge Männer mit Moppfrisur in engen indigoblauen Jeans. Aus der Gerüchteküche des Ungebrochenen Buchrückens haben sie erfahren, dass hier heute irgendwas passiert, und beschlossen, es könnte einen Last-Minute-Flug nach San Francisco wert sein. (Recht hatten sie.) Igor hat sich zu ihnen gesetzt und plaudert ungezwungen mit ihnen auf Japanisch.

In der ersten Reihe ist ein Laptop aufgebaut, damit Cheryl von der Con-U zusehen kann. Sie ist per Skype zugeschaltet; ihr krauses Haar nimmt den ganzen Bildschirm ein. Ich habe auch Grumble eingeladen, aber er sitzt heute Abend im Flugzeug – auf dem Weg nach Hongkong, sagt er.

Der Eingang der Buchhandlung verfinstert sich: Edgar Deckle ist eingetroffen, und er hat eine Entourage von New Yorker Schwarzroben mitgebracht. Obwohl sie ihre Roben gar nicht tragen, nicht hier, heben sie sich in ihrem Aufzug dennoch wie seltsame Außenseiter ab: Anzüge, Schlipse, ein dunkelgrauer Rock. Sie strömen zur Tür herein, ein ganzes Dutzend – und dann kommt auch Corvina. Sein Anzug ist grau und glänzt. Er ist nach wie vor ein imposanter Kerl, aber in dieser Umgebung wirkt er irgendwie geschwächt. Ohne all den Prunk und die Felsgesteinkulisse ist er einfach nur ein Alter – seine dunklen Augen blitzen auf und fangen meinen Blick ein. Okay, vielleicht nicht ganz so geschwächt.

Die Kunden des Pygmalion drehen sich nach den Schwarz-roben um und mustern sie erstaunt beim Durchqueren der Buchhandlung. Deckle hat ein mildes Lächeln aufgesetzt. Corvina versprüht brüske Entschlossenheit.

»Wenn du wirklich die Gerritszoon-Patrizen hast«, sagt er rundheraus, »nehmen wir sie mit.«

Ich drücke mein Rückgrat durch und hebe leicht das Kinn. Wir sind jetzt nicht mehr im Lesesaal. »Ich habe sie«, sage ich, »aber das ist erst der Anfang. Nehmen Sie Platz.« Herrje. »Bitte.«

Er lässt seinen missbilligenden Blick über die schwatzende Menge schweifen, dann winkt er seine Schwarzroben zu den Stühlen. Sie setzen sich alle in die letzte Reihe und bilden eine schwarze Klammer hinter der Versammlung. Corvina bleibt stehen und stellt sich hinter sie.

Ich packe Deckle am Ellbogen, als er an mir vorbeigeht. »Kommt er?«

»Ich hab ihm Bescheid gesagt«, sagt er und nickt. »Aber er hat es schon gewusst. Beim Ungebrochenen Buchrücken spricht sich alles schnell herum.«

Kat ist da; sie sitzt vorn, ganz am Rand, und unterhält sich leise mit Mat und Ashley. Sie hat wieder ihren Hahnentritt-Blazer an. Um den Hals trägt sie ein grünes Tuch, und sie hat sich das Haar schneiden lassen, seit ich sie das letzte Mal ge-sehen habe; jetzt geht es ihr bis knapp unter die Ohren.

Wir sind nicht mehr zusammen. Die Trennung wurde zwar nie offiziell ausgesprochen, aber sie ist eine objektive Wahrheit, wie das Atomgewicht von Kohlenstoff oder der Ak-tienkurs von GOOG. Das hat mich nicht davon abgehalten, sie so lange zu triezen, bis ich ihr das Versprechen abgeluchst hatte, heute zu kommen. Gerade sie muss das sehen.

Die Leute beginnen auf ihren Sitzen herumzurutschen, und die veganen Haferkekse sind auch fast alle, aber ich muss warten. Lapin beugt sich zu mir vor und fragt: »Gehen Sie nach New York? Vielleicht, um in der Bibliothek zu arbeiten?«

»Ähm, nein, auf keinen Fall«, sage ich ruhig. »Kein Interesse.«

Sie runzelt die Stirn und faltet die Hände. »Ich sollte eigentlich gehen, aber ich glaube, ich will gar nicht.« Sie schaut zu mir hoch. Sie wirkt verloren. »Mir fehlt der Laden. Mir fehlt –«

Ajax Penumbra. Er schlüpft durch den Eingang des Pygmalion wie ein unruhiger Geist, eingepackt in seine bis oben zugeknöpfte Marinejacke, den Kragen hochgeschlagen über dem dünnen grauen Schal. Er schaut sich suchend im Raum um, und als er die Ansammlung in der letzten Reihe sieht, die gesamte Gemeinschaft – komplett mit Schwarzroben –, weiten sich seine Augen.

Ich renne auf ihn zu. »Mr. Penumbra! Wie schön, dass Sie da sind!«

Er hat sich halb von mir abgewandt und umfasst mit einer knochigen Hand seinen Hals. Er sieht mich nicht an. Seine Augen sind fest auf den Boden gerichtet. »Mein Junge, es tut mir leid«, sagt er leise. »Ach, ich hätte nicht einfach so verschwinden dürfen. Es war nur …« Er seufzt und flüstert: »Ich habe mich geschämt.«

»Mr. Penumbra, bitte. Machen Sie sich deswegen keine Gedanken.«

»Ich war mir so sicher, dass es funktionieren würde«, sagt er, »und dann ist es fehlgeschlagen. Und da warst du, und da waren deine Freunde und all meine Schüler. Was bin ich doch für ein alter Narr.«

Armer Penumbra. Ich stelle ihn mir vor, wie er in irgendeiner Versenkung verschwunden ist und versucht, mit seinen Schuldgefühlen klarzukommen, darüber, dass er Begeisterung in der Gemeinschaft entfachte, die dann auf Googles grünem Rasen das Scheitern miterleben musste. Wie er mit seinem Glauben hadert und sich fragt, was nun werden soll. Er hat alles auf eine Karte gesetzt – alles, was ihm etwas bedeutet hat – und verloren. Aber damit war er nicht allein.

»Kommen Sie, Mr. Penumbra.« Ich gehe wieder zu meinem Geräteaufbau und winke ihn heran. »Bitte setzen Sie sich. Wir waren alle Narren – bis auf einen. Kommen Sie, sehen Sie selbst.«

Alles ist bereit. Auf meinem Laptop wartet eine Präsentation. Mir ist klar, dass meine große Enthüllung eigentlich in einem rauchverhangenen Salon stattfinden müsste, wo der Detektiv lediglich kraft seiner Stimme und Kombinationsgabe sein nervöses Publikum in atemloser Spannung hält. Ich jedoch bevorzuge Buchläden und Dias.

Also schalte ich den Projektor ein und stelle mich daneben, und das weiße Licht sticht mir in die Augen. Ich verschränke die Hände auf dem Rücken, richte mich gerade auf und blinzle in die versammelte Menge. Dann drücke ich die Fernbedienung und beginne:

Erstes Dia

Wenn Sie eine Botschaft hinterlassen wollten, die für alle Ewigkeit Gültigkeit haben soll, wie würden Sie es anstellen? Würden Sie sie in Stein meißeln? In Gold ritzen?

Würden Sie Ihre Botschaft so überzeugend formulieren, dass niemand widerstehen könnte, sie weiterzugeben? Würden Sie sie in eine Religion einbetten, würden Sie versuchen, die Seele der Menschen anzurühren? Würden Sie eine Geheimgesellschaft gründen?

Oder würden Sie es machen wie Gerritszoon?

Zweites Dia

Griffo Gerritszoon wurde als Sohn eines Gerstenbauers Mitte des fünfzehnten Jahrhunderts in Norddeutschland geboren. Gerritszoon der Ältere war kein reicher Mann, aber aufgrund seines guten Rufs und seiner allseits gerühmten Gottesfurcht konnte er bei einem benachbarten Goldschmied eine Lehrstelle für seinen Sohn ergattern. Das war damals im fünfzehnten Jahrhundert eine große Sache; solange er es nicht vermasselte, würde Gerritszoon der Jüngere mehr oder weniger ausgesorgt haben.

Er hat es vermasselt.

Er war ein frommer Knabe, und das Goldschmiedegewerbe ging ihm gegen den Strich. Den lieben langen Tag verbrachte er damit, alten Schmuck einzuschmelzen und neuen daraus zu machen – und er wusste, dass seine eigenen Arbeiten dasselbe Schicksal ereilen würde. Alles, woran er glaubte, sagte ihm: Das hier ist nicht wichtig. Im Land Gottes gibt es kein Gold.

Also tat er, was man ihm auftrug, und lernte sein Handwerk – das er sehr gut beherrschte –, aber als er sechzehn wurde, sagte er Adieu und verließ den Goldschmied. Er verließ sogar Deutschland. Er begab sich auf eine Pilgerreise.

Drittes Dia

Ich weiß das, weil Aldus Manutius es wusste und es aufschrieb. Er schrieb es in seinen eigenen *Codex Vitae* – den ich entschlüsselt habe.

(Japsen im Publikum. Corvina steht immer noch ganz hinten, das Gesicht starr, der Mund eine steil abfallende Grimasse, der dunkle Schnurrbart nach unten gezogen. Andere Gesichter sind ausdruckslos und erwartungsvoll. Ich blicke kurz zu Kat hinüber. Sie schaut ernst, als sei sie besorgt, dass irgendwas einen Kurzschluss in meinem Gehirn ausgelöst hat.)

Um es gleich vorwegzunehmen: Es gibt keine Geheimformel in diesem Buch. Keinen Zauberspruch. Sollte das Mysterium der Unsterblichkeit wirklich existieren, dann nicht hier.

(Corvina hat genug. Er macht kehrt und stapft Richtung Ausgang, vorbei an den Abteilungen GESCHICHTE und SELBSTHILFE. Er geht an Penumbra vorbei, der gegen ein kleines Regal gelehnt abseits steht. Er wartet, bis Corvina fort ist, dann bildet er mit den Händen einen Trichter vor dem Mund und ruft: »Mach weiter, mein Junge!«)

Viertes Dia

Manutius' *Codex Vitae* ist tatsächlich nichts anderes als das, was er von sich behauptet: ein Buch über sein Leben. Als historisches Werk ist es eine Kostbarkeit. Aber ich möchte mich hier auf den Teil beschränken, der von Gerritszoon handelt.

Für die Übersetzung aus dem Lateinischen habe ich Google benutzt, daher bitte ich um Verständnis, wenn ein paar Details nicht stimmen.

Der junge Gerritszoon zog durch das Heilige Land und verdiente sich mit Schmiedearbeiten hier und dort ein bisschen Geld. Manutius sagt, dass er sich mit den Mystikern traf – mit Kabbalisten ebenso wie Gnostikern und Sufis –, um zu ergründen, was er mit seinem Leben anfangen sollte. Aus Gerüchten, die unter Goldschmieden kursierten, erfuhr er auch, dass sich in Venedig interessante Dinge ereigneten.

Das hier ist eine Karte von Gerritszoons Reise, so gut ich sie rekonstruieren konnte. Er ist kreuz und quer am Mittelmeer herumgewandert – über Konstantinopel runter nach Jerusalem, weiter nach Ägypten und zurück über Griechenland, rüber nach Italien.

In Venedig hat er Aldus Manutius kennengelernt.

Fünftes Dia

In Manutius' Druckerei hat Gerritszoon schließlich seinen Platz in der Welt gefunden. Das Druckerhandwerk verlangte ihm all seine Schmiedefertigkeiten ab, aber es eröffnete ihm neue Möglichkeiten. Das Druckerhandwerk hatte nichts mit Glanz und Geschmeide zu tun – sondern mit Worten und Ideen. Auch war es mehr oder weniger das Internet der damaligen Zeit; es war aufregend.

Und genau wie das Internet heute war das Druckerhandwerk im fünfzehnten Jahrhundert mit ständig neuen Problemen konfrontiert: Wie lagert man die Tinte? Wie mischt man das Metall? Wie formt man die Schrifttypen? Die Antworten änderten sich alle sechs Monate. In jeder großen europäischen Stadt gab es ein Dutzend Druckereien, die alle versuchten, diese Dinge als Erste zu lösen. Die größte Druckerei in Venedig gehörte Aldus Manutius, und dorthin ging Gerritszoon, um zu arbeiten.

Manutius erkannte sofort sein Talent. Er schreibt auch, dass er seinen wachen Geist erkannte; er sah, dass auch Gerritszoon ein Suchender war. Also stellte er ihn ein, und sie arbeiteten viele Jahre lang zusammen. Sie wurden beste Freunde. Es gab niemanden, dem Manutius mehr vertraute als Gerritszoon, und niemanden, den Gerritszoon mehr respektierte als Manutius.

Sechstes Dia

Und schließlich, ein paar Jahrzehnte später, nachdem sie eine neue Industrie erfunden und Hunderte von Büchern gedruckt hatten, die für uns noch heute zu den schönsten zählen, die je geschaffen wurden, kamen die beiden allmählich in die Jahre. Sie beschlossen, an einem großen letzten Projekt zusammenzuarbeiten, einem, das ihren gesamten Erfahrungsschatz bündeln sollte und ihn für die Nachwelt erhalten.

Manutius schrieb seinen *Codex Vitae*, und er war dabei ehrlich: Er beschrieb, wie die Dinge in Venedig wirklich liefen. Er beschrieb seine eigenen dunklen Machenschaften, durch die er sich die Exklusivrechte am Druck der Klassiker gesichert hatte; er beschrieb, wie seine Konkurrenten versucht hatten, die Schließung seines Unternehmens zu erwirken, und wie er umgekehrt selbst dafür gesorgt hatte, dass einige von ihnen schließen mussten. Eben weil er dies alles vollkommen offen und ehrlich in seinem Codex schilderte und weil der Inhalt, falls er sofort veröffentlicht werden würde, seinem Geschäft, das er an seinen Sohn weitergeben wollte, schaden würde, beschloss er, ihn zu verschlüsseln. Aber wie?

Zur selben Zeit war Gerritszoon dabei, eine Schrifttype zuzuschneiden, seine beste überhaupt – ein kühner Entwurf, der Manutius' Druckerei nach dessen Tod über Wasser halten würde. Er traf damit ins Schwarze, denn es sind die Formen, die heute seinen Namen tragen. Aber während des Herstellungsprozesses tat er etwas Unerwartetes.

Aldus Manutius starb 1515 und hinterließ äußerst aufschlussreiche Memoiren. Der Überlieferung des Ungebrochenen Buchrückens zufolge vertraute Manutius Gerritszoon den Schlüssel zu seinem chiffrierten Lebensbuch an. Aber irgendetwas ging während der fünfhundert Jahre in der Übersetzung verloren.

Gerritszoon hat den Schlüssel nicht bekommen.

Gerritszoon ist der Schlüssel.

Siebtes Dia

Hier ist ein Bild von einer Gerritszoon-Patrize: das *X*.

Hier sieht man es in der Vergrößerung.

Hier sieht man es noch größer.

Hier sieht man es durch die Lupe meines Freundes Mat.

Sehen Sie die kleinen Einkerbungen am Rand des Buchstabens? Sie sehen aus wie die Zähne eines Getriebes, stimmt's? – Oder wie der Bart eines Schlüssels.

(Jemand schnappt laut und rasselnd nach Luft. Es ist Tyndall. Man kann sich immer darauf verlassen, dass er sich aufregt.)

Diese kleinen Kerben sind keine Ausrutscher und auch keine Zufälle. Alle Patrizen weisen solche Kerben auf, ebenso alle Formen, die aus den Patrizen gegossen wurden, und jedes Stück der Gerritszoon-Type, das je hergestellt wurde. Ich für meinen Teil musste nach Nevada fahren, um das rauszukriegen; ich musste Clark Moffats Stimme auf einer Tonbandaufnahme hören, um es richtig zu kapieren. Aber hätte ich gewusst, wonach ich suchen soll, hätte ich nur meinen Laptop aufklappen, irgendeinen Text in der Gerritszoon-Schrift tippen und ihn auf 3000 Prozent zu vergrößern brauchen. Die Einkerbungen sind auch in der Computerversion zu sehen. Der Ungebrochene Buchrücken in seiner unterirdischen Bibliothek hält es für unter seiner Würde, Computer zu benutzen ... aber über der Erde hat die Festina Lente Company ein paar ziemlich raffinierte Digitalisierer angeheuert.

Das ist der Code, nichts anderes. Diese kleinen Kerben. In der fünfhundert Jahre alten Geschichte der Gemeinschaft ist niemand auf die Idee gekommen, so genau hinzuschauen. Auch die Codeknacker bei Google nicht. Wir haben auf einen digitalisierten Text in einer vollkommen anderen Schrift geschaut. Wir haben auf die Sequenz, nicht die Form geschaut.

Der Code ist zugleich kompliziert und einfach. Kompliziert, weil ein großes *F* sich von einem kleinen *f* unterscheidet. Kompliziert, weil die Ligatur von *ff* nicht in Form von zwei kleinen *f* daherkommt – es ist eine völlig andere Patrize. Gerritszoon verfügt über einen ganzen Haufen variierender Glyphen – drei *P*, zwei *C*, ein wahrhaft episches *Q* – und jede bedeutet etwas anderes. Um diesen Code zu knacken, muss man typografisch denken.

Aber danach ist es einfach, weil man nur die Einkerbungen zählen muss, was ich getan habe: vorsichtig, unter der Lupe, an meinem Küchentisch, ohne dass irgendwelche Rechenzentren erforderlich gewesen wären. Es ist die Sorte Code, die man aus Comics kennt: Eine Zahl entspricht einem Buchstaben. Eine simple Substitution, und mit ihr lässt sich Manutius' *Codex Vitae* in null Komma nichts entschlüsseln.

Achtes Dia
Man kann auch noch was anderes damit machen. Wenn man die Patrizen in einer bestimmten Reihenfolge sortiert – so, wie sie in den Setzkästen einer Druckerei aus dem fünfzehnten Jahrhundert sortiert wurden –, erhält man eine weitere Botschaft. Es ist eine Botschaft von Gerritszoon persönlich. Seine letzten Worte an die Welt haben sich fünfhundert Jahre lang vor aller Augen versteckt.

Daran ist nichts Unheimliches, nichts Mystisches. Es ist nur die Botschaft eines Mannes, der vor langer Zeit gelebt hat. Aber jetzt kommt das Unheimliche: Schauen Sie sich um. (Alle tun es. Lapin reckt den Hals. Sie sieht besorgt aus.) Sehen Sie die Schilder an den Regalen – dort, wo GE-SCHICHTE und ANTHROPOLOGIE und PARANORMALE LIEBESRO-MANE FÜR TEENAGER steht? Es ist mir vorhin aufgefallen: All diese Schilder sind in der Gerritszoon-Schrift gesetzt. Auf Ihrem iPhone ist Gerritszoon vorinstalliert. Jedes Word-Dokument von Microsoft hat Gerritszoon als Standardschrift. Der *Guardian* setzt seine Schlagzeilen in Gerritszoon; wie auch *Le Monde* und die *Hindustan Times*. Die *Encyclopaedia Britannica* wurde früher in der Gerritszoon gedruckt; Wikipedia hat erst letzten Monat auf sie umgestellt. Denken Sie an Seminararbeiten und Lehrpläne. Denken Sie an Lebensläufe, Jobangebote, Kündigungsschreiben. An Verträge und Anklageschriften. An Kondolenzbriefe.

Die Gerritszoon umgibt uns überall. Man sieht sie jeden Tag. Sie war die ganze Zeit da, seit fünfhundert Jahren direkt vor unseren Augen. Alles – Romane, Zeitungen, neue Dokumente – ist eine Trägerwelle für diese Geheimbotschaft gewesen, versteckt im Kolophon.

Gerritszoon hat ihn gefunden: den Schlüssel zur Unsterblichkeit.

(Tyndall springt von seinem Stuhl und jault: »Aber wie lautet sie?« Er rauft sich die Haare. »Wie lautet die Botschaft?«)

Naja, sie ist auf Lateinisch verfasst. Google translate liefert nur eine grobe Übersetzung. Vergessen Sie nicht, dass Aldus Manutius unter einem anderen Namen geboren wurde: Er hieß Teobaldo, und so nannten ihn seine Freunde.

Hier also ist sie. Hier ist Gerritszoons ewige Botschaft an die Nachwelt.

Neuntes Dia
Danke, Teobaldo
Du bist mein wunderbarster Freund
Das war der Schlüssel zu allem

GEMEINSCHAFT

Die Show ist vorbei, und das Publikum tröpfelt hinaus. Tyndall und Lapin stehen in Pygmalions kleinem Café nach Kaffee an. Neel versucht immer noch, Tabitha seine Idee von der transzendentalen Schönheit eines Busens im Pulli zu verkaufen. Mat und Ashley unterhalten sich angeregt mit Igor und dem japanischen Duo, und alle bewegen sich langsam Richtung Ausgang.

Kat sitzt allein da und knabbert am allerletzten veganen Keks. Ihr Gesicht wirkt verhärmt. Ich hätte gern gewusst, was sie von Gerritszoons unsterblichen Worten hält.

»Tut mir leid«, sagt sie kopfschüttelnd. »Das genügt mir nicht.« Ihr Blick ist finster und sie wirkt niedergeschlagen. »Er war so begabt, und trotzdem ist er gestorben.«

»Jeder stirbt irgendwann –«

»Und damit gibst du dich zufrieden? Er hat uns eine Notiz hinterlassen, Clay. *Eine Notiz.*« Sie schreit es, und ein Haferkrümel sprüht von ihren Lippen. Oliver Grone steht bei den Anthropologie-Regalen und schaut mit hochgezogener Braue zu uns herüber. Kat starrt auf ihre Schuhe. Leise sagt sie: »Nenn so was nicht Unsterblichkeit.«

»Und wenn es nun das einzig Positive an ihm war?«, sage ich. Ich entwerfe diese Theorie gerade in Echtzeit: »Was, wenn, naja – wenn der Umgang mit Griffo Gerritszoon nicht immer so toll gewesen ist? Was, wenn er seltsam und verträumt war? Was, wenn seine größte Leistung die Formen waren, die er aus Metall geschnitten hat? Dieser Aspekt seiner Person ist wirklich unsterblich. Unsterblicher geht's gar nicht.«

Sie schüttelt den Kopf, seufzt und beugt sich ein wenig zu mir vor, dabei schiebt sie sich den letzten Rest des Kekses in den Mund. Ich habe das alte Wissen, das OK, nach dem wir geforscht haben, gefunden, aber was es aussagt, gefällt ihr nicht. Kat Potente wird weitersuchen.

Einen Moment später lehnt sie sich wieder zurück, atmet entschlossen ein und steht auf. »Danke, dass du mich eingeladen hast«, sagt sie. »Bis irgendwann mal.« Sie zieht sich den Blazer über, verabschiedet sich mit einem Winken und strebt Richtung Tür.

Jetzt ruft mich Penumbra zu sich.

»Es ist unglaublich«, sagt er begeistert, und er ist wieder er selbst, mit leuchtenden Augen und einem breiten Lächeln. »Die ganze Zeit waren wir Figuren in Gerritszoons Spiel. Mein Junge, seine Buchstaben standen dick und breit auf unserem Schaufenster!«

»Clark Moffat hat das herausbekommen«, sage ich zu ihm.

»Ich habe keine Ahnung, wie, aber das hat er. Und dann schätze ich mal ... hat er einfach beschlossen, mitzuspielen. Das Rätsel aufrechtzuerhalten.« Bis jemand entdeckte, dass es in seinen Büchern schlummerte.

Penumbra nickt. »Clark war genial. Er ging immer seinen eigenen Weg, folgte seiner Intuition, wohin sie ihn auch führte.« Er hält inne, neigt den Kopf und lächelt dann. »Er hätte dir gefallen.«

»Also sind Sie nicht enttäuscht?«

Penumbras Augen weiten sich erstaunt. »Enttäuscht? Unmöglich. Es ist nicht, was ich erwartet hatte, aber was habe ich denn erwartet? Was haben wir alle erwartet? Was ich *nicht* erwartet habe, war, die Wahrheit zu Lebzeiten zu erfahren. Es ist ein unermessliches Geschenk, und dafür bin ich Griffo Gerritszoon dankbar und auch dir, mein Junge.«

Nun naht Deckle, strahlend, geradezu hüpfend. »Du hast es geschafft!«, sagt er und klopft mir auf die Schulter. »Du hast sie gefunden! Ich wusste, es könnte dir gelingen – aber ich hatte keine Ahnung, welche Tragweite das Ganze haben würde.« Die Schwarzroben hinter ihm diskutieren lebhaft. Sie wirken aufgeregt. Deckle schaut sich vorsichtig um. »Darf ich sie mal anfasssen?«

»Sie gehören dir«, sage ich. Ich ziehe die Gerritszoon-Patrizen in ihrer Arche aus Pappe unter einem Stuhl in der ersten Reihe hervor. »Du musst sie der Con-U offiziell abkaufen, aber ich habe die Unterlagen, und ich glaube nicht, dass –«

Deckle hebt eine Hand. »Kein Problem. Glaub mir – kein Problem.« Eine der New Yorker Schwarzroben kommt zu uns, und der Rest schließt sich an. Sie beugen sich unter lauter Ahs und Ohs über den Karton, als läge ein Baby darin.

»Also du hast ihn auf diese Fährte gelockt, Edgar?«, sagt Penumbra und sieht ihn fragend an.

»Ich hatte so ein Gefühl, Sir«, sagt Deckle, »dass uns hier ein seltenes Talent zur Verfügung steht.« Er hält inne, schmunzelt, dann: »Sie haben tatsächlich ein Händchen für die richtigen Verkäufer, Sir.« Penumbra prustet und grinst. Deckle fährt fort: »Es ist ein großer Erfolg. Wir werden eine frische Schrifttype erstellen und ein paar von den alten Büchern nachdrucken. Dagegen kann Corvina nichts einwenden.«

Penumbras Miene verdüstert sich bei der Erwähnung des Ersten Lesers – seines alten Freundes.

»Was ist mit ihm?«, frage ich. »Er – naja, er wirkte verärgert.« Penumbras Gesicht ist ernst. »Du musst dich um ihn kümmern, Edgar. Er ist zwar alt, aber er hat mit Enttäuschung wenig Erfahrung. So stark er wirkt, so zerbrechlich ist er in Wahrheit. Ich mache mir Sorgen um ihn, Edgar. Ehrlich.«

Deckle nickt. »Wir passen auf ihn auf. Wir müssen sehen, wie es jetzt weitergeht.«

»Naja«, sage ich, »also ich hab da was, womit ihr anfangen könnt.« Ich bücke mich und hole einen zweiten Pappkarton unter einem Stuhl hervor. Dieser ist nagelneu und mit einem frischen Klebeband in einem breiten X über dem Deckel versiegelt. Ich reiße das Band ab und klappe die Laschen auf; die Box enthält lauter Bücher: eingeschweißte, fest verpackte Paperbacks. Ich steche ein Loch in die Folie und nehme eins der Taschenbücher heraus. Es hat nur einen schlichten blauen Umschlag, auf dem vorn in großen weißen Lettern MANVTIVS steht.

»Das ist für dich«, sage ich und überreiche es Deckle. »Hundert Exemplare des dechiffrierten Buchs. Im lateinischen Original. Ich dachte mir, dass ihr es lieber selbst übersetzen wollt.«

Penumbra lacht und sagt zu mir: »Und jetzt bist du auch noch unter die Verleger gegangen, mein Junge?«

»Print-on-Demand«, sage ich. »Zwei Dollar das Stück.«

Deckle und seine Schwarzroben schaffen ihre Schätze – einen alten Karton, einen neuen – zu ihrem Miettransporter, der draußen wartet. Der grauhaarige Geschäftsführer des Pygmalion schaut ihnen vom Café aus argwöhnisch hinterher, als sie schwungvollen Schritts hinausgehen und ein fröhliches Lied auf Griechisch anstimmen.

Penumbra scheint über etwas nachzudenken. »Ich bedaure nur«, sagt er, »dass Marcus meinen *Codex Vitae* mit Sicherheit verbrennen wird. Wie der unseres Gründers stellt er eine Art Zeitgeschichte dar, und ich bedaure, dass er vernichtet werden soll.«

Jetzt kann ich ihn ein zweites Mal vom Hocker reißen.
»Als ich da unten in der Bibliothek war, Sir«, sage ich, »habe
ich nicht nur Manutius eingescannt.« Ich wühle in meiner
Hosentasche, hole einen blauen USB-Stick hervor und drücke ihn ihm in die langen Finger. »Es ist nicht so schön wie
das Original, aber vollständig.«

Penumbra hält ihn hoch. Das Plastik glänzt im Licht der
Buchhandlung, und seine Lippen umspielt ein ungläubi-
ges Halblächeln. »Mein Junge«, haucht er, »du steckst voller
Überraschungen.« Dann zieht er eine Braue hoch. »Und ich
könnte es für nur zwei Dollar drucken lassen?«

»Absolut.«

Penumbra legt mir einen dünnen Arm um die Schulter,
drückt mich und sagt leise: »San Francisco – ich habe zu
lange gebraucht, um es zu begreifen, aber wir leben in einer
Stadt, die so innovativ ist wie das Venedig von einst. *Wir sind
das neue Venedig.*« Seine Augen werden rund, dann kneift er
sie zu und schüttelt den Kopf. »Genau wie der Gründer.«

Ich verstehe nicht ganz, worauf er hinauswill.

»Was ich jetzt endlich verstehe«, sagt Penumbra, »ist, dass
wir wie Manutius denken müssen. Fedorov hat Geld und
dein Freund auch – der lustige.« Wir schauen jetzt beide über
die ganze Buchhandlung. »Was würdest du dazu sagen, wenn
wir uns einen Gönner suchen oder auch zwei … und noch
einmal von vorn anfangen?«

Ich fass es nicht.

»Ich muss gestehen«, sagt Penumbra kopfschüttelnd, »dass
ich großen Respekt für Griffo Gerritszoon habe. Seine Leistung ist unerreichbar. Aber mir bleiben schon noch ein paar
Jährchen, mein Junge« – er zwinkert –, »und es gibt noch so
viele Rätsel, die ihrer Lösung harren. Bist du dabei?«

Mr. Penumbra. Sie haben ja keine Ahnung.

EPILOG

Und, was passiert dann?

Neel Shah, Kerkermeister, wird die Mission, seine Firma an Google zu verkaufen, erfolgreich zu Ende führen. Kat wird dem PM einen Vorschlag machen, und sie werden ihn annehmen. Sie werden Anatomix erwerben, es in Google Body umtaufen und als neue Software auf den Markt bringen, die jeder kostenlos herunterladen kann. Die Busen werden immer noch das Beste daran sein.

Danach wird Neel endlich sagenhaft reich sein und den Status eines Vollzeitmäzens erlangen. Als Erstes wird die Neel-Shah-Stiftung für Frauen in der Kunst einen Etat, ein Büro und eine Geschäftsführerin bekommen: Tabitha Trudeau. Sie wird das Parterre der Feuerwache mit Zeichnungen, Gemälden, Textilien und Gobelins füllen, alles Werke von Künstlerinnen, alle abgestaubt bei der Con-U, und dann wird sie anfangen, Stipendien zu verteilen. Fette.

Als Nächstes lockt Neel Mat Mittelbrand von ILM weg, und sie gründen gemeinsam eine Produktionsfirma, in der Pixel, Polygone, Messer *und* Klebstoff zum Einsatz kommen. Neel wird die Filmrechte für die *Drachenlied-Chroniken* erwerben. Nach der Anatomix-Übernahme wirbt er Igor sofort wieder bei Google ab und setzt ihn als Chefprogrammierer der Halbblut-Studios ein. Er wird eine Trilogie in 3-D planen. Mat wird Regie führen.

Kat wird in den Reihen des PM aufsteigen. Als Erstes bringt sie Google die decodierten Memoiren des Aldus Manutius, der zum Grundpfeiler eines neuen Lost-Books-Projekts wird. Die *New York Times* wird darüber bloggen. Als Nächstes werden ihr der Ankauf von Anatomix und die Beliebtheit von Google Body weiteres Prestige verschaffen. Ein Bild, das sie unter den riesigen Monitoren der Datenvisualisierung zeigt, die Hände in die Hüften gestemmt, den Blazer locker über ihr knallrotes BAM!-T-Shirt geworfen, wird eine halbe Hochglanzseite von *Wired* füllen.

Da erst wird mir klar werden, dass sie es doch die ganze Zeit getragen hat.

Oliver Grone wird seinen Doktor in Archäologie machen. Er wird sofort einen neuen Job finden, nicht in einem Museum, sondern bei dem Unternehmen, das den Accession Table betreibt. Man wird ihm die Aufgabe übertragen, jedes Marmorartefakt, das vor 200 v. Chr. geschaffen wurde, neu zu klassifizieren, und er wird im siebten Himmel sein.

Ich werde Kat auf ein Date einladen, und sie wird annehmen. Wir werden ein Livekonzert von Moon Suicide besuchen, und anstatt über eingefrorene Köpfe zu reden, werden wir einfach abtanzen. Ich werde feststellen, dass Kat eine schreckliche Tänzerin ist. Auf der Treppe zu ihrer Wohnung wird sie mir einen sanften Kuss auf die Lippen hauchen und im dunklen Türeingang verschwinden. Ich werde nach Hause laufen und ihr unterwegs eine SMS schicken. Die Nachricht wird aus einem einzigen Wert bestehen, einem, den ich mir nach einem langen Kampf mit meinem Geometrielehrbuch selbst erarbeitet habe: *25 000 Meilen.*

In der Hierarchie des Ungebrochenen Buchrückens werden Risse entstehen: Der Erste Leser in New York wird all jenen Verhängnis und Verdammnis androhen, die als nächste Ungehorsam üben. Um dem Nachdruck zu verleihen, wird er Penumbras *Codex Vitae* tatsächlich verbrennen – was sich als ungeheure Fehleinschätzung erweist. Die Schwarzroben werden mit Entsetzen reagieren und schließlich abstimmen. Sie werden sich in ihrer Büchergruft versammeln, und die Gebundenen werden einer nach dem anderen per Handzeichen Corvina seiner Macht entheben. Er wird Geschäftsführer der Festina Lente Company bleiben – deren Einnahmen überirdisch hoch sind –, aber unter der Erde wird es einen neuen Ersten Leser geben.

Das wird Edgar Deckle sein.

Maurice Tyndall wird nach New York fahren und mit der Niederschrift seines *Codex Vitae* beginnen, und ich werde vorschlagen, dass er sich bewirbt, Deckle als Hüter des Lesesaals zu ersetzen. Dieses Büro könnte es gut vertragen, dass ein bisschen Schwung in die Bude kommt.

Obgleich man dessen äußere Hülle vernichtet, wird der Inhalt von Penumbras *Codex Vitae* in Sicherheit sein, und ich werde mich anbieten, ihm bei der Veröffentlichung zu helfen.

Er wird einwenden: »Vielleicht eines Tages, aber nicht sofort. Lassen wir dieses Geheimnis vorerst ruhen. Denn wer weiß, mein Junge« – er kneift die blauen Augen zusammen und zwinkert mir zu –, »vielleicht hält es so manche Überraschung für dich bereit.«

Gemeinsam werden Penumbra und ich eine neue Gemeinschaft gründen – genauer gesagt, eine kleine Firma. Wir werden Neel überreden, einen Teil seines Gewinns aus dem Google-Geschäft dabei zu investieren, und wie sich herausstellt, besitzt Fedorov Millionen in HP-Aktien und bringt sich auch mit ein.

Penumbra und ich werden uns viele Male zusammensetzen und beratschlagen, welche Art von Unternehmen am besten zu uns passt. Wieder eine Buchhandlung? Nein. Eine Art Verlag? Nein. Penumbra gesteht, dass er sich als Betreuer und Coach am wohlsten fühlt, nicht als Gelehrter oder Codeknacker. Ich gestehe, dass ich nur einen guten Grund suche, um alle meine Lieblingsmenschen in einem Raum versammeln zu können. Also rufen wir ein Consultingbüro ins Leben: als Berater und Impulsgeber für Unternehmen, die an der Schnittstelle von Büchern und Technologie arbeiten und versuchen, die Geheimnisse zu lüften, die sich im Zwielicht digitaler Regale sammeln. Kat wird uns unseren ersten Auftrag vermitteln: den Entwurf des Marginaliensystems für den Prototyp von Googles E-Reader, der schmal und leicht ist, mit einer Ummantelung nicht aus Plastik, sondern aus Stoff, und der aussieht wie ein Hardcover-Buch.

Danach werden wir es allein schaffen müssen, und Penumbra wird sich in unseren Vorstellungsgesprächen als absoluter Profi entpuppen. Er wird einen dunklen Tweedanzug anziehen und seine Brille putzen, auf wackligen Beinen die Konferenzräume von Apple und Amazon betreten, einen Blick in die Runde werfen und leise fragen: »Was hoffen Sie in der Verbindung mit uns zu finden?« Seine blauen Augen, sein unterdrücktes Grinsen und (offen gestanden) sein vorgerücktes Alter werden sie verblüffen, verzücken und vollkommen für ihn einnehmen, und sie werden ihm den Zuschlag geben.

Unten auf der sonnengleißenden Valencia Street, eingeklemmt zwischen einer Taquería und einer Motorradwerkstatt, werden wir ein schmales Büro beziehen, das wir mit großen Holzschreibtischen vom Flohmarkt und langen grünen

Wandregalen von IKEA ausstatten. In den Regalen werden Penumbras Lieblingsbücher stehen, die wir alle aus dem Laden herübergerettet haben: Erstausgaben von Borges und Hammett, vom Staub befreite Exemplare von Asimov und Heinlein, fünf verschiedene Biografien von Richard Feynman. Alle paar Wochen karren wir die Bücher hinaus in die Sonne und veranstalten einen spontanen, in letzter Minute auf Twitter angekündigten Straßenverkauf.

Nicht nur Penumbra und ich werden hinter diesen großen Schreibtischen sitzen. Rosemary Lapin wird als Angestellte Nummer eins zu uns kommen. Ich werde ihr Ruby beibringen, und sie wird unsere Website aufbauen. Dann werden wir Google Jad wegschnappen, und ich werde auch Grumble als Honorarkraft auf unsere Gehaltsliste setzen.

Wir werden die Firma Penumbra nennen, einfach nur Penumbra, und das Logo, von mir entworfen, wird – natürlich – in der Gerritszoon gesetzt.

Aber was passiert mit Mr. Penumbras Buchhandlung? Drei Monate lang wird sie leer stehen, und im Schaufenster wird ein Schild mit der Aufschrift ZU VERMIETEN hängen, denn niemand weiß so recht, was man mit dem hohen, schmalen Laden anfangen sollte. Dann wird schließlich jemand eine Idee haben.

Ashley Adams wird in ihrem anthrazit- und beigefarbenen Outfit im kleinen Büro der Telegraph Hill Credit Union aufkreuzen, mit einem Empfehlungsschreiben der ältesten lebenden Kundin dieser Bank. Sie wird ihre Vision mit all der Eleganz und Eloquenz eines PR-Profis vortragen.

Es wird ihr letzter Auftritt als PR-Profi sein.

Ashley wird die Regale abbauen, den Fußboden neu lackieren, neue Lampen aufhängen und die Buchhandlung in eine Kletterhalle umbauen. Der Pausenraum wird zur Umkleiderkabine, die kleinen Regale im vorderen Bereich werden zu einer Reihe von iMacs umgebaut, wo die Kletterer ins Internet gehen können (immer noch über *bootynet*). Wo einmal der Schreibtisch am Eingang war, wird ein glänzend weißer Empfangstresen stehen, hinter dem North Face (auch unter dem Namen Daphne firmierend) ihren neuen Auftritt als Mixerin von Grünkohlshakes und Zubereiterin von Risottobällchen haben wird. Die Wände vorn werden ein Riesen-Farbspektakel: leuchtende Wandgemälde von Mat, alle von den vergrößerten Details seiner Fotos von der Buchhandlung inspiriert. Wenn man weiß, wonach man sucht, kann man sie sehen: eine Buchstabenreihe, ein paar Buchrücken nebeneinander, ein helles geschwungenes Glöckchen.

Dort, wo einst die Ladenhüter aufragten, wird Mat ein Team junger Künstler beim Bau einer gigantischen Kletterwand anleiten. Sie wird eine graugrüne Fläche sein, gesprenkelt mit glühenden goldenen LED-Pünktchen, durchzogen von verästelten blauen Linien und mit Griffen und Tritten bestückt, die als wuchtige, schneebedeckte Bergspitzen daherkommen. Mat wird diesmal nicht nur eine Stadt errichten, sondern einen ganzen Kontinent, eine auf hochkant gekippte Zivilisation. Und auch hier wird man vielleicht, wenn man weiß, wonach man sucht – wenn man die Linien zwischen den Griffen zu verbinden weiß –, sogar ein Gesicht erkennen, das aus der Wand hervorschaut.

Ich werde Mitglied werden und wieder mit dem Klettern anfangen.

Und schließlich werde ich alles, was passiert ist, aufschreiben. Einiges werde ich aus dem Logbuch kopieren, noch mehr in alten E-Mails und Textnachrichten finden und den Rest aus der Erinnerung rekonstruieren. Ich werde Penumbra dazu bringen, es gegenzulesen, und dann einen Verlag finden und es überall an Orten auslegen lassen, wo man heutzutage Bücher findet: bei Barnes & Noble, im hellen, bunten Pygmalion, in jenem stummen kleinen Laden, den Kindle eingerichtet hat.

Sie werden dieses Buch in Händen halten und alles lernen, was auch ich gelernt habe, Schritt für Schritt mit mir zusammen:

Es gibt keine Unsterblichkeit, die nicht auf Freundschaft und liebevoller, sorgfältiger Arbeit beruht. Alle wissenswerten Geheimnisse auf der Welt verbergen sich vor aller Augen. Man braucht einundvierzig Sekunden, um eine Leiter zu erklimmen, die drei Stockwerke hoch ist. Es ist nicht leicht, sich das Jahr 3014 vorzustellen, aber das heißt nicht, dass wir es nicht versuchen sollten. Wir besitzen jetzt neue Fähigkeiten – seltsame Kräfte, an die wir uns gerade erst gewöhnen. Die Berge sind eine Botschaft von Aldrag, dem Wyrm-Vater. Das Leben muss eine offene Stadt sein, mit allen möglichen Wegen, auf denen man wandeln kann.

Danach wird die Erinnerung an das Buch verblassen, so wie das mit allem der Fall ist. Aber ich hoffe, dass Sie vielleicht daran noch denken werden:

Ein Mann hastet eine dunkle, einsame Straße entlang. Schnelle Schritte und schwerer Atem. Staunen und verzweifelte Erwartung. Ein Glöckchen über einer Tür und das Bimmeln, das es von sich gibt. Ein Verkäufer und eine Leiter und ein warmes, goldenes Licht, und dann: genau das richtige Buch, genau zur rechten Zeit.

Robin Sloan

DIE UNGLAUBLICHE ENTDECKUNG DES MR. PENUMBRA

ISBN 978-3-641-14065-6

Wie alles begann: Mr. Penumbras Ankunft in San Francisco und sein sensationeller erster Fund.

1969: Ajax Penumbra arbeitet in der Bibliothek des Galvanic College im Stab für Neuerwerbungen und bekommt von seinem Chef den Auftrag, ein längst verschollenes, uraltes Buch über die Kunst der Weissagung zu beschaffen. Eine Spur führt ihn nach San Francisco, das gerade die letzten Sonnenstrahlen des Summer of Love genießt. In einer rund um die Uhr geöffneten Buchhandlung findet Ajax in deren Besitzer Mohammed Al-Asmari und seinem Angestellten Marcus Corvina zwei Verbündete, die ihn bei seiner ungewöhnlichen Mission unterstützen. Ihre Recherchen führen buchstäblich in die Unterwelt der Stadt, die eine Menge verlorener Schätze birgt ...

Eine wunderschöne Kurzgeschichte voller Überraschungen, exklusiv als e-book only.

Blessing Verlag